¡NOSOTROS!

Miguel Ángel Asturias
O Senhor Presidente

TRADUÇÃO
Luis Reyes Gil

TEXTO COMPLEMENTAR
Eu assisti ao nascimento de O Senhor Presidente
Arturo Uslar Pietri

*mundaréu

© Editora Mundaréu, 2016

© Miguel Ángel Asturias and heirs of Miguel Ángel Asturias, 1946

© Arturo Uslar Pietri (texto complementar) – a editora agradece à Fundación Casa Uslar Pietri – Caracas, Venezuela

TÍTULO ORIGINAL
El Señor Presidente

COORDENAÇÃO EDITORIAL E TEXTOS COMPLEMENTARES
Silvia Naschenveng

CONCEPÇÃO DA COLEÇÃO E SUGESTÃO DE TÍTULOS
Tiago Tranjan

CAPA
Tadzio Saraiva

PROJETO GRÁFICO
Claudia Warrak e Raul Loureiro

DIAGRAMAÇÃO
Elis Nunes

REVISÃO
Isabela Noberto e Sabrina Coutinho

Grafia atualizada segundo o Acordo Ortográfico da Língua Portuguesa (1990).

Dados Internacionais de Catalogação na Publicação (CIP)
(Câmara Brasileira do Livro, SP, Brasil)

Astúrias, Miguel Ángel, 1899-1974.
O senhor presidente / Miguel Ángel Astúrias ; tradução Luis Reyes Gil. -- São Paulo : Mundaréu, 2016. -- (Coleção Nosotros)

Título original: El Señor presidente.
"Texto complementar "Eu assisti ao nascimento de o senhor presidente / Arturo Uslar Pietri"" ISBN 978-85-68259-13-9

1. Ficção guatemalteca I. Uslar Pietri, Arturo. II. Título. III. Série.

16-07937   CDD-863

Índice para catálogo sistemático:
1. Ficção : Literatura guatemalteca 863

1a edição, 2016; 4a reimpressão, 2023
Todos os direitos desta edição reservados à
EDITORA MUNDARÉU LTDA.
São Paulo — SP
www.editoramundareu.com.br
vendas@editoramundareu.com.br

SUMÁRIO

Apresentação 9

Eu assisti ao nascimento de *O Senhor Presidente*/ Arturo Uslar Pietri 13

O SENHOR PRESIDENTE

PRIMEIRA PARTE 21, 22 e 23 de abril

I
No Portal do Senhor 27

II
A morte do *Mosquito* 33

III
A fuga do *Bobalhão* 40

IV
Cara de Anjo 46

V
Aquele animal 54

VI
A cabeça de um general 62

VII
Absolvição episcopal 71

VIII
O titereiro do Portal 80

IX
Olho de vidro 85

X
Príncipes do Exército 92

XI
O rapto 99

SEGUNDA PARTE 24, 25, 26 e 27 de abril

XII
Camila 111

XIII
Capturas 122

XIV
Que todo o universo cante! 132

XV
Tios e tias 138

XVI
Na Casa Nova 146

XVII
Amor malasartes 160

XVIII
Batendo à porta 167

XIX
As contas e o chocolate 174

XX
Gentalha da mesma laia 179

XXI
Girar em círculos 186

XXII
O túmulo vivo 194

XXIII
A correspondência do Senhor Presidente 202

XXIV
Casa de mulheres da vida 207

XXV
O paradeiro da morte 220

XXVI
Torvelinho 229

XXVII
Rumo ao desterro 238

TERCEIRA PARTE Semanas, meses, anos...

XXVIII
Conversa à sombra 253

XXIX
Conselho de Guerra 260

XXX
Casamento *in extremis* 267

XXXI
Sentinelas de gelo 273

XXXII
O Senhor Presidente 280

XXXIII
Pingos nos is 287

XXXIV
Luz para cegos 297

XXXV
Cântico dos Cânticos 304

XXXVI
A revolução 312

XXXVII
O Baile de Tohil 317

XXXVIII
A viagem 329

XXXIX
O porto 337

XL
Cabra-cega 342

XLI
Nada a declarar 349

Epílogo 356

Apresentação

"... Alumia, lúmen de alúmen", assim o guatemalteco Miguel Ángel Asturias (1899-1974) sonoramente inicia o novo romance latino-americano. Para alguns críticos, o chamado "boom da literatura latino-americana" teria nascido aí, apesar de sua explosão ocorrer somente na década de 1960, com *A cidade e os cachorros* (1962), de Mario Vargas Llosa, *A morte de Artemio Cruz* (1962), de Carlos Fuentes, *O jogo da amarelinha* (1963), de Julio Cortázar, e *Cem anos de solidão* (1967), de Gabriel García Márquez.

Em seu *O Senhor Presidente*, não encontramos indicações expressas de época (embora haja referência à Batalha de Verdun, uma das principais batalhas da Primeira Guerra Mundial) ou país. Porém, pelas características da personagem-título e por certos fatos aludidos na obra, não parece haver dúvidas de que o autor tenha se inspirado na figura e no governo de Manuel José Estrada Cabrera (1857-1924), presidente da Guatemala no período de 1898 a 1920. A ditadura de Estrada Cabrera marcou indelevelmente a infância e a juventude de Asturias. Seu pai, um juiz, foi perseguido após absolver um grupo de estudantes opositores, o que levou a família a refugiar-se na fazenda do avô materno de

Asturias, onde ele, ainda criança, teve contato direto com a população e as tradições indígenas guatemaltecas – tanto a oposição a regimes ditatoriais quanto a influência da cultura indígena definiriam sua trajetória.

No livro, o assassinato não premeditado de um militar próximo ao presidente serve de pretexto para a eliminação de opositores e desafetos e, colateralmente, martiriza um grupo de mendigos que morava no local do crime. Inicia-se então uma escalada de violência que permitirá ao leitor, atirado em meio a um pesadelo, tecer suas próprias reflexões acerca de diversos mecanismos típicos dos regimes autoritários.

Embora sua estrutura narrativa seja linear e ininterrupta, em ritmo frenético nos primeiros capítulos, o livro flui enfocando diferentes personagens, conforme os fatos os envolvam, como fios distintos que aos poucos tecem uma narrativa consistente. As alternâncias narrativas, em capítulos curtos, são acompanhadas de sonhos, delírios e reminiscências, que constroem um conjunto multifacetado e rico – um dos pontos altos da obra é a descrição imagética, sensorial, à qual Asturias confere lirismo, acidez e forte expressão, atingindo uma espécie de beleza grotesca.

A unidade da obra se dá especialmente por meio da onipresença e do alcance dos atos do presidente – todas as personagens são, de diferentes formas, afetadas por violência, brutalidade, perseguição, desmandos, arbitrariedade. Embora as palavras "ditadura" ou "ditador" sequer sejam mencionadas, está presente um autoritarismo cruel, que atravessa os mais variados níveis e hábitos sociais, e que assumiu diversas faces na América Latina, em diferentes momentos de sua história. Um autoritarismo cujo legado ainda nos assombra, não apenas personificado em governantes, mas também em imposições injustificadas, em tratamentos desrespeitosos e indignos, na desvalorização da participação política ou na fragilidade das instituições. A representação de Asturias não é propriamente mágica: é barroca, onírica, com associações livres incomuns, provável influência do surrealismo de André Breton, de quem se aproximou quando viveu em Paris. O autor consegue aliar, assim, a temática política a uma forma narrativa de vanguarda.

Escrito durante a estada do autor na capital francesa, onde viveu de 1923 a 1933, *O Senhor Presidente* foi publicado somente em 1946, no México, em virtude das sucessivas instabilidades políticas sofridas então pela Guatemala. Mais que um romance de ditador – na obra, o presidente do título mal aparece –, da linhagem magnificamente representada por *Eu, o supremo* (1974), de Augusto Roa Bastos, *O recurso do método* (1974), de Alejo Carpentier, e *O outono do patriarca* (1975), de Gabriel García Márquez, *O Senhor Presidente* é um romance sobre o autoritarismo e seu imenso poder de alcance.

O fluxo narrativo frenético e estilhaçado; o estilo forte e inovador; a voz emprestada a personagens geralmente marginalizadas; a relevância e atualidade da temática; sua importância histórica na literatura latino-americana: são vários os motivos que nos convenceram à reedição desta *obra maestra*.

Mundaréu

EU ASSISTI AO NASCIMENTO DE *O SENHOR PRESIDENTE*
ARTURO USLAR PIETRI[1]

Eu assisti ao nascimento deste livro. Vivi submerso dentro da irrespirável atmosfera de sua condensação. Entrei, de muitas formas, no âmago do delírio mágico que lhe deu formas mutantes e alucinatórias. Eu o vi passar, em fragmentos, da conversação ao recitativo, ao encantamento e à escrita. Ele foi parte irreal de uma realidade na qual vivi durante anos sem saber muito bem por onde navegava.

Ele o escrevia – era ele só, ou era todo um povoado de fantasmas próximos e distantes que se expressava por sua boca de xamã? – aquele rapaz risonho e ausente, com cara de estela maia[2] fugida de uma galeria do Museu do Homem para assomar extraviada em uma calçada de Montparnasse nas tardes de Paris.

1 Destacado escritor e político venezuelano (Caracas, 1906-2001), autor de *Las lanzas coloradas* (1931). (N.E.)
2 Monumento em pedra talhada, uma das heranças da forte presença da cultura maia na Guatemala. (N.T.)

Vinha da mais remota América. Muito mais além daquela de bananas, ditadores e quetzales[3], à qual se podia voltar em quinze dias de navegação oceânica. Era o assombrado e assombroso sobrevivente de uma extensa viagem que atravessava séculos, idades e cataclismos. Tinha passado por toda a colonização espanhola, tinha sofrido o difícil acomodamento do indígena com o hispânico, tinha ouvido as línguas de antes do dilúvio que se haviam conservado nas clareiras da selva tropical, falava um castelhano de Pedro de Alvarado ou de Bartolomeu de las Casas e se guardava em silêncio. Com um silêncio de bruxo de Copán[4] que aguarda a volta de Quetzalcóatl[5].

Não se sabia com exatidão quando terminava de contar a história do perseguido sem trégua pelo tirano, ou o conto de fantasmas e barregãs de Antigua, e quando começava a pura lenda da criação do mundo pelos deuses do Popol Vuh[6]. Ou quando estava tecendo frases para aquele poema sem fim que levava na cabeça abstraída como um códice sagrado.

Não era o primeiro hispano-americano que chegava a Paris. Desde o século XIX faziam parte da crônica pitoresca da cidade aqueles *criollos*[7] pomposos e deslumbrados, arrivistas e estroinas, que haviam chegado a Paris para ganhar prestígio social ou aceitação literária e artística. Havia os ridículos e os comoventes. Os que às vezes assomavam nas operetas de Offenbach, os que competiam com dispendiosa ostentação pelos favores das grandes cortesãs, a geração do tango e cabelos engomados, e, também, os que, desde fins do século XIX, tinham ido em busca de

---

3 Ave típica da Guatemala e importante na cultura maia; dá nome à moeda nacional do país. (N.T.)
4 Cidade pré-colombiana, o maior sítio arqueológico do período clássico da civilização maia. (N.T.)
5 Divindade das culturas pré-colombianas maia, asteca e tolteca. (N.T.)
6 Livro sagrado dos maias que tem como tema a concepção de criação do mundo desse povo. (N.T.)
7 Em espanhol, descendentes de europeus, nascidos nos antigos territórios espanhóis nas Américas. (N.T.)

consagração, aprendizagem e reconhecimento em volta das transitórias "vedetes" da literatura de Paris. Entre eles se encontravam meros imitadores, como Gómez Carrillo, ou homens de gênio, equivocados sobre sua identidade, que aspiravam ser discípulos de Verlaine, quando na realidade eram os criadores de um novo tempo da poesia e da língua, como Rubén Darío.

A maioria deles ia deliberadamente para "afrancesar-se" e atenuar os traços e as vivências de sua rica e mestiça cultura nativa. O caso de Miguel Ángel Asturias foi diferente. Trazia consigo a sua América. Como um daqueles inverossímeis carregadores índios, levava sobre os ombros a imensa bagagem de seu mundo mestiço, com índios, conquistadores, frades, benzeduras, bruxos mágicos, lendas e climas. Por todas as palavras e todos os gestos saía dele aquela inesgotável carga. Começava a conversar sobre uma notícia literária de Paris, ou sobre os balés russos, e desembocava inexoravelmente em uma história do Chilam Balam[8] ou na artimanha do prisioneiro que escapou em um barquinho pintado na parede.

Com os homens da geração de Asturias havia mudado radicalmente a atitude diante do europeu. Viam o europeu como uma deslumbrante loja de instrumentos, como uma constante incitação à criação própria, não para afrancesar-se, mas para expressar o americano com uma autenticidade e uma fé que eram inteiramente novas.

A Paris que os envolvia era aquela dos últimos balés russos e da eclosão do surrealismo. Ainda reinavam no mundo oficial os versos de Madame de Noailles e as aberrações livrescas de Gide, mas também explodia, como uma bomba de anarquista, uma novela inesperada de Malraux, ou aquele "revólver de cabelos brancos"[9] de Eluard.

---

8 Autor lendário de coleções de textos nos quais as tradições maias e espanholas se misturam. (N.T.)
9 Referência a Le revolver à cheveaux blancs (1932), coletânea de poemas de André Breton (1896-1966). (N.T.)

Quando a bruma e as lâmpadas do entardecer transformavam o boulevard em uma recôndita feira de interior, íamos ocupando, companheiros de tertúlia, o terraço do La Coupole. Às vezes, ainda, víamos passar ou sentar-se em uma mesa vizinha a Picasso, rodeado de picadores e marchands, Foujita, atrás de seus grossos óculos de míope, Utrillo em seu delírio alcoólico, o hirsuto e solitário Ilya Ehrenburg. Conforme os anos e as estações, mudavam os companheiros de tertúlias à mesa. Quase nunca faltávamos Asturias, Alejo Carpentier e eu. Em uma ocasião nos acompanhou por alguns meses Rafael Alberti. E ainda gente de passagem, e pitoresca, da mais variada América. O panamenho Demetrio Korsi, que vivia em uma novela que nunca chegou a escrever. Arkadio Kotapos, grego do Chile, músico, aventureiro e grande conversador, que nos inundava com suas recordações, suas anedotas e seus mil casos e disparates, verdadeiros ou imaginados, que compunham o mais inesgotável relato de uma incrível picardia intelectual; o Tanacho, aquele mexicano pequeno e melancólico, compositor de canções populares que de repente, na surdina, nos cantava mañanitas e nos remetia ao amanhecer de uma rua de Jalapa.

A noite se povoava de súbitas e incongruentes evocações. Com frequência, falávamos da fala. Uma palavra nos levava a outra e a outra. De almendra e o mundo árabe ao güegüeche centroamericano, ou às aliterações e contrações para fabricar frases de benzeduras e adivinhações que nos mergulhavam ainda mais no mistério dos significados. Tinha passado sobre nós o cometa perturbador de James Joyce. Ainda era possível seguir pelos lados do Odeon e dar com a livraria da esbelta e forte Silvia Beach, que tinha feito a primeira edição de Ulisses, e até, com um pouco de sorte, ver, no rescaldo das estantes, a figura miúda de barbicha e óculos de cego do próprio Joyce.

As coisas da vida americana nos assaltavam. Todo o arsenal inesgotável da natureza e da geografia: os vulcões com nomes de mulher, os lagos povoados de espíritos, os imensos rios que devoravam gentes e países, as selvas impenetráveis que emanavam odores e vapores como serpentes, os animais que não conheciam os fabulários, o pássaro imitador poliglota, o *campanero*[10], o galo da serra andina, vermelho e que, como uma lhama, nunca se deixa agarrar, o quetzal encantado, os ocelotes e os jaguares, o manati que foi sereia e que se queixa na noite dos rios. E logo estávamos falando dos homens e seu drama. Os tiranos, os perseguidos, os iluminados, os obstinados, os índios, os negros carregados de magia e os filhos dos traficantes de índios com sua encomenda de história remota, as riquezas perdidas na mata cerrada, as cidades abandonadas, as rotas da sede e do delírio. Aquela América de visões e de alucinados terminava por alucinar a nós mesmos e aos homens que se juntavam a nós. Do que falávamos, de quem falávamos? De Tonatiú, o deus resplandecente como o sol, da estrada infernal de Las Hibueras[11], da Audiencia de los Confines[12], da Cubagua[13] das pérolas, dos empalados e torturados, das catedrais barrocas e das matas fechadas como prisões. Era a revelação ou a criação de uma realidade fantasmagórica, de um "alucinógeno" de palavras repleto de uma imensa potencialidade literária. Tudo aquilo podia ser o livro que estávamos escrevendo ou todos os livros que podíamos escrever. Passávamos da conversação ao poema. Em um papel do café escrevíamos, um após outro, sem combinar, ao ritmo de mãos e de mentes, grandes poemas delirantes que eram como um viveiro de motivações ou resumos caóticos, cheios de palavras inventadas. As que passaram à literatu-

---

10 Espécie de melro que habita as florestas venezuelanas. (N.T.)
11 Referência à expedição do conquistador espanhol Hernán Cortés (1485-1547) do México a Las Hibueras, em Honduras. (N.E.)
12 O primeiro órgão corporativo de governo e administração de justiça da Guatemala, criado em 1542. (N.T.)
13 Ilha do mar do Caribe, no noroeste da Venezuela, conhecida como a "pérola do Caribe". (N.T.)

ra, e as que ficaram naqueles papéis debaixo das mesas. O tribunal de sete mesinos, o mesino presidente e os seis mesinos vogais, ou a temível evocação do *Grog* da Groenlândia, ou aquele "timón adelante de barco atrasante"[14].

Em certa ocasião chegou à outra ponta do *boulevard* Montparnasse Ramón Gómez de la Serna, que vinha de seu Pombo[15] madrilenho, como um empresário de circo sem circo. Ramón logo organizou uma tertúlia à espanhola em um café de viajantes. Aos sábados à noite se amontoavam ali as pessoas mais pitorescas e incongruentes. Algum acadêmico hispanista, o italiano Bontempelli, Jean Cassou e alguns jovens exploradores, que andavam pelo sonho e o irreal como por um Congo nunca visto: Buñuel e Dali.

Nesse vai-e-vem recebíamos as notícias do livro que se fazia ou se desfazia. Ainda não tinha nome, nem estava armado em toda sua redonda exatidão de círculo infernal. Algumas vezes, nos lia um capítulo. Víamos morrer o "homem da mulinha" pelas mãos do mendigo enlouquecido no Portal da Catedral daquela cidade que estava sempre debaixo da lua. Ou víamos brotar, como uma evocação, aquela aliteração inicial do "Alumia, lúmen de alúmen...".

O livro cresceu como uma selva sem que o próprio Asturias soubesse onde ia parar. Andava dentro daquela máquina assombrosa de palavras e de imagens. Quase tanto quanto nós, já eram seus companheiros cotidianos de tertúlia o Cara de Anjo, a família Canales, a Masacuata e sua corte de esbirros e delatores e todos os fantasmas e lendas que quatro séculos de mestiçagem cultural deixaram soltos nas ruas e casas da Cidade da Guatemala.

---

14 Nesse trecho, Arturo Uslar Pietri recupera na memória alguns "papéis perdidos", produtos daquelas tertúlias; do trocadilho com "sietemesinos", que se refere a bebês prematuros, passando pela bebida (*Grog*), até o belo verso, que traz o neologismo castelhano "atrasante", e que é da autoria de Miguel Angel Asturias. (N.T.)
15 Referência ao célebre Café Pombo, de Madri, ponto de encontro de intelectuais e artistas. (N.T.)

Asturias cresceu e passou sua adolescência no ambiente de angústia que implantou na Guatemala durante mais de vinte anos a tirania ridícula, corruptora e cruel, daquele mestre de escola paranoico que se chamava Manuel Estrada Cabrera. Frio, inacessível, mesquinho, vingativo, dono de todos os poderes, repartia a seu bel-prazer bens e males sobre as cabeças sem sossego de seus conterrâneos. Mandava fuzilar por uma suspeita, ou sepultava em prisões letais seus opositores verdadeiros ou supostos. Como um prestidigitador do terror fazia pessoas aparecer ou desaparecer; um dia, inesperadamente, podiam amanhecer poderosos e ricos, com a autoridade com a qual ele lhes presenteava, e, no outro, podiam achar-se na sub-humana condição de perseguidos, privados de toda dignidade humana. Com a mesma mão com que dispunha das vidas e dos destinos, ordenava levantar um templo para Minerva, e pagava com fartura o poeta Chocano para que recitasse composições de ocasião em suas festas de medo.

A atmosfera de paixão, delação e vinganças secretas em que vive o jovem Asturias chega a criar uma "suprarrealidade" na qual os seres e as coisas deixam de ser o que deveriam ser para converter-se em fantasmas ou aparências do que subitamente podem chegar a ser. Tudo é transitório, falso e mutante. A única coisa firme e segura é aquele imprevisível e remoto Senhor Presidente de quem todos pendem e dependem, e que pode tomar, por motivos que só ele conhece, as decisões mais atrozes e inesperadas sobre qualquer pessoa.

O Senhor Presidente é a condensação literária desse ambiente de círculo infernal. Toda a cega e fatal máquina de terror é vista de fora. São como círculos concêntricos que abarcam toda uma sociedade. O que os une e amarra é o sentimento comum de insegurança e da aleatória possibilidade do mal. Desde os mendigos e vadios do Portal da Catedral, que vivem em seu pesadelo de miséria e de enfeitiçamento e que podem desencadear, sem intenção, uma reação infinita que vai torcer os destinos das mais alheias e distantes individualidades, até a desamparada classe popular, enredada no tecido de suas crenças tradicionais, suas reverências, suas esperanças, suas intermináveis aflições, seu sentido fatalista do destino e sua passiva resignação, como Vásquez, Godoy, Fedina ou a Masacuata, passando pelos militares de conspiração e bordel, e a classe letrada e ameaçada dos juristas, os comerciantes e os donos de fazendas, como os Canales e os Carvajal, para culminar na instável e constantemente renovada cúspide dos favoritos do tirano. Aqueles homens "da mulinha", Cara de Anjo, ou o Auditor da Guerra, condenados a pagar o mais alto preço, e a sentir maior risco e medo que todos os outros.

Mais que círculos concêntricos constituem uma espécie de espiral que dando voltas sobre si mesma leva, em uma forma contínua, dos mendigos até o Senhor Presidente.

É essa atmosfera rarefeita ou sufocante que constitui a matéria do livro de Asturias. Ali está o essencial do país de sua adolescência. Aquela "estação no inferno" que nunca mais se apagou de sua sensibilidade. Em *O Senhor Presidente* Asturias regressa a ela, com distância de anos, para reviver o indelével daquela situação. Ele nos apresenta todos esses personagens na inesquecível verdade de sua visão de testemunha insone. Ficamos conhecendo Cara de Anjo, aquele bobo de Velázquez que é o *Bobalhão*, com sua lamúria permanente de órfão da vida, o general Canales, seus irmãos abjetos e a desventurada Camila, sua filha. O que não chegamos a conhecer é o tirano. O autor nos apresenta, vista de fora, aquela figura débil e mal-humorada. Não chegamos a penetrar seu interior ou a tratar de explicá-lo. Está ali e se mantém ali por uma espécie de desígnio fatal. Não o vemos decidir, duvidar ou mesmo maquinar, não temos consciência clara da sua maneira de caminhar pelo despenhadeiro das intrigas, denúncias, falsos testemunhos e manobras de todos que o rodeiam.

Talvez Asturias queira dizer com isso que, naquela tragédia coletiva, o mais importante não era a personalidade do tirano, mas sim que havia alguém ali e sempre haveria alguém ali, sem nome, sem personalidade, um Senhor Presidente produto e efeito de toda aquela máquina coletiva de insegurança, desintegração e medo.

Não é fácil conhecer e qualificar o "Senhor Presidente" do romance. Ajuda-nos a compreendê-lo saber que seu modelo histórico foi Estrada Cabrera e que, portanto, pertencia bem mais à família pitoresca e temível dos ditadores hispano-americanos do que à outra, mais restrita e representativa, dos caudilhos *criollos*. Não são a mesma coisa e a distinção é importante. Os caudilhos típicos do século XIX e do começo do século XX foram a criação social e política que o mundo hispano-americano encontrou, frente ao caos criado pelo fracasso reiterado das instituições políticas imitadas da Europa e dos Estados Unidos. Eram homens da terra, de raiz rural, que representavam uma sociedade tradicional e seus valores, e que implantavam, instintivamente, uma ordem patriarcal animada por um sentimento de justiça primitiva e de defesa da terra.

Todos foram ditadores, é verdade; mas bem poucos ditadores foram, no sentido correto da palavra, caudilhos.

Os demais foram militares ou civis que logravam assaltar o poder por ardis ou pela força e manter-se nele, sem nenhuma forma de legitimidade possível ou alegável. O caudilho, ao contrário, representava uma espécie de consequência natural de um meio social e de uma situação histórica. Não era um usurpador do poder; na verdade, o poder cresceu com ele, dentro da nação, a partir de uma espécie de comando natural sobre os camponeses, até a proeminência regional frente a seus pares, devido a uma maior astúcia, maior valor, ou menor prudência, para terminar tendo em sua pessoa o caráter primitivo de chefe de uma nação embrionária. Não foi de modo diferente que se formaram os reinos da Europa medieval.

O manual de angústias, que é o livro de Asturias, chegou na sua hora. Um novo momento estava marcado para a literatura hispano-americana. Era a hora de reencontrar a mais genuína América, e traduzi-la e revelá-la em palavras impregnadas de verdade. *O Senhor Presidente* consegue exatamente isso. Daquele nativismo pitoresco, do preciosismo do exótico, que tinha sido o traço dominante da nossa literatura, do inventário da natureza e costumes feito para um turismo intelectual europeu, vai ao outro extremo, à apresentação comovida e comovedora de uma atormentada realidade política e social. Não há nenhum propósito de eufemismo ou de ocultação. Ao contrário, há quase uma complacência heroica em mostrar nua a dolorosa realidade.

O Senhor Presidente não é apenas um grande livro de literatura; é também um ato corajoso de denúncia e de chamada à consciência. Mais do que todos os tratados e análises históricos e sociológicos, expõe com brutal e inesquecível presença o que tem sido para os hispano-americanos, em muitas horas, a tragédia de viver.

Hoje, com a distância do tempo transcorrido, vemos este grande livro como um clássico de nossas letras. Está no centro delas com sua monumental e imorredoura presença. Era, e é, o que o jovem guatemalteco, que parecia uma figura de estela maia, carregava sobre a alma, e tinha que dizer para cumprir com seus deuses entranhados e exigentes. E o fez de uma maneira esplendorosa.

Tradução: Ercílio Tranjan e Nilce Tranjan

O Senhor Presidente

El Señor Presidente

Primeira Parte

21, 22 e 23 de abril

I
NO PORTAL DO SENHOR

...Alumia, lúmen de alúmen, Lúcifer de pedra ume! Como zumbido de ouvidos perdurava o dobrar dos sinos chamando à oração, mal-estar dobrado da luz na sombra, da sombra na luz. Alumia, lúmen de alúmen, Lúcifer de pedra ume, cai sobre o pobre lúmpen! Alumia, lúmen de alúmen, cai sobre o pobre lúmpen, Lúcifer de pedra ume! Alumia, alumia, lúmen de alúmen... alúmen... alumia..., alumia, lúmen de alúmen... alumia, alúmen...!

Os mendigos se arrastavam pelas cantinas do mercado, perdidos na sombra da gélida Catedral, e seguiam rumo à Praça de Armas, por ruas tão largas como mares, deixando para trás a cidade, íngreme e deserta.

A noite os reunia, como reunia as estrelas. Juntavam-se para dormir no Portal do Senhor, sem outro laço comum que a miséria, maldizendo uns aos outros, insultando-se entredentes com birra de inimigos que procuram briga, repreendendo-se muitas vezes a cotoveladas, outras vezes rolando pelo chão e tudo, cuspindo-se, raivosos, mordendo-

-se. Nunca nem travesseiro nem confiança chegaram perto dessa família de parentes na imundície. Deitavam-se longe um do outro, sem tirar a roupa, e dormiam como ladrões, com a cabeça no saco de suas riquezas: restos de carne, sapatos rasgados, tocos de vela, punhados de arroz embrulhados em jornal velho, laranjas e bananas passadas.

Podia-se vê-los pelos degraus do Portal, virados contra a parede, contando dinheiro, mordendo as moedas de níquel para ver se não eram falsas, falando sozinhos, verificando suas provisões de comer e guerrear, pois em guerra andavam pela rua armados de pedras e escapulários, engolindo às escondidas nacos de pão velho. Nunca se soube que se ajudassem; ciosos de seus restos, como todo mendigo, prefeririam dá-los aos cães que a seus companheiros de infortúnio.

Depois de comer e com o dinheiro guardado a sete nós em um lenço amarrado à cintura, deitavam no chão e caíam em sonhos agitados, tristes; pesadelos nos quais desfilavam perto de seus olhos porcos famintos, mulheres magras, cachorros estropiados, rodas de carroças e fantasmas de padres que entravam na catedral em procissão fúnebre, precedidos por uma lasca de lua crucificada em ossos de tíbias geladas. Às vezes, no melhor do sono, eram acordados pelos gritos de um idiota que se sentia perdido na Praça de Armas. Às vezes, acordavam com o soluçar de uma cega que sonhava estar coberta por moscas, dependurada em um gancho, como carne no açougue. Às vezes, com os passos de uma patrulha que arrastava a pancadas um preso político, seguido por mulheres que limpavam os vestígios de sangue com os lenços empapados de lágrimas. Às vezes, com o ronco de um tinhoso doente ou com a respiração forte de uma surda-muda grávida, que chorava de medo porque sentia um filho nas entranhas. Mas o grito do idiota era o mais triste. Partia os céus. Era um grito longo, dilacerado, sem acento humano.

Aos domingos, caía no meio daquela sociedade estranha um bêbado que, dormindo, chamava pela mãe e chorava feito criança. Quando o idiota ouvia a palavra mãe, que na boca do bêbado era ao mesmo tempo imprecação e lamento, endireitava o corpo, olhava para todos os lados, de ponta a ponta do Portal, para a frente, e depois de ficar bem desperto e de acordar os companheiros com seus gritos, chorava de medo, juntando seu pranto ao do bêbado.

Os cães latiam, ouviam-se vozes, e os mais irritados levantavam do chão para engrossar o escândalo e mandar que ficasse quieto. Que ficasse quieto, senão viria a polícia. Mas a polícia nem chegava perto. Nenhum deles teria um tostão para pagar a multa. "Viva a França!", berrava *Mulamanca* no meio dos gritos e pulos do idiota, que acabou virando o faz-me-rir dos mendigos por causa daquele manco velhaco e boca suja que vinha algumas noites por semana remedar o bêbado. *Mulamanca* remedava o bêbado e o *Bobalhão* – era esse o apelido do idiota –, que dormindo dava a impressão de estar morto, ganhava vida a cada grito, sem reparar nos vultos amontoados pelo chão, enrolados em pedaços de cobertor, que ao vê-lo meio doido soltavam palavrinhas de mau-gosto e risinhos estridentes. Mantendo o olhar distante das caras monstruosas de seus companheiros, sem ver nada, sem ouvir nada, sem sentir nada, fatigado pelo pranto, adormecia; mas ao adormecer, e era a mesma ladainha toda noite, a voz do *Mulamanca* o acordava:

– Mãe!...

O *Bobalhão* abria os olhos de repente, como quem sonha que roda no vazio; dilatava as pupilas mais e mais, encolhendo-se todinho, como ferido nas entranhas, até começarem a correr-lhe lágrimas; depois adormecia, aos poucos, vencido pelo sono, o corpo quase um grude, com ecos de náuseas na consciência partida. Mas ao adormecer, assim que fechava os olhos, a voz de outra roupa dotada de boca o despertava:

– Mãe!...

Era a voz do *Viúva*, mulato degenerado que, entre risos e mais risos, fazendo caretas de velha continuava:

– ...mãe misericordiosa, vida e esperança nossa, Salve, a vós bradamos degredados caídos em leva...

O idiota acordava rindo, parecia achar graça também da própria dor, da fome, coração e lágrimas saltando-lhe entre os dentes, enquanto os mendigos arrebatavam do ar a gar-gar-gar-gargalhada, do ar, do ar... a gar-gar-gar-gargalhada..., perdia o fôlego um barrigudo com o bigode sujo de molho de tomate, um caolho dava cabeçadas na parede que nem bode e se urinava de tanto rir, os cegos protestavam porque não dava pra dormir com aquela zorra, e o *Mosquito*, um cego que não tinha as duas pernas, reclamava que aquele jeito de se divertir era coisa de efeminados.

As reclamações dos cegos eram ouvidas como quem ouve o roçar de uma vassoura, e ao *Mosquito*, então, ninguém nem dava ouvidos. Quem iria dar bola para as suas fanfarronices? "Eu, que passei a infância num quartel de artilharia, onde os coices das mulas e dos chefes fizeram de mim um homem com ofício de cavalo, o que me serviu quando jovem para empurrar pelas ruas meu realejo! Eu, que perdi os olhos em uma bebedeira sem saber como, a perna direita em outra bebedeira sem saber quando, e a outra perna em mais uma bebedeira, atropelado por um automóvel, sem saber onde!..."

Pela boca dos mendigos, espalhou-se entre a gente do povo que o *Bobalhão* enlouquecia quando ouvia falar da mãe. O infeliz percorria ruas, praças, átrios e mercados na ânsia de escapar do populacho, que aqui e ali gritava-lhe a toda hora, como maldição do céu, a palavra mãe. Entrava nas casas, buscando refúgio, mas era posto para fora por cães ou criados. Expulsavam-no dos templos, das lojas, de todo lugar, sem consideração por sua fadiga de bicho, nem por seus olhos, que, apesar da inconsciência, suplicavam perdão com o olhar.

A cidade grande, imensamente grande para a sua fadiga, foi ficando pequena para a sua aflição. Noites de espanto, seguidas por dias de perseguição. Acossado pela gente que, não satisfeita em gritar-lhe: "Bobalhãozinho, domingo você vai casar com sua mãe... aquela velhinha... seu pirado... animal, vagabundo!", batiam nele, arrancavam-lhe a roupa a pedaços. Perseguido pela molecada, refugiava-se nos bairros pobres, mas ali sua sorte era pior; ali, onde todos andavam às portas da miséria, era não só insultado, mas quando o viam correr apavorado atiravam-lhe pedras, ratos mortos e latas vazias.

Vindo de um desses bairros, chegou ao Portal do Senhor num dia qualquer, na hora da missa, ferido na testa, a cabeça descoberta, arrastando a rabiola de uma pipa que, arremedando um remendo, haviam-lhe grudado atrás. Assustava-se com as sombras dos muros, os cachorros passando, as folhas que caíam das árvores, o rodar desigual dos carros... Quando chegou ao Portal, quase de noite, os mendigos, virados para a parede, contavam e recontavam seus ganhos do dia. *Mulamanca* discutia com o *Mosquito*, a surda-muda esfregava a mão na barriga, para ela inexplicavelmente grande, e a cega se remexia, sonhando-se dependurada em um gancho, coberta por moscas, como carne de açougue.

O idiota caiu meio morto; já fazia noites e noites que não pregava os olhos, dias e dias que não parava quieto. Os mendigos calaram-se, coçavam as pulgas sem conseguir dormir, atentos aos passos dos guardas que iam e vinham pela praça pouco iluminada e às pancadinhas das armas das sentinelas, fantasmas envoltos em ponchos listrados, que nas janelas dos quartéis vizinhos mantinham vigília em pé de guerra, como todas as noites, zelando pelo Presidente da República, ignorando onde era seu domicílio, já que habitava muitas casas ao mesmo tempo nos arredores da cidade, e sem saber como dormia – diziam alguns que era ao lado de um telefone, com um chicote na mão –, e nem a que horas, pois segundo seus amigos não dormia nunca.

Pelo Portal do Senhor avançou um vulto. Os pedintes se encolheram como vermes. O ranger das botas militares teve como resposta o grasnido de um pássaro sinistro na noite escura, navegável, sem fundo...

Mulamanca arregalou os olhos; pesava no ar a ameaça do fim do mundo, e disse à coruja:

– Xô, xô, leva embora teu sal, tua pimenta...; não te quero bem nem mal, mas não chegue perto; sai pra lá assombração!

O *Mosquito* procurava seu rosto apalpando-o com as mãos. A atmosfera era pesada, como antes de um terremoto. O *Viúva* fazia o sinal da cruz entre os cegos. Só o *Bobalhão* dormia a sono solto, dessa vez roncando.

O vulto se deteve – o riso retorcia-lhe o rosto –, aproximou-se do idiota na ponta dos pés e, caçoando, gritou:

– Mãe!

E mais não disse. Arrancado do chão pelo grito, o *Bobalhão* saltou em cima dele e, sem lhe dar tempo para usar suas armas, enterrou-lhe os dedos nos olhos, despedaçou-lhe o nariz a dentadas e golpeou-lhe as partes com os joelhos, até deixá-lo inerte.

Os mendigos fecharam os olhos horrorizados, a coruja passou de novo e o *Bobalhão* fugiu pelas ruas escuras enlouquecido e tomado por espantoso paroxismo.

Uma força cega acabava de tirar a vida do coronel José Parrales Sonriente, vulgo *o homem da mulinha*.

Amanhecia.

II
A MORTE DO *MOSQUITO*

O sol dourava as sacadas saltadas da Segunda Delegacia de Polícia – passava pela rua uma pessoa ou outra –, iluminava a Capela Protestante – que tinha uma ou outra porta aberta – e um edifício de tijolos, que alguns pedreiros construíam. Na Delegacia, sentadas no pátio – onde parecia chover sempre – e em bancos de pedra nos corredores escuros, várias mulheres descalças estavam à espera dos presos, com o cesto do café da manhã sobre as redes formadas pelas saias estendidas de um joelho ao outro, e com pencas de filhos em cima, os menores grudados nos seios pendentes e os maiorzinhos ameaçando abocanhar os pães do cesto. Contavam suas respectivas penas em voz baixa, sem parar de chorar, enxugando o pranto com a ponta do xale. Uma anciã com malária e olheiras profundas banhava-se em lágrimas, calada, como dando a entender que sua pena de mãe era mais amarga. O mal não tinha remédio nesta vida, e naquele funesto lugar de espera, diante de duas ou três arvorezinhas abandonadas, de uma pia seca e de policiais desbotados montando guarda, que limpavam com saliva os colarinhos de celuloide, restava-lhes apenas o Poder de Deus.

Um policial mestiço passou perto delas arrastando o *Mosquito*. Haviam-no capturado na esquina da Escola Primária e traziam-no pela mão, sacudindo-o de lá para cá como se fosse um mico. Mas elas nem repararam no bizarro da cena, pois estavam de olho nos auxiliares, que de uma hora para outra começariam a levar para dentro o café da manhã e trazer-lhes notícias dos presos: "Falou queee... não precisa se preocupar, que ele já melhorou! Falou queee... é pra você trazer uns quatro *reales* de pomada de soldado, assim que abrir a farmácia! Falou queee... aquilo que o primo dele lhe contou não é verdade! Falou queee... é pra você arrumar um advogado, e que prefere que seja um rábula, porque não cobram tão caro quanto os advogados! Falou queee... você tem que parar com isso, que não entra mulher nenhuma aqui dentro pra ficar com ele, não precisa ter ciúmes, que outro dia prenderam um daqueles homens... mas ele logo arrumou namorado! Falou queee... você precisa mandar uns dois *reales* de purgante, porque ele não está conseguindo evacuar! Falou queee... não está gostando da ideia de você vender o armário!"

– Peraí, rapaz! – protestava o *Mosquito* contra os maus tratos do agente – o senhor resolve tudo assim fácil, não é? Sei, sei, é que eu sou pobre! Pobre, mas honesto... E não sou seu filho, viu? Nem seu boneco, nem seu amante, nem coisa nenhuma pro senhor me tratar desse jeito! Sem mais nem menos, acharam de trancar a gente no Albergue de Mendigos pra fazer boa figura com os gringos! Truque barato! E lá fomos nós, que nem peru de Natal! E sequer trataram a gente direito!... Nada disso, quando chegou aquele xereta do Mister Nos, deixaram a gente três dias sem comer, engalfinhados nas janelas, só com um lençol por cima, que nem os loucos...

Os mendigos iam sendo capturados e levados diretamente para uma das *Três Marias*, celas subterrâneas apertadíssimas e escuras. O barulho dos ferrolhos e dos palavrões dos carcereiros fedendo a roupa suada e a tabaco vencido ganhou corpo no interior do porão abobadado:

– Ai, quanto meganha aqui dentro! Ai, Santo Deus, quanto canalha! Jesus do Céu, me ajude!...

Seus companheiros lacrimejavam como animais com coriza, atormentados por aquela escuridão, que temiam não fosse mais desgrudar de seus olhos; e pelo medo – estavam ali, onde tantos e tantos tinham padecido de fome e sede até a morte – e porque dava-lhes pavor a ideia de que decidissem fazer sabão com eles, como faziam com os cachorros, ou que fossem degolá-los para dar de comer à polícia. As caras dos antropófagos, iluminadas como faróis, avançavam pelas trevas, as bochechas como nádegas, os bigodes como baba de chocolate...

Um estudante e um sacristão ocupavam a mesma cela.

– Se não me engano, foi o senhor que chegou primeiro aqui. No começo éramos só nos dois, não é?

O estudante falou à toa, para tentar se desapegar um pouco da angústia que sentia na garganta.

– É, acho que sim... – respondeu o sacristão, procurando no escuro o rosto daquele que falava.

– Sabe... eu ia lhe perguntar por que motivo está preso...

– Bem, por questões políticas, é o que eles disseram...

O estudante estremeceu da cabeça aos pés e a duras penas conseguiu articular:

– Eu também...

Os mendigos procuravam em volta seu inseparável saco de provisões, mas no escritório do delegado de polícia haviam sido despojados de tudo, até do que traziam nos bolsos, para que não levassem para dentro nem um fósforo. As ordens eram rigorosas.

– E qual é a sua causa? – continuou o estudante.

– Mas que causa que nada, estou aqui por ordens superiores!

O sacristão esfregou as costas na parede áspera para tentar tirar os piolhos.

— Por acaso o senhor é...

— Sou coisa nenhuma!... — cortou o sacristão rispidamente. — Eu não sou nada!

Naquele momento rangeram as dobradiças da porta, que se abria parecendo romper-se, para dar passagem a outro mendigo.

— Viva a França! — gritou *Mulamanca* ao entrar.

— Estou preso... — começou a se abrir o sacristão.

— Viva a França!

— ...por um delito que cometi por puro equívoco. Imagine o senhor que fui retirar um aviso da Virgem do Ó do mural da igreja onde sou sacristão, só que me enganei e tirei do mural o aviso do jubileu da mãe do Senhor Presidente!

— Mas isso... como foi que descobriram? — murmurou o estudante, enquanto o sacristão enxugava o pranto com a ponta dos dedos, como se quisesse arrancar as lágrimas dos olhos.

— Sei lá... Bobagem minha... O certo é que me pegaram e trouxeram até o escritório do Delegado de Polícia, que, depois de me dar uns dois sopapos, ordenou que me enfiassem nessa cela, incomunicável, por ser revolucionário, disse ele.

Os mendigos, amontoados nas trevas, choravam de medo, de frio e de fome. Não dava para enxergar as próprias mãos. Às vezes ficavam letárgicos e corria pelo meio deles, como se procurasse a saída, a respiração da surda-muda grávida.

Sabe-se lá em que hora, meia-noite talvez, foram tirados do confinamento. Estavam averiguando um crime político, segundo informou um homem rechonchudo, de cara enrugada cor de açafrão, bigode cuidado com descuido sobre os lábios grossos, nariz achatado e olhos empapuçados. Concluiu perguntando a todos e a cada um deles se conheciam o autor ou os autores do assassinato do Portal, perpetrado na noite anterior contra a pessoa de um coronel do Exército.

Um lampião fumacento iluminava o aposento para onde haviam sido transferidos. A luz fraca parecia brilhar através de lentes de água. O que estava acontecendo? Que parede era aquela? O que era aquele escudo de armas mais armado que as mandíbulas de um tigre, e aquele cinto de policial cheio de cartuchos?

A resposta inesperada dos mendigos fez saltar da cadeira o Auditor Geral de Guerra, que os interrogava:

– Quero que digam a verdade! – gritou, desnudando seus olhos de basilisco por trás das lentes de míope, depois de dar um murro na mesa que servia de escrivaninha.

Um por um repetiram eles que o autor do assassinato do Portal havia sido o *Bobalhão*, relatando num tom de almas penadas os detalhes do crime que eles haviam visto com os próprios olhos.

A um sinal do Auditor, os policiais, que aguardavam de ouvido grudado na porta, entraram e passaram a bater nos mendigos e empurrá-los até uma sala desmantelada. Da viga mestra, que mal dava para ver, pendia uma corda grossa.

– Foi o idiota! – gritava o primeiro atormentado em seu afã de escapar da tortura dizendo a verdade. – Senhor, foi o idiota! Foi o idiota! Por Deus, foi o idiota! O idiota! O idiota! O idiota! Aquele *Bobalhão!* O *Bobalhão!* Foi ele! Foi ele! Foi ele!

– Isso foi o que mandaram você dizer, mas comigo mentira não tem vez! É a verdade ou a morte!... E é bom vocês ficarem sabendo disso, estão ouvindo bem? É bom ficarem sabendo!

A voz do Auditor se perdia como sangue jorrando no ouvido do infeliz, que sem poder assentar os pés, dependurado pelos polegares, não parava de gritar:

– Foi o idiota! O idiota! Juro por Deus que foi o idiota! O idiota! Foi o idiota! Foi o idiota!... Foi o idiota!

– É mentira...! – afirmou o Auditor, e, depois de uma pausa –, mentira, mentiroso!... Eu vou lhe dizer, e vamos ver se se atreve a negar, quem foi que assassinou o coronel José Parrales Sonriente; vou lhe dizer... Foram o general Eusebio Canales e o advogado Abel Carvajal!...

Sua voz foi seguida por um silêncio gelado; depois, ouviu-se uma queixa, outra queixa depois desta e, por último, um sim... Soltaram a corda e o *Viúva* caiu de bruços, inconsciente. Carvão molhado de chuva: é o que parecia sua face de mulato empapada de suor e pranto. Interrogados a seguir, seus companheiros, que tremiam como os cães que morrem na rua envenenados pela polícia, confirmaram as palavras do Auditor, todos eles, menos o *Mosquito*. Tinha no rosto uma expressão de medo e de asco. Dependuraram-no pelos dedos porque assegurava, do chão, meio enterrado – enterrado até a metade, como parecem estar todos os que não têm pernas –, que seus companheiros mentiam ao atribuir a estranhos um crime cujo único responsável era o idiota.

– Responsável...! – o Auditor pegou a palavra em pleno voo. – Como se atreve o senhor a dizer que um idiota é responsável? Está vendo como mente? Chamar de responsável um irresponsável!

– Isso ele é que poderá lhe dizer...

– Esse aí precisa apanhar! – sugeriu um policial com voz de mulher, e veio outro com um chicote e acertou-lhe o rosto.

– Diga a verdade! – gritou o Auditor quando o chicote estalava nas bochechas do velho – ...A verdade, ou vai passar a noite inteira aí dependurado!

– Não percebeu ainda que sou cego?...

– Então negue que foi o *Bobalhão*...

– Não, porque essa é a verdade e eu tenho colhões!

Mais duas chicotadas fizeram seu lábio sangrar...

– É cego, mas ouve; diga a verdade, faça como seus companheiros...!

– Está certo – aduziu o *Mosquito* com a voz apagada; o Auditor achou que havia vencido a partida –, está certo, seu merda, foi o *Bobalhão*...

– Imbecil!

O insulto do Auditor perdeu-se nos ouvidos de uma metade de homem que já não ouviria mais. Ao soltar a corda, o cadáver do *Mosquito*, ou seja, o tórax, porque lhe faltavam as duas pernas, caiu a prumo como pêndulo quebrado.

– Velho mentiroso; e, além de tudo, cego, ou seja, a declaração não ia valer nada mesmo! – exclamou o Auditor ao passar pelo cadáver.

E foi correndo dar parte ao Senhor Presidente das primeiras diligências do processo, em um fiacre estropiado, puxado por dois cavalos magros, que trazia em seus dois faroletes, como luzes, os olhos da morte. A polícia jogou o corpo do *Mosquito* em uma carreta de lixo que se afastou em direção ao cemitério. Os galos começavam a cantar. Os mendigos, em liberdade, perdiam-se pelas ruas. A surda-muda chorava de medo porque sentia um filho nas entranhas...

III
A FUGA DO *BOBALHÃO*

O *Bobalhão* fugiu pelas ruas intestinais, estreitas e tortuosas dos subúrbios da cidade, sem perturbar com seus gritos desaforados a respiração do céu nem o sono dos habitantes, iguais estes diante do espelho da morte, desiguais na luta que retomariam ao nascer do sol; alguns, desprovidos do necessário, obrigados a trabalhar para ganhar o pão; outros com o supérfluo, na privilegiada indústria do ócio: amigos do Senhor Presidente, proprietários de casas – quarenta, cinquenta casas –, emprestadores de dinheiro a nove, nove e meio e dez por cento ao mês, funcionários com sete e oito empregos públicos, exploradores de concessões, de montepios, de diplomas profissionais, de casas de jogo, rinhas de galos, índios, de fábricas de aguardente, prostíbulos, tabernas e jornais subvencionados.

O manto vermelho-sangue do amanhecer tingia as bordas do funil que as montanhas formavam em volta da cidade, espalhada como musgo pela campina. Pelas ruas, subterrâneos na sombra, passavam os primeiros operários indo para o trabalho, fantasmas no vazio do mundo recriado a cada amanhecer, que seriam seguidos horas mais tarde por funcionários de escritórios, balconistas, operários e colegiais, e lá pelas onze, já alto o sol, pelos senhores que saíam para passear seu café da manhã para despertar o apetite para almoço ou visitar um amigo influente e comprar, na companhia dele, os recibos de salários atrasados de professores passando fome, pela metade de seu valor. O silêncio das ruas ainda em sombras subterrâneas era quebrado pelo farfalhar das saias de fustão engomadas das filhas do povo, que não davam trégua em seu esforço para sustentar a família – criavam porcos, faziam manteiga, vendiam coisas ou trabalhavam como tripeiras – ou madrugavam para dar conta de seus afazeres de casa; e, quando a claridade se diluía entre rosada e branca, como flor de begônia, ouviam-se os passinhos das empregadas simplórias, olhadas com desdém por damas presunçosas, que saíam de seus aposentos com o sol já quente para se espreguiçar pelos corredores, contar seus sonhos às criadas, julgar as pessoas que passavam, acariciar o gato, ler o jornal ou ficar se olhando no espelho.

Entre a realidade e o sonho, o *Bobalhão* corria perseguido por cães e pelos dardos de uma chuva fina. Corria sem rumo, apavorado, boca aberta, língua de fora, babando, a respiração ofegante e os braços erguidos. Passavam por ele portas e portas e portas e janelas e portas e janelas... De repente, parava, com as mãos no rosto, defendendo-se de um poste de telégrafo, mas, ao certificar-se de que o poste era inofensivo, soltava uma gargalhada e seguia em frente, como quem escapa de uma prisão com muros feitos de neblina, que quanto mais se corre, mais longe ficam.

Lá nos subúrbios, onde a cidade se esparrama, desabou em cima de um monte de lixo, como quem por fim chega à sua cama, e adormeceu. O lixo era coberto por teias de árvores ressequidas, vestidas de urubus, aves negras, que, sem tirar de cima dele seus olhos azulados, ao vê-lo inerte desceram e o rodearam, dando pulinhos, para lá e para cá, em uma dança macabra de ave de rapina. Olhando sem parar para todos os lados, ciscando e ensaiando o voo ao menor movimento das folhas, para lá e para cá, foram fechando o círculo até que o tiveram à distância do bico. Um grasnido feroz deu o sinal de ataque. O *Bobalhão* acordou já em pé, defendendo-se... Um dos mais atrevidos cravara o bico no seu lábio superior, enterrando-o como um prego até os dentes, enquanto os outros carniceiros disputavam-lhe os olhos e o coração a picotadas. O que lhe bicara o lábio forcejava tentando arrancar o pedaço, sem se importar com que a presa estivesse viva, e teria conseguido se o *Bobalhão* não tivesse, ao recuar, rolado por um despenhadeiro de lixo, entre nuvens de poeira e dejetos que desabavam em bloco como crostas.

Entardeceu. Céu verde, campo verde. Nos quartéis soavam os clarins das seis, prudência de tribo alerta, de praça medieval sitiada. Nos cárceres recomeçava a agonia dos prisioneiros, que há longos anos vinham sendo mortos. Os horizontes recolhiam suas cabecinhas pelas ruas da cidade, caracol de mil cabeças. Pessoas voltavam das audiências presidenciais, umas favorecidas, outras caídas em desgraça. A luz das espeluncas de jogo apunhalava a sombra.

O idiota lutava contra o fantasma do urubu que sentia ainda em cima de si e contra a dor de uma perna que se quebrara quando caiu, dor insuportável, negra, que lhe arrancava a vida.

A noite inteira ficou se queixando quietinho e tenso, quietinho e tenso como um cão ferido...

...Erre, erre, ere... Erre, erre, ere...

Erre-e-erre-e-erre-e-erre...e-erre...e-erre...

Entre as plantas silvestres que transmutavam o lixo da cidade em lindíssimas flores, junto a um olho de água doce, o cérebro do idiota agigantava tempestades no pequeno universo da sua cabeça.

...E-e-errr... E-e-eerrr... E-e-eerrr...

As unhas de aço da febre dilaceravam-lhe a testa. Dissociação de ideias. Elasticidade do mundo nos espelhos.

Desproporção fantástica. Furacão delirante. Fuga vertiginosa, horizontal, vertical, oblíqua, recém-nascida e morta em espiral...

Curvadecurvaemcurvadecurvacurvadecurvaemcurva a mulher de Lot (A que inventou a loteria?) As mulas que puxavam um bonde se transformavam na mulher de Lot e sua imobilidade irritava os condutores, que não contentes em estraçalhar nelas seus açoites e apedrejá-las, às vezes convidavam os cavalheiros a fazerem uso de suas armas. Os mais honoráveis traziam navalhas e punham as mulas para andar a estocadas.

...Erre, erre, ere...

I-N-R-Idiota! I-N-R-Idiota!

...Erre, erre, ere...

O amolador de facas afia seus dentes para rir! Amoladores de riso! Dentes de amolador de facas!

Mãe!

O grito do bêbado o sacudia.

Mãe!

A lua, entre as esponjas das nuvens, brilhava clara. Sobre as folhas úmidas, sua brancura ganhava lustro e tom de porcelana.

Já estão levando...

Já estão levando...

Já estão levando os santos da igreja e vão enterrá-los!

Ai, que alegria, ai, vão enterrá-los, ai, vão enterrá-los, que alegria, ai!

O cemitério é mais alegre que a cidade, mais limpo que a cidade! Ai, que alegria, ai, eles vão enterrá-los!

Tarari! tarará!

Tit-tit!

Tararari! Tararará!

Tchimparam, bum, bum, tchimparam!

Pãocompãocomidadebobão-rá-rá-rá-ri-ri-ri-turco-do-portal-rá-rá-rá!

Tit-tit!

Tchimparam, bum, bum, tchimparam!

E atropelando tudo, continuava com grandes saltos de um vulcão a outro, de astro em astro, de céu em céu, meio acordado, meio dormindo, entre bocas grandes e pequenas, com dentes e sem dentes, com lábios e sem lábios, com lábios duplos, bigodes, línguas duplas, línguas triplas, que lhe gritavam: "Mãe! Mãe! Mãe!".

Puu-Puuu... pegava o trem da hora para se afastar velozmente da cidade, seguindo rumo às montanhas que faziam cadeirinha para os vulcões, para além das torres de telégrafo sem fio, do matadouro, do forte de artilharia, *vol-au-vent* recheado de soldados.

Mas o trem voltava ao ponto de partida como um brinquedo preso por um barbante, e à sua chegada – traque-traque, traque-traque – aguardava-o na estação uma verdureira fanhosa com o cabelo espetado como varetas de cesta de vime, que gritava: "Pão para o idiota, lorinho?... Água para o idiota! Água para o idiota!".

Perseguido pela verdureira, que o ameaçava com uma cabaça de água, corria para o Portal do Senhor, mas ao chegar...

– MÃE! Um grito... um salto... um homem... a noite... a luta... a morte... o sangue... a fuga... o idiota... Água para o idiota, lorinho! Água para o idiota!...

A dor da perna o acordou. Sentia um labirinto dentro dos ossos. Suas pupilas se entristeceram à luz do dia. Trepadeiras adormecidas salpicadas de lindas flores o convidavam a repousar sob sua sombra, junto ao frescor de uma fonte que remexia sua cauda espumosa, como se entre musgos e samambaias se ocultasse um esquilo de prata.

Ninguém, ninguém.

O *Bobalhão* mais uma vez mergulhou na noite de seus olhos para se debater com sua dor, procurar uma posição para a perna quebrada, segurar com a mão o lábio rasgado. Mas ao soltar as pálpebras quentes, viu passar por cima céus de sangue. Entre relâmpagos, fugia da sombra das larvas convertida em mariposa.

Deitado de costas, entregou-se ao delírio ouvindo o tilintar de um sininho. Gelo para os moribundos! O vendedor de gelo vende o viático! O padre vende gelo! Gelo para os moribundos! Tilim-tilim! Gelo para os moribundos! Passa o viático! Passa o vendedor de gelo! Tire o chapéu, mudo abobalhado! Gelo para os moribundos!...

IV
Cara de Anjo

Coberto de pedaços de papel, couro, trapos, armações de guarda-chuvas, abas de chapéus de palha, utensílios de cozinha furados, cacos de porcelana, caixas de papelão, capas de livros, vidros quebrados, sapatos com línguas retorcidas ao sol, colarinhos, cascas de ovo, algodões, sobras de comida... o *Bobalhão* continuava sonhando. Agora se via em um pátio grande, rodeado de máscaras, que depois, ao reparar melhor, viu que eram caras atentas a uma briga de galos. A luta foi fogo de palha. Um dos contendores expirou logo, sem agonia, sob o olhar vítreo dos espectadores, felizes por verem as navalhas arqueadas sujas de sangue. Ar carregado de aguardente. Cusparadas tingidas de tabaco. Entranhas. Cansaço selvagem. Modorra. Moleza. Meio-dia tropical. Alguém passava pelo seu sonho, na ponta dos pés, para não acordá-lo...

Era a mãe do *Bobalhão*, amante de um criador de galos de briga que tocava o violão como se tivesse unhas de pederneira, e vítima de seus ciúmes e de seus vícios. História infindável a de suas agruras: fêmea daquele homem qualquer e mártir daquela criança que havia nascido – segundo o dizer das comadres sabichonas – sob a influência "direta" de uma lua em transe, na sua agonia de mãe juntaram-se a cabeça desproporcionada do filho – uma cabeçorra redonda e com dois redemoinhos como a lua –, as caras ossudas de todos os doentes do hospital e as expressões de medo, asco, soluço, náusea e vômito do criador de galos bêbado.

O *Bobalhão* percebeu o ruído de seu fustão engomado – vento e folhas – e correu atrás dela com lágrimas nos olhos.

No peito materno encontrou alívio. As entranhas daquela que lhe dera o ser absorveram como papel mata-borrão a dor de suas feridas. Que profundo refúgio imperturbável! Que abundância de afeto! Minha flor de açucena, pequena, gigante! Quanto amor! Quanto amor!

No mais fundo de seus ouvidos cantarolava o criador de galos:

Por que não...
Por que não...
Por que não, meu docinho
Como eu sou galo, docinho
Eu meto a pata, docinho
E arrasto a asa, docinho

O *Bobalhão* ergueu a cabeça e sem falar disse:
– Perdão, mãezinha, perdão!
E a sombra que lhe passava a mão no rosto, acarinhando, respondeu:
– Perdão, filho, perdão!
E ele ouviu de muito longe a voz do pai, como escorrendo de um copo de aguardente:

Arrumei encrenca...
Arrumei encrenca...
Arrumei encrenca com uma branca,

E quando a mandioca é boa,
Só o mato é que se arranca!

O *Bobalhão* murmurou:
– Mãezinha, me dói a alma!
E a sombra que lhe passava a mão no rosto, acarinhando, respondeu à sua queixa:
– Filho, me dói a alma!
A felicidade não tem sabor de carne. Junto deles, descia beijando a terra a sombra de um pinheiro, fresca como um rio. E cantava no pinheiro um pássaro, ao mesmo tempo pássaro e sininho de ouro:
– Sou a Maçã-Rosa da Ave do Paraíso, sou a vida, metade de meu corpo é mentira, metade é verdade, sou rosa e sou maçã, ofereço a todos um olho de vidro e um olho de verdade: os que veem com meu *olho* de vidro veem porque sonham, os que veem com meu *olho* de verdade veem porque olham! Sou a vida, a Maçã-Rosa da Ave do Paraíso; sou a mentira de todas as coisas reais, a realidade de todas as ficções!
De repente, abandonava o regaço materno e corria para ver o circo passar. Cavalos de crinas longas como salgueiros, montados por mulheres com vestidos de pedrarias. Carruagens adornadas com flores e bandeirolas de papel de seda, rodando pelo cascalho das ruas, sacolejando como bêbadas. Um bando mambembe de corneteiros, tocadores de rabeca e zabumbeiros. Palhaços de rosto enfarinhado distribuíam programas coloridos, anunciando a sessão de gala dedicada ao Presidente da República, Benemérito da Pátria, Chefe do Grande Partido Liberal e Protetor da Juventude Estudiosa.
Seu olhar vagava pelo espaço de uma abóbada muito alta. Os saltimbancos o deixaram perdido em um edifício erguido sobre um abismo sem fundo, cor verde-claro. As arquibancadas pendiam do cortinado como pontes suspensas. Confessionários subiam e desciam da terra ao céu, elevadores de almas, operados pelo Anjo da Esfera de Ouro e pelo

Diabo dos Onze Mil Cornos. De um camarim – do mesmo modo que a luz atravessa a janela apesar do vidro – saiu a Virgem do Carmo e perguntou-lhe o que desejava, a quem procurava. E com ela, proprietária daquela casa, mel dos anjos, razão dos santos e confeitaria dos pobres, deteve-se a conversar muito satisfeito. Tão grande senhora não media um metro, mas quando falava dava a impressão de entender de tudo, como gente grande. Por meio de sinais, o *Bobalhão* contou-lhe o quanto adorava mascar cera, e ela, entre séria e sorridente, disse que ele podia pegar uma das velas acesas de seu altar. Então, recolhendo seu manto de prata que lhe ia grande, conduziu-o pela mão até um laguinho de peixes coloridos e lhe deu o arco-íris, para que o chupasse como um pirulito. Felicidade completa! Sentia-se feliz desde a pontinha da língua até a pontinha dos pés. Tudo o que não tivera em vida: um pedaço de cera para mastigar como copal, um pirulito de menta, um laguinho com peixes coloridos e uma mãe que lhe massageava a perna quebrada e cantava: "vai sarar, vai sarar, minha rãzinha, sete punzinhos pra você e sua mãezinha". Tudo isso era dele agora, adormecido no lixo.

Mas a felicidade dura o tempo de uma chuva com sol... Por um caminho de terra cor de leite, que se perdia no meio do lixo, desceu um lenhador seguido por seu cão: um feixe de lenha às costas, a jaqueta dobrada sobre o feixe e o machado nos braços, com quem carrega um bebê. O barranco não era fundo, mas o entardecer o mergulhava em sombras que cobriam com seu manto o lixo amontoado embaixo, dejetos dos humanos que à noite o medo aquietava. O lenhador voltou a olhar. Juraria estar sendo seguido. Mais adiante um pouco, parou. Sentia a presença de alguém ali escondido. O cachorro uivava, com o pelo arrepiado como se tivesse visto o capeta. Uma revoada de vento levantou papéis sujos manchados de sangue de mulher ou de beterraba. O céu parecia muito distante, muito azul, enfeitado como uma tumba altíssima por coroas de urubus que voavam em círculos sonolentos. Uma hora o cão disparou até onde estava o *Bobalhão*. O lenhador estremeceu com um frio de medo. E aproximou-se passo a passo atrás do cão para ver quem era o morto. Era perigoso ferir os pés em cacos de vidro, fundos de garrafas ou latas de sardinha vazias, e era preciso saltar as fezes pestilentas e os trechos escuros. Como barcos em mar de dejetos as bacias faziam água...

Sem descansar no chão a carga – mais lhe pesava o medo –, o lenhador puxou por um pé o suposto cadáver, e qual não foi seu assombro ao deparar com um homem vivo, cujas palpitações, combinadas com seus gritos e os latidos do cão, traçavam gráficos da sua angústia, como o vento quando se entremeia com a chuva. Os passos de alguém que andava por ali, num pequeno bosque próximo, de pinheiros e velhas goiabeiras, deixaram o lenhador mais perturbado ainda. E se fosse um policial... Bem, de fato... Isso seria o fim da picada...

– Xô, xô! – gritou para o cão. E como este continuasse latindo, deu-lhe um pontapé. – Xô, xô, animal, pare com isso!

Pensou em fugir... Mas fugir era como confessar-se réu de algum delito... E se fosse um policial, pior ainda... Voltou-se então para o ferido:

– Depressa, vamos, eu o ajudo a levantar!... Meu Deus, quase mataram você!... Depressa, não tenha medo, não grite, não vou lhe fazer mal! Estava passando por aqui, encontrei-o jogado no chão...

– Vi você desenterrando-o – interrompeu uma voz às suas costas –, e então voltei, porque achei que poderia ser algum conhecido; vamos tirá-lo daqui...

O lenhador virou a cabeça para responder e por pouco não caiu de susto. Perdeu o fôlego e só não fugiu porque estava segurando o ferido, que mal se aguentava em pé. Era um anjo que falava com ele: tez de mármore dourado, cabelos loiros, boca pequena e ar de mulher em forte contraste com o negror de seus olhos varonis. Usava uma veste cinza. À luz do crepúsculo, parecia trajar uma nuvem. Trazia nas mãos delicadas uma bengala de bambu muito fina e um chapéu limenho de abas largas, que parecia uma pomba.

– Um anjo!... – o lenhador não tirava os olhos dele –, ...um anjo – repetia –, ...um anjo!

– Dá pra ver pela roupa dele que é um coitadinho – disse a figura recém-aparecida. – Que coisa triste é ser pobre!...

– Depende; neste mundo tudo é relativo. Veja eu, por exemplo; sou bem pobre... tenho apenas o trabalho, a minha mulher e a minha cabana, e não acho minha condição triste – gaguejou o lenhador, falando como alguém que dorme para ganhar as graças do anjo, cujo poder, como prêmio para a sua resignação cristã poderia transformá-lo, bastava querer, de lenhador em rei. E por um instante viu-se vestido de ouro, coberto por um manto vermelho, com uma coroa de pontas na cabeça e um cetro de brilhantes na mão. O depósito de lixo ia ficando para trás...

– Curioso! – observou o recém-aparecido, fazendo sobressair sua voz aos lamentos do *Bobalhão*.

– Curioso por quê?... Afinal de contas, nós pobres somos os mais conformados. E que remédio, não?... A verdade é que com esse negócio de escola os que aprenderam a ler andam influenciados por coisas impossíveis. Até minha mulher fica às vezes triste porque diz que gostaria de ter asas aos domingos.

O ferido desmaiou duas ou três vezes na encosta, cada vez mais íngreme. As árvores subiam e desciam em seus olhos de moribundo, como os dedos dos bailarinos nas danças chinesas. As palavras daqueles dois que o levavam quase carregado percorriam seus ouvidos em ziguezague como bêbados em piso escorregadio. Uma grande mancha negra grudara em seu rosto. Calafrios repentinos sopravam pelo seu corpo as cinzas dos delírios incinerados.

– Quer dizer que sua mulher gostaria de ter asas aos domingos? – disse o recém-aparecido. – Ter asas... se as tivesse, iria achá-las inúteis.

– Isso mesmo, e diz que gostaria de tê-las para poder ir passear, e quando está brava comigo pede-as aos céus.

O lenhador deteve-se para limpar o suor da testa com a jaqueta, exclamando:

– Pesa um pouquinho!
Enquanto isso, o aparecido prosseguia:
– Para isso, já basta e sobra ela ter pés; por mais que tivesse asas, não iria embora.
– Com certeza não iria, e não por seus belos olhos, mas porque mulher é pássaro que não consegue viver fora da gaiola, e porque as toras de lenha que eu trago comigo seriam poucas para arrebentá-las em cima dela – e então lembrou que falava com um anjo e apressou-se em dourar a pílula – com os devidos modos, não acha?
O desconhecido guardou silêncio.
– Quem deve ter espancado esse pobre homem? – acrescentou o lenhador para mudar de assunto, incomodado com o que acabava de dizer.
– Sempre tem gente assim...
– Verdade, sempre tem gente pra tudo... E esse aqui foi pego de jeito... não tiveram dó: uma navalhada na boca e atirado no lixo.
– Com certeza tem outras feridas.
– A do lábio eu acho que fizeram com navalha de barbear, e se o despencaram aqui, não se iluda não, foi para ocultar o crime.
– É, mas entre o céu e a terra...
– Eu ia dizer a mesma coisa.
As árvores já se cobriam de urubus, prontos para sair do barranco, e o medo, mais forte que a dor, fez o *Bobalhão* calar a boca; enrolado como uma concha, encolheu-se num silêncio de morte.
O vento corria ligeiro pela planície, soprava da cidade para o campo, sutil, amável, familiar...
O aparecido consultou seu relógio e foi embora com pressa, depois de jogar umas quantas moedas no bolso do ferido e despedir-se do lenhador afavelmente.
O céu, sem nenhuma nuvem, brilhava esplêndido. Os subúrbios avançavam para o campo com luzes elétricas acesas como fósforos em um teatro no escuro. As alamedas

sinuosas surgiam das trevas junto com as primeiras moradias: casinhas de barro com cheiro de palha, barracos de madeira com cheiro de mestiço de índio, casarões com a entrada mal cuidada, fedendo a estrebaria, e pousadas nas quais era praxe a venda de forragem, onde havia uma criada com um amante no quartel de Matamoros, e um grupo de tropeiros sentados no escuro.

Ao chegar às primeiras casas, o lenhador abandonou o ferido, depois de lhe indicar como chegar ao hospital. O *Bobalhão* entreabriu os olhos em busca de ajuda, de algo que lhe fizesse parar o soluço, mas seu olhar de moribundo, rijo como espinha, cravou sua súplica nas portas fechadas da rua deserta. Remotamente ouviam-se clarins, submissão de povo nômade, e sinos que diziam, pelos fiéis defuntos, de três em três toques trêmulos: "Que pena!... Que pena!... Que pena!...".

Assustou-se com um urubu que se arrastava pela sombra. A queixa ressentida do animal, que tinha uma asa partida, era para ele uma ameaça. E pouco a pouco foi saindo dali, pouco a pouco, apoiando-se nos muros, no tremor imóvel dos muros, lamúria atrás de lamúria, sem saber para onde, com o vento no rosto, o vento que mordia gelo para soprá-lo de noite. Os soluços o sacudiam...

O lenhador deixou cair o feixe de lenha no pátio da sua cabana, como fazia sempre. O cão, que chegara antes dele, recebeu-o com festa. Afastou o cão e, sem tirar o chapéu, abrindo a jaqueta e pondo-a sobre os ombros como morcego, chegou perto do fogo aceso num canto, onde sua mulher esquentava as panquecas e lhe contou o acontecido.

– Lá no lixão, encontrei um anjo...

O clarão das chamas lantejoulava as paredes de bambu e o teto de palha, como asas de outros anjos.

Escapava da cabana uma fumaça branca, trêmula, vegetal.

V
Aquele animal

O secretário do Presidente ouvia o doutor Barreño.
– Vou dizer a ele, senhor secretário, que levo já dez anos indo todo dia a um quartel como cirurgião militar. Vou lhe dizer que tenho sido vítima de um ultraje inqualificável, pois acabei sendo detido, e essa detenção deveu-se ao fato de..., vou lhe contar como foi: no Hospital Militar foi detectada uma enfermidade estranha; todo dia morriam uns dez, doze indivíduos de manhã, dez, doze à tarde, dez, doze indivíduos à noite. Vou dizer a ele que o Chefe da Saúde Militar me incumbiu, junto com outros colegas, de estudar o caso e informar qual era a causa da morte daqueles indivíduos que na véspera haviam dado entrada no hospital em bom estado ou quase bom. Vou lhe explicar que depois de cinco autópsias consegui concluir que aqueles infelizes morriam de uma perfuração do estômago do tamanho de uma moeda, produzida por um agente estranho que eu desconhecia e que revelou ser o sulfato de sódio, que lhes era administrado como purgante, um sulfato de sódio comprado em fábricas de água mineral com gás e, portanto, de má qualidade. Vou

lhe dizer que meus colegas médicos não tiveram a mesma opinião que eu e que, sem dúvida por isso, não foram detidos e presos; para eles, tratava-se de uma enfermidade nova que era preciso estudar melhor. Vou lhe dizer que morreram cento e quarenta soldados e que ainda restam dois barris de sulfato. Vou dizer a ele que para poder roubar alguns pesos, o chefe da Saúde Militar sacrificou cento e quarenta homens, fora os que ainda vão continuar... Eu vou lhe dizer...

– Doutor Luis Barreño! – gritou junto à porta da secretaria um ajudante presidencial.

– ...vou lhe dizer depois, senhor secretário, o que ele me disser.

O secretário acompanhou o doutor Barreño alguns passos. Por seus toques humanitários, era interessante aquela sua crônica escalonada, monótona, cinza, expressa no jargão dos médicos, que combinava com sua cabeça grisalha e sua cara de bife magro de homem de ciência.

O Presidente da República recebeu-o em pé, a cabeça erguida, um braço pendendo naturalmente e o outro às costas, e, sem lhe dar tempo de que o cumprimentasse, cantou-lhe:

– Vou lhe dizer, dom Luis, isso sim, que não admito que, por causa de fofoquinhas de doutorzinhos, a credibilidade do meu governo fique comprometida, o mínimo que seja. Meus inimigos deveriam já saber muito bem disso e é bom que fiquem alerta, porque, na primeira, arranco-lhes a cabeça! Retire-se! Saia!... e chame aquele animal!

De costas para a porta, chapéu na mão e uma ruga trágica na testa, pálido como no dia em que hão de enterrá-lo, saiu o doutor Barreño.

– Perdido, senhor secretário, estou perdido!... Tudo o que ouvi foi: "Retire-se, saia, chame aquele animal!...".

– "Aquele animal" sou eu!

Foi o que afirmou um velho funcionário, levantando-se de uma mesa a um canto e entrando na sala presidencial pela porta que o doutor Barreño acabava de fechar.

– Achei que ele ia me bater!... Precisava ver... precisava ver... – balbuciou o médico enxugando o suor que lhe escorria pelo rosto. – Precisava ver! Mas estou tomando seu tempo, senhor secretário, e o senhor é muito ocupado. Estou indo, viu? E muito obrigado...

– Até mais, doutorzinho. De nada. Passe bem.

O secretário concluía os despachos que o Senhor Presidente iria assinar em alguns momentos. A cidade absorvia o alaranjado do crepúsculo vestida de lindas nuvens de tarlatana com estrelas na cabeça, como anjos de oratório. Dos campanários luminosos caía pelas ruas o salva-vidas da Ave-Maria.

Barreño entrou em casa despedaçado. Quem conseguiria resistir a uma punhalada traiçoeira como aquela! Fechou a porta olhando para o teto, por onde uma mão criminosa poderia descer para estrangulá-lo, e se refugiou em seu quarto, atrás de um guarda-roupa.

Seus paletós pendiam solenes, como enforcados preservados em naftalina, e sob seu signo de morte lembrou Barreño do assassinato do seu pai, ocorrido à noite em uma estrada, sozinho, há muitos anos. Sua família teve que se conformar com uma investigação judicial infrutífera; a farsa coroava a infâmia, e por fim receberam uma carta anônima que dizia mais ou menos o seguinte: "Vínhamos com meu cunhado a cavalo pelo caminho que vai de Vuelta Grande até La Canoa, lá pelas onze da noite, quando ao longe soou uma detonação; outra, outra, outra... conseguimos contar até cinco. Buscamos refúgio num bosquezinho próximo. Ouvimos que vinha ao nosso encontro uma cavalaria a todo galope. Ginetes e cavalos passaram por nós quase roçando, e então tudo silenciou e continuamos a marcha. Mas nossos animais não demoraram a se agitar de novo e começaram a recuar resfolegando. Apeamos, revólver na mão, para ver qual era o problema, e encontramos estendido o cadáver de um homem, rosto virado para o chão, e a alguns passos dele uma mula ferida que meu cunhado cuidou de abreviar-lhe o sofrimento. Sem vacilar, voltamos para dar queixa em Vuelta Grande. Na delegacia, encontramos o coronel José Parrales Sonriente, *o homem da mulinha*, acompanhado de um grupo de amigos, sentados em volta de uma mesa cheia de copos de bebida. Chamamo-lo de lado e em voz baixa relatamos o que havíamos visto. Primeiro, os tiros, depois... Ele ouviu tudo, encolheu os ombros, virou os olhos para a chama de uma vela gotejante e retrucou pausadamente: "Vão direitinho para casa, eu sei o que estou dizendo, e não voltem a falar sobre isso!...".

– Luis!... Luis!...

Um paletó se soltou do cabide como ave de rapina.

– Luis!

Barreño deu um pulo e se pôs a folhear um livro a dois passos da sua estante. O susto que sua mulher teria levado se o encontrasse no guarda-roupa!...

– Mas... Isso já nem tem mais graça! Você vai se matar de tanto estudar ou então vai ficar louco! Lembre-se do que eu digo! Você não entendeu ainda que pra ser alguma coisa nessa vida é preciso mais lábia do que estudo. O que você ganha estudando? O que ganha? Nada! Eu ia dizer "um par de meias", mas nem isso...! Era só o que me faltava! Era só o que me faltava!...

A luz e a voz da esposa devolveram-lhe a tranquilidade.

– Era só o que me faltava! Estudar..., estudar... Pra quê?... Pra que depois de morto as pessoas digam que você era sábio, que é o que dizem de todo mundo... Bah!... Os charlatães é que têm que estudar, você não precisa, já tem diploma, que serve justamente pra isso, pra saber sem ter que estudar... E não me faça essa cara! Em vez de biblioteca você deveria ter é clientela. Se para cada livro inútil desses você tivesse um doente, a gente estaria melhor de saúde aqui em casa. Eu, por mim, gostaria de ver seu consultório cheio de gente, ouvir o telefone tocando a toda hora, ver você em consultas... Enfim, que você chegasse a ser alguma coisa...

— Pra você, "ser alguma coisa" significa...

— Pois, sim... significa alguma coisa efetiva... e não me venha dizer que para isso é preciso queimar as pestanas em cima dos livros, como você faz. Bem que os outros médicos gostariam de saber a metade do que você sabe. Para isso é só fazer bons contatos e com gente de nome. O médico do Senhor Presidente pra cá... O médico do Senhor Presidente pra lá... Isso, sim, sabia? Isso, sim, já é ser alguma coisa...

— Poisss... — e Barreño deteve esse "pois" entre os dentes como se superasse uma pequena falha de memória — ...isss, filha, perca as esperanças; você cairia de costas se eu lhe dissesse que venho de falar com o Presidente. É... isso mesmo, acabo de ver o Presidente.

— Caramba! E o que foi que ele disse, como recebeu você?

— Mal. Cortar a cabeça foi tudo o que ouvi ele dizer. Tive medo e o pior é que não conseguia achar a porta da saída.

— Levou uma bronca dele? Bem, não é o primeiro nem o último que ele trata desse jeito; tem gente que ele chega a agredir! — E depois de uma prolongada pausa, acrescentou: — Sabe qual foi sempre o seu problema? O medo...

— Mas, mulher, me diga quem é que vai dar uma de valente com uma fera daquelas.

— Não, homem, não estou falando disso. Ser médico do Presidente, no seu caso está fora de cogitação. Estou falando da cirurgia. Para isso o que você precisaria era perder o medo. Para ser cirurgião é preciso ter coragem. Acredite. Coragem e decisão para enfiar a faca. Uma costureira que perde tecido nunca vai chegar a cortar bem um vestido. E um vestido, bem, um vestido vale alguma coisa. Os médicos, ao contrário, podem ficar testando no hospital com os índios. E essa história do Presidente, não ligue, não. Venha comer! O homem deve estar louco da vida com esse assassinato horrível do Portal do Senhor!

— Escute aqui, é melhor você calar a boca! Se não, pode acontecer uma coisa que nunca aconteceu aqui, que é eu acertar um tapa na sua cara. Não foi assassinato e nem foi nada horrível terem acabado com esse carrasco, que tirou a vida do meu pai, numa estrada deserta, um ancião indefeso...!

– Isso segundo um anônimo! Você nem parece homem! Quem é que dá crédito a uma carta anônima?

– Como se eu fosse de dar crédito a cartas anônimas...

– Você nem parece homem...

– Pois eu vou lhe dizer! Se eu fosse de me deixar levar por anônimos você nem estaria mais aqui na minha casa – Barreño revirava os bolsos procurando alguma coisa com mão febril e a expressão tensa – não estaria mais aqui na minha casa. Tome: leia...

Branca, sem outra cor que o vermelho químico dos lábios, pegou o papel que o marido lhe estendia e em um segundo passou os olhos:

"Doutor: faça-nos o favor de consolar sua mulher, agora que 'o homem da mulinha' passou desta para melhor. Conselho de alguns amigos e amigas que lhe querem bem."

Com uma gargalhada dolorida, lascas de riso que enchiam as provetas e retortas do pequeno laboratório de Barreño, como um veneno a ser estudado, ela devolveu o papel ao seu marido. Uma empregada acabava de chamar à porta:

– O almoço está servido!

No Palácio, o Presidente assinava os despachos, assistido por aquele velhinho que havia entrado assim que o doutor Barreño saiu da sala, e a quem o Presidente se referiu como *aquele animal*.

Aquele animal era um homem de roupas simples, pele rosada como de filhote de rato, cabelo loiro e malcuidado, e olhos azuis e turvados, perdidos em óculos cor gema de ovo.

O Presidente colocou a última assinatura e o velhinho, ao se apressar para secar a tinta, derramou o tinteiro sobre a folha assinada.

– ANIMAL!

- Se...nhor!
- ANIMAL!

Um toque de campainha... outro... outro... Passos e um ajudante na porta.

- General, apliquem duzentas chicotadas nesse sujeito, já, imediatamente – rugiu o Presidente; e seguiu depois para a Casa Presidencial. A mesa do almoço estava posta.

Aquele animal ficou com os olhos cheios de lágrimas. Não falou porque não conseguiu e porque sabia que seria inútil implorar perdão: o Senhor Presidente estava endemoninhado com o assassinato de Parrales Sonriente. Diante de seus olhos nublados surgiram a implorar por ele sua mulher e seus filhos; uma velha trabalhadora e meia dúzia de crianças magrinhas. Com a mão feita um garrancho, ele remexeu o bolso do paletó para tirar um lenço e chorar amargamente – e sem poder gritar para desafogar-se! –, pensando, não como os demais mortais, que aquele castigo era injusto; ao contrário, que era certo baterem nele para que aprendesse a não ser torpe – e sem poder gritar para desafogar-se! –, para que aprendesse a fazer as coisas direito e não derramasse tinta nos documentos – e sem poder gritar para desafogar-se!...

Entre os lábios apertados, projetavam-se seus dentes, como os de um pente, que junto com seu rosto encovado e sua aflição contribuíam para lhe dar o aspecto de um condenado à morte. O suor nas costas fez sua camisa grudar, o que o lhe causou uma agonia estranha.

Nunca havia suado tanto!... E sem poder gritar para desafogar-se! E as náuseas provocadas pelo medo o fa, fa, fa, faziam tremer...

O ajudante agarrou-o pelo braço, ele desentendido, embutido em um torpor macabro: os olhos fixos, os ouvidos com uma terrível sensação de vazio, a pele pesada, pesadíssima, as costas curvadas, fraco, cada vez mais fraco...

Minutos depois, na sala de refeições:

- Com licença, Senhor Presidente?

– Passe, general.

– Senhor, venho informá-lo que *aquele animal* não aguentou as duzentas chicotadas.

A criada que segurava a travessa de onde servia o prato do Senhor Presidente – naquele momento eram batatas fritas –, começou a tremer...

– E a senhora, está tremendo por quê? – repreendeu-a o patrão. E voltando-se para o general que, perfilado, de quepe na mão, esperava sem pestanejar: – Está bem, retire-se!

Com a travessa na mão, a empregada correu para alcançar o ajudante e lhe perguntou por que não havia aguentado as duzentas chicotadas.

– Como assim por quê? Porque morreu!

E ainda com a travessa na mão, voltou para a sala.

– Senhor – disse quase chorando ao Presidente, que comia tranquilo –, ele disse que não aguentou porque morreu!

– E daí? Traga o próximo prato!

VI
A CABEÇA DE UM GENERAL

Miguel Cara de Anjo, o homem de confiança do Presidente, entrou na hora da sobremesa.

– Mil desculpas, Senhor Presidente! – disse ao aparecer na porta da sala (era belo e mau como Satã). – Mil desculpas, Senhor Presidente, se venhooo..., mas precisei ajudar um lenhador com um ferido que ele recolheu de um depósito de lixo, e não consegui chegar antes! Informo ao Senhor Presidente que não se tratava de pessoa conhecida, e sim de um qualquer!

O Presidente vestia, como sempre, luto rigoroso: eram pretos os sapatos, preto o terno, preta a gravata, preto o chapéu, que nunca tirava da cabeça; nos bigodes grisalhos, penteados sobre a junção dos lábios, dissimulava as gengivas sem dentes, tinha as bochechas pelancudas e as pálpebras pareciam beliscadas.

– E o senhor o levou aonde devia?... – interrogou relaxando o cenho...

– Senhor...

– Que história é essa! Alguém que se vangloria de ser amigo do Presidente da República não abandona na rua um infeliz ferido, vítima de mão oculta!

Um leve movimento na porta da sala fez com que virasse a cabeça.

– Passe, general...
– Com a licença do Senhor Presidente...
– Já estão prontos, general?
– Sim, Senhor Presidente...
– Vá o senhor mesmo, general; apresente à viúva minhas condolências e faça-lhe a entrega desses trezentos pesos, que lhe envia o Presidente da República para ajudá-la nas despesas do enterro.

O general, que permanecia perfilado, com o quepe na mão direita, sem pestanejar, quase sem respirar, inclinou-se, pegou o dinheiro da mesa, girou sobre os calcanhares e, minutos depois, saiu de carro com o féretro que acompanhava o corpo d'*aquele animal*.

Cara de Anjo foi logo explicando:

– Pensei em acompanhar o ferido até o hospital, mas depois pensei melhor: "Se tivesse uma ordem do Senhor Presidente, seria mais bem cuidado". E como vinha para cá atender seu chamado e manifestar uma vez mais meu pesar pela morte que alguns vilões deram covardemente ao nosso Parrales Sonriente...

– Vou providenciar a ordem...

– Não se poderia esperar outra coisa daquele que dizem que não deveria governar este país...

O Presidente deu um pulo, indignado.

– Quem disse isso?

– Eu, em primeiro lugar, Senhor Presidente, dentre os muitos que professamos a crença de que um homem como o senhor deveria governar um povo como o da França, da livre Suíça, ou da industriosa Bélgica ou da maravilhosa Dinamarca!... Mas a França..., a França, principalmente... O senhor seria o homem ideal para guiar os destinos do grande povo de Gambetta e Vitor Hugo!

Um sorriso quase imperceptível desenhou-se sob o bigode do Presidente, que, limpando os óculos com um lenço de seda branca, sem deixar de olhar para Cara de Anjo, após uma breve pausa encaminhou a conversa para outro lado.

– Chamei você aqui, Miguel, para algo que me interessaria que ficasse resolvido ainda esta noite. As autoridades competentes ordenaram a captura desse ardiloso Eusebio Canales, o general que você conhece, e irão prendê-lo em sua casa amanhã, à primeira hora. Por razões específicas, embora seja um dos que assassinaram Parrales Sonriente, não convém ao governo que ele vá para a prisão, e me interessa que fuja imediatamente. Corra lá atrás dele, conte-lhe o que sabe e aconselhe-o, como se fosse coisa sua, a fugir hoje à noite mesmo. Talvez você tenha que ajudá-lo a tomar essa decisão, pois, como todo militar de escola, ele acredita na honra, vai querer dar uma de esperto e se for agarrado amanhã eu lhe corto a cabeça. Ele tampouco deve saber dessa nossa conversa; fica entre nós dois... E você, tome cuidado para a polícia não ficar sabendo que você anda por aí; arrume um jeito de não ser visto e que esse espertalhão caia fora. Pode ir embora.

O favorito saiu com meio rosto coberto por um cachecol preto (era belo e mau como Satã). Os oficiais que guardavam a sala do patrão o saudaram militarmente. Quem sabe fosse um pressentimento; ou talvez tivessem ouvido que levava nas mãos a cabeça de um general. Sessenta desacorçoados bocejavam na sala de audiências, esperando que o Senhor Presidente se desocupasse. As ruas próximas ao Palácio e à Casa Presidencial estavam atapetadas de flores. Grupos de soldados, a mando do Comandante de Armas, enfeitavam a fachada dos quartéis vizinhos com lanterninhas, bandeirolas e correntes de papel de seda azul e branco.

Cara de Anjo nem se deu conta daqueles preparativos festivos. Precisava ir ver o general, acertar o plano e proporcionar-lhe a fuga. Tudo lhe pareceu fácil até começarem a latir os cães no bosque monstruoso que separava o Senhor Presidente de seus inimigos, bosque de árvores de orelhas, que reagiam ao menor eco agitando-se como se sopradas por um furacão. Nem o mais leve ruído por léguas ao redor resistia à avidez daqueles milhões de cartilagens. Os cães continuavam latindo. Uma rede de fios invisíveis, mais invisíveis que os fios do telégrafo, comunicava cada folha com o Senhor Presidente, atento ao que acontecia nas vísceras mais secretas dos cidadãos.

Se fosse possível fazer um pacto com o diabo, vender-lhe a alma a fim de poder burlar a vigilância da polícia e permitir a fuga do general... Mas o diabo não se presta a atos de caridade; se bem que era difícil saber até que ponto não deixaria rastros aquele lance singular... A cabeça do general e algo mais... Pronunciou as palavras como se trouxesse de verdade nas mãos a cabeça do general e algo mais.

Chegou à casa de Canales, que ficava no bairro de La Merced. Era um casarão de esquina, quase centenário, com certa soberania de moeda antiga nas suas oito sacadas que davam para a rua principal e no portão para carruagens que dava para a outra rua. O favorito pensou em parar ali e, caso ouvisse gente dentro, chamar para que viessem abrir. Mas desistiu ao notar a presença de guardas, que rondavam pela calçada da frente. Apertou o passo e ficou olhando pelas janelas para ver se havia alguém dentro a quem pudesse fazer sinais. Não viu ninguém. Impossível parar na calçada sem despertar suspeitas. Mas na esquina oposta à casa havia um boteco meio caído, e para poder ficar por ali era só entrar e tomar alguma coisa. Uma cerveja. Trocou algumas palavras com a mulher que atendia e com o copo de cerveja na mão virou o rosto para ver quem ocupava um banquinho encostado à parede, um vulto de homem que ele ao entrar enxergara de rabo de olho. Chapéu do alto da cabeça até a testa, quase cobrindo os olhos, toalha em volta do pescoço, a gola do paletó levantada, calças boca de sino, botas de abotoar desabotoadas, salto alto, sola de borracha, de couro amarelo e pano cor café. Com ar distraído, o favorito ergueu os olhos e ficou olhando as garrafas alinhadas nas prateleiras da estante, o "esse" luminoso da lâmpada de luz elétrica, um anúncio de vinhos espanhóis, Baco cavalgando um barril entre frades barrigudos e mulheres nuas, e um retrato do Senhor Presidente, jovem a perder de vista, com ferrovias nos ombros como se fossem jarreteiras e um anjinho deixando cair na sua cabeça uma coroa de louros. Retrato de muito bom-gosto. De vez em quando dava uma olhada na casa do general. Seria grave se o homem do banquinho e a dona do boteco fossem mais que amigos e ele estivesse lá atrapalhando alguma coisa. Desabotoou o paletó, cruzou as pernas e apoiou os cotovelos no balcão, com ares de pessoa que não iria sair de lá tão cedo. E se pedisse outra cerveja? Pediu e para ganhar tempo pagou com uma nota de cem pesos. Talvez a dona do boteco não tivesse troco. Ela abriu a gaveta do caixa, de cara feia, remexeu as notas ensebadas e fechou-a batendo com força. Não tinha troco. Sempre a mesma história de ter de sair atrás de troco. Vestiu o avental sobre os braços descobertos e foi para a rua, não sem olhar antes para o do banquinho e sinalizar que ficasse de olho no cliente: ele fez que "sim, pode deixar", e ela fez como quem diz "veja se esse aqui não vai roubar nada". Precaução desnecessária porque naquela hora saiu uma mocinha da casa do general, como que caída do céu, e Cara de Anjo não esperou mais.

– Senhorita – disse ele, andando ao lado dela –, avise o dono da casa de onde acaba de sair que tenho uma coisa muito urgente a lhe comunicar.

– Meu pai?

– É filha do general Canales?

– Sim, sou...

– Então... não pare, não. Continue andando... vamos continuar andando.... Aqui está meu cartão. Diga a ele, por favor, que estou esperando-o em minha casa, que venha o mais rápido que puder; estou indo agora para lá, e vou esperá-lo, diga que a vida dele está em perigo... Sim, isso mesmo, na minha casa, o mais rápido possível...

O vento arrancou seu chapéu da cabeça e ele precisou voltar correndo para pegá-lo. Duas ou três vezes escapou das suas mãos. Por fim, conseguiu pegá-lo. Parecia estar tentando agarrar uma ave de quintal.

Voltou para o boteco, com o pretexto do troco, para ver a impressão que sua saída repentina havia provocado no homem do banquinho e encontrou-o atracado com a dona do boteco; havia encostado a moça contra a parede e com a boca ansiosa tentava roubar-lhe um beijo.

– Seu policial desgraçado, não é à toa que você se chama Bascas![1] – disse a mulher quando o do banquinho largou dela, assustado ao ouvir os passos de Cara de Anjo chegando.

Cara de Anjo interveio de forma amistosa para favorecer seus planos; desarmou a dona do boteco, que se armara com uma garrafa, e olhou com olhar complacente para o homem do banquinho.

– Calma, senhora, calma! O que é isso? Pode ficar com o troco, mas façam as pazes! A senhora não vai conseguir nada fazendo escândalo e a polícia pode acabar vindo para cá; além disso, se o nosso amigo aqui...

– Lucio Vásquez, a seu dispor...

– Que Lucio Vásquez que nada! Sucio Bascas[2], isso sim! E que negócio é esse de polícia...? Qualquer coisa já chamam a polícia! Eles que experimentem! Que experimentem entrar aqui! Não tenho medo de ninguém, nem sou índia, está ouvindo? E não venha querer me assustar com essa história da prisão Casa Nova!

– Meto você num puteiro se eu quiser! – murmurou Vásquez, e cuspiu fora alguma coisa que tinha entrado pelo nariz.

– Ah, trabalhar de puta! Como não, dona Chon!

– Mas, gente, vamos fazer as pazes, já passou!

– Certo, senhor, por mim já encerrei o assunto!

---

1 Como se revela em seguida, o nome do "homem do banquinho" é Vásquez. Irritada, a mulher o chama de *Bascas*, que é "náuseas, ânsia de vômito" em espanhol. (N.T.)
2 Agora a mulher completa a transformação depreciativa do nome de Lucio Vásquez chamando-o de *Sucio Bascas* ("*sucio*" é "sujo" em espanhol). (N.T.)

A voz de Vásquez era desagradável; falava como mulher, com uma voz terna, aguda, falsa. Estava apaixonado até a medula pela moça, insistia com ela dia e noite para que lhe desse um beijo, bem dado. Só pedia isso. Mas ela não queria saber, alegava que "a gente dá a mão, a pessoa quer o braço". Súplicas, ameaças, presentinhos, choro fingido e de verdade, serenatas, galanteios, tudo se estatelava contra a negativa rude da dona do boteco, que nunca cedeu nem se permitiu bons modos. "Quem quiser", dizia, "já sabe que comigo o amor é pra valer".

– Agora que vocês se acalmaram – continuou Cara de Anjo, como se falasse consigo, esfregando o indicador em uma moeda de níquel pregada no balcão – vou contar a vocês o que está acontecendo com a mocinha da casa em frente.

E começou a contar que um amigo lhe pedira para perguntar se ela havia recebido uma carta, mas a dona do boteco interrompeu...

– Que nada, seu sortudo, a gente já percebeu que você está apaixonado por ela!

O favorito sentiu que uma porta se abria... Sim, ele apaixonado pela moça... Podia inventar que a família se opunha... fingir um rapto... Aliás, rapto e porta têm as mesmas letras...

Continuava esfregando o indicador na moeda de níquel pregada no balcão, mas agora mais depressa.

– É verdade – respondeu Cara de Anjo –, mas estou encrencado, porque o pai dela não quer que a gente case...

– Nem me fale desse velho! – interveio Vásquez –. Vive fazendo essa cara de quem comeu e não gostou, como se a gente tivesse culpa da ordem que soltaram de segui-lo por toda parte!

– Rico é assim mesmo! – acrescentou irritada a dona do boteco.

– E, por isso – explicou Cara de Anjo –, pensei em tirá-la da casa do pai. Ela concordou. Já combinamos tudo e vamos fazer isso hoje à noite.

A mulher e Vásquez sorriram.

– Vamos tomar uma! – disse Vásquez –, que isso está ficando bom – depois virou-se para oferecer a Cara de Anjo um cigarro. – Fuma, cavalheiro?

– Não, obrigado... Mas... para não fazer desfeita...

A dona do boteco serviu três doses enquanto os dois acendiam os cigarros.

Um momento depois, quando o ardor do trago já havia amainado, Cara de Anjo disse:

– Bom, obviamente, posso contar com vocês dois? Seja como for, preciso que me ajudem! Ah, mas tem uma coisa, tem que ser hoje mesmo!

– Depois das onze da noite eu não posso, estou de serviço – observou Vásquez –, mas esta aqui...

– *Esta aqui* o seu nariz, veja lá como fala!

– A *Masacuata* aqui – e voltou a olhar para a dona do boteco – pode ficar no meu lugar! Vale por dois, a não ser que o senhor queira que eu mande alguém no meu lugar; tenho um amigo que eu fiquei de encontrar hoje lá no bairro dos índios.

– Pronto, pode ser o assunto que for, meu caro, que você já dá um jeito de enfiar esse Genaro Rodas, maior café com leite, na história.

– Café com leite? Como assim? – perguntou Cara de Anjo.

– É... o cara parece meio morto, sabe, assim meio descorado... desbotado... não sei nem dizer direito... descolorido, pronto, é isso...

– Mas e daí?

– Eu não vejo nenhum problema...

– ...Tem problema, sim, senhor, e desculpe cortá-lo; eu não queria contar, mas a mulher desse Genaro Rodas, uma tal de Fedina, andou contando por aí que a filha do general vai ser a madrinha do filho dela; isso quer dizer que o tal do Genaro Rodas, seu amigo, não serve para o que o senhor está querendo.

— Bobagem!

— Pra você, tudo é bobagem!

Cara de Anjo agradeceu a Vásquez pela sua boa vontade, mas deu a entender que era melhor não contarem com o "café com leite", porque, como a dona do boteco dissera, de fato ele não ia servir.

— É uma pena, amigo Vásquez, que não possa me ajudar nessa questão...

— Eu também sinto não poder ajudá-lo; se soubesse antes, teria arrumado uma licença.

— Será que com dinheiro a gente não conseguia dar um jeito?

— Não, não, de jeito nenhum, não costumo trabalhar assim. É que simplesmente não dá! – e levou a mão à orelha.

— Bem, fazer o quê, não é? O que não pode ser, não pode ser! Vou voltar de madrugada, quinze para as duas, ou uma e meia, porque questões de amor a gente tem que resolver logo, enquanto a coisa está quente.

Acabou de se despedir na porta, levou o relógio de pulso ao ouvido para saber se estava funcionando – que cosquinha que dava aquela pulsação isócrona! –, e partiu com toda a pressa do mundo, com o cachecol preto sobre o rosto pálido. Levava nas mãos a cabeça do general e algo mais.

VII
Absolvição episcopal

Genaro Rodas parou encostado à parede e acendeu um cigarro. Lucio Vásquez apareceu quando ele riscava o fósforo na caixa. Um cão vomitava na grade do Sacrário.

– Esse vento ferrado! – resmungou Rodas ao ver o amigo.

– E aí, tudo certo? – cumprimentou Vásquez, e saíram andando.

– E você, velho?

– O que faz por aqui?

– Como assim, o que faz por aqui? Engraçadinho você! A gente não combinou de se encontrar?

– Ah! Ah! Achei que tivesse esquecido. Já vou lhe contar como ficou aquela história. Vamos tomar alguma coisa antes. Sei lá, estou com vontade de beber. Venha, vamos passar pelo Portal pra ver se tem alguma novidade.

– Acho que não vai ter, mas se você quer, vamos lá; mas desde que proibiram os mendigos de dormir, a gente não vê nem gato de noite por ali.

– Ainda bem, pra você. Seja como for, vamos atravessar o átrio da catedral, se você concordar. E que rebuliço, hein?

Depois do assassinato do coronel Parrales Sonriente, a Polícia Secreta não arredava pé nem um minuto do Portal do Senhor; vigilância incumbida aos homens mais duros. Vásquez e o amigo percorreram o Portal de ponta a ponta, subiram pelos degraus que davam na esquina do Palácio Episcopal e saíram pelo lado das Cem Portas. As sombras das pilastras projetadas sobre o piso ocupavam o lugar dos mendigos. Uma escada, outra e mais outra, advertiam que um pintor de broxa larga ia rejuvenescer o edifício. E, de fato, entre as providências da Honorável Prefeitura encaminhadas ao Presidente da República para testemunhar seu incondicional apoio, sobressaía a da pintura e limpeza do edifício que havia sido palco do odioso assassinato, à custa dos turcos que tinham lá suas bancas hediondas, onde algo não cheirava bem. "Que os turcos paguem a conta, pois de certo modo são os culpados pela morte do coronel Parrales Sonriente, por viverem no lugar em que foi perpetrado o crime", diziam, ao tratar de dinheiro, os severos acordos edilícios. E os turcos, com aquelas contribuições de caráter vindicativo, teriam acabado mais pobres que os mendigos que antes dormiam a suas portas, não fosse a ajuda de amigos influentes que pagaram as despesas de pintura, limpeza e melhoria da iluminação do Portal do Senhor, com papéis resgatáveis do Tesouro Nacional, que haviam comprado pela metade do valor.

Mas a presença da Polícia Secreta estragou a festa. Em voz baixa, perguntavam-se o porquê daquela vigilância. Afinal, os papéis não haviam se liquefeito em baldes cheios de cal? Não foram compradas às suas custas broxas grandes como as barbas dos Profetas de Israel? Por precaução, aumentaram na parte de dentro das portas de seus armazéns o número de trancas, passadores e cadeados.

Vásquez e Rodas deixaram o Portal pelo lado das Cem Portas. O silêncio ordenhava o eco espesso dos passos. Mais adiante, rua acima, enfiaram-se em uma cantina chamada El Despertar del León. Vásquez cumprimentou o dono, pediu dois copos, bebida e se sentou com Rodas em uma mesinha atrás de um biombo.

– Então me conte o que deu aquela minha história – disse Rodas.

– Saúde! – Vásquez levantou o copo de aguardente branca.

– À tua, velhinho!

O dono da cantina, que viera até eles para servi-los, acrescentou maquinalmente:

– À sua saúde, senhores!

Os dois esvaziaram os copos em uma só talagada.

– Aquilo lá não deu em nada... – Vásquez cuspiu essas palavras junto com o último gole de álcool diluído em espumosa saliva. – O subdiretor pôs lá um afilhado dele, e quando falei de você já havia dado a vaga para o outro, provavelmente um nó cego.

– Com certeza.

– É, mas só que onde capitão manda marinheiro não apita nada... Eu falei que você queria entrar na Polícia Secreta, que era um cara muito firme. Bem, como você deve imaginar, usei todos os truques.

– E ele? Falou o quê?

– O que você está ouvindo, que o lugar já era de um afilhado dele, e com isso calou minha boca. Mas, uma coisa eu vou te falar: está mais difícil pegar uma vaga na secreta agora do que quando eu entrei. Todo mundo já sacou que essa é a carreira do futuro.

Rodas reagiu às palavras do amigo com um gesto de ombros e uma palavra ininteligível. Viera com a esperança de conseguir trabalho.

– Mas, olha, cara, não é pra se preocupar, não é pra se preocupar! Assim que eu souber de outro filezinho eu te aviso. Juro por Deus, pela minha mãe! Ainda mais agora que a coisa está ficando preta e que eles vão abrir mais vagas, com certeza. Não sei se contei... – dito isto, Vásquez virou-se para todos os lados. – Não, não. Não vou dar uma de boca-mole! Melhor não te contar!

– Bem, então não me conte, eu não ligo!
– A coisa está toda tramada...
– Olha aqui, velho, não me conte nada e pronto; faça o favor, fique quieto! Se você já ficou na dúvida, então já ficou na dúvida, tudo certo...
– Não, cara, peraí! Eta sujeito difícil!
– Olha aqui, não me conte nada, eu não gosto desse tipo de desconfiança, você parece uma mulherzinha! Por acaso eu perguntei alguma coisa pra você ficar com todo esse lero-lero?

Vásquez ficou em pé, para ver se tinha alguém ouvindo, e acrescentou baixinho, bem perto de Rodas, que escutava de má vontade, ofendido com tanta reticência do amigo.

– Não sei se te falei que os mendigos que dormiam no Portal na noite do crime já soltaram a língua, e agora todo mundo já sabe quem foi que acabou com o coronel – e subindo o tom de voz: – Quem você diria que foi? – e baixando para o tom de segredo de Estado: – Nada menos que o general Eusebio Canales e o advogado Abel Carbajal...

– É verdade isso que você está me contando?
– Hoje mesmo saiu a ordem de captura dos dois, e com isso já disse tudo.
– É isso aí, velho – aduziu Rodas mais calmo; – esse coronel, que diziam que matava uma mosca com um tiro a cem passos e que fazia isso e aquilo, deram cabo dele sem revólver nem faca, só torcendo o pescoço que nem uma galinha! Nessa vida, velho, é tudo questão de decidir fazer. Esses que deram fim no cara não são fracos, não!

Vásquez propôs outra rodada e já foi pedindo:
– Mais duas, dom Lucho!

Dom Lucho, o dono da cantina, encheu de novo os copos. Atendia os clientes ostentando seus suspensórios de seda preta.

– Vamos lá, vire isso de um só gole! – disse Vásquez e, entredentes, depois de cuspir, acrescentou: – Você parece que está sempre no mundo da lua! Já sabe que eu não gosto de ver copo cheio, e se não sabe, fique sabendo! À nossa!

Rodas, que estava distraído, apressou-se em brindar. Em seguida, ao desgrudar o copo vazio dos lábios, exclamou:

– Seria muito atrevimento esses caras que mandaram o coronel para o lado de lá voltarem ao Portal! Vocês podem esperar sentados!

– E quem falou que vão voltar lá?

– Como assim?

– En...quanto dura a investigação, tudo pode acontecer! Há, há, há! Você me faz rir!

– Você tem cada uma! O que eu quero dizer é que se eles já sabem quem deu fim no coronel, não faz sentido ficarem esperando que os caras voltem ao Portal para capturá-los, e com certeza não deve ser pela linda cara dos turcos que eles estão tomando conta do Portal. Diga-me! Diga-me!

– Não me diga que não sabia!

– E nem você me venha com enrolação.

– O que a Polícia Secreta faz no Portal do Senhor não tem nada a ver com a encrenca do coronel Parrales, mas não dá pra eu te contar...!

– Então vai se danar!

– Eu me dano, mas não conto!

– Então vai se foder, seu tonto! Ah, quanta besteira!

– Não, sério, o que a Polícia Secreta faz no Portal não tem nada a ver com o assassinato. Verdade, nada a ver, e você nem imagina o que a gente está fazendo ali... Estamos esperando um homem com raiva.

– Ah, sai dessa, cara...

– Lembra daquele mudo que andava pela rua com o pessoal atrás gritando "mãe"? Aquele alto, ossudo, de pernas tortas, que corria pelas ruas que nem louco... Lembra dele?.... Você lembra, sim, é claro. Então, é nesse cara que a gente está de olho no Portal. Ele sumiu de lá faz três dias. Vamos dar um jeito nele...

E ao dizer isso Vásquez levou a mão à pistola.

– Tá brincando comigo, cara!

– Sério, homem, não estou tirando uma da sua cara não; é verdade, pode acreditar; ele mordeu um monte de gente e os médicos receitaram que a gente desse uma injeção de chumbo nele. O que você me diz?

– Tá querendo me fazer de bobo, meu velho? Como você quer que eu acredite nisso? Eu não sou tão otário assim! O que a polícia espera no Portal é a volta dos que torceram o pescoço do coronel...

– Não, sua zebra! Mas que cara teimoso, meu Deus! É o mudo, você está ouvindo bem? O mudo, que está com raiva e que mordeu um monte de gente! Será que eu preciso repetir outra vez?

O *Bobalhão* infestava a rua de lamentações, arrastando o corpo mordido pela dor nas ilhargas, às vezes apoiado nas mãos, dando impulso com a ponta de um pé, raspando a barriga nas pedras, às vezes apoiado na coxa da perna boa, que encolhia enquanto avançava o braço para dar impulso com o cotovelo. A praça por fim apareceu. O ar produzia ruído de urubus nas árvores do parque, feridas pelo vento. O *Bobalhão* teve medo e ficou longo tempo despregado de sua consciência, com a ânsia das entranhas vivas na língua seca, gorda e ressecada como peixe morto nas cinzas, e a entreperna banhada, como tesouras úmidas. Degrau por degrau, subiu o Portal do Senhor, degrau por degrau, à base de puxões de gato moribundo, e ficou num canto à sombra, com a boca aberta, os olhos pastosos e os trapos que o cobriam duros de sangue e terra. O silêncio fundia tudo, os passos dos últimos transeuntes, as pancadinhas das armas das sentinelas, as pisadas dos cães de rua, que, com o focinho a rés do chão, fuçavam à procura de ossos, e o roçar dos papéis e folhas de pamonha arrastados pelo vento junto ao Portal.

Dom Lucho encheu de novo os copos duplos, que chamavam de "dois andares".

– Não sei por que você custa tanto a acreditar no que eu falo – dizia Vásquez entre uma cuspida e outra, com a voz mais aguda que o normal. – Estou dizendo que hoje, deviam ser umas nove, talvez um pouco mais, nove e meia, antes de vir encontrar você, eu estava lá no boteco dando em cima da *Masacuata*, quando entrou um cara pra tomar uma cerveja. Ela serviu depressinha. O cara pediu outra e pagou com uma nota de cem pesos. Ela não tinha troco e foi buscar. Mas eu estava ligado, porque desde a hora que vi o sujeito entrar eu encafifei que... que ali tinha coisa, e é como se eu já soubesse, velho: uma garota saiu da casa em frente e, nem bem tinha saído, o cara já estava no pé dela. E não deu mais pra pescar nada porque nisso a *Masacuata* voltou, e eu, você já sabe, fui dar em cima...

– E então os cem pesos...

– Não, já lhe conto. Estava eu lá, pelejando com ela, quando o cara voltou por causa do troco da nota, e quando viu nós dois abraçados deu uma de amiguinho e contou que estava apaixonado pela filha do general Canales, e que tinha ideia de raptá-la hoje à noite, se fosse possível. A filha do general Canales era a tal garota que tinha saído para combinar alguma coisa com ele. Você não imagina o quanto o cara insistiu pra eu ajudá-lo na fuga, mas eu não tinha como, com essa história toda do Portal...

– Cara folgado, hein?

Rodas acompanhou essa intervenção com um jato de saliva.

– E como eu já vi esse sujeito muitas vezes lá pelas bandas da Casa Presidencial...

– Tô fora, deve ser da família...

– Não, que nada, não é por aí. O que me estranhou foi que ele tinha muita pressa de levar a garota hoje mesmo. Alguma coisa ele deve estar sabendo da captura do general e quer armar de levá-la embora quando os soldados vierem dar cabo do velho.

– Sem a menor dúvida, é isso mesmo que você está falando...

– Vamos tomar a saideira e picar mula!

Dom Lucho encheu os copos e os amigos não demoraram a esvaziá-los. E cuspiram nas cusparadas e bitucas de cigarros baratos.

– Quanto foi a conta, dom Lucho?
– São dezesseis e quarenta...
– Cada um? – interveio Rodas.
– Não, o que é isso! Tudo! – respondeu o dono, e Vásquez pôs na mão dele algumas notas e quatro moedas de níquel.
– Até mais, dom Lucho!
– Dom Luchito, até a próxima!

Suas vozes se misturaram à voz do dono, que foi com eles até a porta despedir-se.

– Puta que o pariu. Que frio...! – exclamou Rodas ao sair à rua, enfiando as mãos nos bolsos da calça.

Passo a passo, chegaram às lojinhas perto da prisão, na esquina mais próxima do Portal do Senhor, e por sugestão de Vásquez, que se sentia feliz e esticava os braços afastando a preguiça, ficaram ali parados.

– Esse, sim, é o verdadeiro despertar do enrolado de juba cacheada! – dizia espreguiçando-se. – E que rolo deve ser para um enrolado ser enrolado! E faça-me o favor de ficar alegre, porque essa é a minha noite de sorte; anote o que estou dizendo, essa é a minha noite de sorte!

E à força de ficar repetindo isso, com a voz aguda, cada vez mais aguda, parecia transformar a noite em um pandeiro preto com platinelas de ouro, cumprimentar amigos invisíveis no vento e convidar o titereiro do Portal com as marionetes de suas pantomimas a fazer cosquinhas na sua garganta para que soltasse gargalhadas. E ria, ria, ensaiando passinhos de dança com as mãos nos bolsos do paletó curto e, quando seu riso se afogava em queixa e não era mais prazer e sim sofrimento, dobrava-se pela cintura para proteger a boca do estômago. De repente, ficou em silêncio. A gargalhada endureceu na sua boca, como o gesso que os dentistas usam para tirar molde de dentadura. Acabava de ver o *Bobalhão*. Seus passos expulsaram o silêncio do Portal. O velho edifício foi multiplicando-os por dois, por oito, por doze. O idiota se queixava, quietinho e duro como um cão ferido. Um alarido dilacerou a noite. Vásquez, a quem o *Bobalhão* viu chegar perto com a pistola na mão, arrastou-o pela perna quebrada até os degraus que desciam na esquina do Palácio Episcopal. Rodas assistia à cena, imóvel, a respiração contida, empapado de suor. Ao primeiro disparo, o *Bobalhão* desabou pelos degraus de pedra. Outro disparo pôs fim à obra. Os turcos encolheram-se entre as duas detonações. E ninguém viu nada, mas de uma das janelas do Palácio Episcopal, os olhos de um santo ajudavam a dar boa morte àquele infeliz, e no momento em que o corpo rolava pelos degraus, sua mão com anel de ametista absolvia-o, abrindo-lhe o Reino de Deus.

VIII
O TITEREIRO DO PORTAL

Após os disparos e os gritos do *Bobalhão,* após a fuga de Vásquez e do seu amigo, mal vestidas de lua, as ruas corriam pelas ruas, sem saber bem o que se passara, e as árvores da praça retorciam os dedos de aflição por não conseguirem contar, por meio do vento ou dos fios de telégrafo, o que acabara de acontecer. As ruas chegavam às esquinas perguntando-se pelo local do crime e, desorientadas, iam umas para os bairros do centro, outras para a periferia. Não, não foi no Beco do Judeu, que seguia tortuoso em ziguezague como se tivesse sido traçado por um bêbado! Nem no Beco de Escuintilla, antes famoso pelos cadetes que estreavam suas espadas em carne de policiais salafrários, revivendo histórias de mosqueteiros e cavalarias! Nem no Beco do Rei, o preferido dos jogadores, por onde reza que ninguém passa sem saudar o rei! Nem no Beco de Santa Teresa, de vizinhos tristes e ladeiras íngremes! Nem no Beco do Conselho, nem na Fonte de Havana, nem pelas Cinco Ruas, nem por Martinico...!

Havia sido na Praça Central, lá onde a água continua a lavar e lavar os mictórios públicos com sabe-se lá que pranto, onde as sentinelas batem que batem as armas e a noite gira que gira na abóbada gelada do céu com a Catedral e o céu.

Uma confusa palpitação de têmpora ferida pelos disparos acometia o vento, que não conseguia arrancar a sopros as ideias fixas das folhas nas copas das árvores.

De repente, abriu-se uma porta no Portal do Senhor e, como um camundongo, surgiu o titereiro. Sua mulher o empurrava para a rua, com curiosidade de menina de cinquenta anos, para que fosse ver e lhe contar o que estava acontecendo. O que foi aquilo? O que foram aqueles dois disparos tão pertinho um do outro? O titereiro não achava muita graça em ir até a porta meio vestido só pela ânsia de novidades de dona *Venjamón* – como apelidaram sua esposa, sem dúvida pelo fato de ele se chamar Benjamim –, e achou ruim quando ela em sua insistência e ânsia de saber se tinham matado algum turco começou a cravar-lhe entre as costelas as dez esporas de seus dedos, para que esticasse o pescoço o máximo possível.

– Mas, mulher, não estou enxergando nada! Como você quer que eu diga alguma coisa? E por que tanta insistência?...

– E então?... Foi lá nos turcos?

– Já disse que não enxergo nada, pra que insistir tanto?...

– Fale direito, pelo amor de Deus!

Quando o titereiro tirava a dentadura, movia a boca para falar e o fazia como uma ventosa.

– Ah, já estou vendo, espere; já vi do que se trata!

– Mas, Benjamim, não estou entendendo nada do que você diz! – e quase choramingando – Você não entende que eu não estou entendendo?

– Estou vendo, estou vendo!... É ali, na esquina do Palácio Episcopal, está juntando um monte de gente!

– Homem, saia da frente da porta, porque nem você enxerga nada – é um inútil mesmo – e nem eu entendo uma palavra do que você diz!

Dom Benjamim deixou passar a esposa, que saiu à rua despenteada, com um peito caído para fora do seu camisão indiano amarelo e o outro enroscado no escapulário da Virgem do Carmo.

– É lá mesmo... estão levando uma maca! – foi a última contribuição de dom Benjamim.

– Ah, certo, certo, se foi ali, está tudo bem!... Não foi lá pelo lado dos turcos, onde eu achava... Mas, Benjamim, por que você não falou antes que foi ali? Bom, claro, é por isso que os disparos soaram tão perto!

– Olhe lá, eu vi, estão levando a maca – repetiu o titereiro. Sua voz parecia vir do fundo da terra, falando ali, atrás da mulher.

– O quê?

– Disse que eu vi que estão levando uma maca!

– Fique quieto, não entendo o que você diz, é melhor você ir lá colocar os dentes porque sem eles é como se falasse inglês comigo!

– Eu disse que eu vi que eles estão...

– Não, olha lá, agora estão trazendo a maca!

– Não, menina, já faz tempo que estão trazendo a maca!

– Estou falando que eles agora estão trazendo a maca, eu estou vendo! Não sou nenhuma louca, certo?

– Não tenho certeza, mas acho que vi eles trazendo...!

– Eles o quê...? A maca? O que é que tem a maca...

Dom Benjamim não media um metro; era magrinho e peludo como um morcego e mal conseguia ver o que acontecia com aquele grupo de pessoas e policiais, já que estava atrás de dona *Venjamón*, dama de porta principal, de ocupar dois assentos no bonde, um para cada nádega, e que gastava oito metros e tanto de pano por vestido.

– Mas é só você que quer enxergar... – atreveu-se a dizer dom Benjamim, na esperança de sair daquele eclipse total.

Ao dizer isso, como se tivesse dito "Abre-te sésamo", dona *Venjamón* girou como uma montanha e veio para cima dele.

– Ah, meu Deus, venha cá que eu carrego você! – gritou. E, levantando-o do chão, trouxe-o para fora da porta, como quem carrega uma criança no colo.

O titereiro cuspiu verde, roxo, alaranjado, de todas as cores. Ao longe, enquanto ele pateava a barriga de cofre da esposa, quatro homens bêbados cruzavam a praça levando numa maca o corpo do *Bobalhão*. Dona *Venjamón* fez o sinal da cruz. Choravam por ele os mictórios públicos e o vento fazia ruído de urubus nas árvores do parque, desbotadas, cor de guarda-pó.

– É uma ama de leite e não uma escrava que estou lhe dando, isso é que o maldito padre devia ter me dito no dia do nosso casamento – resmungou o titereiro ao pôr de novo os pés em terra firme.

Sua cara-metade deixou-o falar, cara-metade inverossímil, porque enquanto ele não chegava a meia mexerica, ela era laranja e meia; deixou o marido falar, em parte porque não entendia palavra do que dizia sem os dentes, em parte para não lhe faltar com o devido respeito.

Quinze minutos mais tarde, dona *Venjamón* já roncava como se seu aparelho respiratório lutasse para não morrer esmagado por aquele tonel de carne, e ele, soltando fogo pelos olhos, maldizia seu casamento.

Mas seu teatro de marionetes saiu ganhando com aquele lance singular. Os bonecos se aventuraram pelo terreno da tragédia, com o pranto gotejando de seus olhos de papelão-pedra por meio de um sistema de tubinhos, alimentados por um clister enfiado em uma bacia d'água. Suas marionetes até então só haviam dado risadas, e se alguma vez choraram foi com expressões de rosto risonhas, sem a eloquência do pranto, que agora corria por suas faces e inundava com verdadeiros rios de lágrimas o piso do palquinho daquelas alegres farsas.

Dom Benjamim achou que, tomadas por um sentimento de pena, as crianças iriam chorar com aquelas comédias e sua surpresa foi imensa quando viu que riam com mais vontade ainda, riam de bater o queixo, com mais alegria que antes. As crianças riam ao ver chorar... As crianças riam ao ver bater...

– Ilógico! Ilógico! – concluiu dom Benjamim.
– Lógico! E bilógico – contradizia-o dona *Venjamón*.
– Ilógico! Ilógico! Ilógico!
– Bilógico! Bilógico! Trilógico!
– Não vamos discutir – propunha dom Benjamim...
– Não vamos discutir – aceitava ela...
– Mas é ilógico...
– Relógico, é isso que é! Relógico, superlógico!

Quando dona *Venjamón* discutia com o marido, ia acrescentando sílabas às palavras, como válvulas de escape para não explodir.

– Ilolololológico! – gritava o titereiro, a ponto de arrancar os cabelos de raiva.

– Bilógico! Trilógico! Superlógico! Super-hiperlógico!

Uma coisa ou outra, o caso é que o teatrinho do titereiro do Portal funcionou por muito tempo com aquela engenhoca movida por clister, que fazia chorar os bonecos para divertir as crianças.

IX
OLHO DE VIDRO

O pequeno comércio da cidade encerrava atividades nas primeiras horas da noite, depois de fechar o caixa, receber os jornais e despachar os últimos clientes. Grupos de rapazes se divertiam nas esquinas com os besouros, que atraídos pela luz esvoaçavam em volta dos postes de luz elétrica. Cada inseto caçado era submetido a uma série de torturas, que os mais cruéis prolongavam à falta de alguém mais compassivo que o esmagasse com o pé e acabasse de vez com aquilo. Nas janelas, viam-se casais de namorados entregues às suas dores de amores, e patrulhas armadas de baionetas e rondas armadas de cassetetes, que depois da passagem do chefe, homem atrás de homem, percorriam as ruas tranquilas. Algumas noites, no entanto, tudo isso mudava. Os pacíficos algozes de besouros brincavam de fazer guerra, organizando-se para travar batalhas cuja duração dependia dos projéteis, porque os combatentes não arredavam pé enquanto ainda sobrassem pedras na rua. A mãe da noiva, com sua mera presença, encerrava as cenas amorosas, pondo o namorado para correr, chapéu na mão, como se tivesse visto o capeta. E a patrulha, para variar um pouco, sem mais nem menos implicava com um passante qualquer, revistando-o dos pés à cabeça e levando-o à prisão, mesmo que não estivesse armado, como suspeito, desocupado, conspirador ou, como dizia o chefe, "porque não fui com a cara dele...".

A impressão dos bairros pobres àquela hora da noite era de infinita solidão, de uma miséria suja com restos de abandono oriental, selada pelo fatalismo religioso que fazia dela o que era por vontade de Deus. As saídas de água arrastavam a lua ao rés do chão, e a água de beber corria pelos encanamentos contando as horas sem fim de um povo que se acreditava condenado à escravidão e ao vício.

Em um desses bairros despediram-se Lucio Vásquez e seu amigo.

– Até mais, Genaro!... – disse aquele, requerendo-lhe com o olhar que guardasse o segredo – vou voando porque quero ver se ainda dá tempo de dar uma mãozinha àquele apaixonado pela filha do general.

Genaro deteve-se um momento com a expressão indecisa de quem hesita em dizer algo ao amigo que vai embora; depois aproximou-se de uma casa – morava numa loja – e apertou a campainha.

– Quem é? – gritaram lá de dentro.

– Eu... – respondeu Genaro, inclinando a cabeça em direção à porta, como quem fala ao ouvido de uma pessoa baixinha.

– Eu quem? – disse uma mulher abrindo a porta.

De camisola, despenteada, sua esposa, Fedina de Rodas, ergueu o braço, trazendo a vela à altura da cabeça, para poder enxergar-lhe o rosto.

Assim que Genaro entrou, ela baixou a vela, fez cair a trava da porta com um grande estrépito e encaminhou-se para a cama, sem dizer palavra. Diante do relógio, plantou a luz para que o sem-vergonha visse a que hora estava chegando. Este parou para acariciar o gato que dormia em cima de um balcão com tampa de vidro, meio assobiando uma melodiazinha alegre.

– Que novidade é essa que deixou você tão feliz? – gritou Fedina, massageando-se os pés antes de se enfiar na cama.

– Nada! – foi logo dizendo Genaro, perdido como uma sombra na escuridão da loja, com receio de que a mulher percebesse na sua voz o pesar que trazia com ele.

– Você está cada vez mais amiguinho desse policial com voz de mulher!

– Não! – cortou Genaro, passando para o fundo da loja, que servia de dormitório, com os olhos escondidos no chapéu abaixado.

– Mentira, vocês acabaram de se despedir lá fora! Ah! Eu sei o que digo; não gosto nada, nada de homem que fala como esse seu amigo, com essa vozinha de galo-galinha. Essas suas idas e vindas com ele... Devem estar arrumando um jeito de você virar Polícia Secreta. Profissão de vagabundo, não sei como vocês não têm vergonha disso!

– O que é isso aqui? – perguntou Genaro, para mudar de assunto, pegando uma sainha de uma caixa.

Fedina pegou a sainha da mão do marido, como uma bandeira de paz, e sentou na cama, muito animada para lhe contar que era um presente da filha do general Canales, que já lhe prometera ser madrinha de seu primeiro filho. Rodas escondeu o rosto na sombra que banhava o berço do filho e, de mau-humor, sem ouvir o que a mulher dizia sobre os preparativos do batizado, interpôs a mão entre a vela e seus olhos para se proteger da luz, mas na mesma hora a retirou, sacudindo-a para limpar o reflexo de sangue que se grudava nos dedos. O fantasma da morte erguia-se do berço de seu filho, como de um ataúde. Os mortos tinham que ser embalados, como os bebês. Era um fantasma cor clara de ovo, olhos nublados, sem cabelo, sem sobrancelhas, sem dentes, que se retorcia em espiral como as volutas dos incensários na Missa de Defuntos. Ao longe, Genaro ouvia a voz da mulher. Falava de seu filho, do batizado, da filha do general, de convidar a vizinha da casa ao lado, o vizinho gordo da frente, a vizinha da esquina, a da outra esquina, o do boteco, o do açougue, o da padaria.

– Vai ser muito bom!

E mudando de tom de repente:

– Genaro, o que acontece com você?

Este deu um pulo:

– Não está acontecendo nada comigo!

O grito da sua esposa banhou de pontinhos pretos o fantasma da morte, pontinhos que desenharam na sombra de um canto o esqueleto. Era um esqueleto de mulher, mas de mulher que não tinha se não os seios caídos, flácidos e peludos, como ratos pendendo sobre a grade das costelas.

– Genaro: o que está acontecendo com você?

– Não está acontecendo nada.

– Bom, se for pra isso que você sai, pra voltar que nem sonâmbulo, com o rabo no meio das pernas, pode ficar na rua. Que diabo de homem, que não consegue parar em casa!

A voz da sua esposa dissolveu o esqueleto.

– Estou dizendo, comigo não está acontecendo nada.

Um olho passeava pelos dedos da mão direita, como uma luz de lâmpada elétrica. Do mindinho ao médio, do médio ao anular, do anular ao indicador, do indicador ao polegar. Um olho... Um olho só... As palpitações ficaram irregulares. Apertou a mão para estripá-lo, forte, até enterrar as unhas na carne. Mas, impossível; ao abrir a mão, reapareceu nos seus dedos, não era maior que o coração de um pássaro e mais horroroso que o inferno. Gotas de suor, como caldo de carne fervente, empapavam-lhe as têmporas. Quem é que olhava pra ele com o olho que tinha nos dedos e que pulava, como a bolinha de uma roleta, no compasso de um dobre fúnebre de sinos?

Fedina tirou o filho do cesto em que dormia.

– Genaro: o que está acontecendo com você?

– Nada!

E... alguns suspiros mais tarde:

– Nada, é um olho que me persegue, é um olho que me persegue! É que eu olho pras minhas mãos... Não, não é possível! São meus olhos, é um olho...

– Encomende-se a Deus! – murmurou ela entredentes, sem entender direito aquela algaravia.

– Um olho... isso, um olho redondo, preto, com cílios grandes, como se fosse de vidro!

– O que acontece é que você bebeu!

– Bebi coisa nenhuma, não bebi nada!

– Sei, sei... não bebeu nada e está com maior bafo de bebida!

Na metade do aposento ocupada pelo dormitório – a outra metade da peça era ocupada pela loja –, Rodas sentia-se perdido em um subterrâneo, longe de qualquer consolo, entre morcegos e aranhas, serpentes e caranguejos.

– Alguma coisa você aprontou – acrescentou Fedina, e sua frase foi entrecortada por um bocejo –; é o olho de Deus que está olhando pra você!

Genaro deu um pulo até a cama, de sapatos e tudo, e se enfiou debaixo dos lençóis, vestido. Junto ao corpo da sua mulher, um belo corpo de mulher jovem, o olho saltava. Fedina apagou a luz, mas foi pior; o olho cresceu na sombra, com tamanha rapidez que em um segundo abarcou as paredes, o piso, o teto, as casas, sua vida, seu filho...

– Não – respondeu Genaro a uma longínqua afirmação da sua mulher que, diante dos gritos dele de espanto, havia acendido a luz de novo e com um lenço enxugava o suor gelado que corria pela testa dele. – Não é o olho de Deus, é o olho do Diabo...

Fedina fez o sinal da cruz. Genaro disse pra ela apagar a luz. O olho virou um oito ao passar da claridade para a escuridão, depois produziu um estrondo, parecia que ia se estatelar contra alguma coisa e não demorou a estatelar-se contra uns passos que ressoavam na rua...

– O Portal! O Portal! – gritou Genaro. – É isso! É isso! Luz! Fósforos! Luz! Pelo amor de Deus, pelo amor de Deus!

Ela passou o braço por cima dele para pegar a caixa de fósforos. Ao longe ouviam-se as rodas de uma charrete. Genaro, com os dedos enfiados na boca, falava como se estivesse engasgado: não queria ficar sozinho e chamava a mulher, que, para acalmá-lo, havia posto o roupão para esquentar um pouco de café.

Com os gritos do marido, Fedina voltou para a cama, morta de medo. – Será que está enfeitiçado ou... o quê? – dizia isso a si mesma, acompanhando com seus lindos olhos negros as palpitações da chama. Pensava nos vermes que haviam tirado do estômago da menina Henriqueta, a da Pousada do Teatro; na bucha que encontraram em lugar dos miolos na cabeça de um índio no hospital; no Lobisomem, que não deixa ninguém dormir. Como uma galinha que abre as asas e protege os pintinhos ao ver passar um gavião, levantou e colocou sobre o peitinho do seu recém-nascido uma medalha de São Blas, rezando o Triságio em voz alta.

Mas o Triságio sacudiu Genaro como se estivessem batendo nele. De olhos fechados, saltou da cama para alcançar a mulher, que estava a uns passos do berço, e de joelhos, abraçando-a pelas pernas, contou-lhe o que havia visto.

– Em cima dos degraus, isso mesmo, foi caindo, rolou jorrando sangue no primeiro disparo, e não fechou os olhos. As pernas abertas, o olhar parado... Um olhar frio, pegajoso, sei lá...! Uma pupila que como um relâmpago abarcou tudo e se fixou em nós! Um olho com cílios grandes que não sai mais daqui, daqui dos meus dedos, daqui, meu Deus, daqui!...

O choro da criança fez com que se calasse. Ela tirou o menino do cesto, envolto em suas roupinhas de flanela, e deu-lhe o peito, sem conseguir se afastar do marido, que lhe dava asco e que abraçava-se com força às suas pernas, ajoelhado, gemendo.

– O pior é que o Lucio...
– O Lucio é esse que fala com voz de mulher?
– Ele, Lucio Vásquez...

– O tal que eles chamam de "Veludo"?
– Ele mesmo...
– E a troco do quê o matou?
– Mandaram ele fazer, ele estava com raiva. Mas isso não é o mais grave, o mais grave é que o Lucio me contou que expediram uma ordem de captura contra o general Canales, e que um cara que ele conhece vai raptar a filha dele hoje à noite.
– A Camilinha, minha comadre?
– Ela mesma.
Ao ouvir o inacreditável, Fedina chorou com a facilidade e abundância com que choram as pessoas do povo pelas desgraças alheias. Sobre a cabecinha do filho que ela embalava, caía a água das suas lágrimas, quentinha como a água que as avós levam à igreja para juntar à água fria e benta da pia batismal. O bebê dormiu. A noite havia passado e estavam eles sob uma espécie de encantamento quando a aurora pintou uma lista dourada debaixo da porta e o silêncio da loja foi quebrado pela entregadora da padaria chamando à porta:
– Pão! Pão! Olha o pão!

X
Príncipes do Exército

O general Eusebio Canales, apelidado de *Chamarrita*, saiu da residência de Cara de Anjo com porte marcial, como se fosse se postar à frente de um exército, mas depois que a porta fechou e ficou sozinho na rua, seu passo de desfile militar se liquefez em corridinha de índio que vai ao mercado vender uma galinha. O penoso trotar dos policiais secretos pisava-lhe os calcanhares. Sentia ânsias devido à dor de uma hérnia inguinal, que ele apertava com os dedos. Pela respiração escapavam-se-lhe restos de palavras, queixas fragmentadas, e o coração ia ora aos pulos, ora apertado, e às vezes até pulando uma batida ou outra, a tal ponto que precisou apertar o peito com a mão, os olhos perdidos, o pensamento suspenso, para tentar agarrar-se a ele apesar das costelas, como quem segura um membro entalado, para que aguente firme. Menos mal. Acabava de atravessar a esquina que há um minuto via tão longe. E agora, a esquina seguinte, só que essa... como parecia distante a partir de seu cansaço!... Cuspiu. Quase escorregou. Uma casca. No fim da rua, uma charrete patinava. Ele é que não podia patinar. Via a charrete, as casas, as luzes... Desacelerou o passo. Não lhe restava outra coisa. Menos mal. Acabava de dobrar a esquina que minutos atrás enxergara tão distante. E agora, continuar até a próxima, só que esta, meu Deus, como se via longe a partir de seu cansaço!... Apertou os dentes, de tanto que lhe doíam os joelhos. Já quase não conseguia dar mais um passo. Os joelhos retesados e uma comichão fatídica no cóccix e na parte de trás da língua. Os joelhos. Teria que se arrastar, chegar a sua casa pelo chão, ajudando-se com as mãos, os cotovelos, tudo o que nele pelejava para escapar da morte. Retomou o passo. As esquinas continuavam desamparadas. Mais que isso, parecia que se multiplicavam na noite sem sono, como biombos transparentes. Sentia-se ridículo diante de si e dos outros, todos os que o viam e não o viam, contrassenso com o qual explicava a si mesmo sua posição de homem público, sempre sob o olhar de seus concidadãos, mesmo na solidão noturna. "Aconteça o que acontecer – articulou –, meu dever é ficar em casa, ainda mais se for certo o que esse parasita do Cara de Anjo acaba de me contar!"

E mais adiante:

"Fugir é admitir que sou culpado!" O eco dos seus passos tamborilava. "Fugir é admitir que sou culpado, é...! Mas, se não fizer isso..." O eco dos seus passos tamborilava... "É admitir que sou culpado!... Mas, se não fizer isso!" O eco dos seus passos tamborilava...

Levou a mão ao peito para arrancar o cataplasma de medo que o favorito lhe grudara... Sentia falta de suas medalhas militares... "Fugir é admitir que sou culpado, mas, se não fizer isso..." O dedo indicador de Cara de Anjo apontava-lhe o caminho do desterro como única salvação possível... "Precisa salvar sua pele, general! Ainda há tempo!" E tudo o que ele era, e tudo o que ele valia, e tudo o que ele amava com ternura de criança, pátria, família, lembranças, tradições, e Camila, sua filha..., tudo girava ao redor daquele dedo indicador fatal, como se quando suas ideias se fragmentaram o universo inteiro tivesse se despedaçado.

Mas, alguns passos adiante, daquela visão vertiginosa não restava nada além de uma confusa lágrima em seus olhos...

"Os generais são os príncipes do Exército!", disse uma vez em um discurso... "Que imbecil! Quanto me custou essa frasezinha! O Presidente nunca me perdoará esse 'príncipes do Exército', e como já andava de mim até as tampas, agora quer me descartar imputando-me a morte de um coronel que dispensou aos meus cabelos brancos um carinhoso respeito."

Sutil e incisivo, um sorriso despontou sob seu bigode grisalho. No fundo, abria caminho dentro dele outro general Canales, um general Canales que avançava a passo de tartaruga, como frade em procissão, sem falar, obscuro, triste, com cheiro de pólvora de rojão queimado. O verdadeiro *Chamarrita*, o Canales que saíra altaneiro da casa de Cara de Anjo, no auge de sua carreira militar, com seu dorso de titã contra um fundo de gloriosas batalhas travadas por Alexandre, Júlio César, Napoleão e Bolívar, via-se substituído de repente por uma caricatura de general, um general Canales que avançava sem tochas nem penachos, sem franjas rutilantes, sem botas, sem esporas douradas. Ao lado desse intruso vestido de cor cáqui, descabelado, desenxabido – um enterro de pobre –, o outro, o autêntico, o verdadeiro *Chamarrita* parecia, sem jactância de sua parte, enterro de primeira, por seus cordões, franjas, lauréis, plumas e saudações solenes. O desconjuntado general Canales, no momento de uma derrota que a história não conheceria, tomava agora a frente do verdadeiro, que ia ficando para trás como fantoche banhado de ouro e azul, o tricórnio sobre os olhos, a espada quebrada, os punhos de fora e, no peito, cruzes e medalhas mofadas.

Sem diminuir o passo, Canales afastou os olhos de sua foto de gala e sentiu-se moralmente vencido. Ficou triste ao se imaginar no exílio com uma calça de porteiro e um paletó, comprido ou curto, estreito ou folgado, nunca na medida. Andava entre as ruínas de si mesmo, pisando em seus galões pelas ruas...

"Mas, se eu sou inocente!" E repetiu a si mesmo com a voz mais persuasiva de seu coração: "Mas, se eu sou inocente, por que temer...?".

"Justamente por isso!", respondia sua consciência com a língua de Cara de Anjo, "justamente por isso! A história seria outra se o senhor fosse culpado. O crime é precioso porque garante ao governo o apoio do cidadão. A Pátria? Salve sua pele, general, eu sei o que estou dizendo; que pátria que nada! As leis? Não valem muita coisa! Salve-se, general, porque a morte o espera!"

"Mas, se sou inocente!"

"Não se pergunte, general, se é culpado ou inocente: a questão é se conta ou não com os favores do patrão, porque um inocente de mal com o governo está pior do que se fosse culpado!"

Afastou os ouvidos da voz de Cara de Anjo, ruminando palavras de vingança, sufocado pelas palpitações do próprio coração. Mais adiante pensou na filha, que devia estar esperando por ele com a alma por um fio. Soou o relógio da torre das Mercês. O céu estava límpido, forrado de estrelas, sem uma nuvem. Ao chegar à esquina da sua casa, viu as janelas iluminadas. Seus reflexos espalhavam-se ansiosos até a metade da rua...

"Vou deixar Camila na casa do Juan, meu irmão, enquanto ainda mando nela. Cara de Anjo ofereceu-se para levá-la hoje à noite mesmo ou amanhã cedo."

Nem precisou do chaveiro que trazia na mão, pois assim que chegou a porta se abriu.

– Paizinho.

– Quieta! Venha... vou lhe explicar!... Não tempos tempo... Já explico... Peça ao meu auxiliar para preparar um cavalo na cocheira... o dinheiro..., um revólver... Depois mando buscar minha roupa... Só precisa colocar o indispensável numa valise. Nem sei o que estou lhe dizendo, e nem você está entendendo nada! Mande-o selar minha mula baia, e você, prepare minhas coisas; enquanto isso, vou trocar de roupa e escrever uma carta para os meus irmãos. Você vai ficar uns dias com o Juan.

Nem que fosse surpreendida por um louco a filha de Canales teria se assustado tanto como se assustou ao ver entrar seu pai, homem sereno, naquele estado de nervos. A voz dele fraquejava. A cor do rosto ia e vinha. Nunca o vira assim. Movida pela pressa, o coração partido de pena, sem ouvir direito nem conseguir dizer nada além de "ai, meu Deus!", "ai, meu Deus!", foi correndo acordar o auxiliar para que selasse a cavalgadura, uma magnífica mula de olhos que soltavam centelhas, e voltou para arrumar a mala, já não dizia organizar (...toalhas, meias, pão... sim, a manteiga, mas já ia esquecendo o sal...), depois de passar na cozinha acordando a governanta, que sempre dormia seu primeiro sono sentada junto ao fogão de lenha, perto do fogo, agora em cinzas, e do gato, que de vez em quando mexia as orelhas, como se espantasse os ruídos.

O general escrevia na maior pressa, enquanto a empregada ia e vinha pela sala, fechando as janelas bem trancadas.

O silêncio tomava conta da casa, mas não o silêncio de papel de seda das noites doces e tranquilas, silêncio noturno de papel carbono que faz cópias dos sonhos felizes, mais leve que o pensamento das flores, mais impalpável que a água... O silêncio que agora se apoderava da casa e que era perturbado pelas tosses do general, pelas corridas da filha, os soluços da empregada e um assustado abrir e fechar de armários, cômodas e despensas, era um silêncio de papelão, amordaçante, incômodo como roupa de outra pessoa.

Um homem miudinho, de cara seca e corpo de bailarino, escreve sem levantar a caneta nem fazer ruído – parece tecer uma teia de aranha:

"Excelentíssimo Senhor Presidente Constitucional da República.

"Nesta.

"Excelentíssimo Senhor:

"Conforme instruções recebidas, continuamos seguindo minuciosamente o general Eusebio Canales. De última hora, tenho a honra de informar o Senhor Presidente que ele foi visto na casa de um dos amigos de Sua Excelência, o senhor Miguel Cara de Anjo. Ali, a cozinheira, que espia o patrão e a empregada, e a empregada, que espia o patrão e a cozinheira, informaram-me neste momento que Cara de Anjo trancou-se em seu quarto com o general Canales por cerca de 45 minutos. Acrescentam que o general foi embora agitadíssimo. Conforme instruções, foi redobrada a vigilância na casa de Canales, reiterando-se as ordens de matá-lo ao menor sinal de tentativa de fuga.

"A empregada – e isso a cozinheira não sabe – completou o relato. O patrão deu-lhe a entender – informou-me ela por telefone – que Canales viera oferecer-lhe sua filha em troca de uma intervenção eficaz, em seu favor, junto ao Presidente.

"A cozinheira – e isso a empregada não sabe – é mais explícita a esse respeito: diz que quando o general saiu, o patrão estava muito feliz e que ordenou a ela que assim que o comércio abrisse fizesse uma boa provisão de conservas, licores, bolachas, bombons, pois viria morar com ele uma senhorita de boa família.

"Sendo isso tudo o que tenho a honra de informar ao Senhor Presidente da República..."

Anotou a data, assinou – uma rubrica garranchosa em forma de molinete – e, como se recuperasse um lapso de memória, antes de soltar a caneta, o que tinha pressa em fazer para poder cavoucar o nariz, acrescentou:

"P.S. Acréscimos ao relato fornecido esta manhã. Doutor Luis Barreño: Três pessoas visitaram seu consultório esta tarde, duas delas parecendo em péssimas condições; à noitinha, saiu para um passeio pelo parque com a esposa. Abel Carvajal, o advogado: Esta tarde visitou o American Bank, a farmácia em frente ao mosteiro dos Capuchinhos e o Clube Alemão, onde conversou por muito tempo com o senhor Romsth, a quem a polícia vigia em separado, e voltou para casa às sete e meia. Não foi visto saindo de novo e, conforme instruções, foi redobrada a vigilância ao redor da sua casa. Assinatura acima. Data *ut supra*. Até logo."

XI
O RAPTO

Assim que se despediu de Rodas, Lucio Vásquez disparou correndo – faltavam-lhe pernas – para o boteco da *Masacuata*, para ver se ainda dava tempo de dar uma mão no rapto da menina, e passou já caindo aos pedaços pela Fonte das Mercês, lugar de mistérios e acontecimentos estranhos no dizer popular, além de ponto de encontro de mulheres que fiavam com a agulha da fofoca o fio de água suja que caía nos seus cântaros.

Apagar uma pessoa, pensava o algoz do *Bobalhão* sem reduzir o passo, ah, que coisa boa! E já que Deus quis que eu me desocupasse logo no Portal, posso me dar esse outro prazer. Maria Santíssima, se a gente já fica que nem cabe em si quando passa a mão em alguma coisa ou rouba uma galinha, imagine então quando sequestra uma fêmea!

O boteco da *Masacuata* surgiu à frente dele por fim, mas alarmou-se ao ver o relógio das Mercês... Estava quase na hora... ou então não tinha reparado direito. Cumprimentou alguns dos policiais que vigiavam a casa de Canales e com um só passo, aquele último passo que foge dos pés como um coelho, plantou-se na porta do botequim.

A *Masacuata*, que se deitara esperando que desse duas da manhã, com os nervos à flor da pele, esmagava uma perna na outra, tinha cãibras nos braços por causa das posturas incômodas, soltava brasas pelos poros, enterrava e desenterrava a cabeça no travesseiro, sem conseguir pregar os olhos.

Quando Vásquez bateu à porta, pulou da cama e chegou à porta ofegante, com a respiração densa como escova de lavar cavalos.

– Quem é?
– Eu, Vásquez, abra!
– Achei que você não vinha mais!
– Que horas são? – perguntou ele ao entrar.
– Uma e quinze! – respondeu a dona do boteco, sem olhar o relógio, com a certeza de quem esperava dar duas da manhã e ficara contando os minutos, os cinco minutos, dez, quinze, vinte...
– E como é que eu olhei o relógio das Mercês e vi quinze pras duas?
– Jura! Vai ver que o relógio dos padres adiantou de novo!
– Escute, me diga, o tal cara da nota de cem pesos não voltou ainda?
– Não.

Vásquez abraçou a dona do boteco já antevendo que ela retribuiria seu gesto de ternura com um tapa. Mas não; a *Masacuata*, feito uma pombinha mansa, deixou-se abraçar, e ao unirem suas bocas selaram o acordo doce e amoroso de irem até o fim naquela noite. A única luz que iluminava o aposento ardia diante de uma imagem da Virgem de *Chiquinquirá*. Perto dela, um maço de rosas de papel. Vásquez soprou a chama da vela e derrubou a dona do boteco com uma rasteirinha. A imagem da Virgem sumiu no escuro e pelo chão rolaram dois corpos feito uma réstia de alhos.

Cara de Anjo chegou ao local apressado, acompanhado por um grupo de delinquentes.

– Quando a garota estiver em meu poder – vinha dizendo-lhes –, os senhores podem saquear a casa. Prometo que não sairão de mãos vazias. Mas, isso sim: muita atenção agora e muito cuidado depois para não soltar a língua, porque se for para me fazerem esse favor assim, de qualquer jeito, é melhor nem fazerem.

Dobrando uma esquina, foram detidos por uma patrulha. O favorito foi conversar com o chefe, enquanto os soldados os rodeavam.

– Estamos indo fazer uma serenata, tenente...

– E onde vai ser, por favor, onde vai ser...? – disse aquele, dando batidinhas com a espada no chão.

– Aqui, no Beco de Jesus...

– E vocês vêm sem a marimba, sem instrumentos... Meio esquisito uma serenata sem música, não acha!

Disfarçadamente, Cara de Anjo estendeu uma nota de cem pesos ao guarda, e na mesma hora o problema ficou resolvido.

Vislumbraram no final da rua o edifício do templo das Mercês. Um templo em forma de tartaruga, com dois olhinhos ou janelas na cúpula. O favorito mandou que o grupo não chegasse em peso ao boteco da *Masacuata*.

– No bar El Tus-Tep, lembrem-se! – disse bem alto quando iam se separando. – El Tus-Tep! Cuidado, pessoal, não vão errar de bar! El Tus-Tep, colado numa loja de colchões.

Os passos daqueles que formavam o grupo foram se apagando por rumos opostos. O plano da fuga era o seguinte: quando o relógio das Mercês desse duas da manhã, o Cara de Anjo mandaria um ou mais de seus homens subirem à casa do general Canales, e assim que começassem a andar pelo telhado, a filha do general sairia por uma das janelas da frente da casa e aos gritos pediria ajuda contra os ladrões, atraindo para ela a atenção dos guardas que vigiavam o quarteirão. Desse modo, aproveitando a confusão, Canales poderia sair pela porta da cocheira.

Um tonto, um louco e uma criança não teriam concebido um plano tão absurdo como esse. Não tinha pé nem cabeça, e se o general e o favorito, mesmo julgando-o assim, achavam-no aceitável, era porque tanto um quanto o outro enxergavam nele uma armadilha com duplas intenções. Para Canales, a proteção do favorito assegurava-lhe a fuga, melhor que qualquer outro plano, e para Cara de Anjo, o bom êxito não dependia daquilo que os dois combinassem, mas do Senhor Presidente, a quem comunicou por telefone a hora e os pormenores do estratagema, assim que o general saiu de sua casa.

As noites de abril são, nos trópicos, as viúvas dos dias quentes de março – escuras, frias, despenteadas, tristes. Cara de Anjo chegou à esquina do botequim em frente à casa de Canales contando as sombras cor de abacate dos policiais civis distribuídos aqui e ali. Deu a volta no quarteirão, passo a passo, e ao regressar enfiou-se abaixado pela porta do El Tus-Tep, que parecia a entrada de uma toca: havia um guarda de uniforme na porta de cada uma das casas vizinhas e não dava para contar o número de agentes da Polícia Secreta que passeavam pelas calçadas, inquietos. Sua impressão foi das piores. "Estou cooperando com um crime", pensou consigo; "esse homem vai ser assassinado assim que sair de casa." E partindo dessa suposição, que à medida que dava voltas pela sua cabeça se tornava mais negra, pareceu-lhe odioso e repugnante levar embora a filha daquele moribundo, tanto quanto lhe parecera amável e simpática e ainda por cima grata a sua possível fuga. Para um homem sem coração como ele, não era a bondade que o levava a se sentir desconfortável diante de uma emboscada, armada em pleno coração da cidade contra um cidadão que, confiado e indefeso, fugiria da sua casa sentindo-se protegido pela sombra de um amigo do Senhor Presidente, proteção que ainda por cima não passava de um ardil de refinada crueldade para amargar com o desengano os últimos e atrozes momentos da vítima, ao ver-se ludibriada, pega, traída – além de um meio engenhoso para dar ao crime aparência legal, justificado como recurso extremo da autoridade, a fim de evitar a fuga de um suposto réu de assassinato que seria capturado no dia seguinte. Era muito diverso o sentimento que levava Cara de Anjo a desaprovar em silêncio, mordendo os lábios, uma tão perversa e diabólica maquinação. De boa fé, havia-se permitido fazer as vezes de protetor do general, e por isso mesmo com certo direito a sua filha, direito que sentia agora sacrificado, ao ver-se depois de tudo em seu papel de sempre, de instrumento cego, em seu posto de esbirro, em seu lugar de carrasco. Um vento estranho corria pela planície de seu silêncio. Uma vegetação selvagem erguia-se com sede de seus cílios, com aquela sede dos cactos espinhosos, com aquela sede das árvores que a água do céu não consegue mitigar. Por que o desejo é assim? Por que as árvores sob a chuva têm sede?

Relampejou na sua fronte a ideia de voltar atrás, ligar para a casa de Canales, preveni-lo... (entreviu a filha dele, sorrindo-lhe agradecida). Mas já cruzara a porta do boteco, e sentiu-se reanimado ao ver Vásquez e os seus homens, aquele com suas palavras, e esses com a sua presença.

– É só dizer; da minha parte, estou às ordens. Posso ajudá-los no que for, estão ouvindo? E não sou de dar pra trás... Tenho sete vidas... sou filho de um mouro valente.

Vásquez fazia força para engrossar sua voz de mulher e dar maior virilidade a suas falas.

– Se o senhor não tivesse me trazido boa sorte – acrescentou em voz baixa –, com certeza não estaria falando com o senhor do jeito que estou. Não, pode estar certo que não. O senhor conseguiu ajeitar minha história de amor com a *Masacuata*, que agora, sim, portou-se comigo como se deve!

– É um prazer encontrá-lo aqui, e tão decidido; gosto de homens assim! – exclamou Cara de Anjo, apertando efusivamente a mão do algoz do *Bobalhão*. – Suas palavras, amigo Vásquez, me devolvem o entusiasmo que perdi ao ver os policiais, porque há um em cada porta!

– Venha, vamos tomar um trago para espantar o medo!

– E olhe, vou deixar claro que não é por mim, porque não é a primeira vez que me vejo em palpos de aranha; é por ela, porque, como o senhor entenderá, não gostaria que metessem a mão em nós e nos levassem presos quando estivéssemos saindo da casa com ela!

– Mas, senhor, pense bem, quem é que vai pôr a mão em vocês? Assim que virem que tem coisa para saquear dentro da casa, não vai sobrar um policial na rua. Não, senhor, pode ter certeza de que não vai sobrar nenhum, nem pra contar a história, e posso apostar minha cabeça. Eu garanto. Assim que o pessoal se der conta de que dá para afanar alguma coisa, vai correr todo mundo pra lá, não tenha a menor dúvida.

– E não acha que seria prudente se o senhor fosse falar com eles, já que teve a gentileza de vir, e como eles sabem que o senhor não seria capaz de...

– Bobagem, nada de ir falar com eles. Quando virem a porta escancarada vão dizer: "vamos lá gente, que mal que tem?... A hora é agora, vamos em frente!" Ainda mais quando me virem: ganhei fama, depois que eu e o Antonio Libélula nos metemos na casa daquele padreco; ele ficou tão aflito quando nos viu descer pelo sótão dentro do quarto dele e acender a luz que jogou na nossa mão a chave do armário onde guardava a bufunfa, enrolada em pano para que não fizesse barulho se caísse no chão; e virou de lado fingindo dormir! É, senhor, dessa vez eu me dei bem, e vou me dar melhor agora que os homens estão decididos – e Vásquez concluiu apontando para o grupo de homens mal encarados, quietos e pulguentos, que tomavam um copo de pinga atrás do outro, lançando a bebida para o fundo da garganta num gole só e cuspindo com expressão amarga ao desgrudar o copo da boca... – Sim, senhor, eles estão decididos!...

Cara de Anjo levantou o copo e convidou Vásquez a brindar à saúde do amor. A *Masacuata* juntou-se ao grupo com um copo de licor de anis. E beberam os três.

Na penumbra – por precaução não acenderam a luz e o aposento ficou iluminado apenas pela vela oferecida à Virgem de Chiquinquirá –, os corpos daqueles descamisados projetavam sombras fantásticas, alongadas como gazelas, nas paredes cor de palha seca, e as garrafas pareciam chaminhas coloridas nas estantes. Todos acompanhavam a marcha do relógio. As cusparadas batiam no piso como balaços. Cara de Anjo, afastado do grupo, aguardava recostado à parede, bem perto da imagem da Virgem. Seus grandes olhos negros percorriam o ambiente, móvel por móvel, com aquele pensamento insistente como mosca que o assaltava nos momentos decisivos: ter mulher e filhos. Sorriu para si recordando a anedota daquele réu político condenado à morte que, doze horas antes da execução, recebe a visita do Auditor de Guerra, enviado das instâncias superiores para que ele pudesse pedir-lhe alguma graça, inclusive a vida, desde que voltasse atrás em suas declarações. "Bem, a graça que lhe peço é que eu possa deixar um filho", responde o réu à queima-roupa. "Concedida", diz o auditor e, dando uma de esperto, manda vir uma prostituta. O condenado nem encosta na mulher, manda-a embora e quando o auditor volta esclarece: "De filhos da puta já basta os que temos!..."

Outro sorrisinho insinuou-se no canto de seus lábios enquanto dizia a si mesmo: "Fui diretor de escola, diretor de um jornal, diplomata, deputado, prefeito e agora, como se nada fosse, chefe de uma quadrilha de bandidos!... Caramba, o que é a vida! *That is the life in the tropic!*"[3].

Duas badaladas foram arrancadas das pedras da igreja das Mercês.

– Todos para a rua! – gritou Cara de Anjo, e puxando o revólver, disse à *Masacuata* antes de sair: – Volto já com meu tesouro!

3 Assim é a vida nos trópicos. (N.T.)

– Mãos à obra! – ordenou Vásquez, trepando como lagartixa por uma janela da casa do general, seguido por dois do bando. – E... quem recuar, vai se dar mal!

Na casa do general ainda ressoavam as duas badaladas do relógio.

– Vamos, Camila!

– Sim, paizinho!

Canales vestia uma calça de montar e casaca azul. Sobre sua casaca despida de galões destacava-se, impoluta, sua cabeça grisalha. Camila chegou aos seus braços quase desfalecida, sem uma lágrima, sem dizer palavra. A alma não compreende a felicidade nem a desgraça sem soletrá-las antes. É preciso morder e morder o lenço salobro de pranto, rasgá-lo, estripá-lo com os dentes. Para Camila, tudo aquilo era um jogo ou um pesadelo; verdade não era; verdade não podia ser; algo que estivesse acontecendo, acontecendo com ela, com seu pai, não, não podia ser. O general Canales envolveu-a nos braços para dizer-lhe adeus.

– Foi assim que abracei sua mãe quando saí para a última guerra em defesa da pátria. Ela, coitadinha, ficou com a ideia de que eu não voltaria, mas foi ela que não me esperou.

Ao ouvir que andavam pelo telhado, o velho militar arrancou Camila de seus braços e atravessou o pátio, por entre canteiros e vasos de flores, até a porta da cocheira. O perfume de cada azaleia, de cada gerânio, de cada roseira, dizia-lhe adeus. Dizia-lhe adeus a fonte borbulhante, a claridade dos quartos. A casa ficou no escuro de repente, como se tivesse sido cortada das demais casas. Fugir não era digno de um soldado... Já a ideia de voltar a seu país à frente de uma revolução libertadora...

Camila, seguindo o plano, saiu à janela para pedir ajuda.

– Tem ladrão entrando em casa! Tem ladrão entrando em casa!

Antes que sua voz se perdesse na noite imensa, chegaram os primeiros guardas, os que vigiavam a frente da casa, soprando os longos dedos ocos de seus apitos. Sons discordantes de metal e madeira. A porta da rua foi aberta em seguida. Outros agentes, vestidos à paisana, apareceram pelas esquinas, sem saber do que se tratava, mas, por via das dúvidas, com o "Senhor da Agonia" bem afiado na mão, o chapéu sobre a testa e a gola do paletó levantada sobre o pescoço. A porta aberta, escancarada, engolia todo mundo. Um rio revolto. Há nas casas tantas coisas indispostas com seu dono... Vásquez cortou os fios elétricos ao subir ao telhado, e os corredores e quartos eram uma escuridão total. Alguns acendiam fósforos para localizar armários, aparadores, cômodas. E sem maiores pruridos arrebentavam fechaduras a pancadas, quebravam vidros com a culatra dos revólveres ou estilhaçavam as madeiras finas, para saquear tudo, de cima a baixo. Outros, perdidos na sala, derrubavam cadeiras, mesas, cantoneiras com retratos, numa trágica barafunda às escuras, ou então enfiavam a mão nas teclas de um piano meia-cauda que ficara aberto e que se condoía como bicho maltratado toda vez que alguém o golpeava.

Ao longe, ouviu-se uma risada de garfos, colheres e facas caindo pelo chão e em seguida um grito cortado de vez por um golpe. A *Chabelona*, a velha governanta, escondia Camila na copa, entre a parede e um dos aparadores. O favorito derrubou-a com um empurrão. A velha ficara com as tranças enredadas no puxador da gaveta dos talheres, que se esparramaram pelo chão. Vásquez silenciou-a acertando-a com uma barra de ferro. Bateu às cegas. Não dava para enxergar nem as próprias mãos.

SEGUNDA PARTE

24, 25, 26 e 27 de abril

XII
Camila

Passava horas e horas no quarto, diante do espelho. "Você se olha tanto no espelho que uma hora o diabo vai aparecer", gritava a governanta. "Nem precisa, eu já estou com cara de diabo!", respondia Camila, o cabelo como chamas pretas, todo alvoroçado, o rosto moreno lustroso, que ela untava de manteiga de cacau para clareá-lo. Náufragos os olhos verde, oblíquos e puxados. A pura Chinesa Canales, apelido que ganhara na escola. Mesmo indo todo dia com o avental do uniforme abotoado até o pescoço, via-se mais mulherzinha, menos feia, caprichosa e inquisidora.

– Quinze anos – dizia a si mesma no espelho – e não passo de um burrico com muitos tios e tias, primos e primas, que têm sempre que andar juntos que nem insetos.

Puxava os cabelos, gritava, fazia caretas. Não gostava de fazer parte daquela nuvem de gente aparentada. Ser a menina. Ir com eles ao desfile. Ir com eles a todos os lugares. À missa das doze, ao Cerro del Carmen, montar o cavalo baio, dar voltas pelo Teatro Colón, descer e subir barrancos pelo El Sauce.

Seus tios eram uns espantalhos bigodudos, com seus anéis tilintando nos dedos. Seus primos, uns despenteados, balofos, chatos. Suas tias, umas asquerosas. Era assim que os via, desesperançada, porque uns – os primos – davam-lhe de presente caixinhas de balas com bandeirinhas, como se ela fosse uma menininha; e outros – os tios – a acariciavam com as mãos fedendo a cigarro, ou pegando as bochechas dela com o polegar e o indicador para fazer o rosto se mexer de um lado para o outro – instintivamente Camila retesava a nuca –; ou porque que suas tias a beijavam sem levantar o véu do chapéu, e lhe deixavam na pele uma sensação de teia de aranha grudada com cuspe.

Aos domingos à tarde, dormia ou ficava sem ter muito o que fazer na sala, cansada de ver retratos antigos em um álbum de família, além dos outros dependurados pelas paredes forradas de vermelho ou espalhados em cantoneiras pretas, mesas de tampo prateado e consoles de mármore, enquanto seu pai olhava por uma janela para a rua deserta, ronronando como um gato ou retribuindo os cumprimentos de vizinhos e conhecidos que o saudavam ao passar. Uma vez por ano. Tiravam o chapéu. Afinal, era o general Canales. E o general retribuía com a voz empolada: "Boa tarde..." "Até mais..." "Prazer em vê-lo..." "Cuide-se bem...!".

Eram fotografias da sua mãe, recém-casada, nas quais viam-se apenas o rosto e os dedos dela – todo o resto eram os três reinos da natureza, o vestido de última moda até os tornozelos, as luvas até quase os cotovelos, o pescoço rodeado de peles e o chapéu com jorros de fitas e plumas sob uma sombrinha de rendinhas crespas como alface – e fotos de suas tias peitudas e forradas como móveis de sala, o cabelo esculpido e pequenas tiaras na testa; e as das amigas de então, umas com manto de manila, pente e leque, outras vestidas como índias, de sandália, *huipil*, fita de lã no cabelo e um cântaro no ombro, ou fotografadas com mantilha madrilenha, pintas postiças e jóias. Todas elas iam fazendo Camila adormecer, untando-a de sonolências de crepúsculo e pressentimentos de dedicatória: "Este retrato irá segui-la como a minha sombra". "A toda hora com você, este pálido testemunho do meu afeto." "Se o esquecimento apagar essas letras, emudecerá minha lembrança." Ao pé de outras fotos, era possível ler apenas, entre violetas secas presas com fitinhas desbotadas: "Remember, 1898"; "...idolatrada"; "Até o além-túmulo"; "Tua incógnita...".

Seu pai cumprimentava os que passavam pela rua deserta, bem espaçados, mas sua voz empolada ressoava na sala como se respondesse às dedicatórias. "Este retrato irá segui-la como minha sombra." "Fico feliz em saber, passe bem...!" "Até logo, Deus conserve...!" "Se o esquecimento apagar essas letras emudecerá minha lembrança." "Disponha, dê lembranças à senhora sua mãe!"

Às vezes, algum amigo fugia do álbum de retratos e parava para conversar com o general na janela. Camila espiava-o escondida atrás da cortina. Era o mesmo que no retrato tinha ar de conquistador, jovem, esbelto, sobrancelhas grossas, com calça xadrez vistosa, sobrecasaca abotoada e chapéu entre a cartola e o chapéu coco, enfim, o típico representante da última moda no fim do século.

Camila sorria e engolia essas palavras: "Melhor se o senhor tivesse ficado no retrato... Seria antiquado no vestir, as pessoas iriam rir do seu traje de museu, mas pelo menos não estaria barrigudo, careca e com as bochechas infladas como se chupasse balas...".

Da penumbra do cortinado de veludo cheirando a pó, Camila espreitava com seus olhos verdes o cristal daquela tarde de domingo. Nada alterava a crueza de suas pupilas de vidro gelado que viam desde a sua casa o que acontecia na rua.

Separados pelas barras de uma sacada suspensa, matavam o tempo seu pai, com os cotovelos afundados em uma almofada de cetim – reluziam as mangas de sua camisa de linho, pois estava em mangas de camisa – e um amigo, que parecia muito de sua confiança. Um senhor bilioso, nariz em gancho, bigode pequeno e bengala com castão de ouro. As casualidades. Passeava pela rua, ali, perto da casa, e o general o deteve com um "Benditos os olhos que te veem por aqui pelas Mercês, que milagre!", e Camila o encontrou no álbum. Não era fácil reconhecê-lo. Só reparando muito no seu retrato. O pobre senhor tivera já um nariz bem proporcionado, o rosto doce, cheinho. Bem que dizem que o tempo passa por cima da gente. Agora tinha cara angulosa, as maçãs do rosto saltadas, um risco nas arcadas das sobrancelhas despovoadas e a mandíbula saltada. Enquanto conversava com seu pai com voz pausada e cavernosa, trazia a toda hora o castão da bengala junto ao nariz, como se cheirasse o ouro.

A imensidão em movimento. Ela em movimento. Tudo o que nela estava imóvel, em movimento. Brincaram palavras de surpresa em seus lábios ao ver o mar pela primeira vez, mas quando seus tios lhe perguntaram o que achava do espetáculo, disse, tirando importância: "Eu já sabia de memória, pelas fotografias...!".

O vento palpitante agitava-lhe nas mãos um chapéu rosado de aba muito larga. Era como uma aura. Como um grande pássaro redondo.

Os primos, de boca aberta e olhos arregalados, não saíam de seu assombro. As ondas ensurdecedoras afogavam as palavras de suas tias. Que lindo! Como se mexe! Quanta água! Parece que está bravo! Nossa, olha lá..., é o sol que está afundando! Será que a gente não esqueceu nada no trem quando desceu correndo?... Vocês já conferiram se está tudo aqui?... Precisamos contar as malas!...

Seus tios, carregados de malas com roupas leves, próprias para o litoral, aqueles ternos enrugados como uva-passa que os veranistas vestem; com os cachos de cocos que as senhoras arrebataram das mãos dos vendedores nas estações de baldeação, só porque eram baratos, e um monte de fardos e cestos, afastaram-se em direção ao hotel em fila indiana.

– Aquilo que você disse, eu fiquei pensando... – disse por fim um de seus primos, o mais espigado (um fluxo de sangue sob a pele acentuou a cor trigueira de Camila com um ligeiro carmim, ao se sentir aludida). – E não interpretei do jeito que você falou. Pra mim, o que você queria dizer é que o mar é parecido com as imagens que aparecem nas projeções de viagens, só que maior.

Camila já ouvira falar das projeções que aconteciam atrás do Portal do Senhor, nas Cem Portas, mas não sabia nem tinha ideia de como eram. No entanto, a partir do que dissera o primo, foi fácil imaginá-las fechando um pouco os olhos e olhando o mar. Tudo em movimento. Nada estável. Retratos e retratos confundindo-se, revolvendo-se, saltando em pedaços para formar uma visão fugaz a cada instante, em um estado que não era sólido, nem líquido, nem gasoso, mas o estado em que a vida está no mar. O estado luminoso. Nas projeções e no mar.

Com os dedos encolhidos dentro dos sapatos e o olhar em todas as partes, Camila continuou contemplando o que seus olhos não acabavam de ver. Se no primeiro instante sentiu as pupilas se esvaziarem para abranger a imensidão, agora a imensidão as preenchia. Era a volta da maré até seus olhos.

Seguida por seu primo, desceu até a praia, pouco a pouco – não era fácil andar na areia –, para ficar mais perto das ondas, mas em vez de uma mão cavalheiresca, o oceano Pacífico atirou-lhe um golpe de luva líquida de água clara que lhe banhou os pés. Surpreendida, mal teve tempo de se afastar do mar, mas deixou-lhe uma prenda – o chapéu rosado, visível como um ponto diminuto entre as ondas – e não poupou um gritinho de menina mimada que ameaça ir se queixar com o pai: "Ah... mar!".

Nem ela, nem o primo, se deram conta. Havia pronunciado pela primeira vez o verbo "amar", ao reclamar do mar. O céu cor de tamarindo, lá onde o sol se ocultava completamente, esfriava o verde profundo da água.

Por que razão beijou os próprios braços na praia, respirando o cheiro da sua pele ensolarada e salobra? Por que fez outro tanto com as frutas que não a deixavam comer, quando as aproximou de seus lábios juntinhos e sentiu seu aroma? "Para as meninas, a acidez das frutas não faz bem – vinham dar sermão as tias no hotel –, nem ficar com os pés úmidos ou andar dando pinotes." Camila beijara seu pai e sua governanta, sem cheirá-los. Contendo a respiração, beijara o pé como uma raiz machucada daquele Jesus das Mercês. E se a gente não cheira o que beija, o beijo não tem gosto de nada. Sua carne salobra e trigueira como a areia, e os caraguatás e marmelos, a ensinaram a beijar com as narinas abertas, ansiosas, desejosas. Mas passando da descoberta ao fato, ela não soube direito se cheirava ou se mordia quando, quase ao final da temporada, foi beijada na boca por aquele primo que falava das projeções em movimento e sabia assobiar um tango argentino.

Ao voltar à capital, Camila ficou atazanando a governanta para que a levasse para ver as projeções. Era atrás do Portal do Senhor, nas Cem Portas. Foram escondidas do pai, estalando os dedos de nervoso e rezando o Triságio. Por pouco não voltaram atrás na porta, quando viram o salão cheio de gente. Apoderaram-se de duas cadeiras perto de uma cortina branca, que por alguns instantes alguém banhava com algo que era como um reflexo do sol. Estavam testando os aparelhos, as lentes, a eletricidade, que produzia um ruído de fritura igual ao dos carvões da luz elétrica nas luminárias das ruas.

A sala escureceu de repente. Camila teve a impressão que estava brincando de esconde-esconde. Na tela tudo era borrado. Imagens com movimentos de gafanhoto. Sombras de pessoas que ao falar parecia que mascavam, e ao andar parecia que iam dando saltos e ao mover os braços, que se desconjuntavam. Camila lembrou tão vividamente de uma vez em que se escondeu com um garoto no quarto do sótão que esqueceu das projeções. A lamparina a óleo acesa pelas almas tremulava no canto mais escuro do aposento, diante de um Cristo de celuloide quase transparente. Esconderam-se debaixo de uma cama. Foi preciso deitar no chão. A cama continuava a oscilar muito, rangendo sem parar. O móvel era já um avô, e não queria ser incomodado. "Achei!", ouviu-se alguém gritar no último pátio. "Achei!", gritaram no primeiro pátio. "Achei! Achei!" Ao ouvir os passos daquele que procurava, gritando: "Estou cada vez mais perto!", Camila começou a ficar com vontade de rir. Seu companheiro de esconderijo olhava feio para ela, mandando-a ficar quieta. Ela ouvia séria, mas não conseguiu mais segurar o riso ao sentir o fedor de um criado-mudo entreaberto que ficava na altura do seu nariz, e teria soltado uma gargalhada se seus olhos não tivessem ficado cheios de uma poeira que foi virando água quando sentiu na cabeça o ardido de um tapão.

E, como daquela vez no esconde-esconde, foi assim que saiu das projeções, com os olhos chorosos e atropeladamente, entre os que iam abandonando as cadeiras e corriam para a porta no escuro. Só pararam no Portal do Comércio. E ali Camila soube que o público havia saído às pressas para escapar da excomunhão. Na tela, uma mulher de vestido colado ao corpo e um homem desgrenhado de bigode e gravata de artista, dançavam o tango argentino.

Vásquez saiu à rua ainda armado – a barra de ferro que lhe servira para calar a *Chabelona* era arma contundente –, e a um sinal da sua cabeça, apareceu Cara de Anjo com a filha do general nos braços.

A polícia começava a fugir com o saque quando desapareceram pela porta do El Tus-Teps.

Entre os policiais, aquele que não levava uma sela vinha com um relógio de parede, um espelho de corpo inteiro, uma estátua, uma mesa, um crucifixo, uma tartaruga, galinhas, patos, pombos e tudo o que Deus criou. Roupa de homem, sapatos de mulher, trastes da China, flores, imagens de santos, bacias, tripés, luminárias, um lustre, frascos de remédios, retratos, livros, guarda-chuvas para águas dos céus e para águas dos humanos.

A dona do boteco esperava no El Tus-Tep com a tranca na mão para travar logo a porta.

Camila jamais suspeitara da existência daquele antro que fedia a capacho podre, a dois passos de onde morava feliz entre os mimos do velho militar, quem diria, ontem a felicidade, os cuidados da sua governanta, quem diria, hoje ferida; as flores do seu pátio, ontem não pisoteadas, hoje por terra; a gata fugida e o canário morto, esmagado com gaiola e tudo. Quando o favorito lhe tirou dos olhos o cachecol preto, Camila teve a impressão de estar muito longe de casa... Duas e três vezes passou a mão pelo rosto, olhando para todos os lados para saber onde estava. Seus dedos se perderam em um grito quando se deu conta de sua desgraça. Não estava sonhando.

– Senhorita... – em volta de seu corpo dormente, pesado, a luz daquele que naquela tarde lhe anunciara a catástrofe –, aqui, pelo menos, a senhora não corre nenhum perigo. O que a gente poderia lhe dar para que se recupere do susto?

– Susto de água e fogo! – disse a dona do boteco, e correu para desenterrar o rescaldo das brasas no recipiente com cinzas que lhe servia de fogão, instante que Lucio Vásquez aproveitou para entrar em ação e levar à boca uma garrafa de aguardente de sabor, sem saboreá-la, bebendo como quem toma cachaça barata.

Soprando, a dona do boteco abria os olhos do fogo, sem parar de repetir entredentes: "quero fogo e logo, quero fogo e logo". Às suas costas, pela parede dos fundos, iluminada de vermelho pelo clarão do rescaldo, deslizou a sombra de Vásquez a caminho do pátio.

– Foi aqui que ele falou pra ela... – dizia Lucio com sua voz de flauta. – Não há quem não venha por cem... e por mil também. Quem vive de cachaça, de cachaça morre...

A água enchia uma tigela e ganhou cor de pessoa assustada quando uma brasa caiu dentro dela e apagou. Como um caroço de fruta infernal, flutuava o carvão preto que a *Masacuata* enfiara em brasa e que ela depois tirou, apagado, com as pinças. "Susto de água e fogo", repetia. Bastaram os primeiros goles, e Camila recuperou a voz:

– E meu pai? – foi a primeira coisa que perguntou.

– Fique tranquila, não sofra; tome mais um pouco dessa aguinha de brasa, não aconteceu nada com o general – respondeu Cara de Anjo.

– O senhor tem certeza?

– Eu suponho...

– Pode ter acontecido uma desgraça...

– Psiu, não atraia isso...!

Camila voltou a olhar para Cara de Anjo. O semblante às vezes diz muito mais que as palavras. Mas seus olhos se perderam nas pupilas do favorito, negras e sem pensamentos.

– Você precisa ficar sentada, menina... – observou a *Masacuata*. Voltou arrastando o banquinho que Vásquez ocupara naquela tarde em que o senhor da cerveja e da nota de cem pesos entrara no boteco pela primeira vez...

...Aquela tarde... haviam-se passado muitos anos ou apenas algumas poucas horas? O favorito fixava os olhos alternadamente na filha do general e na chama da vela oferecida à Virgem de Chiquinquirá. O pensamento de apagar a luz e fazer o que não devia pretejava-lhe as pupilas. Um sopro e... seria sua por bem ou por mal. Mas trouxe as pupilas da imagem da Virgem para a figura de Camila, meio caída no assento; e ao ver o rosto dela pálido, sob as lágrimas densas, o cabelo em desordem e o corpo de anjo a meio fazer, mudou a expressão, tirou a tigela da mão dela com ar paternal e disse para si: "Coitadinha!...".

Umas tossidas discretas da dona do boteco, dando a entender que estava deixando os dois a sós, e seus impropérios ao encontrar Vásquez completamente bêbado, deitado naquele patiozinho com cheiro de rosas cultivadas em vaso que ficava nos fundos do boteco, coincidiram com novos prantos de Camila.

– Você sim, não perde tempo mesmo – a *Masacuata* estava uma fera –, seu sem-vergonha, só serve para deixar a gente louca da vida! Bem que o pessoal diz que com você é só piscar o olho que você apronta! E ainda diz que me ama!... Tô vendo..., tô vendo... Foi eu virar as costas e você acabou com a garrafa todinha! Porque pra você é de graça..., ou então fiado... ou então é presente!... Ladrãozinho!... Caia fora daqui ou eu te ponho pra fora a pontapés!

A voz queixosa do bêbado, as pancadas que sua cabeça dava no chão quando a dona do boteco começou a arrastá-lo pelos pés... O vento fechou a porta do patiozinho. Não se ouviu mais nada.

– Já passou, já passou... – dizia a meia-voz Cara de Anjo ao ouvido de Camila, que chorava um mar de lágrimas. – Seu paizinho não corre perigo e a senhora escondida aqui está segura: e eu estou aqui para defendê-la.... Já passou, não chore mais; chorando assim vai ficar mais nervosa ainda... Olhe para mim sem chorar e eu lhe conto tudo como foi...

Camila aos poucos foi parando de chorar. Cara de Anjo, que lhe acariciava a cabeça, pegou o lencinho da mão dela para secar-lhe os olhos. Como uma pincelada de cal e tinta rosa surgia o dia no horizonte, entre as coisas, por debaixo das portas. Os seres farejavam-se antes de ver-se. As árvores, enlouquecidas pela comichão dos trinos e sem poder se coçar. Bocejos e mais bocejos nas fontes. E o vento levava embora os cabelos negros da noite, os cabelos dos mortos, e vestia uma peruca dourada.

– O mais importante é que você se acalme, se não vai pôr tudo a perder. Comprometerá a si mesma, ao seu pai e a mim. Esta noite vou voltar para levá-la até a casa dos seus tios. O que importa agora é ganhar tempo. É preciso ter paciência. Certas coisas não se consertam assim na hora. Algumas exigem um pouco mais de cuidado.

– O problema não sou eu; com o que o senhor me falou, sinto-me mais segura. Agradeço. Está tudo explicado e sei

que preciso ficar aqui. A angústia é pelo meu pai. O que eu queria era ter certeza de que não aconteceu nada com ele.
– Vou cuidar de lhe trazer notícias...
– Hoje mesmo?
– Hoje mesmo...
Antes de sair, Cara de Anjo voltou para lhe dar um tapinha carinhoso no rosto.
– Fique calma!
A filha do general Canales ergueu os olhos, de novo cheios de lágrimas, e respondeu:
– Notícias...

XIII
Capturas

A esposa de Genaro Rodas saiu tão embalada de casa que nem lembrou de pegar o pão. Sabe Deus se as cestas ainda traziam seu conteúdo. Deixou o marido deitado na cama de roupa e tudo, largado como um pano de chão, e seu filhinho dormindo no cesto que lhe servia de berço. Seis da manhã.

Soava o relógio das Mercês na mesma hora em que ela dava o primeiro toque na porta da casa de Canales. Eles que desculpassem o alvoroço e por acordá-los tão cedo, pensava, a aldrava já na mão para bater de novo. Mas eles vêm abrir ou não? O general precisa saber o quanto antes o que Lucio Vásquez contou ontem à noite ao atarantado do meu marido naquele bar chamado El Despertar del León...

Parou de bater e enquanto aguardava que viessem abrir a porta ficou repassando: que os mendigos haviam acusado o general da morte ocorrida no Portal do Senhor, que ele seria capturado esta manhã e por último, a pior coisa do mundo, que estavam querendo raptar a menina...

"Isso sim é que é o cúmulo! Isso sim é que é o cúmulo!", repetia para si mesma sem parar de bater à porta.

E, então, outro sobressalto: Eles vão levar embora o general? Bem, é homem, e vai ficar preso. Mas eles raptarem a menina... Sangue de Cristo! A desonra não tem remédio. E aposto minha cabeça que isso deve ser coisa de algum desses capiaus salafrários e sem-vergonhas, que vêm para a cidade com seus truques das montanhas.

Bateu de novo. A casa, a rua, o ar, tudo quieto. Era desesperador que ninguém viesse abrir. Soletrou o nome do boteco da esquina para matar o tempo: El Tus-Tep... Não havia muito o que entender, a não ser que reparasse no que diziam os bonecos mal pintados de cada lado da porta; de um lado um homem, do outro, uma mulher; da boca da mulher, saíam os dizeres: "Venha dançar o dois pra cá, dois pra lá!", e do homem, que segurava uma garrafa na mão, lia-se: "Não vou dançar, porque estou pra lá de Bagdá!..."

Cansada de bater – ou não tinha ninguém ou não queriam abrir –, decidiu empurrar a porta. A mão avançou que não parava mais... Estava só encostada? Ajeitou o xale com franjas, avançou pelo saguão com o coração aos pulos e chegou ao corredor já sem saber nem mais quem era, gelada pela realidade como um pássaro surpreendido pelo caçador, o sangue retraído, o fôlego curto, o olhar perdido, paralisados os membros ao ver os vasos de flores derrubados, as caudas de *quetzal* pelo chão, biombos e janelas quebrados, os espelhos partidos, destroçados os armários, violadas as fechaduras, papéis e ternos e móveis e tapetes, tudo ultrajado, tudo envelhecido em uma noite, tudo feito um amontoado desprezível de coisas, lixo sem vida, sem intimidade, sujo, sem alma...

A *Chabelona* vagava com o crânio fraturado, como um fantasma entre as ruínas daquele ninho abandonado, procurando a menina.

– Há, há, há, há!... – ria – ...Hi, hi, hi, hi! Onde se escondeu, dona Camila?... Estou procurando a senhora!...

..........................Por que não responde?... Está ficando quente, quente, QUENTE!...

.... Achava que estava brincando de esconde-esconde com Camila e ficava procurando e procurando por todos os cantos, entre as flores, debaixo das camas, atrás das portas, revirando tudo como um torvelinho...

– Há, há, há, há!... Hi, hi, hi, hi!... Hu, hu, hu, hu!... Quente! Quente! Saia, dona Camila, não estou conseguindo achá-la!... Saia, dona Camilinha, eu já cansei de procurar! Há, há, há, há! Saia!... Quente!... Está ficando cada vez mais quente!... Hi, hi, hi. Hi!... Hu, hu, hu, hu!...

Procura que procura, chegou perto da fonte e ao ver sua imagem na água parada berrou como um macaco ferido, e com a risada feita um tremor de medo entre os lábios, o cabelo sobre o rosto e sobre o cabelo as mãos, agachou-se pouco a pouco para fugir daquela visão insólita. Suspirava frases de perdão, como desculpando-se diante de si mesma por ser tão feia, por estar tão velha, por ser tão pequena, por estar tão mal cuidada... De repente, deu outro grito. Entre a chuva de seus cabelos, que pareciam um esfregão, e das grades de seus dedos, vira saltar o sol por cima do telhado, cair em cima dela e arrancar-lhe a sombra que agora contemplava no pátio. Mordida pela ira, pôs-se em pé e atacou sua sombra e sua imagem, batendo na água e no chão, na água com as mãos, no piso com os pés. Sua ideia era apagá-los. A sombra se retorcia como animal açoitado, mas apesar do furioso sapatear continuava sempre ali. Sua imagem despedaçava-se na aflição do líquido golpeado, mas reaparecia ao cessar a agitação da água. Urrou com chilique de fera raivosa, ao se sentir incapaz de destruir aquele pozinho de carvão regado sobre as pedras, que fugia sob seus pisões como se de fato sentisse os golpes, e aquele outro pozinho luminoso polvilhado na água e com um quê de peixe na sua imagem, que ela amassava a palmadas e socos.

Os pés lhe sangravam, já largara as mãos de cansaço e sua sombra e sua imagem continuavam indestrutíveis.

Em convulsões, irada, com o desespero de quem arremete uma última vez, atirou-se de cabeça na fonte...

Duas rosas caíram na água...

O galho de uma roseira espinhosa havia-lhe arrebatado os olhos...

Saltou pelo chão como sua própria sombra até ficar exausta, ao pé de uma laranjeira que pingava o sangue de uma flor vermelha de abril.

A banda marcial passava pela rua. Quanta violência e quanto ar guerreiro! Que fome de arcos do triunfo! No entanto, e apesar dos esforços dos corneteiros em soprar forte e a tempo, os vizinhos, longe de abrir os olhos com apuro de heróis fatigados de ver a espada sem uso na dourada paz dos trigos, acordavam com a boa nova do dia de feriado no humilde propósito de fazer o sinal da cruz para que Deus os livrasse dos maus pensamentos, das más palavras e das más ações contra o Presidente da República.

A *Chabelona* deparou com a banda ao final de um rápido adormecimento. Estava no escuro. Sem dúvida, a senhorita devia ter vindo na ponta do pé para lhe tapar os olhos por trás.

"Menina Camila, já sei que é você, deixe-me vê-la", balbuciou, levando as mãos ao rosto para arrancar das pálpebras as mãos da menina, que lhe provocavam uma dor horrível.

O vento batia na maçaroca de sons rua abaixo. A música e a escuridão da cegueira que lhe vendava os olhos como numa brincadeira de criança trouxeram à sua lembrança a escola onde aprendera as primeiras letras, lá pelos lados de *Pueblo Viejo*. Um salto na idade e já se via adulta, sentada à sombra de duas mangueiras e logo depois, bem logo, loguinho, outro salto, e viu-se em uma carroça de bois que rodava por caminhos planos e com aroma de celeiro. O rangido das rodas sangrava como dupla coroa de espinhos no silêncio do carroceiro imberbe que a fez mulher. Ruminando e ruminando foram os fatigados bois arrastando o leito nupcial. Ebriedade de céu na planície elástica... Mas a lembrança se deslocava de repente e com ímpeto de cachoeira via entrar na casa um jorro de homens... Seu hálito de bestas negras, sua gritaria infernal, seus golpes, suas blasfêmias, suas risadas rudes, o piano que gritava até esganiçar-se como se lhe arrancassem os molares à força, a senhorita perdida como um perfume e uma marretada no meio da testa acompanhada de um grito estranho e de uma sombra imensa.

A esposa de Genaro Rodas, *Niña* Fedina, encontrou a criada deitada no pátio, com o rosto banhado em sangue, os cabelos em desordem, as roupas rasgadas, lutando com as moscas que mãos invisíveis lhe atiravam aos punhados no rosto; e como quem depara com um espanto, fugiu para os quartos tomada pelo medo.

– Coitada! Coitada! – murmurava sem parar.

Ao pé de uma janela, achou a carta escrita pelo general para o seu irmão Juan. Recomendava-lhe que cuidasse de Camila... Mas *Niña* Fedina não leu a carta toda, em parte porque a atormentavam os gritos da *Chabelona,* que pareciam sair dos espelhos partidos, dos vidros estilhaçados, das cadeiras escangalhadas, das cômodas forçadas, dos retratos caídos, e em parte porque precisava pôr os pés em polvorosa. Enxugou o suor do rosto com o lenço que, dobrado em quatro, apertava nervosamente na mão repuxada por anéis baratos, e guardando o papel dentro do vestido encaminhou-se apressada para a rua.

Tarde demais. Um oficial de expressão dura deteve-a na porta. A casa estava rodeada de soldados. Do pátio subia o grito da governanta empesteada de moscas. Lucio Vásquez, que a mando da *Masacuata* e de Camila vigiava desde a porta do El Tus-Tep, ficou sem respiração ao ver que estavam agarrando a esposa de Genaro Rodas, o amigo a quem no calor do porre havia contado na noite anterior, no El Despertar del León, a história da captura do general.

– Eu não lamento, mas lembro o que ela fez! – exclamou a dona do boteco, que havia saído à porta na hora em que capturavam *Niña* Fedina.

Um soldado aproximou-se do botequim. "Estão procurando a filha do general!", disse a si mesma a dona do boteco com a alma oprimida. O mesmo pensou Vásquez, tenso até a raiz dos cabelos. O soldado chegou perto para dizer que eles teriam que fechar. Encostaram as portas e ficaram espiando pelas frestas o que acontecia na rua.

Vásquez se recompôs na penumbra e com o pretexto do susto quis acariciar a *Masacuata*, mas esta, como de costume, não deixou. Por pouco não lhe dá um soco.

– Mas como você é difícil!

– Ah, tá bom! Seu pateta! E ainda quer que eu deixe você ficar me bolinando! Que tal se eu lhe disser que ontem à noite essa imbecil andava contando por aí que a filha do general...!

– Fale baixo, eles podem ouvir! – interrompeu Vásquez. Falavam inclinados, olhando para a rua pelas frestas da porta.

– Não seja estúpido, já estou falando baixinho!... Eu estava dizendo que ela andou contando que a filha do general ia ser a madrinha do menino dela; se você tivesse mandado o Genaro aqui, a confusão estaria armada.

– Bobagem! – respondeu ele, e fungou forte para tentar desgrudar algum muco que sentia entre a garganta e o nariz.

– Seu porco! Você é vagabundo mesmo, não tem um pingo de educação!

– Ah, tá, e você é uma *lady*...!

– Psiu!

O Auditor de Guerra descia naquele instante de um carro.

– É o Auditor... – disse Vásquez.

– E vem fazer o que aqui? –perguntou a *Masacuata*.

– Prender o general...

– E por causa disso precisa vir vestido que nem um pavão? Faça-me o favor!... Dê só uma olhada!... Não cabe mais nenhuma pluma na cabeça dele...

– Não é por isso que ele se enfeitou desse jeito! E você, também, pra criticar não tem quem ganhe de você, hein... Ele se vestiu desse jeito porque depois vai ver o Presidente.

– Sorte dele.

– Mas se não levaram o general ontem à noite, então eu sou um mico de circo...

– Mas como é que iam pegar ele ontem à noite?

– Melhor você calar a boca!

Quando o Auditor desceu do veículo foram passadas ordens em voz baixa a um capitão que, seguido por um comando de soldados, entrou na casa de Canales com o sabre desembainhado numa mão e o revólver na outra, como os oficiais das figurinhas das batalhas da guerra russo-japonesa.

E poucos minutos depois – séculos para Vásquez, que acompanhava os acontecimentos com a alma por um fio – voltou o oficial com a cara transtornada, pálido e agitadíssimo, para dar parte ao Auditor do que estava acontecendo.

– O quê?... O quê? – gritou o Auditor.

As palavras do oficial saíam atormentadas entre os espasmos de sua respiração ofegante.

– O quê... o quê... ele fugiu...? – rugiu o Auditor; duas veias saltaram na sua testa como interrogações negras... – E que, e que, e que, e que... saquearam a casa?...

Sem perder um segundo, enfiou-se porta adentro seguido pelo oficial; uma rápida olhada de relance e voltou à rua mais depressa ainda, a mão gorducha e raivosa apertando a empunhadura do espadim e tão pálido que seu bigode asa de mosca se confundia com os lábios.

– Como ele conseguiu fugir é o que eu gostaria de saber! – exclamou ao chegar à porta. – Ordens; foi pra isso que inventaram o telefone, pra prender os inimigos do governo! Velho safado; se eu botar a mão nele o enforco! Não queria estar na pele dele!

O olhar do Auditor quase partiu *Niña* Fedina ao meio como um raio. Um oficial e um sargento vinham trazendo-a quase à força até onde ele vociferava.

– Sua cadela!... – xingou-a e, sem deixar de olhá-la, acrescentou: – Vamos fazer ela abrir o bico! Tenente, pegue dez soldados e leve-a depressa para onde ela deve ser levada! Incomunicável! Entendeu?...

Um grito imóvel preenchia o espaço, um grito oleoso, dilacerante, descarnado.

– Meu Deus, o que será que estão fazendo com esse pobre cristo crucificado? – gemeu Vásquez. O urro da *Chabelona*, cada vez mais agudo, abria um buraco no peito dele.

– Pobre cristo? – comentou a dona do boteco com ironia. – Não está vendo que é voz de mulher? Pra você todo homem tem o tom de voz de uma sabiá!

– Não fale assim comigo...

O Auditor ordenou que se revistassem as casas vizinhas à do general. Grupos de soldados, comandados por cabos e sargentos, espalharam-se por todos os lados. Revistavam pátios, dormitórios, escritórios particulares, sótãos, fontes. Subiam pelos telhados, reviravam guarda-roupas, camas, tapetes, despensas, barris, armários, cofres. Se o vizinho demorava muito a abrir a porta, punham-na abaixo a coronhadas. Os cães latiam furiosos ao lado dos donos pálidos. Em cada casa, uma enxurrada de latidos...

– Se vierem revistar aqui!... – disse Vásquez, quase perdendo a fala de tanta angústia. – Que enrascada!... Se pelo menos fosse por um bom motivo, mas não... só porque a gente foi dar uma de intrometido...

A *Masacuata* correu para prevenir Camila.

– Na minha opinião – ia dizendo Vásquez atrás –, ela devia cobrir o rosto e picar a mula...

Mas recuou até a porta, sem esperar resposta.

– Esperem! Esperem! – disse ao olhar de novo pela fresta. – O Auditor deu uma contraordem, já pararam de revistar... desta vez, escapamos!

Em dois passos, a dona do boteco plantou-se diante da porta para ver com os próprios olhos o que Lucio anunciava com tanta alegria.

– Dê uma olhada lá: o seu cristo crucificado!... – sussurrou a dona do boteco.

– Quem é aquela lá?

– A criada, não está vendo? – e acrescentou, afastando seu corpo da mão boba de Vásquez. – Pare com isso, homem! Fique quieto! Quieto! Eh, cara chato!

– Coitada da mulher! Olha só o estado dela!

– Parece que passou um bonde por cima!

– Por que será que quem está morrendo revira os olhos?

– Sai pra lá, não quero nem olhar!

Uma escolta, sob o comando de um capitão com a espada desembainhada, havia tirado a *Chabelona*, a infeliz governanta, da casa de Canales. O Auditor não conseguiu interrogá-la. Vinte e quatro horas antes, aquele lixo humano agonizante era a alma de um lar, no qual a única política eram as intrigas de alpiste urdidas pelo canário, os círculos concêntricos criados pelo jorro da fonte, as intermináveis paciências que o general jogava e os caprichos de Camila.

O Auditor entrou no seu carro seguido por um oficial. O veículo esfumou-se na primeira esquina. Veio uma maca carregada por quatro homens desengonçados e sujos, que levaram para o necrotério o cadáver da *Chabelona*. As tropas foram marchando até um dos quartéis e a *Masacuata* abriu o estabelecimento. Vásquez ocupava seu habitual banquinho, mal dissimulando o pesar que sentia pela detenção da mulher de Genaro Rodas, com a cabeça feita um forno de assar tijolos, os eflúvios da bebida por todo o corpo, a ponto de sentir a bebedeira voltando por instantes, e as suspeitas sobre a fuga do general.

Niña Fedina, enquanto isso, seguia a caminho da prisão em luta com os da escolta, que a três por dois faziam-na descer da calçada para o meio da rua a empurrões. Deixava-se maltratar sem dizer nada, mas de repente, anda que anda, a paciência se esgotou e ela enfiou a mão na cara de um dos soldados. Uma coronhada, resposta que não esperava, e outro soldado que lhe deu um soco por trás, no ombro, fizeram-na cambalear, bater os dentes e ver estrelas.

— Seus covardes!... É pra isso que servem as armas que vocês carregam?... Vocês deveriam ter vergonha na cara! — interveio uma mulher que voltava do mercado com a cesta cheia de verduras e frutas.

— Fique quieta aí! — gritou um dos soldados.

— Não venha me dizer o que fazer, seu inútil!

— Vá embora, dona! Já pra sua casa, depressinha; ou não tem o que fazer da vida? — gritou um sargento.

— Só se eu fosse que nem vocês, seu bando de inúteis!

— Cale a boca — interveio o oficial — se não a gente enche você de porrada!

— Encher de porrada! Bonito isso, não? Era o que faltava, esse bando aí, vocês parecem índios de tão magros, com os cotovelos de fora e as calças puídas nos fundilhos! É isso o que vocês sabem fazer? Encher de porrada, e que a gente fique quieta? Bando de piolhentos... bater nos outros, por gosto!

E entre os transeuntes que a olhavam assustados, pouco a pouco foi ficando para trás aquela desconhecida que saíra em defesa da mulher de Genaro Rodas. Esta ia, no meio da patrulha, levada à prisão, trágica, desconjuntada, suando, varrendo o chão com as franjas de seu xale de lã.

O carro do Auditor de Guerra chegou à esquina da casa do advogado Abel Carvajal na hora em que este saía de cartola e casaca para o palácio. O Auditor desceu e pôs os pés na calçada, deixando o veículo balançando atrás dele. Carvajal já fechara a porta de casa e calçava uma luva com parcimônia quando foi detido pelo colega. Uma patrulha de soldados o conduziu pelo meio da rua, e lá foi ele, vestido com traje de cerimônia, até a Segunda Delegacia de Polícia, enfeitada por fora com bandeirolas e correntes de papel de seda. Seguiu direto para o calabouço, onde continuavam presos o estudante e o sacristão.

XIV
QUE TODO O UNIVERSO CANTE!

As ruas iam surgindo na claridade fugidia do alvorecer, entre telhados e campos que exalavam o frescor de abril. Por ali desciam correndo as mulas do leite, com as alças dos botijões de metal retinindo, perseguidas pelo chicote do peão ofegante que as conduzia. A manhã chegava também para as vacas ordenhadas nos pórticos das casas ricas e nas esquinas das casas pobres, rodeadas pelos clientes, alguns convalescentes, outros no fim da linha, com olhos de sono, profundos e vítreos, que esperavam a ordenha da sua vaca preferida e quando chegava sua vez aproximavam-se para receber o leite, pondo o copo de lado de maneira sublime para que se enchesse mais de líquido que de espuma. Por ali passavam as entregadoras de pão, com a cabeça afundada no tórax, costas curvadas, pernas tensas e pés descalços, pespontando passos seguidos e vacilantes sob o peso de enormes cestos na cabeça, cesto em cima de cesto, pagodes que soltavam no ar o aroma de pãezinhos com açúcar e gergelim tostado. Por ali ouvia-se o toque de alvorada nos dias de feriado nacional, despertador levado a passeio por fantasmas de metal e sopro, sons de sabores, espirros de cores, enquanto, clareia não clareia, soava nas igrejas, tímido e atrevido, o sino da primeira missa, tímido e atrevido porque seu repicar, mesmo fazendo parte do feriado com gosto de chocolate e bolo de cônego, nos feriados nacionais exalava aroma de coisa proibida.

Feriado nacional...

Das ruas vinha o aroma de terra boa da euforia da vizinhança, com as pessoas jogando bacias d'água pela janela para que não levantasse muita poeira a passagem das tropas que conduziam o pavilhão até o Palácio – o pavilhão com cheiro de lenço novo –, nem as carruagens dos grandes senhores que saíam à rua bem trajados da cabeça aos pés, médicos com suas melhores roupas e a casaca cruzada, generais de uniforme reluzente, com cheiro de naftalina – os primeiros com chapéus lustrosos, estes com tricórnios emplumados –, nem o trote dos empregados subalternos, cuja importância era medida na linguagem da boa administração pelo preço do enterro que algum dia o estado lhes pagaria.

Senhor, Senhor, cheios estão os céus e a terra da vossa glória! O Presidente deixava-se ver, mostrava-se grato com o povo, que assim correspondia aos seus desvelos, isolado de todos, muito distante, no grupo de seus íntimos.

Senhor, Senhor, cheios estão os céus e a terra da vossa glória! As senhoras sentiam o divino poder do Deus Amado. Sacerdotes de alto escalão o incensavam. Os juristas pareciam estar em um torneio de Alfonso, o Sábio. Os diplomatas, excelências de Tbilisi, davam-se grandes ares, como se estivessem em Versailles, na Corte do Rei Sol. Os jornalistas nacionais e estrangeiros congratulavam-se por estar na presença do redivivo Péricles. Senhor, Senhor, cheios estão os céus e a terra da vossa glória! Os poetas acreditavam estar em Atenas, assim apregoavam ao mundo. Um escultor de santos considerava-se um Fídias e sorria revirando os olhos e esfregando as mãos ao ouvir exaltarem pelas ruas o nome do egrégio governante. Senhor, Senhor, cheios estão os céus e a terra da vossa glória!

Um compositor de marchas fúnebres, devoto de Baco e do Santo Enterro, punha o rosto cor de tomate por uma sacada para ver o que acontecia lá embaixo.

Mas se os artistas acreditavam estar em Atenas, os banqueiros judeus viam-se em Cartago, passeando pelos salões do estadista que depositara neles sua confiança e em suas caixas sem fundo os dinheirinhos da nação a zero e nada por cento, negócio que lhes permitia enriquecer com os juros e converter a moeda de metal de ouro e prata em pedacinhos de pele de circuncisão. Senhor, Senhor, cheios estão os céus e a terra de vossa glória!

Cara de Anjo abriu caminho entre os convidados (era belo e mau como Satã).

– O povo pede sua presença no balcão, Senhor Presidente!
– ...o povo?

O amo pôs nessas duas palavras um germe de interrogação. O silêncio reinava à sua volta. Sob o peso de uma grande tristeza que logo suprimiu com raiva antes que lhe chegasse aos olhos, levantou-se do assento e foi até o balcão.

Estava rodeado pelo grupo dos íntimos quando apareceu diante do povo: um grupo de mulheres que vinha celebrar o feliz aniversário do dia em que havia sobrevivido. A encarregada de pronunciar o discurso começou assim que viu surgir o Presidente.

– Filho do povo...!

O amo engoliu sua saliva amarga, talvez evocando seus anos de estudante, quando vivia ao lado da mãe, sem recursos, em uma cidade pavimentada de más intenções; mas o favorito, que o adulava, atreveu-se a dizer baixinho:

– Como Jesus, filho do povo...

– Filho do povo! – repetiu a discursante –, do povo, digo eu: o sol, neste dia de radiante formosura, o céu veste, sua luz cuida dos teus olhos e da tua vida, ensina o trabalho sacrossanto que, no alto da abóbada celeste, a luz seja seguida pela sombra, a sombra da noite negra e sem perdão da qual saíram as mãos criminosas, que em lugar de semear os campos, como tu, Senhor, nos ensinas, semearam à tua passagem uma bomba, que apesar de suas científicas precauções europeias, deixou-te ileso...

Um aplauso intenso afogou a voz da *Língua de Vaca*, apelido depreciativo daquela aduladora que fazia o discurso, e uma série de leques de vivas ergueu-se em favor do mandatário e seu séquito:

– Viva o Senhor Presidente!

– Viva o Senhor Presidente da República!

– Viva o Senhor Presidente Constitucional da República!

– Com um "viva" que ressoe por todos os recantos do mundo e não acabe nunca, viva o Senhor Presidente Constitucional da República, Benemérito da Pátria, Chefe do Grande Partido Liberal, Liberal de Coração e Protetor da Juventude Estudiosa!...

Língua de Vaca prosseguiu:

– Manchada teria sido a bandeira, caso tivessem conseguido seus propósitos aqueles maus filhos da Pátria, robustecidos em seu instinto criminoso pelo apoio dos inimigos do Senhor Presidente; nunca refletiram que a mão de Deus velava e vela sobre sua preciosa existência com o beneplácito de todos os que, sabendo-o digno de ser o Primeiro Cidadão da Nação, o rodearam naqueles instantes terríveis, e o rodeiam e irão rodeá-lo sempre que for necessário!

"Sim, senhores..., senhores e senhoras; hoje, mais do que nunca, sabemos que se tivessem sido cumpridos os nefandos desígnios daquele dia de triste memória para nosso país, que hoje marcha rumo à vanguarda dos povos civilizados, a Pátria teria ficado órfã de seu pai e protetor, em mãos dos que trabalham à sombra os punhais que ferem o peito da Democracia, como disse aquele grande tribuno chamado Juan Montalvo!

"Graças a isso, o pavilhão segue ondulando impoluto e não fugiu do escudo pátrio a ave que, como 'tênis' renasceu das cinzas dos 'manos'", corrigindo-se, "dos 'mames'[4] que declararam a independência nacional naquela aurora da liberdade na América, sem derramar uma só gota de sangue, ratificando de tal sorte o anseio de liberdade que haviam manifestado os 'mames'", corrigindo-se, "ou melhor, os 'manos' índios que lutaram até a morte pela conquista da liberdade e do direito!

"E por isso, senhores, viemos aqui festejar hoje o mui ilustre protetor das classes desfavorecidas, que vela por nós com amor de pai e conduz nosso país, como já disse, para a vanguarda do progresso que Fulton impulsionou com o vapor d'água e Juana Santa María[5] defendeu do filibusteiro intruso ateando fogo ao paiol fatal em terras de Lempira[6]. Viva a Pátria! Viva o Presidente Constitucional da República, Chefe do Partido Liberal, Benemérito da Pátria, Protetor da mulher desvalida, da criança e da educação!"

Os "vivas" da *Língua de Vaca* perderam-se num incêndio de aclamações que um mar de aplausos foi apagando.

O Presidente respondeu com algumas palavras, a mão direita sobre o balcão de mármore, meio de lado para não expor o peito, passeando o rosto de um ombro a outro por sobre os presentes, o cenho franzido, os olhos semicerrados. Homens e mulheres enxugaram mais de uma lágrima.

– Se o Senhor Presidente quiser entrar... – atreveu-se a dizer Cara de Anjo, quando viu que o nariz do presidente pingava. – A plebe fica comovida demais...

O Auditor de Guerra precipitou-se em direção ao Presidente, que voltava do balcão seguido por uns quantos amigos, para informá-lo da fuga do general Canales e parabe-

---

[4] A mulher que discursa faz grande confusão entre "manos" ("irmãos") e "mames", grupo étnico mam das montanhas da Guatemala, intercambiando aleatoriamente as duas palavras. (N.T.)
[5] A discursante comete aqui outro erro, ao dizer Juana Santa María, em vez de Juan Santamaria, costarriquenho que morreu em confronto com um filibusteiro americano. (N.T.)
[6] Lempira foi um grande chefe indígena de Honduras, herói nacional do país. (N.T.)

nizá-lo por seu discurso primeiro que os outros, mas, como todos os que se aproximaram com esse propósito, deteve-se, coibido por um temor estranho, por uma força sobrenatural, e para não ficar com a mão estendida no vazio, cumprimentou Cara de Anjo.

O favorito deu-lhe as costas e, com a mão abanando, o Auditor ouviu a primeira detonação de uma série de explosões que se sucederam em poucos segundos como descargas de artilharia. Ainda se ouvem os gritos; ainda saltam, ainda correm, ainda chutam as cadeiras derrubadas as mulheres tomadas pelo pânico; ainda se ouvem os passos dos soldados que se espalharam como grãos de arroz arremessados, a mão na cartucheira que não se abre de imediato, o fuzil carregado, entre metralhadoras, espelhos quebrados e oficiais e canhões...

Um coronel desapareceu escada acima, revólver na mão. Outro descia por uma escada em espiral, revólver na mão. Não era nada. Um capitão passou por uma janela, revólver na mão. Outro parou junto a uma porta, revólver na mão. Não era nada. Não era nada! Mas o ar estava frio. A notícia correu pelas salas em alvoroço. Não era nada. Pouco a pouco foram se juntando de novo os convidados, os que haviam molhado as calças de susto, os que haviam perdido as luvas, e aqueles que recuperavam a cor normal não conseguiam falar ainda, e os que conseguiam falar não haviam ainda recuperado a cor. O que ninguém conseguiu dizer foi por onde e em que momento o Presidente desapareceu.

Jazia no chão, ao pé de uma escadaria, o primeiro bumbo da banda marcial. Rolou do primeiro andar com bumbo e tudo, e foi a partir daí que começou o "salve-se quem puder"!

XV
TIOS E TIAS

O favorito saiu do Palácio tendo, de um lado, o Presidente do Poder Judiciário, um velhinho de casaca e meia cartola que lembrava os camundongos dos desenhos infantis, e, do outro, um representante do povo, descascado como santo velho, de pura antiguidade; esses dois discutiam, com argumentos de dar água na boca, se era melhor o Gran Hotel ou uma cantina dos arredores para se refazerem do susto que lhes havia pregado o idiota do bumbo, a quem mandaram sem um tico de remorso para alguma prisão, para o inferno ou para outro castigo ainda pior. O representante do povo, partidário do Gran Hotel, ao falar parecia ditar regras de observância obrigatória a respeito dos locais mais aristocráticos para se esvaziar uma garrafa, ato que, ainda por cima, redundava em benefício para o Erário público. Quando era o magistrado que falava, fazia-o com a ênfase de quem decide um assunto com sentença executória: "a riqueza essencial está ligada à despreocupação com as aparências, e por isso, meu amigo, prefiro o botequim pobre, onde é possível ficar à vontade com amigos fraternais, em vez do suntuoso hotel, onde nem tudo que reluz é ouro".

Cara de Anjo deixou-os discutindo na esquina do Palácio – naquele embate de autoridades, o melhor era lavar as mãos – e foi para o bairro de El Incienso, à procura do domicílio de Juan Canales. Urgia que aquele senhor fosse ou mandasse buscar sua sobrinha no botequim El Tus-Tep. "Que vá ele mesmo ou mande alguém, para mim, tanto faz" – ia dizendo a si mesmo. "O que importa é que ela não dependa mais de mim, que exista como existia até ontem, quando eu a ignorava, não sabia que existia, não significava nada para mim..." Duas ou três pessoas se lançaram à rua cedendo-lhe a calçada, à guisa de cumprimento. Agradeceu mas sequer reparou quem eram.

Um dos vários irmãos do general, dom Juan morava em El Incienso, numa das casas vizinhas ao El Cuño, como chamavam a casa da moeda que, dito seja de passagem, era um edifício de solenidade patibular. Bastiões descascados reforçavam as muralhas chorosas, e pelas janelas, defendidas por grades de ferro, adivinhavam-se salas com aspecto de jaulas para feras. Ali eram guardados os milhões do diabo.

O toque do favorito foi respondido por um cão. Advertia-se, pela sua maneira de latir, que aquele iracundo Cérbero estava preso.

Com a meia cartola na mão, Cara de Anjo entrou pela porta da casa – era belo e mau como Satã –, contente por estar no lugar em que iria deixar a filha do general e aturdido pelo latir do cão e os "entre, por favor, entre, por favor!" daquele varão sanguíneo, risonho e barrigudo, que outro não era se não dom Juan Canales.

– Entre, por favor, tenha a bondade, entre... Por aqui, senhor, por aqui, tenha a bondade! E a que devemos o prazer da sua visita? – Dom Juan dizia tudo isso como um autômato, em um tom de voz muito distante da angústia que sentia pela presença daquele precioso serviçal do senhor Presidente.

Cara de Anjo passava os olhos pela sala. Como latia para as visitas aquele cão de mau-gosto! Notou que no grupo de retratos dos irmãos Canales haviam tirado o do general. Um espelho, no canto oposto, repetia aquela ausência do retrato e também parte da sala, revestida por um papel que havia sido amarelo, cor de telegrama.

O cão, observou Cara de Anjo, enquanto dom Juan esgotava as frases comuns de seu repertório de fórmulas sociais, continua sendo a alma da casa. Como nos tempos primitivos. A defesa da tribo. Até o Senhor Presidente tem uma matilha de cães importados.

O dono da casa apareceu pelo espelho, gesticulando desesperadamente. Dom Juan Canales, ditas as frases de praxe, como bom nadador, mergulhara bem fundo.

– Aqui, na minha casa – referia –, minha mulher e este seu servo, reprovamos com verdadeira indignação a conduta do meu irmão Eusébio! Que história mais terrível! Um crime é sempre repugnante e mais ainda neste caso, tratando-se de quem se tratava, de pessoa apreciável sob todos os aspectos, de um homem que era a honra do nosso Exército e, sobretudo, o senhor há de concordar, de um amigo do Senhor Presidente.

Cara de Anjo guardou o pavoroso silêncio de quem, sem poder salvar alguém por falta de meios, via-o afogar-se, só comparável ao silêncio das visitas quando calam, com receio de concordar ou discordar do que está sendo dito.

Dom Juan perdeu o controle sobre seus nervos ao ouvir que suas palavras caíam no vazio começou a agitar os braços e a querer tocar o fundo com os pés. Sua cabeça fervia. Via-se envolvido no assassinato do Portal do Senhor e em suas extensas ramificações políticas. De nada lhe serviria ser inocente, de nada. Já estava encrencado, já estava encrencado. A loteria, amigo, a loteria! A loteria, amigo, a loteria! Esta era a frase-síntese daquele país, como apregoava tio Fulgencio, um bom senhor que vendia bilhetes de loteria pelas ruas, católico fervoroso e bom cobrador de acordos combinados. Em vez de olhar para Cara de Anjo, Canales olhava para a silhueta esquelética de tio Fulgencio, cujos ossos, mandíbulas e dedos pareciam sustentados por arames nervosos. Tio Fulgencio apertava a pasta de couro preto debaixo do braço anguloso, desenrugava o rosto e, dando palmadinhas nas calças largas, esticava o queixo para dizer com uma voz que lhe saía pelo e nariz e pela boca sem dentes: "Amiho, amiho, a única lei nesta terra é a lotehia: pela lotehia, o senhoh vai parah na prisão, pela lotehia, o fuzilam, pela lotehia, o fazem deputado, diplomata, prehidente da Hepública, genehal, ministro! De que vale o estudo aqui se tudo é uma lotehia? Lotehia, amigo, lotehia, pode comphar, pohtanto, um númeho da lotehia!" E aquele esqueleto todo, cheio de nós, tronco de videira retorcido, sacudia-se pelo riso que ia saindo da boca, como uma folha de bilhetes de loteria, todos premiados.

Cara de Anjo, bem ao contrário do que dom Juan pudesse pensar, observava-o em silêncio, perguntando-se até onde aquele homem covarde e repugnante tinha algum parentesco com Camila.

– Dizem por aí, ou melhor, contaram à minha mulher que estão querendo me envolver no assassinato do coronel Parrales Sonriente!... – continuou Canales, enxugando com um lenço, que teve grande dificuldade em conseguir tirar do bolso, as grossas gotas de suor que rolavam pela sua testa.

– Não sei de nada – respondeu Cara de Anjo, secamente.

– Seria injusto! E já lhe disse: aqui, eu e minha mulher reprovamos desde o primeiro momento a conduta de Eusébio. Além disso, não sei se o senhor está a par, nos últimos tempos, era raro termos contato com meu irmão. Quase nunca. Melhor dizendo, nunca. Passávamos um pelo outro como dois estranhos: bom dia, bom dia; boa tarde, boa tarde; nada mais que isso. Até logo, até logo. E só.

A voz de dom Juan era insegura. A esposa acompanhava a visita atrás de um biombo e achou prudente sair em auxílio do marido.

– Apresente-me esse senhor, Juan! – exclamou ao entrar cumprimentando Cara de Anjo com uma inclinação de cabeça e um sorriso de cortesia.

– Sim, como não! – respondeu o aturdido esposo, pondo-se em pé, assim como o favorito. – Aqui tenho o prazer de lhe apresentar minha esposa!

– Judith de Canales...

Cara de Anjo ouviu o nome da esposa de dom Juan, mas não se lembra de ter dito o seu.

Naquela visita, que ele prolongava sem motivo, sob a força inexplicável que em seu coração começava a desordenar sua existência, as palavras estranhas a Camila perdiam-se em seus ouvidos sem deixar rastro.

"Mas por que essas pessoas não falam da sobrinha deles!", pensava. "Se me falassem dela, eu lhes daria toda a atenção; se me falassem dela, eu lhes diria que não precisavam se preocupar, que dom Juan não está sendo envolvido em nenhum assassinato; se me falassem dela... Mas como sou tonto! Camila, que eu gostaria que deixasse de ser Camila e ficasse aqui com eles sem que eu pensasse mais nela; eu, ela, eles... Mas que tonto! Ela e eles, mas eu não, estou fora disso, fora disso, longe, eu com ela, não..."

Dona Judith – era como ela assinava – tomou assento no sofá e esfregou um lencinho de renda no nariz para ganhar tempo.

– Os senhores estavam dizendo... Perdão, interrompi a conversa de vocês...

– Ahn...!

– Sim...!

– Como...?

Falaram os três ao mesmo tempo. E depois de uns quantos "desculpe, fale o senhor, fale o senhor", tudo muito cômico, dom Juan, sem saber por quê, retomou a palavra ("Estúpido!", gritou-lhe a mulher com o olhar).

– Estava dizendo ao nosso amigo aqui que nós dois nos indignamos quando, de maneira absolutamente confidencial, ficamos sabendo que meu irmão Eusébio era um dos assassinos do coronel Parrales Sonriente...

– Ah, sim, sim, sim!... – pontificou dona Judith, erguendo o promontório de seus seios... – Aqui, com Juan, sempre dissemos que o general, meu cunhado, nunca deveria ter manchado seus galões com semelhante barbaridade, e o pior é que agora, como se fosse pouco, vieram nos dizer que estão querendo complicar meu marido!

– Por isso, também, explicava eu a dom Miguel que estamos afastados do meu irmão há muito tempo, que somos como inimigos... sim, inimigos mortais; ele não pode me ver nem pintado, e muito menos eu posso vê-lo!

– Bem, para dizer a verdade, nem tanto assim, mas havia questões de família, que sempre irritam e afastam – acrescentou dona Judith, deixando flutuar um suspiro pelo ambiente.

– Foi o que pensei – interveio Cara de Anjo –, e que dom Juan não esqueça que entre irmãos há sempre laços indestrutíveis...

– Mas, diga dom Miguel, como seria isso? Eu cúmplice?

– Se me permite!

– Não deve acreditar nisso! – ensaiou dona Judith com o olhar baixo. – Todos os laços ficam destruídos quando entram questões de dinheiro; é triste que seja assim, mas é uma coisa que a gente vê todo dia; o dinheiro não respeita nem laços de sangue!

– Se me permite!... Dizia eu que entre irmãos há laços indestrutíveis, porque apesar das profundas diferenças que existiam entre dom Juan e o general, este, vendo-se perdido e obrigado a deixar o país contou...

– É um canalha se me envolveu em seus crimes! Ah, a calúnia!...

– Mas não se trata de nada disso!

– Juan, Juan, deixe o senhor aqui falar!

– Ele disse que contava com a ajuda de vocês para que sua filha não ficasse abandonada e me encarregou de vir falar com os dois, para ver se aqui, na sua casa...!

Dessa vez foi Cara de Anjo quem sentiu que suas palavras caíam no vazio. Teve a impressão de que falava com pessoas que não entendiam espanhol. Entre dom Juan, pançudo e barbeado, e dona Judith, enfiada no carrinho de mão de seus seios, caíram suas palavras no espelho da ausência.

– E é a vocês que compete ver o que deve ser feito com essa menina.

– Sim, é claro!... – assim que dom Juan soube que Cara de Anjo não vinha prendê-lo, recuperou seu aprumo de homem formal – ...Não sei o que lhe responder, porque, na verdade, isso me pega tão de surpresa!... Na minha casa, de qualquer modo, nem pensar... O senhor quer o quê, não dá pra brincar com fogo!... Aqui, conosco, tenho certeza que essa pobre infeliz estaria muito bem, mas minha mulher e eu não estamos dispostos a perder a amizade das pessoas que conhecemos, que veriam com maus olhos o fato de ter aberto as portas de um lar decente à filha de um inimigo do Senhor Presidente... Além disso, é público que meu famoso irmão ofereceu... como direi?... sim, ofereceu sua filha a um amigo íntimo do Chefe da Nação, para que este por sua vez...

– Sim, tudo para poder fugir da prisão, já se sabe! – interrompeu dona Judith, afundando o promontório de seu peito no barranco de outro suspiro. – Mas, como dizia o Juan, ofereceu sua filha a um amigo do Senhor Presidente, que por sua vez a ofereceu ao próprio Presidente, que, como é natural e lógico pensar, recusou proposta tão abjeta, e foi então que o *Príncipe do Exército,* como ficou apelidado desde aquele famosíssimo discurso, vendo-se num beco sem saída, resolveu fugir e deixar-nos sua filha. Ele... o que se poderia esperar de quem, como a peste, trouxe a interdição política aos seus e o descrédito sobre o próprio nome! Não pense o senhor que não sofremos as consequências desse assunto. Deixou a gente de cabelo branco, e Deus e a Virgem são testemunhas disso!

Um relâmpago de cólera cruzou as noites profundas que Cara de Anjo trazia nos olhos.

– Bem, então não temos mais o que falar...
– Sentimos muito pelo senhor, que teve o incômodo de vir até aqui nos procurar. Se tivesse ligado...
– E pelo senhor, se não nos fosse totalmente impossível – complementou dona Judith as palavras do marido –, teríamos aceitado de boa vontade.

Cara de Anjo saiu sem se virar para olhá-los e sem pronunciar palavra. O cão latia enfurecido, arrastando a corrente pelo chão de um lado para o outro.

– Irei até a casa de seus irmãos – disse no saguão, já despedindo-se.

– Não perca tempo – apressou-se em dizer dom Juan. – Se eu que tenho fama de conservador, porque moro por aqui, não a aceitei na minha casa, eles, que são liberais... Bem, vão achar que o senhor está louco ou que simplesmente se trata de alguma brincadeira...

Essas palavras pronunciou-as quando estava quase na rua; depois, fechou a porta devagar, esfregou as mãos rechonchudas e virou-se, depois de um instante de hesitação. Sentia um desejo irresistível de acariciar alguém, mas não a mulher, e foi procurar o cão, que continuava latindo.

– Acho melhor você soltar esse bicho se for sair – gritou dona Judith desde o pátio, onde podava as roseiras, aproveitando que o sol mais forte já havia ido embora.

– Sim, já estou saindo...

– Então vá logo, que eu preciso rezar minha missa, e depois das seis não é mais hora de andar pela rua.

XVI
NA CASA NOVA[7]

A um pulinho das oito da manhã (bons tempos aqueles da clepsidra, quando não havia relógios saltadores, e o tempo não era contado a pinotes!), *Niña* Fedina foi trancada num calabouço que era quase uma sepultura em forma de violão, depois de ter sido regularmente fichada e de uma longa identificação daquilo que trazia com ela. Foi revistada dos pés à cabeça, das unhas aos sovacos, por todas as partes – registro absolutamente irritante e feito ainda com mais minúcia depois que acharam por baixo da camisa dela uma carta do general Canales, escrita de próprio punho, a carta que ela recolhera do chão na casa desse.
    Cansada de ficar em pé e sem espaço no calabouço para dar dois passos, sentou-se – depois de tudo, era melhor ficar sentada –, mas ao cabo de um tempo voltou a levantar. O frio do piso passou para a sua bunda, canelas, mãos, orelhas – a carne gela logo – e em pé ficou depois mais um tempo, se

[7] Como era chamado o presídio feminino. (N.T.)

bem que mais tarde sentou de novo, e levantou e sentou e levantou...

Nos pátios ouvia-se o canto das detentas que eram tiradas das celas para tomar sol, cançõezinhas com sabor de legumes crus, apesar de toda a fervura de coração que continham. Algumas dessas cançõezinhas, que às vezes elas ficavam repetindo com voz dormente, eram de uma monotonia cruel, cujo peso aprisionador era rompido de vez em quando por gritos desesperados... Blasfemavam... insultavam... maldiziam...

Desde o primeiro momento, *Niña* Fedina atemorizou-se com uma voz desafinada, que em tom de salmodia repetia e repetia:

De la Casa Nueva
a las casas nulas,
cielito lindo,

no hay más que un paso,
y ahora que estamos solos,
cielito lindo,
dame un abrazo.

Ay, ay, ay, ay!,
dame un abrazo
que de ésta, a las
malas casas,
cielito lindo,
no hay más que un paso[8]

Os dois primeiros versos destoavam do resto da canção; no entanto, essa pequena dificuldade parecia destacar o pa-

---

8 Em tradução livre: Da Casa Nova/ às casas de má fama,/ ceuzinho lindo,/ é só um passo,/ e agora que estamos a sós,/ ceuzinho lindo,/ me dê um abraço./ Ai, ai, ai, ai!/ me dê um abraço,/ que desta para as más casas,/ ceuzinho lindo,/ é só um passo. (N.T.)

rentesco próximo das casas de má fama com a Casa Nova. Uma quebra no ritmo, sacrificado em favor da realidade, para sublinhar aquela verdade atormentadora, que fazia *Niña* Fedina sacudir-se com medo de ter medo quando já estava tremendo e sem sentir ainda todo o medo, aquele indiscernível e espantoso medo que sentiu depois, quando aquela voz de disco gasto que escondia mais segredos que um crime calou no fundo de seus ossos. Aquele desjejum de canção tão azeda era injusto. Uma esfolada viva não se debateria em seu tormento tanto quanto ela na sua masmorra, ouvindo o que outras detentas, que não achassem a cama da prostituta mais gelada que a prisão, ouviriam talvez como suprema esperança de liberdade e de calor.

A lembrança de seu filho a tranquilizou. Pensava nele como se ainda o trouxesse nas entranhas. As mães nunca chegam a se sentir completamente vazias de seus filhos. A primeira coisa que faria ao sair da prisão seria batizá-lo. Estava tudo pronto para o batismo. Era linda a saia e era lindo o chapeuzinho que a senhorita Camila lhe dera de presente. E pensava em fazer a festa com pamonha e chocolate no café da manhã, arroz à valenciana e cozido ao meio-dia, refrescos de canela, orchata, sorvete e biscoitos à tarde. Já encomendara ao tipógrafo do olho de vidro os convites impressos que pensava distribuir aos amigos e conhecidos. E queria alugar duas carruagens "do Shumann", daquelas com cavalos grandes que parecem locomotivas, com correntes prateadas que fazem barulho e cocheiros de casaca e cartola. Depois tratou de tirar da cabeça aqueles pensamentos, para que não fosse acontecer com ela o que diziam ter acontecido com aquele que na véspera do casamento dizia a si mesmo: "Amanhã, a essa hora, será o seu dia, boquinha minha!", e que, por azar, no dia seguinte, antes do casamento, passando por uma rua, levou uma tijolada na boca.

E voltou a pensar no seu filho, e tão ensimesmada ficou naquele gozo que, sem reparar, estava de olhos postos em um emaranhado de desenhos indecentes, cuja visão deixou-a de novo perturbada. Cruzes, frases santas, nomes de homens, datas, números cabalísticos, entrelaçavam-se com sexos de todos os tamanhos. E viam-se: a palavra Deus ao lado de um falo, um número 13 sobre um testículo monstruoso, e diabos com chifres retorcidos como candelabros, e florezinhas de pétalas em forma de dedos, e caricaturas de juízes e magistrados, e barquinhos e âncoras e sóis e berços e garrafas e mãozinhas entrelaçadas, e olhos e corações atravessados por punhais, e sóis bigodudos como policiais, e luas com cara de senhorita velha, e estrelas de três e cinco pontas, e relógios e sereias e violões alados e flechas...

Aterrorizada, quis afastar-se daquele mundo de loucuras perversas, mas deparou com as outras paredes também manchadas de obscenidades. Muda de pavor, fechou os olhos; era uma mulher que começava a rodar por um terreno escorregadio e em sua passagem, em vez de janelas abriam-se valas, e o céu lhe mostrava as estrelas como um lobo exibe seus dentes.

Pelo chão, um bando de formigas carregava uma barata morta. *Niña* Fedina, impressionada pelos desenhos, acreditou ver um sexo arrastado por seus próprios pelos para as camas do vício.

De la Casa Nueva
a las casas malas,
cielito lindo

E voltava a canção a lhe esfregar suavemente caquinhos de vidro na carne viva, como se lhe lixasse o pudor feminino.

Na cidade, prosseguia a festa em homenagem ao Presidente da República. Na Praça Central, foi erguido à noite o clássico telão das projeções, como se fosse um patíbulo, e exibiam-se fragmentos de filmes borrados para os olhos de uma multidão devota, que parecia assistir a um auto de fé. Os edifícios públicos destacavam-se iluminados tendo ao fundo o céu. Como turbante, enrolava-se um tropel de passos em volta do parque de formato circular, rodeado por uma grade de afiadíssimas pontas. A nata da sociedade, reunida ali, dava voltas e voltas nas noites de feriado, enquanto a gente do povo presenciava aquele cinematógrafo, sob as estrelas, com religioso silêncio. Velhos e velhas, aleijados e casais que já não escondiam o tédio, bocejo atrás de bocejo, acompanhavam apinhados em bancos e cadeiras do jardim os passantes, que não paravam de galantear as moças e de cumprimentar os amigos. De tempos e tempos, ricos e pobres levantavam os olhos para o céu: um rojão colorido, depois do estampido, desfiava sedas de *huipil* em um arco-íris. A primeira noite em um calabouço é algo terrível. O prisioneiro vai ficando na sombra, como à margem da vida, em um mundo de pesadelo. As paredes desaparecem, o teto some, perde-se o piso, e, no entanto, como está longe a alma de se sentir livre! É mais como se estivesse morta.

    Pressurosamente, *Niña* Fedina começou a rezar: "Lembrai, oh misericordiosíssima Virgem Maria, que jamais se ouviu dizer que tenha sido abandonado por vós nenhum daqueles que recorreram ao vosso amparo, implorando vosso auxílio e reclamando vossa proteção! Eu, animada com tal confiança, recorro a vós, oh Mãe virgem das Virgens, de vós me aproximo e chorando meus pecados prostro-me diante de vossos pés. Não ignorai minhas súplicas, oh, virgem Maria; antes ouvi-as, propícia, e acolhei-as. Amém". A sombra oprimia-lhe a garganta. Não conseguiu rezar mais. Deixou-se cair e com os braços, que foi sentindo muito longos, muito longos, abarcou a terra gelada, todas as terras geladas, de todos os presos, de todos os que injustamente sofrem perseguição pela justiça, dos agonizantes e caminhantes... E passou a recitar a ladainha...

    Ora pronobis...
    Ora pronobis...
    Ora pronobis...
    Ora pronobis...

Ora pronobis...
Ora pronobis...
Ora pronobis...
Ora pronobis...

Pouco a pouco, foi levantando. Tinha fome. Quem daria de mamar ao filho? Engatinhando, aproximou-se da porta, que golpeou em vão.

Ora pronobis...
Ora pronobis...
Ora pronobis...

Ao longe, ouviram-se as doze badaladas...

Ora pronobis...
Ora pronobis...

No mundo de seu filho...
Ora pronobis...

Doze badaladas, contou bem... Reanimada, esforçou-se para se imaginar livre e conseguiu. Viu-se na casa dela, entre suas coisas e seus conhecidos, dizendo à Juanita: "Olá, que bom vê-la!", saindo para ir chamar batendo palmas a Gabrielita, de olho no fogão aceso, cumprimentando com uma reverência dom Timóteo. Seu negócio parecia-lhe algo vivo, algo feito dela e de todos...
    Lá fora continuava a festa, o telão das projeções como um patíbulo e as pessoas dando voltas no parque como escravos presos à roda.
    Quando menos esperava, a porta do calabouço foi aberta. O ruído da fechadura levou-a a encolher os pés, como se de repente se sentisse à margem de um precipício. Dois homens vieram buscá-la na sombra e, sem lhe dirigir palavra, empurraram-na por um corredor estreito, que o vento

noturno varria a sopros, e por duas salas no escuro, até um salão iluminado. Quando entrou, o Auditor de Guerra falava com o escrivão em voz baixa.

– Esse é o senhor que toca harmônio na igreja da Virgem do Carmo! – disse para si *Niña* Fedina. – Eu tinha mesmo a impressão de que já o conhecia quando me prenderam; já o vi na igreja. Não deve ser má pessoa!...

Os olhos do Auditor se fixaram nela detidamente. A seguir, interrogou-a sobre seus dados: nome, idade, estado civil, profissão, domicílio. A mulher de Rodas respondeu a essas questões com firmeza, acrescentando por sua parte, quando o escrivão ainda anotava sua última resposta, um pergunta que não deu para ouvir bem porque na mesma hora atenderam o telefone e ouviu-se, nitidamente, devido ao silêncio da sala ao lado, a voz rouca de uma mulher que dizia: "Pois não! Como foi?... Que bom!... Mandei a Canducha perguntar hoje cedo... O vestido?... ...O vestido ficou bom, certo, está bem cortado... como?... Não, não, não ficou manchado... Estou dizendo que não ficou manchado!... sim, mas sem falta... Sim, sim... Pois não..., venham sem falta... Até mais... Boa noite... Até...".

O Auditor, enquanto isso, respondia à pergunta de *Niña* Fedina em tom familiar de zombaria, cruel e grosseiro.

– Pois, então, não se preocupe, que para isso estamos nós aqui, para dar informações àquelas que, como a senhora, não sabem por que estão presas...

E mudando de voz, com os olhos de sapo arregalados nas órbitas, acrescentou devagar:

– Mas antes disso a senhora tem que me dizer o que estava fazendo na casa do general Eusébio Canales esta manhã.

– Eu tinha... eu tinha ido procurar o general para tratar de um assunto...

– E qual seria o assunto se é que se pode saber?...

– Um assuntozinho meu, senhor! Um recadinho! De... Veja... Eu vou lhe contar tudo de uma vez: fui lá para lhe dizer que ia ser preso pelo assassinato daquele coronel sei lá quem que mataram no Portal...

— E ainda tem cara de me perguntar por que está presa? Bandida! Acha que é pouca coisa?... Bandida! Acha que é pouca coisa?...

A indignação do Auditor crescia cada vez mais.

— Espere, senhor, deixe-me contar! Espere, senhor, não é o que está pensando! Espere, ouça, juro pela sua vida que quando cheguei na casa do general, o general já não estava mais lá; eu não o vi, não vi ninguém, todos tinham ido embora, a casa estava vazia, só a criada andava por ali!

— Acha pouca coisa? Acha pouca coisa? E a que horas a senhora chegou?

— O relógio das Mercês estava dando seis da manhã, senhor!

— Puxa, como lembra bem disso! E como soube que o general Canales ia ser preso?

— Eu?

— Sim, a senhora!

— Eu soube pelo meu marido!

— O seu marido. E como se chama seu marido?

— Genaro Rodas!

— E ele soube por quem? Como ficou sabendo? Quem contou a ele?

— Ele soube por um amigo, senhor, um que se chama Lucio Vásquez, que é da Polícia Secreta; ele contou pro meu marido e o meu marido...

— E a senhora contou ao general! — foi logo dizendo o Auditor.

Niña Fedina balançou a cabeça como quem diz: Mas que teimoso, NÃO!

— E que rumo tomou o general?

— Mas, pelo amor de Deus, não vi o general, já lhe disse! Não está ouvindo? Não vi o general, não vi o general! O que eu iria ganhar mentindo? E ainda por cima com esse senhor aí anotando tudo o que eu digo!... — e apontou para o escrivão, que se voltou para olhar para ela, com seu rosto pálido e sardento, de papel mata-borrão branco que bebeu muitos pontos de reticência.

– A senhora esqueça o que ele está anotando ou não! Responda o que estou lhe perguntando! Para onde foi o general?

Fez-se um longo silêncio. A voz do Auditor, mais dura, martelou:

– Para onde foi o general!

– Eu sei lá! O que o senhor quer que eu lhe responda? Não sei, não o vi, não falei com ele!... Que coisa!

– A senhora faz muito mal em negar, porque a autoridade sabe tudo, e sabe que a senhora falou com o general!

– Ah, só rindo mesmo!

– É melhor que ouça bem e que não dê risada, porque a autoridade tudo sabe, tudo, tudo! – A cada *tudo* fazia tremer a mesa. – Se a senhora não viu o general, como é que estava com esta carta em seu poder?... Por acaso a carta veio voando e se enfiou sozinha na sua camisa, foi?

– Essa carta eu achei jogada no chão na casa dele; passei a mão nela quando estava saindo; mas é melhor não falar mais nada, porque o senhor não acredita mesmo, como se eu fosse alguma mentirosa.

– *Passei a mão nela*!... Não sabe nem falar direito! – resmungou o escrivão.

– Olhe aqui, deixe de história, senhora, e confesse a verdade, pois com as suas mentiras o que a senhora está arrumando é um castigo que irá fazê-la lembrar-se de mim pelo resto da sua vida.

– Pois o que eu disse é a verdade; agora, se o senhor não quer entender assim, pena que não é meu filho senão eu enfiava isso na sua cabeça a tapa!

– Vai lhe custar muito caro, olhe o que estou dizendo! E outra coisa: o que a senhora tem a ver com a vida do general? É alguma coisa dele? Irmã, ou o quê?... O que ia ganhar com isso?...

– Eu?... Do general?... Nada, vi o homem acho que umas duas vezes; mas acontece, senhor, que por acaso eu tinha apalavrada a filha dele para ser madrinha de batismo do meu filho...

– Isso não é uma boa razão!

– Senhor, ela era quase minha comadre!

O escrivão comentou por trás:

– É tudo mentira...

– E se eu fiquei aflita e perdi a cabeça e fui até lá foi porque esse tal de Lucio contou pro meu marido que um homem ia raptar a filha do...

– Pare com essas mentiras! Vale mais a pena a senhora confessar de bom grado o paradeiro do general, porque eu sei que a senhora sabe dele, que a senhora é a única que sabe e vai contar aqui, só para nós, só para mim... pare de chorar, vamos lá, pode falar, estou ouvindo!

Amortecendo a voz, até ganhar ares de confessor, acrescentou:

– Se a senhora me disser onde está o general..., veja, ouça o que eu digo; sei que a senhora sabe e que vai me contar. Se me disser onde o general foi se esconder, posso perdoá-la; certo? Isso mesmo, posso perdoá-la; mando colocá-la em liberdade e daqui a senhora vai direto para a sua casa, tranquilinha... Pense bem nisso... Pense bem!

– Ah, meu senhor, se eu soubesse dizia já! Mas não sei, é horrível isso, mas eu não sei... Santíssima Trindade, o que é que eu faço!

– Por que a senhora nega? Não vê que com isso está se prejudicando?

Nas pausas que se seguiam às frases do Auditor, o escrivão limpava os dentes chupando-os.

– Pois se não adianta nada eu tratá-la bem, porque vocês não prestam mesmo – esta última frase o Auditor pronunciou mais rápido e com uma irritação crescente, de vulcão em erupção –, então a senhora vai me dizer por mal. Saiba que cometeu um delito gravíssimo contra a segurança do

Estado, e que está nas mãos da justiça por ser responsável pela fuga de um traidor, insurgente, sedicioso, assassino e inimigo do Senhor Presidente... E isso já diz o suficiente, isso já diz o suficiente, o suficiente!

A esposa de Rodas não sabia o que fazer. As palavras daquele homem endemoninhado escondiam uma ameaça iminente, imensa, algo assim como a morte. Suas mandíbulas tremiam, os dedos, as pernas também... Quando os dedos da pessoa tremem, pode-se dizer que é como se ela não tivesse mais ossos, e então sacode as mãos como se estas fossem luvas. Quando as mandíbulas tremem e ela não consegue falar, pode-se dizer que está telegrafando angústias. E quem treme as pernas é como se estivesse em pé sobre uma charrete arrastada por dois cavalos desembestados, com a alma levada ao diabo.

– Senhor! – implorou.

– Saiba que não estou brincando! Vamos ver, agora! Onde está o general?

Uma porta abriu-se ao longe, para dar passagem ao choro de um bebê. Um choro quente, sofrido...

– Faça isso por seu filho!

Nem bem o Auditor disse isso e *Niña* Fedina, a cabeça erguida, procurava por todos os lados para ver de onde vinha o choro.

– Faz duas horas que está chorando, e não adianta a senhora procurar onde está... Chora de fome e vai morrer de fome se a senhora não me contar o paradeiro do general!

Ela tentou fugir por uma porta, mas saíram ao seu encalço três homens, três bestas negras, que sem grande esforço neutralizaram suas parcas forças de mulher. Naquele forcejar inútil seu cabelo se soltou, a blusa saltou fora da faixa e as anáguas se desprenderam. Mas o que lhe importava que seus trapos caíssem? Quase nua, voltou arrastando-se de joelhos a implorar do Auditor que a deixasse dar o peito ao seu filhinho.

– Pela Virgem do Carmo, senhor – suplicou abraçando-se aos sapatos do juiz. – Sim, pela virgem do Carmo, deixe-me dar de mamar ao meu menino, veja, ele não tem nem mais forças para chorar, veja, está morrendo, já não tem força nem para chorar, está morrendo; pode me matar depois!

– Aqui não tem Virgem do Carmo que resolva! Se a senhora não me contar onde está escondido o general, ficamos assim, e seu filho que arrebente de chorar!

Como uma louca, ajoelhou-se na frente dos homens que guardavam a porta. Depois atirou-se em cima deles, lutando. Em seguida, voltou a se ajoelhar diante do Auditor, querendo beijar-lhe os sapatos.

– Senhor, faça isso por meu filho!

– Pois bem, por seu filho: onde está o general? Não adianta se ajoelhar e fazer todo esse teatro, porque se a senhora não me responder o que lhe pergunto, pode perder a esperança de dar de mamar ao seu filho!

Ao dizer isso, o Auditor pôs-se em pé, cansado de ficar sentado. O escrivão chupava os dentes, com a caneta prestes a registrar a declaração que não acabava de sair dos lábios daquela mãe infeliz.

– Onde está o general?

Nas noites de inverno, a água chora pelos encanamentos. Era assim que se ouvia o choro do menino, gorgolejante, assustador.

– Onde está o general?

Niña Fedina calava-se como um animal ferido, mordendo seus lábios sem saber o que fazer.

– Onde está o general?

Assim se passaram cinco, dez, quinze minutos. Por fim, o Auditor, secando os lábios com um lenço de borda preta, acrescentou a todas as suas perguntas a ameaça:

– Pois se não vai me contar, terá que moer um pouco de cal virgem, para ver se assim se lembra do rumo que tomou aquele homem!

– Faço o que vocês quiserem, mas antes deixem que eu... que eu... que eu dê de mamar ao menino! Senhor, não faça assim, não é justo! Senhor, a criaturinha não tem culpa! Castigue-me como quiser!

Um dos homens que guardavam a porta atirou-a ao chão com um empurrão; o outro deu-lhe um pontapé que a deixou prostrada. O pranto e a indignação turvavam-lhe a visão das lajotas do piso, dos objetos. Não ouvia nada, exceto o choro do filho.

Já era uma da manhã quando começou a moer cal, para que não continuassem a lhe bater. Seu filhinho chorava...

De vez em quando, o auditor repetia:

– Onde está o general? Onde está o general?

Uma hora...

Duas...

Por fim, três horas... Seu filhinho chorava...

Três, mas parecia que já eram cinco horas...

As quatro da manhã pareciam não chegar nunca... E seu filho chorando...

Quatro... E o filho chorando...

– Onde está o general? Onde está o general?

Com as mãos cobertas de cortes incontáveis e profundos, que a cada movimento se abriam mais, os dedos em carne viva nas pontas, chagas entre os dedos, unhas sangrando, *Niña* Fedina urrava de dor ao levar a mão da pedra até a cal. Quando parava para implorar, mais por seu filho do que por sua dor, batiam nela.

– Onde está o general? Onde está o general?

Ela não ouvia a voz do Auditor. O choro de seu filho, cada vez mais amortecido, preenchia seus ouvidos.

Às quatro e quarenta foi abandonada no chão, inconsciente. Dos seus lábios caía uma baba viscosa e de seus seios machucados por fístulas quase invisíveis manava o leite mais branco que a cal. De vez em quando, corriam de seus olhos inflamados prantos furtivos.

Mais tarde – despontava o dia –, foi transferida para o calabouço. Ali acordou com o filho moribundo, gelado, sem vida, como um boneco de pano. Ao sentir-se no regaço materno, o menino se reanimou um pouco e não demorou em se atirar sobre o seio com avidez; mas, ao colocar nele sua boquinha e sentir o sabor amargo da cal, soltou o mamilo e desatou a chorar, e foi inútil tudo o que ela fez depois para que voltasse a mamar. Com o bebê nos braços, gritou, bateu na porta... ele esfriava... esfriava... esfriava... Não era possível que o deixassem morrer assim sendo inocente, e voltou a bater na porta e a gritar...

– Ai, meu filho está morrendo! Meu filho está morrendo! Ai, vida minha, meu pedacinho, minha vida!... Ajuda, por Deus! Abram! Por Deus, abram! Meu filho está morrendo! Virgem Santíssima! Santo Antônio bendito! Jesus de Santa Catarina!

Lá fora continuava a festa. O segundo dia corria, como o primeiro. A tela das projeções, como um patíbulo, e a volta no parque dos escravos presos à roda.

XVII
AMOR MALASARTES

– ...Será que vem, será que não vem!

– É como se o estivesse vendo!

– Ele está atrasado, mas o importante é que ele venha, não é?

– Ele vem, pode ficar certa, tão certa quanto agora é de noite: corto uma orelha se ele não vier. Não se atormente...

– E a senhora acha que ele vai trazer notícias do meu pai? Foi ele que se ofereceu...

– É claro... Mais um motivo...

– Ah, Deus queira que ele não venha trazendo más notícias... Estou que não me aguento... Vou ficar louca... Queria que ele viesse logo para sair dessa dúvida, mas é melhor que nem venha se for para me trazer más notícias.

A *Masacuata* acompanhava desde o canto da cozinha improvisada as palpitações da voz de Camila, que falava recostada na cama. Uma vela ardia grudada no chão, em frente à Virgem de Chiquinquirá.

– Não fique preocupada; acho que ele virá e com boas notícias, pode escrever o que estou dizendo... Você vai pensar, mas de onde ela tirou isso?... Mas é assim, é o que eu sinto e minha intuição não falha... E principalmente com os homens!... Ah, se eu fosse contar... É verdade que um dedo não faz uma mão, mas são todos iguais: é só sentir cheiro de osso, e lá vão eles atrás, que nem cachorro...

O ruído do fole espacejava as frases da dona do boteco. Camila via-a soprar o fogo sem dar-lhe muita atenção.

– O amor, menina, é como raspadinha. Quando você começa a chupar, vem aquele monte de suco, é uma delícia; tem suco à vontade e você precisa chupar logo, se não ele desmancha; mas depois..., depois sobra só aquele monte de gelo picado, sem gosto nem cor.

Ouviram-se passos na rua. O coração de Camila bateu tão forte que ela precisou apertá-lo com as duas mãos. Mas passaram pela porta e logo se afastaram.

– Achei que fosse ele...

– Não deve demorar...

– Deve ter passado nos meus tios antes de vir para cá; provavelmente vai chegar com o meu tio Juan...

– Saia daí, gato! O gato está bebendo seu leite, fique de olho...

Camila olhou para o bicho que, assustado com o grito da dona do boteco, lambia os bigodes cheios de leite, perto da xícara esquecida em cima da cadeira.

– Como é o nome dele?

– *Benjoim*...

– Eu tinha um que se chamava *Gota*; era uma gata...

Agora ouviam-se passos de novo e quem sabe...

Era ele.

Enquanto *Masacuata* destrancava a porta, Camila passava a mão pelo cabelo para ajeitá-lo um pouco. O coração dela pulava dentro do peito. Terminava aquele dia, que ela por momentos acreditara eterno, interminável, achando que não ia acabar nunca mais. Estava intumescida, fraca, sem ânimo, de olheiras, como uma paciente que ouve cochichos sobre os preparativos para uma operação.

– Sim, senhorita, boas notícias! – disse Cara de Anjo entrando porta adentro, mudando na mesma hora a expressão de pesar que trazia no rosto.

Ela aguardava em pé ao lado da cama, com uma mão em cima da cabeceira, os olhos cheios de lágrimas e o semblante frio. O favorito acariciou-lhe as mãos.

– Primeiro, as notícias sobre seu pai, que são as que mais lhe interessam... – Pronunciadas essas palavras, fixou o olhar em *Masacuata* e então, sem alterar o tom de voz, mudou de pensamento. – Bem, seu pai não sabe que você está escondida aqui...

– E onde está ele...?

– Acalme-se!

– Pra mim já é suficiente saber que não aconteceu nada com ele.

– Sente-se, seuuu... – interveio a dona do boteco, oferecendo o banquinho a Cara de Anjo.

– Obrigado...

– E como certamente vocês têm muita coisa pra conversar, se não se importam, vou dar uma saída e volto logo. Vou ver o que foi feito do Lucio, porque foi embora cedo e ainda não voltou.

O favorito quase pediu à dona do boteco que não o deixasse a sós com Camila.

Mas a *Masacuata* já passara para o patiozinho escuro para trocar de roupa e Camila dizia:

– Deus lhe pague por tudo, ouviu senhora... Coitada, ela é tão boa!... E diz coisas muito gentis. Falou que o senhor é muito bom, que é muito rico e muito simpático, que o conhece há muito tempo...

– Sim, ela é um doce. Mas não dá para conversar tudo na frente dela, e foi melhor ela ter saído. Do seu pai, tudo o que se sabe é que está fugido, e enquanto ele não cruzar a fronteira não teremos notícias seguras. Diga: você contou alguma coisa do seu pai pra essa mulher?

– Não, achei que ela já estava sabendo de tudo...

– Pois é bom que ela não saiba de nada...
– E meus tios, o que eles disseram?...
– Ainda não consegui ir vê-los, fiquei ocupado atrás de notícias sobre seu pai; mas já avisei que vou visitá-los amanhã...
– Desculpe eu insistir, mas, o senhor compreende, vou me sentir mais reconfortada ali com eles, principalmente com o meu tio Juan; ele é meu padrinho e tem sido como um pai pra mim...
– Vocês se viam com frequência...?
– Quase todo dia... Quase..., é... Sim, porque quando não íamos à casa dele, ele vinha à nossa, com a mulher ou sozinho. É o irmão de quem meu pai mais gosta. Sempre me disse: "Quando eu faltar vou deixá-la com o Juan, e é ele que você deve procurar e obedecer, como se fosse seu pai". Esse último domingo, almoçamos todos juntos.
– De qualquer modo, quero que a senhora saiba que se eu a escondi aqui foi para evitar que a polícia a incomodasse e porque este lugar ficava mais perto.

O cansaço da vela sem espevitar flutuava como o olhar de um míope. Sob aquela luz, Cara de Anjo parecia diminuído em sua personalidade, meio doente, e olhava Camila mais pálida, mais sozinha e mais atraente do que nunca naquele seu vestidinho cor de limão.

– No que está pensando?...

Sua voz transmitia uma intimidade de homem apaziguado.

– No sofrimento do meu pai, andando por lugares desconhecidos, obscuros, não sei explicar direito, com fome, com sono, com sede e desamparado. Que a Virgem o acompanhe. O dia inteiro mantive uma vela acesa por ele...

– Não pense nessas coisas, não atraia a desgraça; as coisas têm que acontecer como está escrito. Quem diria que a senhora iria me conhecer um dia e que eu iria poder ajudar seu pai!... – e tomando a mão dela, que ela deixou acariciar, fixaram os dois os olhos no quadro da Virgem.

O favorito pensava:

> ¡En el ojo de la llave del cielo
> cabrías bien, porque fue el cerrajero,
> cuando nacías, a sacar con nieve
> la forma de tu cuerpo en un lucero!⁹

A estrofe, sem razão de ser naquele momento, ficou solta na sua cabeça e se confundia com a vibração em que se envolviam suas duas almas.

– E o senhor o que me diz? Meu pai já deve estar bem longe; quando será que saberemos mais ou menos...
– Não tenho a menor ideia, mas é questão de dias...
– Muitos dias?
– Não...
– Meu tio Juan talvez tenha notícias...
– Provavelmente...
– Sempre acontece alguma coisa com o senhor quando falo dos meus tios...
– Imagine! De forma alguma. Ao contrário, penso que sem eles minha responsabilidade seria maior. Onde é que eu iria levá-la se não contasse com eles?...

Cara de Anjo mudava de voz quando parava de fantasiar sobre a fuga do general e falava dos tios, do general, que ele temia ver voltando algemado e seguido por uma escolta, ou frio como mármore numa maca ensanguentada.

A porta abriu de repente. Era a *Masacuata*, que entrou transtornada. As trancas da porta rolaram pelo chão. Um sopro de ar quase apagou a vela.

– Com licença, desculpem interrompê-los desse jeito tão brusco... Lucio está preso!... Foi o que acabou de me informar uma conhecida que me entregou esse papelzinho. Ele está na Penitenciária... O tal do Genaro Rodas deu com

---

9 Em tradução livre: *No buraco da fechadura do céu/ Caberias, pois foi o chaveiro,/ Quando nascias, que com neve moldou/ A forma de teu corpo numa estrela!* (N.T.)

a língua nos dentes! Homem não tem jeito mesmo! Não tive sossego a tarde toda! A três por dois meu coração fazia *tum-tum, tum-tum, tum-tum...* O cara foi lá contar que o senhor e o Lucio tiraram a menina da casa dela...

O favorito não teve como evitar a catástrofe. Um punhado de palavras, e lá se foi tudo pelos ares... Camila, ele e seu pobre amor acabavam de explodir aos pedaços num segundo, menos de um segundo... Quando Cara de Anjo começou a tomar pé da realidade, Camila já chorava desconsolada deitada de bruços na cama; a dona do boteco continuava falando sem parar, contando os detalhes do rapto, sem perceber que com suas palavras estava atirando aquele pequeno mundo pelos precipícios do desespero, e quanto a ele, sentia como se o enterrassem vivo de olhos abertos.

Depois de chorar muito, Camila levantou como sonâmbula, pedindo à dona do boteco alguma coisa para se cobrir e sair à rua.

– E se o senhor é, como diz, um cavalheiro – virou-se para Cara de Anjo, depois que a *Masacuata* lhe deu uma manta –, acompanhe-me à casa do meu tio Juan.

O favorito queria dizer o que não era possível dizer, aquela palavra inexprimível com os lábios e que dança nos olhos daqueles que são golpeados pela fatalidade na sua esperança mais íntima.

– Onde está meu chapéu? – perguntou ele com a voz embargada de engolir a saliva das angústias.

E já com o chapéu na mão, virou-se para o interior do boteco para olhar de novo, antes de partir, o lugar em que acabava de naufragar seu sonho.

– Mas... – objetou já quase saindo pela porta –, receio que já seja meio tarde...

– Se fôssemos para a casa de um desconhecido, sim; mas é bom que o senhor saiba que estamos indo para a minha casa, porque a casa de qualquer um dos meus tios é como se fosse a minha...

Cara de Anjo deteve-a segurando-a pelo braço com suavidade e como se arrancasse aquilo da alma, contou-lhe de chofre a verdade:

– Na casa dos seus tios, nem pensar; eles não querem ouvir falar da senhorita, não querem saber nada do general, não o reconhecem mais como irmão. Foi o que me disse hoje seu tio Juan...

– Mas o senhor acabou de dizer que não conseguiu vê-los, que tinha marcado visita para amanhã!... Que história é essa? O senhor esqueceu o que disse há um momento e agora calunia meus tios para me manter nesse boteco como prenda roubada que escapa das suas mãos! Como assim, meus tios não querem saber de mim e do meu pai? Como não me recebem na casa deles...? O senhor enlouqueceu? Venha, acompanhe-me, vou convencê-lo do contrário!

– Não enlouqueci, pode ter certeza, e daria a vida para que a senhorita não ficasse exposta a esse desprezo, e se menti foi porque... não sei... Menti por ternura, porque quis poupá-la até o último instante da dor que irá sofrer agora... Eu tinha ideia de voltar lá amanhã, para suplicar, tentar de outro jeito, pedir que não a deixassem abandonada na rua, mas isso já não é mais possível, a senhorita já decidiu, já está indo para lá, já não é mais possível...

As ruas iluminadas pareciam mais solitárias ainda. A dona do boteco veio até a porta com a vela que ardia diante da Virgem para iluminar os primeiros passos dos dois. O vento apagou-a. A pequena chama, ao morrer, pareceu fazer o sinal da cruz.

XVIII
BATENDO À PORTA

Pom-pom-pom! Pom-pom-pom!
Como busca-pés, os toques da aldrava correram pela casa inteira acordando o cachorro, que na mesma hora começou a latir na direção da rua. O ruído queimou-lhe o sono. Camila voltou a cabeça para Cara de Anjo – na porta da casa do tio Juan já se sentia segura – e disse-lhe convicta:
– Está latindo porque ainda não me reconheceu! *Rubi! Rubi!* – acrescentou, chamando o cachorro que não parava de latir. – *Rubi! Rubi!* Sou eu! Não me conhece mais, *Rubi*? Corre lá, vá chamar o pessoal para abrir!
E virando de novo para Cara de Anjo:
– Vamos esperar um pouquinho!
– Certo, certo, por mim, não há problema, vamos esperar!
Falava de um jeito desenxabido, como quem perdeu tudo, como quem não se importa com mais nada.
– Acho que não ouviram, vou bater mais forte.
E levantou e deixou cair a aldrava várias vezes; uma aldrava de bronze dourado, em forma de mão.
– As empregadas devem estar dormindo; se bem que já deveriam ter ouvido e vindo atender. Não é à toa que meu

pai, que sofre de insônia, sempre que não dorme bem comenta: "Feliz de quem tem sono de empregada!".

Rubi era o único que dava sinal de vida na casa. Ouvia-se seu latido às vezes no hall de entrada, às vezes no pátio. Corria incansável entre as batidas, pedras lançadas contra um silêncio que ia virando tranca na garganta de Camila.

– É estranho! – observou sem se afastar da porta. – Com certeza, devem estar dormindo; vou bater mais forte pra ver se atendem!

– *Pom-pom-pom! Pom-pom-pom!*

– Acho que agora ouviram! Devem estar vindo.

– Acho que os vizinhos estão vindo primeiro! – disse Cara de Anjo, porque embora não vissem nada no meio da neblina, dava para ouvir o barulho das portas.

– Mas, será que tem algum problema?

– Não, de jeito nenhum, continue batendo, não se preocupe!

– Vamos esperar um pouco, ver se eles atendem agora...

E mentalmente Camila foi contando, para matar o tempo: um, dois, três, quatro, cinco, seis, sete, oito, nove, dez, onze, doze, treze, catorze, quinze, dezesseis, dezessete, dezoito, dezenove, vinte, vinte e um, vinte e dois, vinte e três, vinte e três, vinte e três... vinte e quatro, vinte e cinco...

– Não vêm!

– ...vinte e seis, vinte e sete, vinte e oito, vinte e nove, trin...ta... trinta e um, trinta e dois, trinta e três, trinta e quatro..., trinta e cinco... – tinha medo de chegar a cinquenta – trinta e seis... trinta e sete, trinta e oito...

De repente, sem saber por quê, sentiu que era verdade o que Cara de Anjo dissera sobre seu tio Juan, e com aflição e alarma, passou a bater a aldrava sem parar. *Pom-pom-pom! Pom-pom-pom!* Não era possível! *Pom-pom-pom-pom-pom--pompompompom-pom-pompompompompompompom..*

A resposta era sempre a mesma, o interminável latir do cachorro. Ela ignorava o que poderia ter feito de tão grave assim, a ponto de eles não lhe abrirem mais a porta da sua casa. Bateu de novo. Sua esperança renascia a cada toque da aldrava. O que seria dela se a deixassem na rua? Só de pensar nisso sentia o corpo dormente. Bateu e bateu. Bateu com fúria, como se martelasse a cabeça de um inimigo. Sentia os pés pesados, a boca amarga, a língua como um esfregão e nos dentes o agitado espicaçar do medo.

Ouviu o rangido de uma janela abrindo e pensou ter ouvido vozes. Todo o seu corpo se reaqueceu. Vinham atender, Deus seja louvado! Ficava feliz com a ideia de poder se afastar daquele homem cujos olhos negros lançavam fosforescências diabólicas, como os gatos; daquele indivíduo repugnante, apesar de belo como um anjo. Naquele pequeno instante, o mundo da casa e o mundo da rua, separados pela porta, roçavam um no outro como dois astros sem luz. A casa permite comer abrigado o pão – o pão comido assim é suave, ensina a sabedoria –, possui a segurança daquilo que perdura e dá ensejo à consideração social, e é como um retrato de família, onde o pai se esmera no nó da gravata, a mão ostenta suas melhores joias e as crianças estão penteadas com Água da Flórida legítima. Não é assim a rua, mundo de instabilidade, perigoso, arriscado, falso como os espelhos, lavatório público de sujeiras da vizinhança.

Quantas vezes, de menina, brincara naquela porta! Quantas outras, enquanto o pai e o tio Juan conversavam seus assuntos, já se despedindo, ela ficara entretida olhando dali os telhados das casas vizinhas, recortados como lombos cheios de escamas contra o azul do céu!

– O senhor não ouviu aparecer gente por aquela janela? Foi isso, não foi? Só que não vêm abrir. Ou então... será que a gente não errou de casa...? Seria muito cômico!

E, largando a aldrava, desceu do degrau para ver a fachada da casa. Não tinham errado de casa. Era a do seu tio Juan. "Juan Canales. Construtor", lia-se numa placa de metal na porta. Como uma criança, fez careta e começou a chorar. Os cavalinhos de suas lágrimas traziam, arrastada desde o ponto mais remoto de seu cérebro, a ideia sombria de que era verdade o que Cara de Anjo afirmara ao sair do El Tus-Tep. Ela não queria acreditar, mas era verdade.

A neblina colocava venda nas ruas. Era como se ornasse as casas de um estuque cremoso cor de *pulque*[10] e com cheiro de beldroega.

– Que tal se me acompanhar até a casa dos meus outros tios? Primeiro o meu tio Luis, o que acha?

– Aonde a senhorita quiser...

– Então, vamos... – o pranto rolava dos seus olhos como uma chuva. – Aqui não quiseram me deixar entrar...

E foram adiante. Ela, virando a cabeça para trás a cada passo – não perdera esperança de que finalmente abrissem – e Cara de Anjo, soturno. Logo acertaria as contas com Juan Canales; impossível ele deixar semelhante ultraje sem vingança. Cada vez mais longe, o cão continuava latindo. Logo desapareceu todo consolo. Nem o cão se ouvia mais. Diante do *Cuño*, encontraram um carteiro bêbado. Jogava as cartas no meio da rua, como se estivesse dormindo. Quase não conseguia andar mais. De vez em quando, erguia os braços e ria com um cacarejo de ave doméstica, lutando contra os arames de suas babas enredadas nos botões do uniforme. Camila e Cara de Anjo, movidos pelo mesmo impulso, começaram a recolher as cartas e colocá-las de novo na mochila dele, advertindo-o para não jogá-las fora de novo.

– Mui...to obri...ga...do; estou di...zendo... mui...to obri...ga...do! – dividia as sílabas, encostado num dos bastiões do *Cuño*. Depois, quando os dois o deixaram já com as cartas na mochila, afastou-se cantando:

¡Para subir al cielo
se necesita,
una escalera grande
y una chiquita!*[11]*

10 Bebida destilada de origem mexicana, popular na América Central. (N.T.)
11 Em tradução livre: *Para subir ao céu/* é preciso,*/ uma escada grande/ e uma pequenina! (N.T.)*

E meio cantando, meio falando, acrescentou outra música:

¡Suba, suba, suba
la Virgen al cielo
suba, suba, suba,
subirá a su Reino![12]

– Quando São João der o sinal, eu, "Gup... Gup... Gu... mercindo" Solares, *zá* não serei mais carteiro, já não serei carteiro, já não serei carteiro!...
E cantando:

¡Cuando yo me muera
quién me enterrará,
sólo las Hermanas
de la Caridad![13]

– *Ai, ai, ai, ui, ui, ui,* você passou da conta, você passou da conta, você passou da conta!
E perdeu-se na neblina, caindo, levantando. Era um homenzinho teimoso. O uniforme ficava grande nele, e o boné, pequeno.
Enquanto isso, Juan Canales tentava de todo jeito entrar em contato com seu irmão José Antonio. A central telefônica não atendia e o barulho do fone produzia-lhe náuseas. Finalmente, atenderam, com uma voz de além-túmulo. Pediu que ligassem para a casa de José Antonio Canales e, contrariando suas expectativas, imediatamente a voz de seu irmão mais velho pôde ser ouvida ao telefone.
– ...Sim, isso mesmo, é o Juan falando... Achei que você não tinha me reconhecido... Pois bem, já pode imaginar o que foi... Ela e o cara, isso... Sem dúvida, sem dúvida... É cla-

12 Em tradução livre: *Suba, suba, suba,/ a Virgem ao céu,/ suba, suba, suba,/ subirá ao seu Reino!* (N.T.)
13 Em tradução livre: Quando eu morrer/ quem vai me enterrar,/ serão as Irmãs/ da Caridade! *(N.T.)*

ro... ...Sim..., ...sim... Como?... Nããão, não abrimos!... Você já pode imaginar... ...Sem dúvida, daqui devem ter ido direto à sua casa... O quê?... Já esperava isso... Quando saíram, estávamos os dois tremendo!... Vocês também? E o susto não deve ter feito nada bem à sua mulher; a minha queria ir atender a porta, mas não deixei!... Naturalmente!... Naturalmente, isso é óbvio. ...Bem, a vizinhança ali ouvindo... Sim, homem... E aqui comigo foi pior. Eles devem estar fuzilando de raiva... E da sua casa com certeza foram para a do Luis... Não? Vieram de lá?...

Um clarão sutil, aos poucos uma claridade tímida, suco de limão, suco de laranja, rubor de fogueira nova, ouro opaco de primeira chama, a luz do amanhecer envolveu-os na rua, quando voltavam de bater inutilmente na casa de dom José Antonio.

A cada passo, Camila repetia:

– Eu vou me virar de algum jeito!

Batia os dentes de frio. As pradarias de seus olhos, úmidos de choro, viam com insuspeitada amargura a manhã sendo pintada. Adquirira o ar das pessoas feridas pela fatalidade. Seu andar, um pouco largado. Sua expressão, de quem não está em si.

Os passarinhos saudavam a aurora nos jardins dos parques públicos e no interior das casas, nos pequenos jardins dos pátios. Um concerto celestial de músicas trêmulas erguia-se em direção ao azul divino do amanhecer, enquanto despertavam as rosas e enquanto o repicar dos sinos, que davam bom-dia a Nosso Senhor, alternava-se com os golpes surdos dos açougues onde a carne era cortada; o solfejo dos galos, que com as asas contavam os compassos, alternava-se com as descargas em surdina das padarias quando o pão caía nos tabuleiros; e as vozes de passos dos que viviam à noite alternavam-se com o ruído de alguma porta aberta por uma velhinha procurando comunhão ou de uma criada indo buscar pão para o viajante, que após o café da manhã sairia para pegar o trem.

Amanhecia...

Os urubus disputavam o cadáver de um gato a bicadas. Os cães perseguiam as cadelas, ofegantes, com os olhos acesos e a língua de fora. Um cão passava mancando, o rabo entre as pernas, e de vez em quando virava-se para olhar, melancólico e medroso, mostrando os dentes. Ao longo de portas e paredes, os cães desenhavam cataratas do Niágara.

Amanhecia...

Os bandos de índios que varriam durante a noite as ruas do centro voltavam para suas palhoças, um atrás do outro, como fantasmas vestidos de sarja, rindo e falando uma língua que soava a canto de cigarra no silêncio da manhã. Levavam as vassouras como guarda-chuvas, debaixo do sovaco. Os dentes de torrone nos rostos de cobre. Descalços. Exaustos. Às vezes algum deles parava junto à calçada e assoava-se no ar, inclinando-se e apertando o nariz com o polegar e o indicador. Diante das portas das igrejas, todos tiravam o chapéu.

Amanhecia...

Araucárias inacessíveis, teias de aranha verdes caçando estrelas fugazes. Nuvens de primeira comunhão. Apitos de locomotivas estrangeiras.

A *Masacuata* ficou feliz ao vê-los voltar juntos. Não conseguira pregar o olho a noite inteira, de pena, e já saía para a Penitenciária com o café da manhã de Lucio Vásquez.

Cara de Anjo despediu-se, enquanto Camila chorava sua desgraça inacreditável.

– Até mais! – disse ele, sem saber por quê; já não tinha o que fazer ali.

E, ao sair, sentiu pela primeira vez, desde a morte da sua mãe, os olhos cheios d´água.

XIX
AS CONTAS E O CHOCOLATE

O Auditor de Guerra acabou de tomar seu chocolate com arroz, virando duas vezes a xícara para poder limpar bem o fundo; depois, enxugou o bigode cor de asa de mosca na manga da camisa e, chegando perto da luz da luminária, escarafunchou o recipiente com os olhos para ver se tinha tomado tudo. No meio de sua papelada e dos livros sebentos de leis, silencioso e feio, míope e glutão, não dava para saber, quando tirava o colarinho, se era homem ou mulher aquele juiz de direito, aquela árvore de papel selado, cujas raízes se nutriam de todas as classes sociais, até das mais humildes e miseráveis. Sem dúvida, as gerações nunca haviam visto uma tamanha fome de papel selado. Ao tirar os olhos da xícara, que examinou com o dedo para confirmar se não havia deixado nada, viu entrar pela única porta de seu escritório a empregada, espectro que arrastava os pés como se os sapatos fossem um número maior, devagar, um atrás do outro, um atrás do outro.

– Não diga que já tomou todo o chocolate!

– Sim, Deus lhe pague, estava uma delícia! Adoro quando o fundo espesso desce pela garganta.

– Onde colocou a xícara? – perguntou a empregada, procurando entre os livros que faziam sombra em cima da mesa.

– Ali, não está vendo?

– Agora vi, e olhe, essas gavetas estão cheias de papel selado. Amanhã, se o senhor quiser, posso ir ver o que consigo vender.

– Mas faça isso com discrição, para ninguém ficar sabendo. Essa gente é muito maliciosa.

– Está achando que eu não tenho cérebro! Tem aí pelo menos umas quatrocentas folhas de vinte e cinco centavos, umas duzentas de cinquenta... Fiquei contando hoje à tarde enquanto esperava esquentar o ferro de passar.

Um toque na porta da rua cortou a palavra da empregada.

– Que jeito de bater na porta, esses imbecis! – grunhiu o Auditor.

– Sempre batem assim... Vai lá saber quem é... Às vezes eu estou lá na cozinha e de lá ouço bater...

A empregada disse essas últimas palavras já indo ver quem era. A coitada parecia um guarda-chuva, com a cabeça pequena e suas saias compridas e desbotadas.

– Diga que não estou! – gritou o Auditor –...E, olhe, melhor atender da janela...

Passados uns momentos, a velha voltou, sempre arrastando os pés, com uma carta.

– Estão esperando a resposta...

O Auditor rasgou o envelope com maus modos; passou os olhos pelo bilhetinho que tirou de dentro e disse à empregada com expressão adocicada:

– Diga que está recebida!

E esta, arrastando os pés, voltou para dar a resposta ao rapaz que trouxera a mensagem, e fechou a janela bem trancada.

Demorou a voltar; andava abençoando as portas. Nunca acabava de levar embora a xícara suja de chocolate.

Enquanto isso, o outro, refestelado na poltrona, relia com todos os pontos e vírgulas o bilhete que acabara de receber. Era de um colega que lhe propunha um negócio. A Chon *Dente de Ouro* – dizia o Juiz Vidalitas –, amiga do Senhor Presidente e proprietária de um prestigioso estabelecimento de mulheres públicas, veio me procurar esta manhã em meu escritório para dizer que viu na Casa Nova uma mulher jovem e bonita que seria muito conveniente para o seu negócio. Oferece 10 mil pesos por ela. Sabendo que está presa por ordem sua, venho incomodá-lo para que me diga se vê algum inconveniente em receber esse dinheirinho e entregar a referida mulher à minha cliente...

– Se não precisar mais de mim, vou deitar.

– Não, mais nada, durma bem...

– O senhor também... E que descansem as almas no Purgatório!

O Auditor, enquanto a empregada saía arrastando os pés, revisava a quantia do negócio em vista, número por número, um, zero, outro zero, outro zero, outro zero... Dez mil pesos!

A velha voltou:

– Esqueci de dizer, o padre mandou avisar que amanhã vai rezar a missa mais cedo.

– Ah, é verdade, amanhã é sábado! Acorde-me assim que chamarem, ouviu? Porque ontem não dormi bem e hoje posso agarrar no sono.

– Eu o acordo, pode deixar...

Dito isso, foi embora devagar, arrastando os pés. Mas voltou mais uma vez. Esquecera de levar para a pia a xícara suja. Já havia tirado a roupa quando lembrou. – Ainda bem que lembrei – disse a meia voz –; se não, aí sim é que... – com grande esforço calçou os sapatos – ...aí sim é que... – E acabou com um "seja o que Deus quiser!" envolto num suspiro. Se não fosse tão incapaz de deixar uma louça suja teria ficado bem enfiada na cama.

O Auditor não se deu conta dessa última entrada e saída da velha, concentrado na leitura de sua última obra-prima: o processo da fuga do general Eusebio Canales. Eram quatro os réus principais: Fedina de Rodas, Genaro Rodas, Lucio Vásquez e... – passava a língua pelos lábios – o outro, um personagem com o qual tinha contas a acertar, Miguel Cara de Anjo.

"O rapto da filha do general, como aquela nuvem negra que o polvo solta quando se sente atacado, não fora senão uma artimanha para burlar a vigilância da autoridade", dizia a si mesmo. "As declarações de Fedina Rodas eram conclusivas a esse respeito. A casa estava vazia quando ela se apresentou para procurar o general às seis da manhã. Suas declarações me pareceram verazes desde o primeiro momento, e se fiz um pouco mais de pressão foi para estar mais seguro: o que ela disse foi a condenação irrefutável de Cara de Anjo. Se às seis da manhã já não havia ninguém na casa e, por outro lado, se dos relatórios da polícia se depreende que o general foi deitar à meia-noite em ponto, *ergo*, o réu fugiu às duas da manhã, enquanto o outro fazia o simulacro de levar embora sua filha...

"Que decepção para o Senhor Presidente quando souber que o homem de sua total confiança preparou e dirigiu a fuga de um de seus mais encarniçados inimigos!... Como vai se sentir quando souber que o íntimo amigo do coronel Parrales Sonriente coopera com a fuga de um de seus algozes!"

Leu e releu os artigos do Código Militar, que já sabia de cor, em tudo o que dizia respeito aos acobertadores, e, como aquele que se regala com um molho picante, a felicidade brilhava em seus olhos de basilisco e na pele de brim quando encontrava naquele corpo de leis a cada duas linhas a pequena expressão: *pena de morte*, ou sua variação *pena capital*.

"Ah, dom Miguelín, Miguelito, por fim nas minhas mãos e pelo tempo que eu quiser! Jamais imaginei que fôssemos ver a cara um do outro tão cedo, ontem que o senhor me desprezou no Palácio! E a rosca do torno da minha vingança é infindável, já vou avisando!"

E acalentando o pensamento de sua desforra, gelado seu coração de projétil, subiu as escadarias do Palácio às onze da manhã do dia seguinte. Levava o processo e a ordem de captura contra Cara de Anjo.

– Veja, senhor Auditor – disse-lhe o Presidente quando o auditor terminou de lhe expor os fatos. – Deixe-me aqui esse processo e ouça o que vou lhe dizer: nem a mulher do Rodas nem o Miguel são culpados; mande colocar essa senhora em liberdade e rasgue essa ordem de captura; os culpados são vocês, imbecis, servidores de quê..., para que servem... para nada! Diante da menor tentativa de fuga a polícia deveria ter acabado com o general Canales a balaços! Era isso o que foi ordenado! Agora, como a polícia não é capaz de ver porta aberta sem ficar roendo as unhas de vontade de roubar...! Suponha o senhor que Cara de Anjo tivesse cooperado para a fuga de Canales. Não estava cooperando com a fuga, e sim com a morte de Canales... Mas como a polícia é uma solene porcaria... Pode retirar-se... E quanto aos dois outros réus, Vásquez e Rodas, pode sentar-lhes a mão, porque são dois sem-vergonhas; principalmente o Vásquez, que sabe mais do que aquilo que lhe disse... Pode retirar-se.

XX
Gentalha da mesma laia

Genaro Rodas, que não conseguira com seu choro arrancar dos olhos o olhar do *Bobalhão*, compareceu diante do Auditor cabisbaixo e sem ânimo, pelas desgraças de sua casa e pelo desalento que a privação de liberdade impõe mesmo aos mais fortes. O Auditor mandou retirarem-lhe as algemas e, como se faz com um criado, ordenou que se aproximasse.

– Meu filho – disse após um longo silêncio que por si só era uma repreensão –, eu já sei de tudo, e se interrogo você é porque quero ouvir da sua própria boca como ocorreu a morte daquele mendigo no Portal do Senhor...

– O que ocorreu... – começou a falar Genaro, precipitadamente, mas logo se deteve, como assustado pelo que estava para narrar.

– Sim, o que ocorreu...

– Ah, senhor, pelo amor de Deus, não faça nada comigo! Ah, senhor, não, não! Eu vou lhe dizer a verdade, mas, pela sua vida, senhor, não faça nada comigo!

– Não se preocupe, meu filho; a lei é severa com os criminosos empedernidos, mas tratando-se de um rapazola!... Não se preocupe, conte-me a verdade!

– Ah, não faça nada comigo, estou morrendo de medo!

E ao falar assim retorcia-se, suplicante, como se estivesse se defendendo de uma ameaça flutuando no ar sobre ele.

– Não fique assim, homem.

– O que ocorreu... Foi na outra noite, o senhor já sabe quando. Naquela noite, combinei com o Lucio Vásquez ao lado da Catedral, subindo lá por onde ficam os índios. Eu, senhor, estava tentando arrumar emprego e esse Lucio me disse que ia arrumar trabalho pra mim na Secreta. Combinamos lá onde eu disse, a gente se encontrou, e como vai e coisa e tal, e isso e aquilo, e então ele me convidou a tomar um trago num bar que fica logo acima da Praça de Armas, que se chama: El Despertar del León. Mas aí um trago virou dois, três, quatro, cinco e para não cansá-lo...

– Sim, sim... – aprovou o Auditor, e virou a cabeça para o escrivão sardento que anotava a declaração do réu.

– Então, sabe como é, aconteceu que ele não conseguiu arrumar o tal emprego na Secreta. Então eu falei pra ele não se preocupar. Então aconteceu que... ah! lembrei! Ele pagou a bebida. E então saímos os dois juntos de novo e fomos para o Portal do Senhor, onde o Lucio disse que estava dando turno, esperando chegar um cara mudo com raiva, que ele depois me contou que precisava executar; tanto assim que eu falei pra ele: tô fora! Então fomos para o Portal. Eu fiquei um pouco atrás, já estávamos quase lá. Ele atravessou a rua passo a passo, mas ao chegar na boca do portal saiu correndo. Eu corri atrás, achando que tinha alguém perseguindo a gente. Mas nada... O Vásquez arrancou um vulto da parede, era o mudo; o mudo, quando se viu agarrado, gritou como se tivesse caído uma parede em cima dele. E então ele já foi sacando o revólver e, sem dizer nada, disparou o primeiro tiro, depois outro... Ah, senhor, eu não tive culpa, não faça nada comigo, não fui eu quem matou o cara! Fui lá procurar trabalho, senhor..., e veja só o que aconteceu comigo... Antes tivesse ficado quieto, trabalhando de carpinteiro... Sei lá o que me deu de querer ser Polícia Secreta!...

O olhar gélido do *Bobalhão* voltou a grudar entre os olhos de Rodas. O Auditor, sem mudar de expressão, apertou em silêncio uma campainha. Ouviram-se passos e entraram por uma porta vários carcereiros, precedidos por um guarda do presídio.

– Senhor guarda, providencie para que lhe apliquem duzentas chibatadas.

A voz do Auditor não se alterou minimamente para dar aquela ordem; falou como um gerente de banco que manda pagar duzentos pesos a um cliente.

Rodas não entendia. Ergueu a cabeça para olhar os esbirros descalços que o esperavam. E compreendeu menos ainda ao ver seus rostos serenos, impassíveis, sem dar mostras do menor assombro. O escrivão avançava na sua direção, o rosto sardento, os olhos sem expressão. O guarda falou com o Auditor. O Auditor falou com o guarda. Rodas estava surdo. Rodas não entendia. Mesmo assim, teve a impressão de que ia se borrar quando o guarda gritou que passasse para o quarto vizinho – um amplo saguão em abóbada – e quando teve Rodas ao alcance da mão deu-lhe um violento empurrão.

O Auditor estava vociferando com Rodas quando entrou Lucio Vásquez, o outro réu.

– Não dá pra tratar bem essa gente! O que essa gente precisa é de alguém que desça o pau neles e depois desça o pau de novo!

Vásquez, apesar de se sentir entre os seus, não estava lá muito tranquilo, e menos ainda ouvindo o que ouvia. Era grave demais ter contribuído para a fuga do general Canales, mesmo que fosse involuntariamente e por patetice da sua parte.

– Seu nome?
– Lucio Vásquez.

– Originário?
– Daqui...
– Da Penitenciária?
– Não, claro que não: da capital!
– Casado? Solteiro?
– Solteiro, desde sempre!
– Responda só ao que lhe for perguntado, como se deve. Profissão ou ofício?
– Funcionário pelo resto da vida...
– Como assim?
– Funcionário público, não?
– Já esteve preso antes?
– Sim.
– Por qual delito?
– Assassinato em quadrilha.
– Idade?
– Não tenho a idade.
– Como assim, não tem a idade?
– Não sei quantos anos tenho, mas pode pôr aí trinta e cinco, se precisar constar alguma idade.
– O que o senhor sabe sobre o assassinato do *Bobalhão*?

O Auditor lançou a pergunta à queima-roupa, com os olhos nos olhos do réu. Suas palavras, ao contrário do que esperava, não produziram nenhum efeito no ânimo de Vásquez, que de maneira muito natural – pouco faltou para que deslizasse as costas de uma mão na outra – disse:

– Do assassinato do *Bobalhão*, o que eu sei é que fui eu que o matei – e, levando a mão ao peito, ressaltou para que não restasse dúvida: – Eu!...

– E o senhor interpreta isso como uma espécie de travessura! – exclamou o Auditor. – Ou será que é tão ignorante que não sabe que pode custar-lhe a vida?...

– Talvez...
– Como talvez?

O Auditor ficou um momento sem saber que atitude tomar. Deixava-o desarmado a tranquilidade de Vásquez, sua voz de cavaquinho, seus olhos de lince. Para ganhar tempo, virou-se para o escrivão.

– Anote aí... – e com voz trêmula acrescentou: – Escreva que Lucio Vásquez declara que assassinou o *Bobalhão*, com a cumplicidade de Genaro Rodas.

– Isso eu já tinha escrito – respondeu o escrivão entredentes.

– O que eu estou vendo – objetou Lucio sem perder a calma, e com um leve tom zombeteiro que fez o Auditor morder os lábios – é que o senhor juiz não está por dentro de muitas coisas. Qual é o sentido desse depoimento? Não há dúvida de que eu ia manchar minhas mãos por um patife como aquele...

– Respeite o tribunal ou parto sua cara!

– O que estou dizendo não me parece nem um pouco fora de lugar. Digo ao senhor que eu não seria tão burro de matar aquele cara só pelo prazer de matá-lo, e que ao agir desse modo obedecia a ordens expressas do Senhor Presidente...

– Silêncio! Seu mentiroso! Ah...! Estaríamos perdidos se...

E não concluiu a frase porque naquela hora entravam os carcereiros carregando Rodas, os braços pendendo, os pés arrastando no chão, como um trapo, como o manto de Verônica.

– Quantas ele levou? – perguntou o Auditor ao guarda, que sorria para o escrivão com o açoite enrolado no pescoço como se fosse a cauda de um macaco.

– Duzentas!

– Mas...

O escrivão tirou o Auditor do embaraço em que estava:

– Eu sugeriria que lhe dessem outras duzentas – murmurou, juntando as palavras para que não o entendessem.

O Auditor acatou o conselho:

– Sim, guarda, providencie que lhe deem outras duzentas, enquanto eu continuo com esse aqui.

– "Esse aqui" o caralho, seu velho com cara de selim de bicicleta! – pensou Vásquez.

Os carcereiros voltaram por onde vieram, arrastando a afligida carga, seguidos pelo guarda. No canto de seu suplício, deixaram-no cair sobre uma esteira. Quatro carcereiros o seguravam pelas mãos e pés, e os outros o açoitavam. O guarda contava. Rodas encolheu-se nos primeiros açoites, mas já sem forças, não como há uns momentos, quando começaram a bater e ele se retorcia e berrava de dor. Com varas de marmelo úmidas, flexíveis, de cor amarelo-esverdeado, saíam coágulos de sangue das feridas da primeira rodada que começavam a cicatrizar. Os últimos lamentos foram gritos afogados de bicho que agoniza sem consciência clara de sua dor. Colava o rosto à esteira, afônico, expressão contraída e o cabelo desgrenhado. Sua queixa lancinante se confundia com a respiração ofegante dos carcereiros, que o guarda, quando não batiam com força, castigava com o açoite.

– Estaríamos perdidos, Lucio Vásquez, se cada filho de vizinho que cometesse um ato delituoso saísse livre, bastando para isso afirmar que o fez por ordem do Senhor Presidente! Onde está a prova? O Senhor Presidente não seria louco de dar uma ordem dessas. Onde está o papel em que consta que lhe foi ordenado proceder contra aquele infeliz de forma tão cruel e covarde?

Vásquez empalideceu, e, enquanto procurava a resposta, enfiou as mãos tremendo nos bolsos da calça.

– Nos tribunais, como o senhor sabe, quando se fala é com o papel do lado; se não, onde iríamos parar? Onde está a ordem?

– Veja bem, a questão é que essa ordem não está mais comigo. Eu devolvi. O Senhor Presidente deve saber onde está.

– Como assim? Por que o senhor a devolveu?

– Porque dizia no pé da página que eu tinha que devolver assinada depois de cumpri-la! Não ia ficar com ela, não é?... Me parece... O senhor precisa entender que...

– Quieto, nem mais uma palavra! Tentando me enganar com essa conversa de que foi o Presidente que mandou! Seu bandido! Eu não sou criança de escola pra acreditar em bobagens desse tipo! O dizer de uma pessoa não constitui prova, salvo nos casos especificados pelos Códigos, quando o dizer da polícia vale como prova plena. Mas não estamos aqui numa aula de Direito Penal... Chega..., basta; eu disse basta...

– Pois se não quer acreditar em mim, vá perguntar ao presidente; quem sabe então acredite. Por acaso eu não estava com o senhor quando os mendigos acusaram...

– Silêncio, ou faço você calar a boca na porrada!... Veja se tem cabimento, eu perguntar ao Senhor Presidente!... Mas o que eu lhe digo, Vásquez, é que o senhor sabe mais do que aquilo que lhe disseram e que sua cabeça está em perigo!

Lucio abaixou a cabeça como guilhotinado ao ouvir as palavras do Auditor. O vento, por trás das janelas, soprava furioso.

XXI
Girar em círculos

Cara de Anjo arrancou frenético o colarinho e a gravata. Nada mais estúpido, pensava, que as explicações que o próximo arruma para os atos alheios. Atos alheios... Alheios! A reprovação às vezes é apenas um murmúrio mal-humorado. Deixa de dizer o que é positivo e exagera o resto. Que bela bosta! Arde como escova passando em cima de uma ferida. E fere mais fundo ainda aquela reprovação que é velada, de cerdas mais finas, disfarçada de informação familiar, de comentário amistoso ou de mera caridade... E até as empregadas! Ao diabo com todos esses fofoqueiros!

E com um puxão fez saltar todos os botões da camisa. Um desafogo. Ouviu-se como se tivessem lhe partido o peito. As criadas haviam-lhe contado em detalhes o que se comentava na rua sobre seus amores. Os homens que não querem casar para não ter em casa uma mulher que fique repetindo, como aluna aplicada no dia da prova, o que as pessoas dizem deles – nunca nada de bom –, acabam, como Cara de Anjo, ouvindo isso da boca das criadas.

Puxou as cortinas de seu quarto sem ter ainda terminado de tirar a camisa. Precisava dormir, ou, pelo menos, que o quarto fingisse ignorar o dia, aquele dia, constatava com rancor, que não podia ser outro a não ser aquele mesmo dia.

"Dormir", repetiu a si mesmo na beirada da cama, já sem sapatos, sem meias, com a camisa aberta, desabotoando a calça. "Ah, mas que idiota! Se ainda nem tirei o paletó!"

Apoiando-se nos calcanhares, com as pontas dos dedos levantadas para não ter que firmar a planta dos pés no piso de cimento geladíssimo, foi dependurar o paletó no encosto de uma cadeira e, aos pulinhos, rápido e friorento e num pé só como um maçarico, voltou para a cama. E *bum*!..., atirou-se nela, perseguido por... por aquele maldito piso. As pernas das calças lançadas para o ar giraram como os ponteiros de um relógio gigantesco. O piso, mais que de cimento, parecia de gelo. Que horror! De gelo com sal. De gelo feito de lágrimas. Pulou na cama como quem salta de um bloco de gelo para um barco salva-vidas. Procurava fugir de tudo aquilo que acontecia com ele, e caiu na sua cama, que lhe pareceu uma ilha, uma ilha branca rodeada de sombras e de fatos imóveis, pulverizados. Vinha para esquecer, dormir, para não ser. Já não lhe serviam para nada as razões, montáveis e desmontáveis como as peças de uma máquina. Ao diabo com os parafusos do senso comum. Melhor o sonho, a desrazão, aquela viscosidade doce de cor azul no início, embora costume se apresentar verde, e depois negra, que dos olhos é destilada por dentro para o organismo, produzindo a inibição da pessoa. Ah, o desejo! O desejado é algo que você tem e não tem. É como um rouxinol de ouro que nossas mãos, fazendo de gaiola com os dez dedos juntos, tentam prender. Um sono de um só bloco, reparador, sem visitas que entram pelos espelhos e saem pelas janelas do nariz. Algo assim desejava, algo como seu tranquilo sono de antes. Logo se convenceu do quanto estava acima dele esse sono, mais alto que o teto, no espaço claro que era o dia sobre a sua casa, aquele dia que não podia ser apagado. Deitou de bruços. Impossível. Do lado esquerdo, para aquietar o coração. Do lado direito. Dava na mesma. Cem horas o separavam de seus sonos perfeitos, quando deitava sem preocupações sentimentais. Seu instinto o acusava de estar naquele desassossego por não ter tomado Camila à força. O obscuro da vida é sentido tão perto às vezes que o suicídio é o único meio de evasão. "Deveria deixar de existir...", dizia a si mesmo. E tremia inteiro por dentro. Encostou um pé no outro. Incomodava-o a falta de um prego naquela cruz em que estava. "Os bêbados têm um não sei quê de enforcados quando andam", disse a si mesmo, "e os enforcados um quê de bêbados quando chutam o ar ou são movidos pelo vento". Seu instinto o acusava. Sexo de bêbado... Sexo de enforcado... Você, Cara de Anjo! Sexo de pau mole!... "O bicho não erra um só número nesse livro de contabilidades sexuais", ficou pensando. "Urinamos filhos no cemitério. A trombeta do Juízo... Bem, talvez não seja uma trombeta. Uma tesoura de ouro cortará esse jorro perene de crianças. Nós, homens, somos como as tripas de porco que o demônio carniceiro preenche de carne moída pra fazer linguiça. E ao me sobrepor a mim mesmo para livrar Camila de minhas intenções, deixei uma parte de mim não preenchida e por isso sinto-me vazio, intranquilo, colérico, doente, preso em uma armadilha. O homem se preenche de mulher – carne moída – como uma tripa de porco, para se satisfazer. Que vulgaridade!"

Os lençóis enrolavam-se nele como saias, insuportáveis saias molhadas de suor.

A Árvore da Noite Triste deve sentir dor em suas folhas!

"Ai minha cabeça!" Som liquefeito de carrilhão... *Bruges-a-Morta*[14]... Cachinhos de seda sobre sua nuca... ... "Nunca..." Mas na vizinhança há um fonógrafo. Nunca tinha ouvido. Não sabia que existia. Primeira vez. Na casa

---

14. Romance simbolista de 1892, do escritor belga de língua francesa Georges Rodenbach. (N.T.)

de trás eles têm um cachorro. Talvez sejam dois. Mas fonógrafo é só um. "Entre a trombeta do fonógrafo desses vizinhos e os cães da casa lá de trás, que ouvem a voz do dono, fica a minha casa, a minha cabeça, eu... Estar perto e estar longe, isso é ser vizinho. Isso é o ruim de ser vizinho de alguém. Mas esses vizinhos, que trabalho o deles! Tocar o fonógrafo. E falar mal de todo mundo. Já imagino o que vão dizer de mim. Parzinho de coentros desbotados. De mim, que digam o que quiserem, não me importa, mas dela... Se eu chegar a averiguar que falaram mal dela meia palavra que seja, faço-os membros da Juventude Liberal. Já os ameacei com isso várias vezes; mas, agora, agora estou disposto a fazê-lo. Como iria complicar a vida deles! Se bem que talvez não, são muito sem-vergonhas. É como se os ouvisse repetir por toda parte: 'Tirou a pobre garota de lá depois da meia-noite, arrastou-a até o botequim de uma alcoviteira e a violou; a Polícia Secreta guardava a porta para que ninguém entrasse! A garota', vão ficar imaginando, os patetas, 'enquanto a desnudava, rasgando-lhe as roupas, mostrava a carne e a pele trêmula de ave recém-caída na armadilha. E a fez sua', dirão, 'sem acariciá-la, com os olhos fechados, como quem comete um crime ou toma um purgante'. Se soubessem que não é assim, que aqui estou, meio arrependido do meu procedimento cavalheiresco. Se pudessem imaginar que tudo o que dizem é falso. Mas é ela que devem estar imaginando. Imaginando-a comigo, comigo e com eles. Eles, desnudando-a; fazendo o que eu fiz, bem, o que eles acham que eu fiz. Isso da Juventude Liberal é pouco para esse par de serafins; preciso achar uma coisa mais terrível. O castigo ideal, já que os dois são solteiros – é verdade, são solteirões! – seria... juntá-los com um par de senhoras daquelas, daquelas. Sei de duas que ficam rondando o Senhor Presidente. Isso mesmo, com elas, com elas. Mas uma delas está grávida. Não faz mal. Melhor ainda. Quando o Senhor Presidente quer uma coisa, não fica preocupado em olhar para a barriga da futura presa... E que esses dois por medo vão casar, ah, isso eles vão..."

    Enrolou-se na cama feito um novelo, com os braços prensados entre as pernas encolhidas, apertou a cabeça no travesseiro para dar trégua ao relampejar doído de suas ideias. Os cantos gelados dos lençóis lhe reservavam choques físicos, alívios passageiros naquela fuga desembestada de seus pensamentos. Lá longe foi procurar por último aquelas gratas surpresas desagradáveis, esticando as pernas para pôr os pés para fora dos lençóis e tocar com eles as barras de bronze da cama. Pouco a pouco abriu os olhos. Parecia que ao fazê-lo ia rompendo a costura finíssima que grudava seus cílios. Pendia ele de seus olhos, ventosas aderidas ao teto, etéreo como a penumbra, os ossos sem endurecer, as costelas reduzidas a cartilagens e a cabeça uma substância mole... Entre as sombras, uma mão de algodão parecia mover uma aldrava... A mão de algodão de uma sonâmbula... As casas são árvores de aldravas... Bosques de árvores de aldravas são as cidades... As folhas do som caíam enquanto ela chamava... O tronco intacto da porta soltando as folhas do som intacto... A ela não restava outra coisa a não ser bater... A eles não restava senão abrir... Mas não abriram. Ela poderia ter colocado a porta abaixo de tanto bater... Bate que bate, assim teria derrubado a porta; bate que bate, e nada; assim poderia ter derrubado a casa...

    – Quem?... O quê?...
    – Acabam de trazer uma notificação de falecimento.
    – É, mas não vá lá entregar, porque ele deve estar dormindo. Coloque-a aqui, em cima da escrivaninha dele.
    – "O senhor Joaquín Cerón faleceu ontem à noite auxiliado pelos Santos Sacramentos. Sua esposa, filhos e demais parentes cumprem o triste dever de comunicar ao senhor o acontecido e pedem que encomende sua alma a Deus e compareça à condução do cadáver ao Cemitério Geral hoje, às 16 horas. O féretro irá se reunir na porta do Cemitério. Casa mortuária: Beco do Carroceiro."

Involuntariamente, havia ouvido uma de suas criadas lendo a notificação de falecimento de dom Joaquín Cerón.

Soltou um braço dos lençóis e dobrou-o debaixo da cabeça. Dom Juan Canales passeava à frente dele vestido de plumas. Havia arrancado quatro corações de madeira e quatro Corações de Jesus e tocava-os como castanholas. E sentia dona Judith no occipício, os ciclópicos seios presos no corpete rangente, corpete de tela metálica e areia, e no penteado pompeiano um magnífico pente espanhol que lhe dava aspecto de tarasca[15]. Sentiu cãibra no braço que tinha debaixo da cabeça à guisa de travesseiro e foi desdobrando-o aos poucos, como se faz com uma peça de roupa onde se suspeita haver um escorpião...

Pouco a pouco...

Indo para o seu ombro, subia um elevador carregado de formigas... Para o cotovelo, descia um elevador carregado de formigas de ímã... Pelo tubo do antebraço, caía a cãibra da penumbra... Sua mão era um jorro. Um jorro de dedos duplos... Em direção ao piso, sentia as dez mil unhas...

Coitadinha, bate que bate e nada!... São uns animais, umas mulas; se chegam a abrir, cuspo-lhes no rosto... como três e dois são cinco... e cinco dez... e nove, dezenove, que cuspo-lhes no rosto. Batia no início com muito ânimo, mas no final parecia que estava batendo uma picareta no chão... Não batia, cavava a própria sepultura... Que despertar sem esperança!... Amanhã irei vê-la... Posso... com o pretexto de levar notícias do pai, posso... Ou... se eu tiver notícias hoje... Posso..., se bem que ela vai duvidar das minhas palavras...

"Não duvido das palavras dele! Com certeza é verdade que meus tios renegaram meu pai e disseram que não queriam me ver na casa deles nem pintada!" Assim refletia Camila deitada na cama da *Masacuata*, queixando-se de dor

---

[15] Monstro mitológico citado em lendas do sul da França e também do sul da Espanha. Em alguns países latino-americanos, sinônimo de mulher feia. (N.T.)

nas costas, enquanto no botequim, que ficava separado do quarto por uma parede de tábuas velhas, lonas e esteiras, os clientes comentavam entre um trago e outro os acontecimentos do dia: a fuga do general, o rapto da sua filha, as artimanhas do favorito... A dona do botequim fazia que não ouvia mas não perdia uma palavra do que diziam...

Um forte enjoo afastou Camila daquela gentalha pestilenta. Sensação de cair verticalmente no silêncio. Hesitando entre gritar – seria imprudente – e não gritar – assustada com aquele total desfalecimento –, gritou... Sentia-se amortalhada por um frio de penas de ave morta. A *Masacuata* acudiu na hora – o que está acontecendo? – e foi só vê-la daquele jeito, cor verde-garrafa, braços rígidos como um toco de pau, mandíbulas travadas e pálpebras caídas, e saiu correndo para tomar um trago de pinga, da primeira garrafa que viu à mão, e borrifou o rosto com a bebida. Nem reparou, de tão aflita, quando foi que os clientes foram embora. Pedia à Virgem de Chiquinquirá e a todos os santos que aquela menina não morresse ali.

"...Esta manhã, quando nos despedimos, ela chorava ao ouvir minhas palavras – que mais poderia fazer!... Aquilo que nos parece mentira mesmo sendo verdade nos faz chorar de alegria ou de pena..."

Assim pensava Cara de Anjo na sua cama, quase dormindo, ainda acordado, desperto em uma azulada combustão angélica. E, pouco a pouco, já adormecido, flutuando sob o próprio pensamento, sem corpo, sem forma, como uma brisa morna, movendo-se ao sopro da própria respiração...

Só Camila persistia naquele corpo afundado na anulação, alta, doce e cruel como uma cruz de cemitério...

O Sonho, senhor que singra os mares escuros da realidade, recolheu-o em um de seus muitos barcos. Invisíveis mãos arrancaram-no das fauces abertas dos fatos, ondas famintas que disputavam os pedaços de suas vítimas em lutas encarniçadas.

– De quem se trata? – perguntou o Sonho.

– Miguel Cara de Anjo... – responderam homens invisíveis. Suas mãos, como sombras brancas, saíam das sombras negras, e eram impalpáveis.

– Levem-no para o barco dos... – o Sonho hesitou – ...dos enamorados, que, tendo perdido a esperança de amar, conformam-se em ser amados.

E os homens do Sonho conduziam-no obedientes para esse barco, caminhando por cima daquela capa de irrealidade que recobre com um pó muito fino os fatos cotidianos da vida, quando um ruído, como se fosse uma garra, arrancou-o das mãos deles...

...A cama...

...As empregadas...

Não: a notificação, não... Um menino!

Cara de Anjo passou a mãos pelos olhos e ergueu a cabeça, aterrorizado. A dois passos da sua cama, havia um menino, ofegante, que mal conseguia falar. Por fim disse:

– ...É... que... ...a dona do botequim... man...dou... dizer... que é para o senhor ir lá..., porque a senhorita... está muito... doente.

Se tivesse ouvido isso do Senhor Presidente, não teria se vestido o favorito com tanta rapidez. Saiu à rua com o primeiro chapéu que arrancou do cabideiro, sem amarrar direito os sapatos, o nó da gravata feito de qualquer jeito.

– Quem é? – perguntou o Sonho. Seus homens acabavam de pescar nas águas sujas da vida uma rosa em vias de murchar.

– Camila Canales... – responderam.

– Bem, coloquem-na, se houver lugar, no barco das enamoradas que não serão felizes.

– Como disse, doutor? – a voz de Cara de Anjo continha acentos paternais. O estado de Camila era alarmante.

– É o que eu acho, que a febre dela tende a aumentar. É o processo da pneumonia...

XXII
O TÚMULO VIVO

Seu filho deixara de existir... Com aquele modo de mover um pouco de fantoche, como aqueles que no caos de sua vida destruída vão se desligando do juízo, *Niña* Fedina ergueu o cadáver que pesava como uma casca seca até encostá-lo no seu rosto febril. Beijava-o. Acariciava-o. Mas logo se pôs de joelhos – vazava por baixo da porta um reflexo cor de palha –, inclinando-se onde a luz da aurora era riacho claro a rés do chão, quase junto à fresta, para ver melhor o despojo de seu filho.

Com o rostinho enrugado como a pele de uma cicatriz, dois círculos pretos em volta dos olhos e os lábios terrosos, mais que menino de meses parecia um feto de fraldas. Arrebatou-o sem demora da claridade, apertando-o contra seus seios pletóricos de leite. Queixava-se de Deus numa linguagem inarticulada de palavras amassadas com pranto; por instantes, seu coração se detinha e, como um soluço de agonia, lamento atrás de lamento, balbuciava: *hic!...hic!... hic!... hic...!...*

As lágrimas rolavam pelo rosto imóvel. Chorou até desfalecer, esquecendo-se do marido, a quem ameaçavam matar de fome na Penitenciária se ela não confessasse; fazendo caso omisso das próprias dores físicas, mãos e seios em chagas, olhos ardendo, as costas moídas de pancadas; pospondo as preocupações com seu negócio abandonado, impedida de fazer o que fosse, embrutecida. E quando o pranto lhe faltou e já nem conseguia chorar, começou a sentir-se como o túmulo de seu filho, como se de novo o guardasse em seu ventre, como se fosse dela o seu último interminável sonho. Por um instante, uma alegria incisiva interrompeu a eternidade da sua dor. A ideia de ser o túmulo do filho acariciava-lhe o coração como um bálsamo. Era dela a alegria das mulheres que se enterravam com seus amantes no Oriente sagrado. E em maior medida ainda, porque não se enterrava com o filho: era o túmulo vivo, o berço de terra último, o regaço materno onde ambos, estreitamente unidos, ficariam em suspenso até que os chamassem a Jeosafá. Sem enxugar o pranto, ajeitou o cabelo como quem se prepara para uma festa e apertou o cadáver contra os seios, entre os braços e pernas, agachada em um canto do calabouço.

Os túmulos não beijam os mortos, ela não deveria beijá-lo. Em compensação, os túmulos os oprimem, muito, muito, como ela o apertava agora. São camisas de força e de carinho que os obrigam a suportar quietos, imóveis, as cócegas dos vermes, os ardores da decomposição. A luz da fresta apenas aumentava um incerto afã a cada mil anos. As sombras, perseguidas pela claridade que aumentava, ganhavam as paredes paulatinamente como escorpiões. Eram paredes de osso... Ossos tatuados por desenhos obscenos. *Niña* Fedina fechou os olhos – os túmulos são escuros por dentro – e não disse palavra nem proferiu queixa – os túmulos são calados por fora.

Meio da tarde. Aroma de ciprestes lavados com água do céu. Andorinhas. Meia-lua. As ruas, banhadas por um sol inteiro ainda, enchiam-se de crianças alvoroçadas. As escolas despejavam um rio de vidas novas na cidade. Alguns saíam brincando de pega-pega, num vertiginoso ir e vir de moscas. Outros formavam roda em volta de dois que se batiam como galos de briga enfurecidos. Narizes sangrando, escorrendo, lágrimas. Outros batiam as aldravas das portas e fugiam correndo. Outros assaltavam as bancas de doces, antes que acabassem os pães de mel, as cocadas, as tortinhas de amêndoas, os suspiros; ou atiravam-se, como piratas, nos cestos de frutas, que abandonavam como embarcações vazias e desmanteladas. Para trás iam ficando os que se dedicavam a fazer trocas, colecionavam selos ou fumavam, esforçando-se para fazer bonito.

De um fiacre que parou em frente à Casa Nova desceram três mulheres jovens e uma velha, o dobro de larga. Pelo jeito delas, via-se o que eram. As jovens, com vestidos de cretone de cores muito vivas, meias vermelhas, sapatos amarelos de salto exageradamente alto, as saias acima dos joelhos, deixando à mostra os calções de rendas longas e sujas, e a blusa decotada até o umbigo. O penteado era a chamada "juba Luís XV", que consistia em uma grande quantidade de cachos lustrosos, recolhidos de ambos os lados por uma fita verde ou amarela; a cor das maçãs do rosto lembrava as lâmpadas elétricas vermelhas das portas dos prostíbulos. A velha, vestida de preto, com um grande xale roxo, vacilou ao descer do fiacre, agarrando-se a um dos para-lamas com a mão gorduchinha e cheia de brilhantes.

– Vamos mandar o fiacre esperar, não é, *Niña* Chonita? – perguntou a mais jovem das três Graças, elevando a voz estridente, como se quisesse ser ouvida até pelas pedras daquela rua deserta.

– Sim, que fique esperando aqui – respondeu a velha.

E entraram as quatro na Casa Nova, onde a porteira fez a maior festa ao recebê-las.

Outras pessoas estavam esperando no saguão pouco acolhedor.

– Ouça, Chinta, o secretário está?... – perguntou a velha à porteira.

–Sim, dona Chon, acabou de chegar.

– Diga-lhe se faria a gentileza de me receber, pois trago uma ordenzinha que adoraria ver atendida.

Enquanto a porteira não voltava, a velha ficou calada. Para pessoas de certa idade, aquele ambiente conservava ainda seu ar de convento. Antes de ser prisão de delinquentes, havia sido cárcere de amor. Mulheres, só mulheres. Por suas muralhas, vagava, como revoada de pombas, a voz doce das teresianas. Não havia açucenas, mas a luz era branca, acariciadora, prazenteira, e os jejuns e cilícios substituíam as coroas de espinhos de todas as torturas florescidas sob as teias de aranhas e o sinal da cruz.

Quando a porteira voltou, dona Chon entrou para tratar com o secretário. Ela já havia conversado com a diretora do presídio. O Auditor de Guerra ordenava que lhe entregassem, em troca dos dez mil pesos – o que ela não mencionou – a detenta Fedina de Rodas, que, a partir daquele momento, faria vida no El Dulce Encanto, como era chamado o prostíbulo de dona Chon *Dente de Ouro*.

Duas batidas, como dois trovões, ressoaram no calabouço onde continuava aquela infeliz agachada com seu filho, sem se mexer, sem abrir os olhos, quase sem respirar. Sobrepondo-se à sua consciência, fez que não ouvia. Os ferrolhos então choraram. Uma queixa de velhas dobradiças esquecidas prolongou-se como lamento no silêncio. Abriram e a tiraram de lá a empurrões. Ela apertava os olhos para não ver a luz – os túmulos são escuros por dentro –. E, assim, às cegas, com o tesouro de seu mortinho apertado contra o coração, foi tirada da cela. Já era um animal, comprado para o negócio mais infame.

– Está dando uma de muda!
– Não abre os olhos nem pra olhar pra gente!
– Deve estar com vergonha!
– Ou então não quer que ninguém acorde o filho dela!

Iam por esse estilo as reflexões que a Chon *Dente de Ouro* e as três jovens Graças faziam pelo caminho. O fiacre rodava pelas ruas sem pavimento, produzindo um ruído dos infernos. O Auriga, um espanhol com ar de Quixote, tocava à base de insultos os cavalos, que mais tarde, como era picador, prestavam-lhe serviços na arena de touros. Foi ao lado dele que *Niña* Fedina fez o curto caminho que separava a Casa Nova das casas de má fama, como diz a canção, no mais absoluto esquecimento do mundo que a rodeava, sem mexer as pálpebras, sem mover os lábios, apertando o filho com todas as forças.

Chegaram e, enquanto dona Chon pagava o fiacre, as outras ajudaram Fedina a descer e, com mãos afáveis de colegas, com empurrõezinhos, foram entrando no El Dulce Encanto.

Alguns clientes, quase todos militares, pernoitavam nos salões do prostíbulo.

– Que horas são, você aí? – gritou dona Chon ao barman ao entrar.

Um dos militares respondeu:

– São seis e vinte, dona Chompipa...

– Aqui de novo, o cabo do balacobaco? Não tinha visto você!...

– No meu são seis e vinte e cinco... – interveio o barman.

A mulher nova despertou a curiosidade. Todos a queriam para aquela noite. Fedina continuava em seu obstinado silêncio de túmulo, com o cadáver do filho coberto entre os braços, sem levantar as pálpebras, sentindo-se fria e pesada como pedra.

– Atenção – ordenou *Dente de Ouro* às três jovens Graças: – Levem a moça para a cozinha para que a Manuela lhe dê alguma coisa de comer, e façam ela se vestir e se pentear um pouco.

Um capitão de artilharia, de olhos claros, chegou perto da novidade para passar-lhe a mão nas pernas. Mas uma das três Graças a defendeu. Só que logo outro militar abraçou-se a ela, como ao tronco de uma palmeira, mostrando o branco dos olhos e seus dentes de índio magníficos, como um cão colado à fêmea no cio. E beijou-a depois, esfregando-lhe os lábios aguardentosos no rosto gelado e salobro de pranto seco. Quanta alegria de quartel e bordel! O calor das rameiras compensa o frio exercício das balas.

– Epa, calma aí, meu cabo do balacobaco... Pare com isso, bonitão, esfrie a cabeça um pouco!... – interveio dona Chon, pondo fim àquele desplante. – Que coisa, hein? Vamos ter que amarrar você?

Fedina não se defendeu daquelas manipulações indecentes, contentou-se em apertar as pálpebras e fechar os lábios para preservar sua cegueira e seu mutismo de túmulo ameaçados, não sem apertar contra sua escuridão e seu silêncio, espremendo-o, o despojo de seu filho, que ela ainda arrulhava como um bebê adormecido.

Levaram-na até um pátio pequeno, onde a tarde aos poucos se afogava numa fonte. Ouviam-se queixas de mulheres, vozes quebradiças, frágeis, cochichos de doentes ou colegiais, de prisioneiras ou freiras, risadas forçadas, gritinhos arranhados e passos de pessoas andando de meias. De um dos quartos atiraram um baralho, que se espalhou em leque pelo chão. Não se soube quem foi. Uma mulher, toda descabelada, pôs a cara para fora de uma portinhola de pombal, olhou para as cartas como se fossem o próprio Destino e enxugou uma lágrima no rosto sem cor.

Uma luz vermelha iluminava a rua na porta do El Dulce Encanto. Parecia a pupila inflamada de uma besta. Homens e pedras ganhavam um toque trágico. O mistério das câmaras fotográficas. Os homens vinham banhar-se naquele fogaréu vermelho, como doentes de varíola prevenindo cicatrizes. Expunham seus rostos à luz com vergonha que os vissem, como se bebessem sangue, e voltavam depois para a luz das ruas, a luz branca da iluminação municipal, a luz clara da lâmpada doméstica, com a sensação incômoda de ter velado uma fotografia.

Fedina continuava sem se dar conta de nada do que acontecia, com a ideia de sua inexistência para tudo o que não fosse o filho. Os olhos mais fechados do que nunca, os lábios a mesma coisa, e o cadáver sempre contra seus seios pletóricos de leite. Inútil dizer tudo o que fizeram suas colegas para tirá-la daquele estado antes que chegasse à cozinha.

A cozinheira, Manuela Calvário, reinava há muitos anos entre o fogão a carvão e o lixo do El Dulce Encanto, e era uma espécie de Deus Pai sem barbas e com saias engomadas. As bochechas flácidas da respeitável e gigantesca cozinheira encheram-se de uma substância aeriforme que logo adquiriu a forma de linguagem ao ver Fedina à sua frente.

– Outra sem-vergonha!... E essa aqui, vem de onde?... E o que é isso que ela traz aí tão grudado...?

Por sinais – já que as três Graças, sem saber por quê, tampouco ousavam mais falar –, disseram à cozinheira que a moça vinha da prisão, pondo dois dedos de uma mão em cima dos dedos da outra, formando uma grade.

– Cadela va...gabunda! – continuou a cozinheira. E quando as outras saíram, acrescentou: – Eu devia era te dar veneno em vez de comida! Tá aí o seu lanche! Toma... aqui... come...!

E deu-lhe uma série de batidas nas costas com o espeto.

Fedina sentou no chão com seu mortinho sem abrir os olhos nem responder. Já não o sentia mais, de tanto levá-lo na mesma posição. Manuela Calvário ia e vinha pela cozinha vociferando e fazendo o sinal da cruz.

Numa dessas idas e vindas, sentiu um mau cheiro na cozinha. Voltava da pia com um prato. Sem pensar muito deu dois pontapés em Fedina gritando:

– Quem fede é essa coisa podre aqui! Venham tirá-la da cozinha! Levem-na embora daqui! Não quero ela aqui dentro!

Ouvindo seus gritos alvoroçados dona Chon foi até lá e entre as duas, à força, como se quebrassem os galhos de uma árvore, abriram os braços da infeliz que, ao sentir que lhe arrancavam o filho, esbugalhou os olhos, soltou um grito e caiu sem sentidos.

– É o bebê que está fedendo. Está morto! Que coisa horrível! Exclamou dona Manuela. A *Dente de Ouro* não conseguiu dizer palavra, e enquanto as prostitutas invadiam a cozinha correu para o telefone para comunicar a autoridade. Todas queriam ver e beijar o bebê, beijá-lo muitas vezes, e o arrancavam das mãos e bocas umas das outras. Uma máscara da saliva do vício cobriu o rostinho enrugado do cadáver, que cheirava mal. Armou-se uma imensa choradeira e tomaram-se as providências para o velório. O alcaide Farfán interveio para conseguir a autorização da polícia. Uma das alcovas foi desocupada, a maior delas; queimaram incenso para tirar dos tapetes a fedentina de esperma velho; dona Manuela queimou breu na cozinha, e numa bandeja esmaltada preta, entre flores e linhos, o bebê foi colocado todo encolhido, seco, amarelento, como broto de feijão de salada chinesa...

Todas elas tinham perdido um filho naquela noite. Quatro velas ardiam. Cheiro de empanadas e aguardente, de carnes enfermas, de bitucas de cigarro e urina. Uma mulher meio bêbada, com um seio de fora e um charuto na boca, que ela mais mastigava do que fumava, repetia, banhada em lágrimas:

> ¡Dormite, niñito,
> cabeza de ayote,
> que si no te dormís
> te come el coyote!
> ¡Dormite, niñito,
> que tengo que hacer,
> lavar los pañales,
> sentarme a coser![16]

---

16 Em tradução livre: Dorme filhinho/ de papo pro ar/ dorme que dorme/ que eu vou trabalhar/ Dorme no escuro/ C'os anjos de Deus/ Que eu lavo e costuro/ Seus sonhos e os meus. (N.T.)

XXIII
A CORRESPONDÊNCIA DO SENHOR PRESIDENTE

1. Alejandra, viúva de Bran, domiciliada nesta cidade, proprietária da loja de colchões La Ballena Franca, manifesta que pelo fato de seu estabelecimento comercial ficar parede-meia com o botequim El Tus-Tep, tem conseguido observar que neste último se reúnem com frequência, principalmente à noite, algumas pessoas com o propósito cristão de visitar uma doente. Que leva isso ao conhecimento do Senhor Presidente porque tem a impressão de que nesse botequim está escondido o general Eusebio Canales, pelas conversas que tem ouvido através da parede, e que as pessoas que ali chegam conspiram contra a segurança do Estado e contra a preciosa vida do Senhor Presidente.

2. Soledad Belmares, residente nesta capital, diz que já não tem o que comer, porque esgotaram-se seus recursos e que como ninguém a conhece não consegue arrumar dinheiro com nenhuma pessoa, pois é de outro lugar; que em tal circunstância solicita ao Senhor Presidente que conceda a liberdade ao seu filho Manual Belmares H. e ao seu cunhado Federico Horneros P.; que o Ministro de seu país pode

informar que eles não se ocupam de política; que só vieram tentar a vida com seu trabalho honesto, tendo sido seu único delito terem aceito uma recomendação do general Eusebio Canales para que lhes dessem trabalho na Estação.

3. O coronel Prudencio Perfeito Paz manifesta que a viagem que fez recentemente à fronteira teve o objetivo de ver as condições do terreno, o estado dos caminhos e acessos, para fazer ideia dos lugares que deveriam ser ocupados. Descreve detalhadamente um plano de campanha que pode ser desenvolvido nos pontos avantajados e estratégicos em caso de um movimento revolucionário; confirma a notícia de que na fronteira há gente disposta a isso; que os que se ocupam disso são Juan León Parada e outros, tendo como material de guerra granadas de mão, metralhadoras, rifles de calibre reduzido e dinamite para minas e tudo o que concerne às suas aplicações; que o pessoal armado à disposição dos revolucionários compõe-se de 25 a 30 indivíduos, que podem atacar as forças do Supremo Governo a qualquer momento; que não conseguiu averiguar a notícia de que Canales esteja à frente deles, e que, confirmada essa suposição, com certeza invadirão, salvo haja acertos diplomáticos para confinar os revoltosos; que eles estão prontos para levar a cabo a invasão em princípios do mês que entra, mas que carecem de armas para a companhia de atiradores e só têm munição Cal. 43; que, com exceção de alguns doentes que são atendidos como se deve, a tropa está bem e recebe instrução diária das 6 às 8 da manhã, contando com uma rês por semana para sua alimentação; que já pediram ao porto sacos de areia para servirem de anteparo.

4. Juan Antonio Mares manifesta seu agradecimento ao Senhor Presidente pelo interesse que demonstrou em colocar médicos para que o assistissem; que estando novamente às suas ordens, suplica-lhe que lhe permita passar por esta capital, por ter vários assuntos para levar ao seu superior conhecimento, sobre as atividades políticas do advogado Abel Carvajal.

5. Luis Raveles M. manifesta que, encontrando-se enfermo e sem elementos para curar-se, deseja regressar aos Estados Unidos, onde suplica ficar empregado em algum Consulado da República, mas não em Nova Orleans, nem nas mesmas condições de antes, mas como um sincero amigo do Senhor Presidente; que no final de janeiro passado teve a imensa sorte de constar da lista de audiências, mas que quando estava no saguão, pronto para entrar, notou certa desconfiança por parte do Estado-Maior, que ia transferindo-o da ordem da lista, e quando parecia chegar sua vez, um oficial o levou à parte até uma sala, revistou-o como se tivesse sido um anarquista e disse que fazia aquilo porque tinha informações de que vinha, pago pelo advogado Abel Carvajal, para assassinar o Senhor Presidente; que, quando voltou, as audiências já haviam sido suspensas; que fez o que pôde depois para falar com o Senhor Presidente, mas que não conseguiu, e que queria manifestar-lhe coisas que não pode confiar ao papel.

6. Nicomedes Aceituno escreve informando que ao voltar a esta capital, de onde sai com frequência para cuidar de assuntos comerciais, constatou em um dos caminhos que o letreiro da caixa-d'água onde figura o nome do Senhor Presidente foi destroçado quase totalmente, que lhe arrancaram seis letras e outras foram danificadas.

7. Lucio Vásquez, preso na Penitenciária Central por ordem da Auditoria de Guerra, suplica que lhe conceda audiência.

8. Catarino Regisio leva ao conhecimento que, estando de administrador na fazenda La Tierra, propriedade do general Eusebio Canales, em agosto do ano passado, este senhor recebeu um dia quatro amigos que vieram visitá-lo, a quem no meio de sua embriaguez manifestou que se a revolução conseguisse tomar corpo, ele teria à sua disposição dois batalhões: um era de um deles, e dirigiu-se a um major de sobrenome Farfán, e o outro, de um tenente-coronel cujo nome não indicou; e que, como seguem os rumores de revolução, leva isso ao conhecimento do Senhor Presidente

por escrito, já que não lhe foi possível fazê-lo pessoalmente, apesar de ter solicitado várias audiências.

9. O general Megadeo Rayón remete uma carta que o presbítero Antonio Bias Custodio lhe dirigiu, na qual manifesta que o padre Urquijo o calunia pelo fato de tê-lo ido substituir na paróquia de San Lucas, por ordem do senhor arcebispo, criando, com seus ditos falsos, forte agitação no povo católico com a ajuda de dona Arcadia de Ayuso; que como a presença do padre Urquijo, amigo do advogado Abel Carvajal, pode acarretar sérias consequências, leva isso ao conhecimento do Senhor Presidente.

10. Alfredo Toledano, desta cidade, manifesta que como padece de insônia dorme sempre tarde à noite, por cujo motivo surpreendeu um dos amigos do Senhor Presidente, Miguel Cara de Anjo, batendo com toques alarmantes na casa de dom Juan Canales, irmão do general de mesmo sobrenome e que não deixa de lançar suas críticas ao governo. Leva isso ao conhecimento do Senhor Presidente pelo interesse que possa ter.

11. Nicomedes Aceituno, caixeiro-viajante, dá a conhecer que quem desfigurou o nome do Senhor Presidente na caixa-d'água foi o guarda-livros Guillermo Lizaro, em estado de ebriedade.

12. Casimiro Rebeco Luna manifesta que já vai fazer dois anos e meio que está detido na Segunda Delegacia de Polícia; que por ser pobre e não ter parentes que intercedam por ele dirige-se ao Senhor Presidente suplicando-lhe que se providencie ordenar sua libertação; que o delito de que é acusado é o de ter retirado do mural da igreja onde estava de sacristão o aviso do jubileu da mãe do Senhor Presidente, por conselho de inimigos do governo; que isso não é verdade e que se ele assim o fez foi achando que retirava outro aviso, já que não sabe ler.

13. O doutor Luis Barreño solicita ao Senhor Presidente permissão para sair do país em viagem de estudos em companhia de sua senhora.

14. Adelaida Peñal, protegida do prostíbulo El Dulce Encanto, desta cidade, dirige-se ao Senhor Presidente para fazê-lo saber que o major Modesto Farfán afirmou-lhe, em estado de ebriedade, que o general Eusebio Canales era o único general de verdade que ele havia conhecido no Exército e que sua desgraça se devia ao medo que o Senhor Presidente tinha dos chefes instruídos; que, no entanto, a revolução triunfaria.

15. Mônica Perdomino, doente no Hospital Geral, na cama Nº 14 da sala de São Rafael, manifesta que por estar a sua cama ao lado da cama da doente Fedina Rodas, ouviu que em seu delírio a referida doente fala do general Canales; que como não tem a cabeça muito em ordem não conseguiu reparar no que diz, mas que seria conveniente que alguém a velasse e descobrisse: o que leva ao conhecido do Senhor Presidente por ser uma humilde admiradora do seu Governo.

16. Tomás Javelí participa seu enlace com a senhorita Arquelina Suárez, ato que dedicou ao Senhor Presidente da República.

28 de abril...

XXIV
Casa de mulheres da vida

– Indi-*pi*, a-*pá*!
 – Eu-*po*? Vo-*pe*, cê-*po*, que-*pe* é-*pa*...
 – Sua ton-*pa*, ta-*pa*!
 – Ton-*pa*, ta-*pa* vo-*pe*, cê-*pe*!...
 – Quietas, as duas! Que coisa! É só Deus fazer o dia amanhecer e vocês duas já começam patati-patatá, cês parecem bicho, não entendem as coisas – gritou a *Dente de Ouro*.
 Sua excelência vestia blusa preta e saia roxa e ruminava a janta num cadeirão de couro atrás do balcão da cozinha.
 Passado um tempo, disse a uma criada de pele acobreada e tranças apertadas e lustrosas:
 – Ei, Pancha, vai lá e manda as mulheres virem aqui; isso não são modos, daqui a pouco chega gente e elas já deviam estar aqui esparramadas! A gente tem que ficar em cima o tempo inteiro, é um inferno!
 Duas moças entraram correndo descalças.
 – Quietas vocês! Consuelo! Ai, que lindas as menininhas! Deus do céu, olha só a brincadeira delas!... E ouça

aqui, Adelaida – Adelaida, tô falando com você! –, se vier o major, é bom você ficar com a espada dele, como garantia, pelo tanto que ele já está devendo pra gente. Quanto é que ele deve, você aí, ô focinhudo?

– Novecentos redondo, mais trinta e seis que ele gastou ontem à noite – respondeu o barman.

– Uma espada não vale isso tudo; é..., nem que fosse de ouro; mas é melhor que nada. Adelaida! Tô falando com a parede e não com você, é isso?

– Tô ouvindo, dona Chon, tô ouvindo... – disse meio rindo Adelaida Peñal, e continuou brincando com a colega, que a segurava pelo coque.

O sortimento de mulheres de El Dulce Encanto ocupava os velhos divãs em silêncio. Altas, baixas, gordas, magras, velhas, moças, adolescentes, dóceis, arredias, loiras, ruivas, de cabelo preto, olhos pequenos, olhos grandes, brancas, morenas, mestiças. Sem se parecer, pareciam-se; eram parecidas no cheiro; cheiro de homem, todas elas cheiravam a homem, cheiro azedo de marisco rançoso. Seus seios quase líquidos dançavam debaixo das camisas de tecido barato. Sentadas de pernas abertas, mostravam suas canelas magras como canos, as ligas de cores alegres, os calções vermelhos às vezes com tiras de renda branca, ou de cor salmão-claro e viés de renda preta.

A espera das visitas deixava-as irascíveis. Esperavam como emigrantes, com olhares bovinos, amontoadas diante dos espelhos. Para matar o tempo, umas dormiam, outras fumavam, outras devoravam pirulitos de menta, outras contavam o número aproximado de cocôzinhos de mosca nos elos das correntinhas de papel azul e branco que enfeitavam o teto; as inimigas brigavam, as amigas se acariciavam devagar e sem pudores.

Quase todas possuíam apelido. Quem tinha olho grande era chamada de *Bagre*; se fosse baixinha, *Bagrinha*, e se mais velha e gorda, *Bagrona*. A de nariz achatado, *Chatinha*, a negra, *Preta*, a morena, *Mulata*, a de olho puxado, *Chinesa*, a de cabelo claro, *Loirinha*, a que gaguejava, *Tatá*.

Além desses apelidos comuns, havia ainda a *Santinha*, a *Sacana*, a *Patona*, a *Melosa*, a *Macaca*, a *Lombriga*, a *Pombinha*, a *Bomba*, a *Sem-Tripas*, a *Bomba Surda*.

Alguns homens vinham nas primeiras horas da noite entreter-se em conversas amorosas, beijoquinhas e bolinações com as mulheres que estavam desocupadas. Sempre atrevidos e metidos. Dona Chon tinha vontade de botá-los pra fora a tapas, pois ficava muito irritada com o fato de serem pés de chinelo, mas aguentava-os na sua casa sem cobrar nada para não dar desgosto às *rainhas*. Coitadas das *rainhas*, ficavam lá enredadas com aqueles homens – protetores que as exploravam, amantes que as destratavam – por carência de ternura, por precisar de alguém que lhes desse atenção!

Também vinham por ali nas primeiras horas da noite os rapazes sem experiência. Entravam tremendo, quase sem conseguir falar, com certa torpeza de movimentos, como mariposas aturdidas, e só se sentiam à vontade ao voltar de novo para a rua. Boas presas. Dóceis e sem exigências. Quinze anos. "Boa noite." "Não se esqueça de mim." Saíam do bordel com gosto de lagartixa na boca, quando antes de entrar o gosto era de pecado e façanha, e com aquela doce fadiga de rir muito ou de rolar e rolar na cama. Ah! como eles se sentiam bem fora daquela casa horrível! Mordiam o ar como se fosse capim fresco e contemplavam as estrelas como se fossem irradiações dos próprios músculos.

Depois começava a entremear-se a clientela séria. O prestigioso homem de negócios, ardoroso, barrigudo. Astronômica quantidade de pança arredondava-lhe a caixa torácica. O empregado do armazém, que abraçava como se medisse tecido por metro, ao contrário do médico que fazia isso como se auscultasse. O jornalista, cliente que no final das contas deixava empenhado até o chapéu. O advogado, com um quê de gato e de gerânio em sua domesticidade receosa e vulgar. O provinciano com os dentes brancos como leite. O funcionário público encurvado e sem jeito com as mulheres. O comerciante adiposo. O artesão com cheiro de pele de carneiro curtida. O endinheirado que a toda hora apalpava dissimuladamente o quepe, a carteira, o relógio, os anéis. O farmacêutico, mais silencioso e taciturno que o cabeleireiro, menos atento que o dentista...

A sala fervia à meia-noite. Homens e mulheres que queimavam com a boca. Os beijos, biribas lascivas de carne e saliva, alternavam-se com os mordiscos, as confidências com as pancadas, os sorrisos com as risadas, os estouros do champanhe com os estouros do chumbo quando havia valentões.

– Isso é que é vida! – dizia um velho com os cotovelos em cima de uma mesa, os olhos dançando de lá pra cá, os pés inquietos e um feixe de veias saltadas na testa.

E cada vez mais entusiasmado, perguntava a um companheiro de farra:

– Será que eu posso ir com aquela dona ali?...
– Claro, homem, é pra isso que elas estão aqui...
– E a que está junto dela?... Gostei mais!
– Então, com ela também.

Uma morena, que para ficar mais provocante andava descalça, atravessou a sala.

– E aquela ali?
– Qual? A mulatíssima?...
– Como ela se chama?
– Adelaida, o apelido dela é *Sacana*. Mas não fique reparando nela, porque está aí com o major Farfán. Acho que é mantida por ele.

– *Sacana*, olha só como ela fica bolinando o major! – observou o velho baixando a voz.

A cocote enlouquecia Farfán com suas artes serpentinas, aproximando dele os filtros enfeitiçadores de seus olhos, mais lindos que nunca por ação da beladona; o cansaço de seus lábios carnudos – beijava com a língua como se colasse selos – e o peso de seus seios cálidos e do ventre carnudo.

— Tire esse troço daí! — insinuou *Sacana* ao ouvido de Farfán. E sem esperar resposta — depois é sempre tarde demais — soltou a espada dele do arnês e passou para o barman.

Um trem de gritos passou correndo, atravessou os túneis de todos os ouvidos e continuou correndo...

Os casais dançavam, no compasso e no descompasso, como animais de duas cabeças. Quem tocava o piano era um homem maquiado como mulher. Tanto ele quanto o piano tinham algumas teclas a menos. "Eu sou coquete, coquete e delicada", respondia a quem lhe perguntava por que se maquiava; e acrescentava por boas maneiras: "Os amigos me chamam de Pepe, os rapazes de Violeta. Uso essa regata ousada, mesmo sem jogar tênis, só pra mostrar um pouco esses meus peitinhos de pombinha, o monóculo porque eu acho elegante e o fraque por distração. O pó — ah, eu falo cada coisa! — e o ruge são para esconder as marcas da varíola do meu rosto, sabe, não tem como, elas estão aí mesmo, porque a malvada encheu meu rosto de confete... Ah, mas eu nem ligo, esse é o meu jeito e pronto!".

Um trem de gritos passou correndo. Sob suas rodas triturantes, no meio de seus êmbolos e engrenagens, retorcia-se uma mulher bêbada, molenga, lívida, cor de farelo, apertando as virilhas com as mãos, borrando o rosto e a boca com seu pranto.

— Ai, meus o...váááÁÁÁrios! Ai meus ovÁÁÁrios! Ai, meus o...vááÁÁÁÁÁrios! Meus ovários! Ai... meus ovários! Ai...!

Só os bêbados não chegaram perto do grupo daqueles que correram para ver o que estava acontecendo. Na confusão, os casados perguntavam se ela estava ferida, para saltar fora antes que chegasse a polícia, e os outros, tomando as coisas com mais leveza, corriam de um lado para outro pelo gosto de ficar dando encontrões com os companheiros. Cada vez era maior o grupo em volta da mulher, que se sacudia sem parar com os olhos revirados, a língua para fora. No auge da crise a dentadura dela se soltou. Foi o delírio, a loucura entre os espectadores. Uma única gargalhada saudou o rápido deslizar dos dentes pelo piso de cimento.

Dona Chon pôs fim ao escândalo. Andava lá por dentro e veio correndo como galinha arrepiada que chega cacarejando para socorrer seus pintinhos; pegou por um braço a infeliz que estava aos berros e varreu a casa com ela até a cozinha, onde, com a ajuda de Calvário, sepultaram-na na carvoeira, não sem que antes a cozinheira lhe desse algumas cutucadas com o espeto de assar.

Aproveitando a confusão, o velho que se apaixonara pela *Sacana* roubou-a do major, que já não enxergava mais nada de tão bêbado.

– Cadela safada, o senhor não acha, major? – exclamou *Dente de Ouro* voltando da cozinha. – Pra farrear e passar o resto do dia dormindo os ovários não doem nada; é como se na hora da batalha um militar dissesse que está com dor nos...!

Uma explosão de risos bêbados afogou sua voz. Riam como se cuspissem melado. Ela, enquanto isso, voltou-se para o barman e disse:

– Eu ia trocar essa mula escandalosa pelo mulherão que eu trouxe ontem da Casa Nova! Pena que ela se acidentou!...

– E olha que era bem apanhada, hein...?

– Já falei pro advogado que é pra ele dar um jeito do Juiz devolver minha grana... Não é assim, sem mais, que esse filho da puta vai ficar com aqueles dez mil pesos... Sem vergonha...

– A senhora está certa!... Porque esse seu advogado, pelo que eu fiquei sabendo, é o maior salafrário!

– Como todo santarrão!

– Pois é... e ainda por cima advogado, imagine!

– Falou tudo, mas o que eu garanto é que comigo não vai ter segunda vez!... Não é só incompetência, eles são cheios de mutretas e...

Não concluiu a frase porque foi até a janela para ver quem tocava a campainha.

– Jesusmariassantíssima, e todos os santos do céu! Eu estava pensando justamente no senhor, e Deus resolve me mandar! – disse em voz alta para o cavalheiro que aguardava na porta com a gola do paletó cobrindo meio rosto, banhado pela luz rubra da lanterna. E, sem responder o boa-noite dele, entrou para pedir que a empregada fosse logo abrir.

– Vai, lá, Pancha, abre depressa; abre lá, corre, não está vendo que é o dom Miguelito!

Dona Chon o reconhecera por pura intuição e pelos olhos de Satanás.

– Isso sim é que um milagre!

Cara de Anjo passeou o olhar pelo salão enquanto cumprimentava, tranquilizando-se ao encontrar um vulto que devia ser o major Farfán; uma baba comprida pendia do seu lábio caído.

– Um baita milagre, porque o senhor, que eu sei, não é de ficar visitando pobre!

– O que é isso, dona Chon, como pode dizer uma coisa dessas!...

– Mas chegou que parece até que mandaram o senhor vir! Eu estava aqui chamando todos os santos por causa de um problema e de repente me aparece o senhor...

– Pois saiba a senhora que estou sempre às suas ordens...

– Obrigada. Estou com um problema que o senhor nem imagina; mas antes quero que tome alguma coisa.

– Não precisa se incomodar...

– Não é incômodo nenhum! Beba uma coisinha, qualquer coisa, o que o senhor tiver vontade, o que seu coração pedir!... Vamos lá, não me faça uma desfeita...! Um uisquezinho cai bem. Mas tem que ser servido lá dentro, comigo. Venha por aqui, por favor.

Os aposentos privados de *Dente de Ouro*, totalmente separados do resto da casa, eram como um mundo à parte. Em cima de mesas, cômodas e consoles de mármore amontoavam-se gravuras, esculturas e relicários de imagens devotas. Uma Sagrada Família destacava-se pelo tamanho e perfeição do trabalho. O Menino Jesus, alto como um lírio, só faltava falar. Resplandeciam ao seu lado São José e a Virgem em vestido estrelado. A Virgem toda ataviada e São José com uma cabacinha feita com duas pérolas que valiam cada uma um *Potosí*. Numa grande redoma agoniava um Cristo moreno banhado em sangue e numa ampla vitrine recoberta de conchas subia aos céus uma Puríssima, imitação em escultura do quadro de Murillo, embora o que tivesse mais valor fosse uma serpente de esmeralda enroscada a seus pés. Alternavam-se com as imagens devotas os retratos de dona Chon (diminutivo de Concepción, seu verdadeiro nome) com vinte anos de idade, quando teve a seus pés um Presidente da República que lhe oferecia levá-la a Paris, dois magistrados da Corte Suprema e três açougueiros que uma vez brigaram a faca por causa dela em uma feira. Por ali ficava, meio escondido para que não fosse visto pelas visitas, o retrato do sobrevivente, um melenudo que com o tempo chegou a ser seu marido.

– Sente-se no sofá, dom Miguelito, que no sofá o senhor vai ficar mais à vontade.

– A senhora mora muito bem, dona Chon!

– Procuro não passar dificuldades...

– Parece uma igreja!

– O que é isso, não seja maçom, não zombe dos meus santos!

– E em que posso servi-la?...

– Mas antes tome seu uisquinho...

– Bem, então, à sua saúde!

– À sua, dom Miguelito, e desculpe não acompanhá-lo, mas é que estou um pouco ruim da inflamação. Pode pôr o copinho aqui...; isso, nessa mesa está bom, me dê aqui...

– Obrigado...

– Bem, mas como eu dizia, dom Miguelito, estou num grande apuro e quero que me dê um conselho, desses que só os senhores sabem dar, pessoas como o senhor. Acontece que eu tinha uma mulher aqui no meu negócio e ela não estava me servindo pra nada, então saí procurando outra e averiguei por aí com uma conhecida minha que na Casa Nova eles tinham uma detenta, presa por ordem do Auditor de Guerra, uma mulherona, coisa fina. Como eu sei onde o sapato aperta, fui direto até meu advogado, dom Juan Vidalitas, que outras vezes já me arrumou mulheres, para que ele escrevesse em meu nome uma bela carta ao Auditor, oferecendo-lhe dez mil pesos por aquela fulana.

– Dez mil pesos?

– Foi o que o senhor ouviu. Não precisei dizer duas vezes. Ele concordou na hora e ao receber o dinheiro, que eu contei pessoalmente, uma em cima da outra, na escrivaninha dele, em notas de quinhentos, me deu uma ordem por escrito pra eles me entregarem a mulher lá na Casa Nova. Ali eu soube que ela havia sido presa por política. Parece que foi capturada na casa do general Canales...

– Como?

Cara de Anjo, que acompanhava o relato de *Dente de Ouro* sem prestar muita atenção, de ouvido na porta, com receio de que o major Farfán resolvesse ir embora de repente depois de ele ter ficado horas atrás dele, sentiu uma rede de fios finos pelas costas quando ouviu o nome de Canales imiscuído naquele assunto. Aquela infeliz era sem dúvida a criada Chabela, de quem a Camila falava no seu delírio de febre.

– Desculpe interrompê-la... Onde está essa mulher?

– Vai lá saber, mas deixe-me contar. Eu mesma fui pessoalmente com a ordem da Auditoria, acompanhada por duas moças, para tirá-la da Casa Nova. Não queria que me dessem gato por lebre. Fomos de fiacre, para dar mais luxo à coisa toda. E aí, veja o senhor, chegamos, mostrei a ordem, eles leram bem lida, consultaram, tiraram a moça de lá, me deram e, para encurtar a história, trouxemos a moça aqui para casa, e todo mundo já esperava por ela, todo mundo adorou a moça... Enfim, dom Miguelito, ela não tinha do que reclamar!

– E onde a senhora enfiou a moça...?

Cara de Anjo estava decidido a levá-la dali naquela mesma noite. Os minutos faziam-se anos enquanto ele ouvia o relato daquela velha dos diabos.

– Calma que eu já chego lá, senhor... nossa, mas vocês não têm espera... Continuando. Desde que saímos com ela da Casa Nova, reparei que ela fazia questão de ficar de olho fechado, não abria a boca. A gente falava com ela e era como se falasse com a parede. Achei que era pura manha. Reparei também que ela apertava nos braços um pacotinho do tamanho de um bebê.

Na mente do favorito, a imagem de Camila esticou-se até se partir pela metade, como um oito pela cintura, com aquele movimento rapidíssimo de uma bolha de sabão que estoura num *ploc*..

– Um bebê?

– Isso mesmo. Minha cozinheira, a Manuela Calvário Cristales, descobriu que o que aquela desgraçada embalava era uma criança mortinha, já fedendo. Ela me chamou, corri até a cozinha e entre as duas arrancamos a criança dos braços dela na marra, mas aí foi só a gente abrir os braços da moça – quase que a Manuela quebrou o braço dela –, arrancar a criança, e então ela abriu os olhos, do jeito que os mortos abrirão os olhos no dia do Juízo Final, e soltou um berro que deve ter dado pra ouvir lá do mercado. E caiu dura.

– Morta?

– Na hora a gente achou que sim. Vieram buscá-la e a levaram enrolada num lençol até o São João de Deus. Eu não quis nem olhar, fiquei impressionada. Dizem que dos olhos dela, fechados, saía água que nem de um cano de esgoto.

Dona Chon procurou se recompor com uma pausa; depois acrescentou entredentes:

– As meninas foram hoje de manhã até o hospital para visitá-la, perguntaram por ela e parece que continua em estado grave. E aí vem meu incômodo. Como o senhor deve entender, não posso nem pensar na ideia do Auditor ficar com meus dez mil pesos, e estou vendo como arrumo um jeito de ele me devolver, pois a troco de quê vai ficar com o que é meu, não é? A troco de quê... Eu preferiria mil vezes doar prum hospício ou pros pobres!

– Bom, então que o seu advogado vá lá cobrar, e quanto a essa pobre mulher...

– Bem, na verdade ele foi lá hoje duas vezes – desculpe cortá-lo –, o advogado Vidalitas, ele foi lá procurá-lo: uma vez na casa dele e a outra no escritório, e nas duas vezes ele disse a mesma coisa: que não vai me devolver coisa nenhuma. Veja o senhor como esse cara é sem vergonha, que ele disse que quando alguém compra uma vaca e ela morre, não é problema de quem vendeu, e sim de quem comprou... Isso com bicho, quer dizer, com gente, então, mais ainda... Foi assim que o cara falou... Ah, olha, me dá uma vontade de sei lá...!

Cara de Anjo guardou silêncio. Quem seria aquela mulher vendida? E aquele bebê morto?

Dona Chon exibiu seu dente de ouro e ameaçou:

– Ah! Mas pode deixar, que eu vou dar uma lição nele que nem a mãe dele nunca deu!... De repente eles até me botam na cadeia! Sabe Deus o que custa a gente ganhar o sustento, não dá para deixar que alguém venha desse jeito e roube. Velho mentiroso, cara de índia defunta, maldito! Essa manhã mesmo eu mandei jogarem terra de cemitério na porta da casa dele. Quero ver se esse cara vai durar muito...

– E o bebê? Enterraram?

– A gente fez o velório aqui em casa; as meninas são muito sentimentais. Fizeram até pamonha...

– Festa...

– É, vamos dizer que sim!

– E a polícia, o que fez?...

– A gente soltou uma grana e conseguiu o atestado. No dia seguinte fomos enterrá-lo na ilha, num caixãozinho lindo, forrado de cetim branco.

– E a senhora não tem medo que venha a família reclamar o corpo, ou no mínimo reclamar que não foram avisados...?

– Era só o que me faltava; e quem é que ia reclamar? O pai está preso na penitenciária, por política: tem sobrenome Rodas, a mãe, o senhor já sabe, no hospital.

Cara de Anjo sorriu por dentro, livre de um peso enorme. Não era da família da Camila.

– Diga, o que o senhor me aconselha, dom Miguelito, o senhor que é uma pessoa tão ajuizada, o que eu devo fazer para que esse velho safado não fique com meu dinheiro? São dez mil pesos, lembre-se... Não é café pequeno...

– Eu acho que a senhora devia ir ver o Senhor Presidente e reclamar com ele. Peça uma audiência e pode ir sossegada, ele dará um jeito nisso. Tem poder suficiente.

– É o que eu tinha pensado e é o que eu vou fazer. Amanhã mando um telegrama com dupla urgência pedindo audiência. O bom é que somos velhos amigos; quando não era mais que ministro teve paixão por mim. Disso já faz tempo. Eu era jovem e bonita; parecia uma gravura, como naquela foto ali, veja... Lembro que a gente morava no *Cielito* com a minha mãe, que em paz descanse, e que um dia, veja só que azar, um papagaio deu uma bicada nela e a deixou caolha; não preciso nem dizer que eu assei o papagaio – se fossem dois teria assado os dois – e depois dei pro cachorro comer, mas ele era muito sensível e pegou raiva. A coisa mais engraçada que eu lembro daqueles dias é que todos os enterros passavam em frente de casa. E passa defunto e passa defunto... E que por causa disso a gente acabou brigando pra sempre, eu e o Senhor Presidente. Ele tinha medo de enterro, mas que culpa eu tinha disso? Era muito cheio de histórias, muito criança. Acreditava em tudo o que diziam dele, fosse uma crítica ou um elogio, ele acreditava. No início, eu, que estava apaixonada, fazia ele esquecer, com longos beijos, aquele desfile interminável de mortos dentro de caixões de todas as cores. Depois cansei e desisti. O que ele mais gostava era que alguém lambesse a orelha dele, se bem que às vezes tinha gosto de defunto. É como se eu o estivesse vendo agora, aí onde o senhor está sentado: seu lenço de seda branco amarrado no pescoço com um nozinho, o chapéu de aba larga, as botas com borda rosada e o terno azul...

– E depois, como são as coisas; já Presidente, deve ter sido seu padrinho de casamento...

– Nada disso... Meu falecido marido, que em paz descanse, não gostava dessas coisas. "Só cachorrinho é que precisa de padrinho e testemunha, pra ficar lá olhando enquanto ele casa", dizia, "e depois ficam andando por aí, com aquela fila de cachorrinhos atrás, todos de língua de fora e babando...".

XXV
O PARADEIRO DA MORTE

O padre veio a mil por hora, quase rasgando a sotaina. Tem gente que corre por muito menos que isso. "O que pode valer no mundo mais do que uma alma?", perguntava-se... Por menos os outros se levantam da mesa, com as tripas roncando... Tri paz!... Três pessoas diferentes e um só Deus verdadeiro-de-verdade!... O ronco das tripas, lá não, aqui, aqui comigo, migo, migo, migo, na minha barriga, na minha barriga... Do teu ventre, Jesus... Ali a mesa posta, a toalha branca, o vaso de porcelana limpinho, a criada magra...

    Quando o padre entrou – atrás dele vinham vizinhas afeitas a agonias de morte –, Cara de Anjo afastou-se da cabeceira de Camila com passos que soavam como raízes destruídas. A dona do boteco arrastou uma cadeira para o padre e então todos saíram.

    – Eu, pecador, me confesso a Deus To... – iam dizendo.

    – *In nomine Patris et Filii et*... Filhinha: quanto tempo faz que você não se confessa?...

    – Dois meses...

– Cumpriu sua penitência?
– Sim, padre...
– Diga, quais são seus pecados...
– Eu confesso, padre, que menti...
– Em matéria grave?
– Não..., que eu desobedeci meu pai e...
(...*tique-taque, tique-taque, tique-taque.*)
– ...e confesso, padre...
(...*tique-taque.*)
– ...que tenho faltado à missa...

A doente e o confessor falavam como em uma catacumba. O Diabo, o Anjo da Guarda e a Morte assistiam à confissão. A Morte esvaziava, nos olhos vítreos de Camila, seus olhos vazios; o Diabo cuspia aranhas, instalado na cabeceira da cama, e o Anjo chorava em um canto inconsolável.

– Confesso, padre, que não tenho rezado ao deitar e ao levantar..., e... confesso, padre, que...
(*tique-taque, tique-taque.*)
– ...que tenho brigado com minhas amigas!
– Por questões de honra?
– Não...
– Filhinha, você tem ofendido Deus muito gravemente.
– Eu confesso, padre, que montei a cavalo como homem...
– E havia outras pessoas presentes e foi motivo de escândalo?
– Não, havia apenas alguns índios.
– E você se sentiu por isso capaz de igualar o homem e, portanto, em grave pecado, já que se Deus Nosso Senhor fez a mulher mulher, esta não deve passar daí, para querer ser homem, imitando o Demônio, que se perdeu porque quis ser Deus.

No meio do aposento ocupado pelo bar, diante do balcão, altar de garrafas de todas as cores, aguardavam Cara de Anjo, a *Masacuata* e as vizinhas, sem dizer palavra, consultando entre eles, com os olhos, seus temores e esperanças, respirando em compasso lento, orquestra de suspiros ofegantes, oprimidos pela ideia da morte. A porta entreaberta deixava ver nas ruas luminosas o templo das Mercês, parte do átrio, as casas e os poucos transeuntes que por ali passavam. Cara de Anjo sofria ao ver aquelas pessoas que iam e vinham sem se importar que Camila estivesse morrendo; areia grossa em peneira fina; sombras com senso comum; fábricas ambulantes de excremento...

Pelo silêncio, a voz do confessor arrastava correntinhas de palavras. A doente tossiu. O ar percutia os tamborzinhos do pulmão.

— Confesso, padre, todos os pecados veniais e mortais que cometi e aqueles que nem lembro.

O latim das absolvições, a precipitada fuga do Demônio e os passos do Anjo que, como uma luz, se aproximava de novo de Camila com suas asas brancas e cálidas, tiraram o favorito da sua cólera contra os transeuntes, de seu ódio infantil, tingido de ternura, e o fizeram conceber — a graça chega por ocultos caminhos — o propósito de salvar um homem que estava em gravíssimo perigo de morte. Deus, em contrapartida, talvez lhe desse a vida de Camila, o que, segundo a ciência, era já impossível.

O padre foi embora sem fazer barulho, parou na porta para acender um cigarro de palha e recolher a sotaina, porque na rua era praxe levá-la escondida sob a capa. Parecia um homem de boa índole. Havia corrido a notícia de que uma moribunda o chamara para que a confessasse. Atrás dele saíram as vizinhas empetecadas e Cara de Anjo, apressado para cumprir seu propósito.

O Callejón de Jesús, o Cavallo Rubio e o Quartel da Cavalaria. Ali perguntou ao oficial de guarda pelo major Farfán. Disseram-lhe para esperar um pouco e o cabo que foi buscá-lo entrou gritando:

— Major Farfán!... Major Farfán!...

A voz se extinguia sem resposta no enorme pátio. Um tremor de sons respondia nos beirais das casas distantes. ...jor fan fan!... jor fan fan!

O favorito ficou a poucos passos da porta, alheio ao que acontecia à sua volta. Cães e urubus disputavam o cadáver de um gato no meio da rua, diante do comandante que da janela com grades de ferro divertia-se com aquela luta encarniçada, alisando as pontas do bigode. Duas senhoras tomavam suco de frutas em uma banca cheia de moscas. Da casa saíam pelo portão cinco meninos vestidos de marinheiros, seguidos por um senhor pálido como uma sapota-branca e por uma senhora grávida (papai e mamãe). Um açougueiro passava entre as crianças acendendo um cigarro; trazia a roupa ensanguentada, as mangas da camisa arregaçadas e perto do coração a machadinha afiada. Soldados entravam e saíam. Nas lajotas do piso do saguão via-se uma serpente de marcas de pés descalços e úmidos, que se perdiam no pátio. As chaves do quartel tilintavam na arma da sentinela, parada perto do oficial de guarda, que ocupava uma cadeira de ferro no meio de um círculo de cusparadas.

Com passo de cervo aproximou-se do oficial uma mulher de pele acobreada, curtida pelo sol e encanecida e enrugada pelos anos, e, erguendo seu xale de algodão para falar com a cabeça coberta em sinal de respeito, suplicou:

– Irá me desculpar, senhor, se lhe pedir, pela sua vida, que me permita falar com meu filho. A Virgem irá abençoá-lo muito.

O oficial lançou um jorro de saliva fedendo a tabaco e dentes podres e respondeu

– Como se chama seu filho, senhora?

– Ismael, senhor...

– Ismael do quê...?

– Ismael Mijo[17], senhor.

O oficial cuspiu ralo.

– Mas qual é seu sobrenome?

---

17 *Mijo* em espanhol é entendido também como *mi hijo* ("meu filho"), daí o oficial imaginar que a mãe diz "Ismael, meu filho", em vez de informar o sobrenome. (N.T.)

– É Mijo, senhor...

– Veja bem, é melhor a senhora voltar outro dia, hoje estamos ocupados.

A anciã retirou-se sem tirar o xale da cabeça, devagar, contando os passos como se medisse seu infortúnio. Parou um instante à beira da calçada e então aproximou-se de novo do oficial, que continuava sentado.

– Desculpa, sinhô, é que eu não vou ficar mais tempo aqui; venho de muito longe, mais de vinte léguas, e assim é que não tenho como saber hoje quando é que vou poder voltar. Faça-me a gentileza de chamar...

– Eu já lhe disse que estamos ocupados. Retire-se, não seja incômoda!

Cara de Anjo, que assistia à cena, movido pelo desejo de fazer o bem para que Deus devolvesse a saúde a Camila, disse ao oficial em voz baixa:

– Chame esse rapaz, tenente, e tome isso, para comprar cigarros.

O militar pegou o dinheiro, sem olhar para o desconhecido, e mandou que trouxessem Ismael Mijo. A velhinha ficou contemplando seu benfeitor como se fosse um anjo.

O major Farfán não estava no quartel. Um funcionário do escritório chegou perto de um guichê, com a caneta atrás da orelha, e informou ao favorito que àquela hora da noite só poderia encontrá-lo no El Dulce Encanto, pois o nobre filho de Marte dividia seu tempo entre as obrigações de serviço e o amor. Mas não era má ideia se o procurasse também em sua casa. Cara de Anjo pegou um fiacre. Farfán alugava um quarto nos quintos dos infernos. A porta do apartamento, sem pintar, estava mal ajustada por ação da umidade e deixava entrever o interior escuro. Duas, três vezes, Cara de Anjo chamou. Não havia ninguém. Voltou então, mas em vez de ir para El Dulce Encanto, decidiu passar para ver como Camila estava. Surpreendeu-se com o ruído do fiacre quando este deixou as ruas de terra e entrou nas de paralelepípedo. Ruído de cascos e pneus, de pneus e de cascos.

O favorito voltou ao salão quando *Dente de Ouro* terminou o relato de seus amores com o Senhor Presidente. Era preciso não perder de vista o major Farfán e averiguar algo mais sobre a mulher capturada na casa do general Canales e vendida pelo canalha do Auditor por dez mil pesos.

O baile continuava animado. Os casais dançavam ao compasso de uma valsa, que Farfán, perdidamente bêbado, acompanhava cantando mais para lá do que para cá.

Por qué me quieren
las putas a mí?
Porque les canto
la "Flor del Café"...[18]

De repente, endireitou o corpo e, ao perceber que a *Sacana* não estava mais lá com ele, parou de cantar e disse, aos gritos, em meio a soluços:

– A *Sacana* se mandou, não é, seus filhos da puta...? Está ocupada, não é, seus filhos da puta...? ...Então eu vou embora..., podem estar certos que eu vou, podem estar cer...tos que eu vou... Vou mesmo... E por que não iria?... Podem estar certos que eu vou....

Levantou-se com dificuldade, apoiando-se na mesa onde ancorara, nas cadeiras, na parede, e foi tropeçando até a porta que a servente se precipitou em abrir.

– Podem estar cer...tos que eu vou...! A puta vai voltar! Certo, *nhá* Chon? Mas eu vou! *Ji-ji-ripago*[19]...; a nós, militares de escola não resta outra coisa a não ser beber até a morte e que depois em vez de cremar-nos eles nos destilem! E viva o cozido de porco e o populacho!... E foda-se o resto!

Cara de Anjo alcançou-o em seguida. Ia pela corda bamba da rua como um acrobata; ora ficava com o pé es-

---

18 Em tradução livre: Por que as putas gostam de mim? Porque canto pra elas a *Flor do Café*... (N.T.)
19 *Jijiripago* é expressão de júbilo e alegria, própria dos camponeses da Guatemala. (N.T.)

querdo pra cima, ora com o direito, ora com o direito, ora com o esquerdo, ora com os dois... Quando estava prestes a cair dava o passo e dizia: "Assim é que fica *bão*, dizia a mula pro bridão!".

A rua era iluminada pelas janelas de outro bordel. Um pianista cabeludo tocava a *Sonata ao Luar* de Beethoven. Só as cadeiras o ouviam no salão vazio, distribuídas como convidados em volta do piano de meia cauda, não maior do que a baleia de Jonas. O favorito parou, tocado pela música, encostou o major contra a parede, pobre boneco manipulável, e chegou mais perto para intercalar seu coração destroçado com os sons; ressuscitava entre os mortos – morto de olhos cálidos –, suspenso, distante da terra, enquanto se apagavam os olhos da iluminação pública e gotejavam dos telhados pregos de orvalho para crucificar bêbados e voltar a pregar ataúdes. Cada martelinho do piano, caixa de ímãs, reunia as finíssimas areias do som, soltando-as, depois de tê-las reunido, nos dedos dos arpejos que *des...do...bra...vam* as falanges para bater à porta do amor fechada para sempre; sempre os mesmos dedos. Sempre a mesma mão. A lua ia à deriva pelo céu de paralelepípedos em direção a prados adormecidos, fugia e atrás dela os bosques metiam medo aos pássaros e às almas, para quem o mundo se afigura imenso e sobrenatural quando o amor nasce, e pequeno quando o amor se extingue.

Farfán acordou no balcão de um boteco, entre as mãos de um desconhecido que o sacudia, como quem sacode uma árvore para derrubar os frutos maduros.

– Não está me reconhecendo, meu major?

– Sim... não..., um momento..., um momento...

– Procure se lembrar...

– Ah... uuUU! – bocejou Farfán apeando do balcão onde estava refestelado, como de um animal de trote, todo moído.

– Miguel Cara de Anjo, para servi-lo.

O major se recompôs.

– Desculpe, entenda, não o havia reconhecido; é verdade, o senhor é o que anda sempre com o Senhor Presidente.

– Muito bem! Não leve a mal, major, que eu tenha tomado a liberdade de acordá-lo assim, bruscamente...

– Não se preocupe.

– Mas o senhor terá que voltar ao quartel, e além disso eu precisava lhe falar a sós, e agora, por acaso, a dona dessa história – desse café, poderíamos dizer? – não está. Ontem fiquei procurando o senhor como agulha em palheiro a tarde toda, no quartel, na sua casa... O que eu vou lhe dizer o senhor não deve contar a ninguém.

– Palavra de cavalheiro...

O favorito apertou com gosto a mão do major e com os olhos postos na porta, disse-lhe bem baixinho:

– Minha posição me permitiu saber que existe uma ordem de acabar com o senhor. Foram dadas instruções ao Hospital Militar para que lhe seja ministrado um calmante definitivo na primeira bebedeira que o levar a ficar de cama. A meretriz que o senhor frequenta no El Dulce Encanto informou ao Senhor Presidente de suas bravatas revolucionárias.

Farfán, que ao ouvir as palavras do favorito ficara pregado no chão de susto, ergueu os punhos.

– Ah, aquela bandida!

E depois de concluir o gesto de golpeá-la, deixou pender a cabeça, arrasado.

– O que eu faço, Deus do céu?

– De momento, nada de encher a cara; assim elimina o perigo imediato, e nada de...

– Se é o que estou pensando, acho que não vou conseguir, vai ser difícil. O que ia me dizer?

– Ia dizer que, além disso, não deve comer nada no quartel.

– Não sei como lhe pagar.

– Com o silêncio...

– Naturalmente, mas isso não é o bastante; enfim, já haverá ocasião e, seja como for, conte o senhor sempre com este homem que lhe deve a vida.

– Também é bom que eu o aconselhe como amigo a procurar um jeito de adular o Senhor Presidente.

– O senhor acha mesmo?
– Não vai lhe custar nada.

Ambos estavam afinados com o pensamento de "cometer um delito", por exemplo – que seria o meio mais eficaz de despertar a boa vontade do mandatário –; ou de "ultrajar publicamente pessoas indefesas", ou de "fazer sentir a superioridade da força sobre a opinião pública", ou de "enriquecer à custa da nação", ou...

O delito de sangue era ideal; a supressão de alguém próximo constituía a adesão mais completa do cidadão ao Senhor Presidente. Dois meses de prisão, para cobrir as aparências, e depois direto para um cargo público de confiança, o que só se dispensava a servidores com processo pendente, pois era fácil mandá-los de volta à prisão dentro da lei caso não se comportassem bem.

– Não lhe vai custar nada.
– O senhor é extremamente bondoso...
– Não, major, não precisa me agradecer nada; meu propósito de salvá-lo está oferecido a Deus pela saúde de uma doente que está muito, muito grave. É a sua vida pela dela.
– Sua esposa, talvez...

A palavra mais doce do *Cântico dos Cânticos* flutuou um instante, como adorável bordado, entre árvores de querubins e flores de laranjeira.

Quando o major foi embora, Cara de Anjo beliscou-se para certificar-se de que aquele que empurrara tanta gente para morte era o mesmo que agora, diante do azul infrangível da manhã, empurrava um homem para a vida.

XXVI
Torvelinho

Fechou a porta – o corpulento major foi afastando-se como um globo cor cáqui – e seguiu na ponta dos pés até a escuridão dos fundos do bar. Tinha a impressão de que sonhava. Entre realidade e sonho a diferença é puramente mecânica. Adormecido, acordado, como será que estava ali? Na penumbra sentia que a terra ia caminhando... E o relógio e as moscas acompanhavam Camila quase moribunda. O relógio deixava cair os grãozinhos de arroz de sua pulsação para marcar o caminho e não se perder na volta, quando ela tivesse deixado de existir. As moscas corriam pelas paredes expulsando de suas asinhas o frio da morte. Outras voavam sem descanso, rápidas e sonoras. Sem fazer qualquer ruído, parou junto à cama. A doente continuava delirando...

...O jogo dos sonhos..., charcos de óleo de cânfora..., astros de diálogo lento... o contato do vazio, invisível, salobro e nu... a dupla dobradiça das mãos..., o inútil das mãos nas mãos..., no Sabonete de Reuter..., no jardim do livro de leituras... no lugar do tigre... no vasto além dos periquitos... na jaula de Deus...

...Na jaula de Deus, a missa do galo, de um galo com uma gota de lua na crista de galo... que dá picotes na hóstia... se acende e se apaga, se acende e se apaga, se acende e se apaga... É missa cantada... Não é um galo; é um relâmpago de celuloide na boca de um garrafão rodeado de soldadinhos... Relâmpagos da confeitaria da "Rosa Branca", por Santa Rosa... Espuma de cerveja do galo pelo galinho... Pelo galinho...

> *La pondremos de cadáver*
> *Matatero, tero, lá!*
> *Ese oficio no le gusta*
> *Matatero, tero, lá!*[20]

...Ouve-se um tambor onde ninguém assoa o nariz, solta batidas firmes na escola do vento, é um tambor... Esperem, não é um tambor; é uma porta que estão fazendo soar com o pano da batida e a mão de uma aldrava de bronze!

Os golpes penetram perfurantes todos os lados do silêncio intestinal da casa... *tam... tam... tam...* O tambor da casa... Cada casa tem sua *portambor* para chamar as pessoas que *a vivem* e que quando está fechada é como se a vivessem morta... *tam-tam* da casa... porta... *tam-tam* da casa... A água da fonte transforma-se toda em olhos quando ouve soar a *portambor* e as empregadas dizem com voz cantada: "Tem gente!", e as paredes se enchem de ecos que vão repetindo: "Tem gente, alguém abra a portaaaa!" "Tem gente, alguém abra a portaaaa!", e as cinzas do fogo se inquietam, sem poder fazer nada diante do gato, sua sentinela, de olho, estremecem pelo cárcere de suas grades, e as rosas se alarmam, vítimas inocentes da intransigência dos

---

20 Em tradução livre: Vamos fazê-la de cadáver / *matatero, tero, lá!* / Esse ofício não lhe agrada / *matatero, tero lá!* (N.T.)

espinhos, e os espelhos, absortos médiuns que pela alma dos móveis mortos dizem com voz muito viva: "Tem gente, alguém abra a portaaaa!"

...A casa inteira quer sair de um tremor de corpo, como um terremoto, para ver quem é que está lá, toca que toca que toca a *portambor*; as caçarolas caracoleando, as floreiras com peso sutil de lã, as bacias, bam, bam, bam, os pratos com tosse de porcelana, as xícaras, os talheres esparramados como uma risada de prata alemã, as garrafas vazias precedidas pela garrafa condecorada de lágrimas de cera que serve e não serve de candelabro no último quarto, os livros de orações, as palmas benditas que as pessoas tocam acreditando defender a casa contra a tempestade, as tesouras, os caracóis, os retratos, o tufos de cabelo guardados, os galeteiros, as caixas de papelão, os fósforos, os pregos...

...Apenas seus tios fingem dormir entre as coisas inanimadas despertas, nas ilhas de suas camas matrimoniais, sob a armadura de suas colchas fedendo a bolo alimentar. Em vão o *portambor* tira alguns nacos dos silêncios amplos. "Continuam batendo!", murmura a esposa de um de seus tios, a mais cara de máscara de todas as suas tias. "É, mas sabe-se lá quem bate!" responde seu marido no escuro. "Que horas devem ser? Ai, homem, e eu que estava dormindo tão bem!"... "Continuam batendo!" "É, mas sabe-se lá quem bate!" "O que é que os vizinhos vão pensar!" "É, mas sabe-se lá quem bate!" "Só por isso acho que a gente já devia abrir, se não, o que os vizinhos vão dizer de nós, já imaginou?... E continuam batendo!" "É, mas sabe-se lá quem bate!", "É um abuso, onde já se viu? Uma desconsideração, uma grosseria!" "É, mas sabe-se lá quem bate!"...

A voz rouca de seu tio agora surge mais fina na garganta das empregadas. Fantasmas cheirando a bezerro chegam para xeretar no dormitório dos patrões: "Senhor! Senhora! Tem gente batendo..." e voltam aos seus catres, entre as pulgas e o sono, repete que repete: "Ah..., mas sabe-se lá quem bate!!" "Ah... É, mas sabe-se lá quem bate!"

...Tam, tam, tambor da casa... escuridão da rua... Os cachorros cobrem o céu de latidos, um teto para as estrelas, répteis negros e lavadeiras de barro com os braços empapados de espuma de relâmpagos de prata...

– Papai... paizinho... papai...!

No delírio chamava seu pai, sua velha governanta, falecida no hospital, e seus tios, que nem moribunda quiseram recebê-la em casa.

Cara de Anjo colocou-lhe a mão na testa. "Toda cura é um milagre", pensava ao acariciá-la. "Se eu pudesse arrancar-lhe a enfermidade com o calor da minha mão!" Sofria, sem saber bem onde, a dor inexplicável de quem vê morrer uma jovem criatura, titilação de ternura que arrasta seu sufoco insinuante sob a pele, entre a carne, e não sabia o que fazer. Maquinalmente unia pensamento e orações. "Se fosse capaz de me enfiar sob suas pálpebras e remover as lágrimas de seus olhos... misericordiosos e depois deste desterro... ...em suas pupilas cor de asinhas de esperança... ...nossa, Deus te Salve, a ti recorremos os desterrados..."

"Viver é um crime... ...de cada dia... ...quando se ama... dai-nos hoje, Senhor..."

Pensou na sua casa como se pensa em uma casa estranha. Sua casa era ali, ali com Camila, ali onde não era sua casa, mas onde Camila estava. E quando faltasse Camila?... No corpo, a pontada de uma dor vaga, ambulante... E quando faltasse Camila?...

Um carroção passou sacudindo tudo. No balcão do bar tilintaram as garrafas, uma aldrava fez ruído, tremeram as casas vizinhas... O susto fez Cara de Anjo perceber que estava dormindo em pé. Melhor sentar. Junto à mesa dos remédios havia uma cadeira. Um segundo depois já estava sob seu corpo. O barulhinho do relógio, o cheiro de cânfora, a luz das velas oferecidas a Jesus das Mercês e a Jesus da Candelária, todo-poderosos, a mesa, as toalhas, os remédios, a corda de São Francisco que uma vizinha emprestou para afugentar o diabo, tudo começou a esfarelar por si, a passo lento, numa escala descendente de sonolência, dissolução momentânea, mal-estar saboroso com mais orifícios que uma esponja, invisível, meio líquido, quase visível, quase sólido, latente, rondado por sombras azuis de sonhos sem nexo.

...Quem está dedilhando um violão?... Ossifragas, no dicionário obscuro... Ossifragas no subterrâneo obscuro canta a canção do engenheiro agrônomo...

...Frios cortantes entre a folhagem... ...Por todos os poros da Terra, asa quadrangular, surge uma gargalhada interminável, endemoninhada... Riem, cospem, o que será que estão fazendo?... ...Não é de noite e a sombra o separa de Camila, a sombra daquela gargalhada de caveiras em balbúrdia mortuária... O riso se desprende dos dentes, enegrecido, bestial, e em contato com o ar se mescla ao vapor d'água e sobe para formar as nuvens... Cercas feitas de intestinos humanos dividem a terra... Distâncias feitas de olhos humanos dividem o céu... ...As costelas de um cavalo fazem de rabeca para um furacão que sopra... ...Vê passar o enterro de Camila... Seus olhos nadam nas espumas que vão sendo levadas pelas rédeas de um rio de carruagens negras... Deve ter olhos, o Mar Morto!... ...Seus olhos verdes... Por que se agitam na sombra as luvas brancas dos palafreneiros?... Atrás do enterro canta um ossário de quadris de criança: "Lua boa, lua boa, come a fruta e joga a casca na lagoa!"... ...Ilíacos com olhos em forma de casa de botão... "Lua boa, lua boa, come a fruta e joga a casca na lagoa!"... ...Por que prossegue a vida cotidiana?... Por que o bonde segue andando?... Por que não morrem todos?... Depois do enterro de Camila nada mais pode existir, tudo o que há é sobreposto, postiço, não existe...

Melhor seria o riso... A Torre de Riso, inclinada... Revira os bolsos para achar lembranças... ...Pozinhos dos dias de Camila... Lixinhos... Um fio... Camila deve estar a essas horas... Um fio... Um cartão de visitas sujo... Ah, é daquele diplomata que traz vinhos e conservas sem pagar imposto para vender no armazém de um tirolês!... Que todo-o-orbe-cante... Naufrágio... ...Os salva-vidas, como coroas brancas... Que todo-o-orbe-cante... Camila, imóvel em seu abraço... ...Encontro... ...As mãos do tocador de sinos... ...Estão fazendo soar as ruas... ...A emoção sangra... Lívida, silenciosa, incorpórea... ...Por que não oferecer-lhe o braço?... Vai desprendendo-se pelas teias de aranha de seu tato até o braço que lhe falta; só há a manga... ...Nos fios do telégrafo... Ao ficar olhando os fios do telégrafo perde tempo e de uma casinhola do Beco do Judeu saem cinco homens de vidro fosco para barrar-lhe o caminho, todos os cinco com um fio de sangue escorrendo da têmpora... Desesperadamente luta para se aproximar de onde Camila o espera, com aroma de selos postais... Ao longe vê-se o Monte Carmelo... Cara de Anjo afasta com as mãos seu sonho para abrir caminho... Fica cegado... Chora... Tenta romper com os dentes o tecido finíssimo da sombra que o separa do formigueiro humano, que na pequena colina se instala sob tetos de vime para vender brinquedos, frutas, doces... ...Põe as garras para fora... ...Eriça-se... Consegue atravessar uma pequena ponte e corre para se juntar a Camila, mas os cinco homens de vidro fosco voltam a barrar seu caminho... "Vejam, estão fazendo-a em pedacinhos para o *Corpus Christi*", grita... "Deixem-me passar antes que a destruam inteira!"... "Ela não pode se defender porque está morta!" "Não estão vendo?... Olhem!" "Olhem, cada sombra carrega uma fruta e em cada fruta está encaixado um pedacinho de Camila!" "Como dar crédito aos olhos; eu a vi ser enterrada e estava certo de que não era ela; ela está aqui no *Corpus*, nesse cemitério com fragrância de marmelo, manga, pera e pêssego, e do seu corpo fizeram pipocas brancas, dúzias, centenas, pipocas de algodão enforcadas por fitas coloridas com adornos de frases primorosas: 'Lembrança Minha', 'Amor Eterno', 'Penso em Ti', 'Ama-me Sempre', 'Não Esqueça de Mim'!..." Sua voz é sufocada pelo ruído estridente das cornetinhas, dos tamborzinhos fabricados com tripa ruim e miolo de pão velho; no rebuliço de gente, passos de pais que sobem arrastando os pés como carroças, corridinhas de moças que se perseguem; no clangor dos sinos, nas sinetas, no ardor do sol, no calor dos círios cegos ao meio-dia, no ostensório resplandecente... Os cinco homens opacos se juntam e formam um só corpo... Papel de fumo sonolento... Deixam de ser sólidos à distância... Vão tomando água mineral... Uma bandeira de água mineral entre mãos agitadas como gritos... ...Patinadores... Camila desliza entre patinadores invisíveis, ao longo de um espelho público que vê com indiferença o bem e o mal. É nauseante o cosmético de sua voz cheirosa quando fala para se defender. "Não, não, aqui não!"... "Mas aqui, por que não?"... "Porque estou morta!"... "E daí, o que é que tem?" "Tem que...!" "O quê, me diga!"... Entre os dois passa um frio de céu vasto e corre uma coluna de homens de calça vermelha... Camila sai atrás deles... Ele sai atrás dela no primeiro pé que sente... A coluna se detém de repente no último repique do tambor... Avança o Senhor Presidente... Ser dourado... Tarari!... O público recua, treme... Os homens de calça vermelha estão brincando com suas cabeças... Bravo! Bravo! Uma segunda vez! Repitam! Como são hábeis fazendo isso!... Os da calça vermelha não obedecem à voz de comando, obedecem à voz do público e voltam a brincar com suas cabeças... Três tempos... Um!, tirar a cabeça... Dois!, atirá-la para o alto para ser penteada pelas estrelas... Três!, apará-la com as mãos e recolocá-la... Bravo! Bravo! De novo! Repitam!... É isso! Repitam o número!... Estão distribuindo carne de galinha... Pouco a pouco cessam as vozes... ...Ouve-se o tambor... ...Todos estão vendo o que não queriam ver... ...Os homens de calça vermelha tiram as cabeças, atiram-nas para o ar e não as aparam quando caem... Diante de duas fileiras de corpos imóveis, com os braços amarrados às costas, os crânios estatelam-se no chão.

Duas batidas fortes na porta acordaram Cara de Anjo. Que pesadelo mais horrível! Por sorte, a realidade era outra. Quem volta de um enterro, como aquele que sai de um pesadelo, experimenta o mesmo bem-estar. Foi voando para ver quem era. Notícias do general ou um chamado urgente da Presidência.

– Bom dia...
– Bom dia – respondeu o favorito a um indivíduo mais alto que ele, de cara rosada, pequena, que ao ouvi-lo falar inclinou a cabeça e ficou procurando-o com seus óculos de míope...
– Desculpe. O senhor poderia me dizer se é aqui que mora a senhora que faz a comida dos músicos? É uma senhora enlutada, de preto...

Cara de Anjo bateu a porta na cara. O míope ainda ficou procurando-o. Ao ver que não estava foi perguntar na casa vizinha.

– Olá, dona Tomasita, tudo bem?
– Estou indo pro mercado!

Essas duas vozes foram ouvidas ao mesmo tempo. Já na porta, a *Masacuata* acrescentou:

– Tá passeadeira hoje!...
– Que nada...
– Cuidado, que vão raptá-la!
– O que é isso! Quem é que vai querer essa vassoura velha?

Cara de Anjo chegou mais perto para abrir a porta.

– E então, como foi? – perguntou à *Masacuata*, que voltava da Penitenciária.
– Como sempre.
– O que eles disseram?
– Nada.
– Conseguiu ver o Vásquez?...
– Até parece; levaram o café da manhã e depois devolveram do mesmo jeito!
– Então ele não está mais na Penitenciária...
– Eu fiquei de perna bamba quando vi trazerem o cesto de volta sem mexer! Mas um senhor de lá falou que haviam levado o Vásquez para o trabalho.
– O diretor?

– Não. Esse safado eu mandei catar coquinho, estava querendo passar a mão no meu rosto.
– E a Camila, como você acha que ela está?...
– Vai levando... a coitadinha vai levando!
– Está muito mal, não é?
– Sorte dela. O que mais pode alguém querer do que ir embora sem precisar conhecer a vida!... Sinto pelo senhor. Devia começar a pedir ao Jesus das Mercês. Quem sabe ele não faz um milagre para o senhor!... Essa manhã mesmo, antes de ir à Penitenciária, fui acender uma vela e falei: "Olha lá, neguinho, vim aqui falar com você, porque não é à toa que você é pai de todo mundo aqui, e agora vai ter que me ouvir: está na sua mão a vida dessa menina; eu já pedi à Virgem antes de levantar da cama e agora vim aqui incomodá-lo pela mesma questão; vou deixar aqui esta vela em intenção e vou confiar no seu poder, mas volto logo, logo, pra lembrar você de novo da minha súplica!".

Meio adormecido, Cara de Anjo relembrava sua visão. Entre os homens de calça vermelha, o Auditor, com cara de coruja, esgrimia um anônimo, beijava-o, lambia-o, comia-o, defecava-o e voltava a comê-lo...

XXVII
Rumo ao desterro

A cavalgadura do general Canales zanzava na luz fraca do entardecer, bêbada de cansaço, com a massa inerte do ginete segurando o cabeçote da sela. Os pássaros passavam sobre os arvoredos e as nuvens sobre as montanhas, subindo por aqui, por ali, descendo, descendo por aqui, subindo por ali, como este ginete, antes que fosse vencido pelo sono e pela fadiga, por encostas intransitáveis, por rios largos, com pedras assentadas no fundo da água revolta para avivar a passagem da cavalgadura, por flancos castigados de lodo por onde lajes quebradiças deslizavam em precipícios cortados a pique, por bosques inextricáveis com confusões de espinhos, e por caminhos caprinos com histórias de bruxas e salteadores.

A noite punha a língua para fora. Uma légua de campo úmido. Um vulto tirou o ginete da cavalgadura, conduziu-o a uma moradia abandonada e foi embora sem fazer ruído. Mas voltou em seguida. Sem dúvida, foi só dar uma volta por ali, por onde cantavam as cigarras: cricricri!, cricricri!, cricricri!... Ficou na cabana um pouquinho e sumiu de novo... Mas depois voltou... Entrava e saía. Ia e voltava. Era como se fosse dar parte do achado e voltasse como para se certificar de que ainda estava ali. A paisagem estrelada acompanhava suas corridinhas de lagartixa, como cão fiel mexendo no silêncio noturno sua cauda de sons: cricricri!, cricricri!, cricricri!...

Por último ficou de vez na cabana. O vento andava aos saltos pelos galhos do arvoredo; amanhecia na escola noturna das rãs que ensinavam as estrelas a ler. Ambiente de feliz digestão. Os cinco sentidos da luz. As coisas iam se formando aos olhos de um homem agachado junto à porta, religioso e tímido, coibido pelo amanhecer e pela respiração impecável do ginete que dormia. Ontem à noite um vulto, hoje um homem; foi este o que apeou. Quando clareou pôs-se a juntar fogo: colocou em cruz os tocos fumarentos, cavoucou com lasca de pinho a cinza velha e com pauzinhos secos e lenha verde compôs a fogueira. A lenha verde não arde tranquila; fala como papagaio, transpira, contrai-se, ri, chora... O ginete despertou gelado com o que viu, ainda estranhando o próprio corpo, e plantou-se de um salto na porta, pistola na mão, decidido a vender caro a pele. Sem se perturbar diante do cano da arma, o outro apontou com gesto largo o pote de café que começava a ferver no fogo. Mas o ginete não fez caso. Pouco a pouco foi saindo pela porta – quem sabe a cabana estivesse rodeada de soldados – e encontrou apenas a grande campina em plena evaporação cor de rosa. Distância. Como espuma azul de sabão. Árvores. Nuvens. Crepitar de trinados. Sua mula dormitava ao pé de uma figueira. Sem mover as pálpebras, ficou ouvindo, para acabar de acreditar no que via, e não ouviu nada, afora o concerto harmonioso dos pássaros e o lento fluir de um rio caudaloso que deixava na atmosfera adolescente o fusss... quase imperceptível do pó de açúcar caindo na vasilha de café quente.

– Não me diga que é *ôtoridade*!... – murmurou o homem que o havia desmontado, tendo o cuidado de esconder quarenta ou cinquenta espigas de milho atrás das costas.

O ginete ergueu os olhos para olhar seu acompanhante. Movia a cabeça de um lado para outro com a boca grudada na vasilha.

– Sinhô!... – murmurou aquele com dissimulado prazer, deixando vagar pelo quarto seu olhar de cão perdido.

– Estou fugindo...

O homem parou de esconder as espigas e aproximou-se do ginete para servir-lhe mais café. Canales não conseguia falar de seus infortúnios.

– Mesma coisa eu, sinhô; estou fugindo porque dei de roubar *mio*. Mas não sou ladrão, porque esse terreno era meu e me foi tirado, junto *co'as* mula...

O general Canales se interessou pela conversa do índio, que teria que lhe explicar como era essa coisa de roubar e não ser ladrão.

– Vou contar pro sinhô: eu roubo mas num sou ladrão de ofício, pois antes, aqui como o sinhô tá me vendo, era dono duma terrinha, perto daqui, e de oito mulas. Tinha minha casa, *muié*, meus *fios*, era honrado como o sinhô.

– Certo, e depois...

– Faz três anos agora, chegou o comissário político e pro aniversário do Seu Presidente me mandou levar pinho nas minhas mulas. Eu levei, sinhô, o que é que eu ia fazer!... e ao chegar e ver minhas mulas mandou me prender incomunicável, e então ele e o diretor da prisão, um safado, dividiu meus bichos e quando fui reclamar que era meus, que era meu trabalho, disse o comissário que eu era um *selvagi* e que se num ficasse quieto ia me enfiar na cadeia. Tá bom, sinhô comissário, disse eu, faça o que quiser comigo, mas as mulas é minha. Num disse mais nada, sinhô, porque com a bandoleira me acertou tamanha pancada na cabeça que por pouco num morri...

Um sorriso amargo aparecia e desaparecia sob o bigode grisalho do velho militar caído em desgraça. O índio continuou sem levantar a voz, no mesmo tom:

– Quando saí do hospital, vieram me avisar lá do povoado que tinham levado embora e prendido meus *fios* e que por três mil pesos eles ia soltar. Como os *fio* era tudo mocinho, corri até o comandante e disse que podia deixar preso, mas que não mandasse eles pro quartel, porque eu ia empenhar minha terrinha pra pagar os três mil peso. Fui até a capital e ali o *devogado* fez a escritura de acordo com um sinhô estrangeiro, e explicou que nela dizia que eles davam três mil pesos em hipoteca; mas isso foi o que eles leram lá, mas não o que tava escrito. Dali um tempo, apareceu um homem do tribunal dizendo pra eu saí da minha terrinha porque não era minha, porque eu tinha vendido pro sinhô estrangeiro por três mil peso. Jurei por Deus que isso não era verdade, mas num acreditaram em mim e sim no *devogado* e tive que saí da minha terrinha; enquanto isso, os *fios*, mesmo eles me tirando os três mil pesos, foi tudo parar no quartel; um deles morreu cuidando da fronteira, o outro foi ferido, ficou que nem morto, e a mãe dele, minha *muié*, morreu de malária... E por isso, sinhô, é que eu roubo sem ser ladrão, e se *quisé* pode me matar a paulada ou me prender.

– ...E é isso que defendemos nós militares!
– O que foi que o sinhô falou?

No coração do velho Canales desatavam-se os sentimentos que acompanham as tempestades da alma do homem de bem na presença da injustiça. Seu país doía-lhe como se seu sangue tivesse apodrecido. Doía-lhe fora e na medula, na raiz do cabelo, sob as unhas, entre os dentes. Qual era a realidade? Nunca ter pensado com a cabeça, ter pensado sempre com o quepe. Ser militar para manter no comando uma casta de ladrões, exploradores e vendedores da pátria endeusados é muito mais triste, pois é infame, do que morrer de fome no ostracismo. A troco de quê exigem de nós militares lealdade a regimes que traem o ideal, a terra e a raça...

O índio contemplava o general como um fetiche raro, sem compreender as poucas palavras que dizia.

– Vamos, sinhô..., que a montada vem chegando!

Canales propôs ao índio que viesse com ele até outro Estado, e o índio, que sem sua terrinha era como árvore sem raízes, aceitou. A paga era boa.

Saíram da cabana sem apagar o fogo. Caminho aberto a machadadas pela selva. Mais adiante se perdiam as pegadas de uma onça. Sombra. Luz. Sombra. Luz. Costura de folhas. Atrás viram arder a cabana como um meteoro. Meio-dia. Nuvens imóveis. Árvores imóveis. Desespero. Cegueira branca. Pedras e mais pedras. Insetos. Ossadas limpas, quentes, como roupa interior recém-passada. Fermentos. Revoada de pássaros aturdidos. Água com sede. Trópico. Variação sem horas, igual o calor, igual sempre, sempre...

O general levava um lenço sobre a nuca a fim de proteger-se do sol. No passo da mula, ao lado dele, caminhava o índio.

– Acho que se andarmos a noite toda poderemos chegar amanhã à fronteira e não seria ruim que arriscássemos um pouco pelo caminho real, pois preciso passar por Las Aldeas, na casa de umas amigas...

– Sinhô, pelo caminho real! O que vai fazer? A polícia vai achar o sinhô!

– Anime-se! Siga-me, que quem não arrisca não petisca e essas amigas podem nos ser muito úteis!

– Ai, não, sinhô!

E, sobressaltado, acrescentou o índio:

– Tá ouvindo, sinhô, tá ouvindo não...?

Um tropel de cavalos se aproximava, mas dali a pouco cessou o vento e então, como se regressassem, foi ficando para trás.

– Cale-se!

– É a montada, sinhô, eu sei o que digo, e agora num tem mais remédio do que seguir por aqui, mesmo que a gente tenha que dar uma volta enorme pra chegar a Las Aldeas.

Seguindo o índio, o general tomou um desvio. Precisou desmontar e andar puxando a mula. À medida que o barranco os engolia iam sentindo-se como dentro de um caracol, mais ao abrigo da ameaça que se fechava sobre eles.

Escureceu logo. As sombras se acumulavam no fundo do penhasco adormecido. Árvores e pássaros pareciam misteriosos anúncios no vento que ia e vinha, com vaivém contínuo, tranquilo. Uma nuvem de poeira avermelhada perto das estrelas foi tudo o que viram da montada que passava a galope pelo lugar do qual acabavam de se afastar.

Tinham andado a noite inteira.

– Saindo no alto daquele morro já dá pra *vê* Las Aldeas, patrão...

O índio adiantou-se com a cavalgadura para avisar as amigas de Canales, três irmãs solteiras que iam dos hinários de igreja às anginas, das novenas à dor de ouvido, da dor no rosto às pontadas nas costas e nos costados. Seu café da manhã foram as novidades. Quase desmaiaram. Receberam o general no dormitório. Não confiavam em ficar na sala. Nos povoados, não é falar mal, mas as visitas entram gritando "Ave Maria! Ave Maria!" até a cozinha. O militar relatou-lhes sua desgraça com voz pausada, abafada, enxugando uma lágrima ao falar da filha. Elas choravam aflitas, tão aflitas que de repente esqueceram sua pena, a morte de sua mãe, que as fazia vestir luto rigoroso.

– Pois nós vamos providenciar sua fuga, o último trecho pelo menos. Vou sair para me informar com os vizinhos... Agora é preciso lembrar quais deles são contrabandistas... Ah, já sei! As passagens de rio possíveis estão quase todas vigiadas pelas autoridades.

A mais velha, que assim falava, interrogou com os olhos as suas irmãs.

– É, general, por nós, concordamos com a fuga, como diz minha irmã; e como não acho que seja demais levar um pouco de provisões, vou preparar isso.

E complementando as palavras da irmã do meio, que com o susto até esquecera a dor de dente, a mais nova acrescentou:

– E como ele vai ter que passar o dia inteiro conosco, eu fico aqui com ele, para conversar um pouco e aliviar sua tristeza.

O general olhou para as três irmãs agradecido – o que estavam fazendo com ele não tinha preço – e pediu em voz baixa que lhe perdoassem tanto incômodo.

– General, só faltava, não?!

– Não, general, não é incômodo algum!

– Meninas, compreendo sua bondade, mas sei que comprometo vocês ao ficar na sua casa...

– É, mas se não forem os amigos... Imagine nós agora, com a morte de mamãe...

– E contem-me, do que morreu a mãe de vocês?...

– A nossa irmã poderá contar-lhe; nós vamos atrás do que temos que fazer...

Disse a mais velha. E então suspirou. Ela trazia seu colete enrolado dentro do xale e foi até a cozinha recolocá-lo, enquanto a irmã do meio preparava algumas provisões para o general, rodeada de porcos e aves.

– Não foi possível levá-la até a capital e aqui não descobriram a enfermidade dela; o senhor já sabe como são essas coisas. Ficou doente, doente... tadinha! Morreu chorando porque nos deixava sem ter alguém nesse mundo. Não teve jeito... Mas, veja só o que acontece conosco, que não temos materialmente como pagar o médico, pois está nos cobrando, pelas quinze visitas que fez, algo assim como o valor desta casa, que foi tudo o que herdamos do meu pai. Permita-me um segundo, vou ver o que o seu rapaz quer.

Quando a irmã mais nova saiu, Canales adormeceu. Olhos fechados, corpo de pluma...

– O que foi, rapaz?

– Por favor, diga onde posso me aliviar, dona...

– Por ali, está vendo...? Perto dos carros...

A paz provinciana tecia o sono do militar adormecido. Gratidão de campos semeados, ternura de campos verdes e de florezinhas simples. A manhã passou com o susto das perdizes que os caçadores borrifavam de tiros, com o susto negro de um enterro que o padre borrifava de água benta e com as artimanhas de um boi novo atrevido e saltitante. No pátio das irmãs solteiras houve nos pombais acontecimentos importantes: a morte de um sedutor, um noivado e trinta acasalamentos sob a luz do sol... Como se não fosse nada!

Como se não fosse nada, saíam dizendo as pombas nas janelinhas de suas casas; como se não fosse nada!...

Ao meio-dia acordaram o general para almoçar. Arroz com *chipilín*[21]. Caldo de carne. Cozido. Galinha. Feijão. Bananas. Café.

– Ave Maria...!

A voz do Comissário Político interrompeu o almoço. As solteiras empalideceram, sem saber o que fazer. O general se escondeu atrás de uma porta.

– Não se assustem tanto, meninas, que eu não sou o Diabo dos Onze Mil Chifres! Ah, é uma pena, as senhoras têm tanto medo de mim, e eu, ao contrário, acho-as muitíssimo simpáticas!

As coitadas ficaram sem fala.

– Bem... e nem por educação me dizem para entrar e tomar assento...? Então? Vou ter que sentar no chão, é isso?

– A mais nova puxou uma cadeira para a primeira autoridade do povoado.

– ...brigado, viu? Mas, quem é que estava comendo com as senhoras, pois vejo que há três pratos servidos e mais esse quarto prato...?

As três olharam ao mesmo tempo para o prato do general.

– É que... é verdade!... – hesitou a mais velha; estava quase roendo os dedos de aflição.

A do meio veio em seu auxílio.

– Pode parecer estranho, mas é que apesar de nossa mamãe ter morrido, sempre colocamos também o prato dela, para não nos sentirmos tão sozinhas...

– Pois desse jeito vão acabar virando espíritas!

– E o senhor está servido, comandante?

---

21 Também conhecida como *chepil*, é uma planta da família das fabáceas, nativa da América Central. (N.T.)

– Deus lhe pague, mas minha mulher acabou de me servir o almoço e só não fui fazer a sesta porque recebi um telegrama do Ministro do Interior com ordens de processar as senhoras, caso não acertem com o médico...

– Mas, comandante, não é justo, o senhor sabe muito bem que isso não é justo...

– Bem, talvez não seja justo, mas onde Deus manda o Diabo obedece...

– Sem dúvida... exclamaram as três com os olhos já em lágrimas.

– Eu fico com pena de vir aqui para afligi-las; mas, já sabem: nove mil pesos, a casa ou...

Na meia volta, no passo e na maneira como lhes grudou as costas nos olhos, umas espáduas que pareciam um tronco de paineira, estava toda a abominável resolução do médico.

O general ouviu-as chorar. Fecharam a porta da rua com tranca e aldrava, com receio de que o comandante voltasse. As lágrimas salpicavam os pratos de galinha.

– Como é triste essa vida, general! Feliz o senhor que está indo embora desse país para não voltar nunca mais!

– E com o que estão ameaçando vocês?... – Canales interrompeu a mais velha das três, que, sem enxugar o pranto, disse às irmãs:

– Contem pra ele, uma de vocês...

– Ameaçam tirar a mamãe da sepultura... – balbuciou a menor.

– Mas isso não é justo...

– Conte pra ele...

– Vou contar. Pois bem, general, acontece que o médico que temos aqui no povoado é um sem-vergonha de marca maior, já tinham nos avisado disso, mas como a experiência é sempre na própria pele, acabamos caindo nessa história. O senhor queria o quê? É difícil acreditar que exista gente tão ruim...

– Mais rabanete, general...

A irmã do meio estendeu o prato e enquanto Canales se servia a menor continuou contando:

– E ele aprontou conosco... Seu truque consiste em mandar construir um sepulcro quando há um doente em estado grave, e como nessa hora a coisa em que os parentes menos pensam é na sepultura... Chegada a hora – foi assim que aconteceu com a gente –, contanto que não pusessem a mãe direto na terra, aceitamos um dos lugares do seu sepulcro, sem saber ao que nos estávamos expondo...

– Como eles veem que somos três mulheres sozinhas!... – observou a mais velha com a voz entrecortada por soluços.

– Vou lhe dizer, general, no dia em que ele mandou cobrar a conta por pouco nós três não perdemos os sentidos: nove mil pesos por quinze visitas, nove mil pesos ou esta casa, porque parece que ele quer casar, ou...

– ou... se a gente não pagar, ele disse à minha irmã – é inacreditável! – então a gente que tire nossa merda de seu sepulcro!

Canales deu um murro na mesa:

– Médico de araque!

E socou de novo – pratos, talheres e copos tilintaram –, e abriu e fechou os dedos como se estrangulasse não só aquele bandido com diploma mas todo um sistema social que o fazia ir de vergonha em vergonha. É por isso – pensava – que se promete aos humildes o Reino dos Céus –*jesuscristices* –, para que consigam aguentar todos esses salafrários. Pois, basta! Chega já desse Reino dos Camelos! Juro fazer a revolução completa, total, de cima para baixo, de baixo para cima: o povo precisa se levantar contra tantos exploradores, parasitas com diploma, ociosos que estariam melhor cultivando a terra. Todos só pensam em dilapidar alguma coisa; dilapidar, dilapidar... Que não reste Deus nem títere com cabeça...

A fuga foi marcada para as dez da noite, de acordo com um contrabandista amigo da casa. O general escreveu várias cartas, uma urgente para a sua filha. O índio passaria como servente de carga pelo caminho real. Não houve despedidas. As cavalgaduras se afastaram com as patas enroladas em trapos. Encostadas à parede, choravam as irmãs na penumbra de um beco escuro. Ao sair à rua larga, o general sentiu que uma mão detinha seu cavalo. Ouviram-se passos arrastados.

– Que medo eu passei – murmurou o contrabandista –, até perdi a respiração! Mas não se preocupe, é gente que está indo pra lá, onde o doutor deve estar fazendo uma serenata para a sua queridinha.

Uma tocha de pinho acesa no final da rua juntava e separava nas línguas de seu resplendor luminoso os vultos das casas, das árvores e de cinco ou seis homens agrupados ao pé de uma janela.

– Qual deles é o médico...? – perguntou o general com a pistola na mão.

O contrabandista segurou a rédea do cavalo, levantou o braço e apontou com o dedo o homem do violão. Um disparo rasgou o ar e o homem desabou como banana que cai do cacho.

– Uuuuiii!... Veja o que fez!... Vamos fugir, depressa! Vão nos pegar..., vamos... meta as esporas...!

– É... o... que... nós... dois... de...ve...ría...mos... fa...zer... pa...ra... re...com...por... es...se... po...vo...! – disse Canales com a voz entrecortada pelo galope do cavalo.

A passagem dos animais acordou os cães, os cães acordaram as galinhas, as galinhas os galos, os galos as pessoas, as pessoas que voltavam à vida sem vontade, bocejando, espreguiçando-se, com medo...

O grupo chegou a levantar o cadáver do médico. Das casas próximas saíram pessoas com lanternas. A dona da serenata não conseguia chorar, atarantada com o susto, meio vestida, com um farolete chinês na mão lívida, perdia os olhos no negror da noite assassina.

– Já estamos margeando o rio, general; mas pelo lugar por onde vamos passar só passa quem for homem de verdade, sou eu que estou dizendo... Ah, vida, que bom se fosses eterna...!

– Quem falou em medo? – respondeu Canales que vinha atrás em um cavalo retinto.

– Dá-lhe! Ah, são forças poderosas as que nos tomam quando estamos sendo perseguidos! Grude em mim, bem perto, senão irá se perder!

A paisagem era difusa, o ar morno, às vezes gelado como vidro. O rumor do rio ia fazendo tombar bambus.

Desceram por um desfiladeiro correndo, a pé. O contrabandista atou os animais num lugar conhecido para recolhê-los na volta. Manchas de rio refletiam, entre as sombras, a luz do céu constelado. Florescia uma vegetação estranha, uma vegetação de árvores com varíola verde, olhos cor de talco e dentes brancos. A água brincava em suas margens, sonolenta, manteigosa, com cheiro de rã...

De ilhota em ilhota pulavam o contrabandista e o general, os dois de pistola em punho, sem dizer palavra. Suas sombras os perseguiam como crocodilos. Os crocodilos como suas sombras. Nuvens de insetos picavam-nos. Veneno alado no vento. Aroma de mar, de mar pescado em rede de selva, com todos os seus peixes, suas estrelas, seus corais, suas madrepérolas, seus abismos, suas correntes... O musgo balançava longas viscosidades de polvo sobre suas cabeças como derradeiro sinal de vida. Nem as feras se atreviam por onde eles passavam. Canales girava a cabeça para todos os lados, perdido em meio àquela natureza fatídica, inabordável e destruidora como a alma de sua raça. Um crocodilo, que sem dúvida havia provado carne humana, atacou o contrabandista, mas este teve tempo de saltar; não foi assim com o general, que para se defender decidiu recuar e se deteve uma fração de segundo antes de deparar com outro crocodilo que o aguardava com as fauces abertas. Instante decisivo. O frêmito da morte correu-lhe pela espinha de alto a baixo. Sentiu no rosto o couro cabeludo. Faltou-lhe a fala. Fechou os punhos. Três disparos se sucederam e o eco os repetiu quando ele, aproveitando a fuga do animal ferido que lhe barrava a passagem, saltou são e salvo. O contrabandista fez mais alguns disparos. O general, refeito do susto, correu para apertar-lhe a mão e queimou os dedos com o cano da arma que aquele ainda esgrimia.

Ao despontar a manhã, despediram-se na fronteira. Sobre a esmeralda do campo, sobre as montanhas do bosque denso que os pássaros convertiam em caixinhas de música, e sobre as selvas, passavam nuvens em forma de crocodilo, levando às costas tesouros de luz.

Terceira Parte

Semanas, meses, anos...

XXVIII
Conversa à sombra

A primeira voz:
– Que dia será hoje?
A segunda voz:
– É mesmo... Bem, não sei que dia deve ser hoje...
A terceira voz:
– Esperem um pouco... Eu fui preso na sexta; sexta..., sábado..., domingo..., segunda..., segunda... Mas... quanto tempo faz que estou aqui...? É mesmo... que dia será hoje?
A primeira voz:
– Sinto, mas vocês não sabem... É como se estivéssemos longe, muito longe...
A segunda voz:
– Esqueceram a gente numa tumba do cemitério velho, enterrados para sempre...
– Não fale assim!
As duas primeiras vozes:
– Não devemos...
– ...falar assim!

A terceira voz:

— É, mas não parem de falar. O silêncio me dá medo, eu tenho medo, me dá a impressão que uma mão vai se estender na sombra e me pegar pelo pescoço para me estrangular.

A segunda voz:

— Então fale o senhor, por favor! Conte como anda a cidade, o senhor que foi o último a vê-la; como é que estão as pessoas, como está tudo!... Às vezes imagino que a cidade inteira ficou nas trevas como nós, presa entre altíssimas muralhas, com as ruas no barro morto de todos os invernos. Não sei se com vocês acontece o mesmo, mas no final do inverno eu sofria de pensar que o barro ia secar. Eu fico com uma maldita vontade de comer quando falo da cidade, aparecem na minha frente aquelas maçãs da Califórnia...

A primeira voz:

— São quase la-ranjas! Em compensação, eu seria feliz com uma xícara de chá quente!

A segunda voz:

— E pensar que na cidade tudo deve estar como sempre, como se nada acontecesse, como se nós não estivéssemos aqui presos. O bonde deve continuar andando. Que horas devem ser pra essas coisas todas?

A primeira voz:

— Mais ou menos...

A segunda voz:

— Não tenho a menor ideia...

A primeira voz:

— Mais ou menos devem ser...

A terceira voz:

— Falem, continuem falando, não parem, pelo que vocês mais prezam neste mundo; porque o silêncio me dá medo, eu tenho medo, me dá a impressão que uma mão vai se estender na sombra e me pegar pelo pescoço para me estrangular!

E acrescentou angustiado:

— Não queria dizer, mas tenho medo que batam na gente...

A primeira voz:

– Vire essa boca pra lá! Deve ser horrível levar uma chicotada!

A segunda voz:

– Até os netos dos filhos dos que sofreram chicotadas devem sentir a afronta!

A primeira voz:

– Você só fala em maldades, melhor ficar quieto!

A segunda voz:

– Pra sacristão tudo é maldade...

A primeira voz:

– Que nada! Alguém deve ter enfiado histórias na cabeça dele!

A segunda voz:

– Estou dizendo que para os sacristãos tudo é pecado aos olhos dos outros!

A terceira voz:

– Falem, continuem falando; não parem, pelo que vocês mais prezam neste mundo; porque o silêncio me dá medo, tenho medo, me dá a impressão que uma mão vai se estender na sombra e nos pegar pelo pescoço para nos estrangular!

Na cela onde os mendigos haviam sido detidos por uma noite continuavam presos o estudante e o sacristão, acompanhados agora pelo advogado Carvajal.

– Minha prisão – contava Carvajal – foi feita em condições muito terríveis para mim. A empregada que saiu para comprar pão de manhã voltou com a notícia de que a casa estava cercada de soldados. Entrou e contou para a minha mulher, minha mulher veio me contar, mas eu não dei importância, achando que com certeza tinham vindo capturar algum contrabando de aguardente. Terminei de me barbear, entrei no banho, tomei o café da manhã, e me vesti para ir cumprimentar o Presidente. Estava na maior elegância... "Oi, colega; que milagre!", disse o Auditor de Guerra, que encontrei todo uniformizado na porta da minha casa. "Vim buscá-lo", disse ele "e apresse-se, porque já está ficando tarde!". Andei alguns passos com ele e quando me perguntou se eu sabia o que eram aqueles soldados cercando minha casa eu respondi que não. "Pois, então, vou lhe contar, seu mosca morta", respondeu ele, "eles vieram capturar o senhor". Olhei bem pra cara dele e entendi que não estava brincando. Um oficial me pegou pelo braço naquela hora e no meio de uma escolta, vestido de cartola e casaca, acabaram enfiando meus ossos nessa cela.

E depois de uma pausa acrescentou:

– Agora falem os senhores; o silêncio me dá medo, tenho medo...!

– Ai, ai! O que é isso? – gritou o estudante. – O sacristão está com a cabeça gelada que nem pedra de amolar!

– Por que está dizendo isso?

– Porque estou apalpando você, não está sentindo, não?

– Não é em mim que você está pondo a mão, preste atenção...

– Então quem foi que apalpei? O senhor, advogado?

– Não...

– Então é... Há um morto entre nós!

– Não é morto coisa nenhuma, sou eu...

– Mas quem é o senhor...? – cortou o estudante. – O senhor está muito gelado!

Uma voz muito fraca:

– Sou mais um de vocês...

As três primeiras vozes:

– Ahhhhh!

O sacristão contou ao advogado Carvajal a história do seu infortúnio:

– Saí da sacristia – e podia-se vê-lo sair de uma sacristia limpinha, com aroma de incensários apagados, madeiras velhas, ouro de ornamentos, tufos de cabelos de falecidos guardados –; atravessei a igreja – e podíamos vê-lo atravessar a igreja coibido pela presença do Santíssimo e pela imobilidade das veladoras e a mobilidade das moscas – e fui tirar do mural o aviso da novena da Virgem do Ó, por ordem de um confrade e tendo em vista que já havia passado. Mas – infelicidade minha – como não sei ler, em vez desse aviso arranquei o papel do jubileu da mãe do Senhor Presidente, por cuja intenção estava exposto Nosso Amo, e não foi preciso mais que isso!... Me prenderam e me enfiaram nessa cela como revolucionário!

Só o estudante calava os motivos de sua prisão. Falar de seus pulmões fatigados doía-lhe menos do que falar mal de seu país. Apegava-se às suas dores físicas para esquecer que havia visto a luz em um naufrágio, que havia visto a luz entre cadáveres, que havia aberto os olhos em uma escola sem janelas, onde ao entrar apagaram-lhe a luzinha da fé e em troca não lhe deram nada: escuridão, caos, confusão, melancolia astral de castrado. E pouco a pouco foi murmurando o poema das gerações sacrificadas:

> *Andamos en los puertos del no ser,*
> *sin luz en los mástiles de los brazos*
> *y empapados de lágrimas salobres,*
> *como vuelven del mar los marineros.*
>
> *Tu boca me place en la cara – ¡besa!*
> *y tu mano en la mano –...todavía*
> *ayer... – ¡Ah, inútil la vida repasa*
> *el cauce frío de nuestro corazón!*
>
> *La alforja rota y el panal disperso*
> *huyeron las abejas como bólidos*
> *por el espacio –...todavía no... –*
> *La rosa de los vientos sin un pétalo...*
> *El corazón iba saltando tumbas.*
>
> *¡Ah, rí-rí-rí, carro que rueda y rueda!...*
> *Por la noche sin luna van los caballos*
> *rellenos de rosas hasta los cascos,*
> *regresar parecen desde los astros*
> *cuando sólo vuelven del cementerio.*
>
> *¡Ah, rí-rí-rí, carro que rueda y rueda,*
> *funicular de llanto, rí-rí-rí,*
> *entre cejas de pluma, rí-rí-rí...*

Acertijos de aurora en las estrellas,
recodos de ilusión en la derrota,
y qué lejos del mundo y qué temprano...

Por alcanzar las playas de los párpados
Pugnan en alta mar olas de lágrimas.[22]

— Falem, continuem falando — disse Carvajal depois de um longo silêncio —; continuem falando!
— Vamos falar da liberdade! — murmurou o estudante.
— Mas que ideia! — intercedeu o sacristão — falar da liberdade na prisão!
— E os doentes, não falam sobre a saúde no hospital?...
A quarta voz observou muito baixinho:
— ...Não há esperança de liberdade, amigos; estamos condenados a suportar isso até que Deus queira. Os cidadãos que ansiavam pelo bem da pátria estão longe; uns pedem esmolas em casa alheia, outros apodrecem a terra em vala comum. Um dia desses as ruas irão se fechar horrorizadas. As árvores já não dão frutos como antes. O milho já não alimenta. A água não mais refresca. O ar se faz irrespirável. As pragas se seguem às pestes, as pestes, às pragas, e não vai

---

22 *Andamos pelos portos do não ser,/ sem vislumbrar luz nos mastros dos braços/ e empapados de lágrimas salobras,/ como voltam do mar os marinheiros.*
Tua boca é meu prazer – beija-me!/ E tua mão na minha mão – ...ainda/ ontem... – Inútil, a vida repassa/ O nosso rio frio do coração!
O alforje roto e o mel derramado,/ abelhas fugindo como bólidos/ pelo imenso espaço – ...ainda não... –/ Rosa dos ventos sem uma pétala.../ O coração saltando túmulos.
Ah, ri-ri-ri, carro que roda e roda!.../ Pela noite sem lua vão os cavalos/ cheios de rosas até os cascos,/ regressar parecem desde os astros/ quando só voltam do cemitério
Ah, ri-ri-ri, carro que roda e roda,/ Funicular de pranto, ri-ri-ri,/ Em sobrancelhas de pluma, ri-ri-ri
Enigmas de aurora nas estrelas,/ Recantos de ilusão na derrota/ E que longe do mundo e quão cedo...
Para alcançar as praias das pálpebras/ Pugnam no alto mar ondas de lágrimas.

demorar que um terremoto acabe com tudo. Meus olhos verão, porque somos um povo maldito! As vozes do céu gritam para nós quando troveja: "Gente vil, imunda, cúmplice da iniquidade!". Nas paredes das prisões, centenas de homens deixaram seus miolos explodidos por balas assassinas. Os mármores de palácio estão úmidos do sangue de inocentes. Para onde voltaremos o olhar em busca de liberdade?

    O sacristão:

– Para Deus, que é Todo Poderoso!

    O estudante:

– Para quê, se ele não responde?...

    O sacristão:

– Porque essa é a Sua Santíssima vontade...

    O estudante:

– Que pena!

    A terceira voz:

– Falem, continuem falando; não parem, pelo que vocês mais prezam neste mundo; porque o silêncio me dá medo, tenho medo, me dá a impressão que uma mão vai se estender na sombra e nos pegar pelo pescoço para nos estrangular!

– Melhor rezar...

A voz do sacristão regou de conformismo cristão o ambiente da cela. Carvajal, que passava entre as pessoas de seu bairro por liberal e contra os padres, murmurou:

– Rezemos.

Mas o estudante interveio:

– Que história é essa de rezar! Não temos que rezar! Temos que tentar arrombar esta porta e fazer a revolução!

Dois braços de alguém que ele não enxergava abraçaram-no com força, e sentiu no rosto a escovinha de uma barbicha empapada de lágrimas:

– Velho professor do Colégio de São José dos Infantes: morra tranquilo, porque nem tudo está perdido num país onde a juventude fala assim!

    A terceira voz:

– Falem, continuem falando, continuem falando!

XXIX
Conselho de Guerra

O processo aberto contra Canales e Carvajal por sedição, rebelião e traição, com todos os seus agravantes, tinha páginas e páginas; tantas que era impossível lê-lo de uma só sentada. Catorze testemunhas contestes declaravam sob juramento que, encontrando-se na noite de 21 de abril no Portal do Senhor, local em que se recolhiam para dormir habitualmente por serem extremamente pobres, viram o general Eusebio Canales e o advogado Abel Carvajal lançarem-se sobre um militar, que, identificado, revelou ser o coronel José Parrales Sonriente, para estrangulá-lo apesar da resistência que este lhes opôs corpo a corpo, feito um leão, por não poder se defender com suas armas, agredido como foi com superiores forças e à mancheia. Declaravam, ainda, que uma vez perpetrado o assassinato, o advogado Carvajal se dirigiu ao general Canales nestes ou em parecidos termos: "Agora que já nos livramos do da mulinha, os chefes militares não terão inconveniente em entregar as armas e reconhecer o senhor, general, como Chefe Supremo do Exército. Vamos logo, pois vai amanhecer e precisamos avisar os que estão reunidos na minha casa, para que se proceda à captura e morte do Presidente da República e à organização de um novo governo".

Carvajal não conseguia sair de seu assombro. Cada página do processo reservava-lhe uma surpresa. Ou melhor, até lhe provocava o riso. Mas a acusação era grave demais para que coubesse o riso. E continuava lendo. Lia à luz de uma janela com vistas a um pátio pouco aberto, na salinha sem móveis dos condenados à morte. Aquela noite iria se reunir o Conselho de Guerra de Oficiais Generais, que daria a sentença, e por isso estava ali a sós com o processo, para que preparasse sua defesa. Mas esperaram até a última hora. Seu corpo tremia. Lia sem entender nem se deter, atormentado pela sombra que devorava o manuscrito, cinza úmida que ia se desmanchando pouco a pouco em suas mãos. Não conseguiu ler muita coisa. Caiu o sol, a luz foi minguando e uma angústia de astro que se perde nublou-lhe os olhos. A última linha, duas palavras, uma rubrica, uma data, um fólio... Em vão tentou ver o número do fólio; a noite derramava-se nas folhas de papel como uma mancha de tinta preta, e, exausto, debruçou-se sobre o calhamaço, como se em vez de lê-lo o tivesse atado ao pescoço como pedra, prestes a ser lançada a um abismo. As correntes dos presos por delitos comuns soavam pelos pátios perdidos e mais ao longe percebia-se amortecido o ruído dos veículos pelas ruas da cidade.

– Meu Deus, minhas pobres carnes geladas têm mais necessidade de calor e meus olhos mais necessidade de luz que todos os homens juntos do hemisfério que agora o sol passará a iluminar. Se soubessem do meu sofrimento, mais piedosos que tu, meu Deus, devolver-me-iam o sol para que terminasse de ler...

Com o tato contava e recontava as folhas que não tinha lido. Noventa e uma. E passava e repassava a ponta dos dedos pelo rosto dos infólios de grão áspero, tentando em seu desespero ler como os cegos.

Na véspera havia sido transferido da Segunda Seção de Polícia para a Penitenciária Central, com grande aparato de força, em carro fechado, a altas horas da noite; no entanto, ficou tão feliz ao ver-se na rua, ouvir-se na rua, sentir-se na rua, que por um momento acreditou que o levavam para casa: a palavra se desfez em sua boca amarga, entre frêmito e lágrima.

Os esbirros o encontraram com o processo nos braços e o caramelo das ruas úmidas na boca; arrebataram-lhe os papéis e, sem lhe dirigir palavra, o empurraram para a sala onde estava reunido o Conselho de Guerra.

– Mas, senhor presidente! – foi logo dizendo Carvajal ao general que presidia o conselho. – Como vou poder me defender se sequer me deram tempo para ler o processo?

– Não podemos fazer nada quanto a isso – respondeu aquele –; os prazos legais são curtos, as horas passam e isso tem que ser resolvido logo. Fomos convocados para pôr um fim nisso.

E tudo quanto sucedeu em seguida foi para Carvajal um sonho, metade ritual, metade comédia bufa. Ele era o principal ator e do balanço da morte olhava todos, oprimido pelo vazio inimigo que o rodeava. Mas não sentia medo, não sentia nada, suas inquietudes apagavam-se debaixo da pele dormente. Poderia até passar por corajoso. A mesa do tribunal estava coberta pela bandeira, como prescrito pelo Estatuto. Uniformes militares. Leitura de papéis. De muitos papéis. Juramentos. O Código Militar, como uma pedra, em cima da mesa, sobre a bandeira. Os mendigos ocupavam os bancos das testemunhas. *Mulamanca*, com cara feliz de bêbado, aprumado, penteado, eriçado, banguela, não perdia palavra do que liam nem expressão do presidente do Tribunal. *Salvador Tigre* acompanhava o conselho com dignidade de gorila, cavoucando com o dedo o seu nariz achatado ou os dentes granulados de sua boca que ia de orelha a orelha. O *Viúva*, alto, ossudo, sinistro, torcia o rosto com expressão de cadáver sorrindo para os membros do tribunal. *Lulo*, roliço, enrugado, anão, com repentes de riso e de ira, de afeto e de ódio, fechava os olhos e cobria as orelhas para que soubessem que não queria ver nem ouvir nada do que acontecia ali. *Don Juan da Casaca Curta*, enfiado em sua imprescindível casaca, pequenino, caviloso, rescendendo a família burguesa nas peças do vestuário meio surradas que usava: gravata de plastrão com manchinhas de molho de tomate, sapatos de verniz com salto meio comido, punhos postiços, peitilho móvel e mutável, e o toque final de elegância que lhe dava seu chapéu de palha e o fato de ser surdo como uma porta. *Don Juan*, que de fato não ouvia nada, contava os soldados encostados pelas paredes a cada dois passos por toda a sala. Perto dele, Ricardo, o *Músico*, com a cabeça e parte do rosto enrolados num lenço colorido estampado com motivos vegetais, o nariz vermelho e a barba rala, suja de restos de comida. Ricardo o *Músico* falava sozinho, olhos fixos na barriga volumosa da surda-muda que babava nos bancos e coçava os piolhos do sovaco esquerdo. Depois da surda-muda vinha o *Pereque*, um preto com uma orelha só em forma de vasilhinha. E depois de *Pereque*, a *Pequena Miona*, magérrima, vesga, bigoduda e fedendo a colchão velho.

Lido o processo, o promotor, um militar penteado *en brosse*, numa japona militar com a gola duas vezes maior que o seu crânio pequenino, ficou em pé para pedir a cabeça do réu. Carvajal voltou a olhar para os membros do tribunal, procurando descobrir se estavam em perfeito juízo. O primeiro com que tropeçaram suas pupilas não poderia estar mais bêbado. Sobre a bandeira desenhavam-se suas mãos morenas, como as mãos dos camponeses que nas festas do interior representam os sentenciados. Depois dele, um oficial retinto que também estava ébrio. E o presidente, que era quem dava a mais arrematada impressão de alcoólico, e quase desabava de pileque.

Não teve como se defender. Ensaiou dizer umas quantas palavras, mas imediatamente teve a impressão dolorosa de que ninguém o ouvia, e, com efeito, ninguém o ouvia. A palavra se desfez em sua boca como pão molhado.

A sentença, redigida e escrita de antemão, tinha algo de imenso em comparação com os simples executores, os que iam pronunciar a sentença, bonecos de ouro e charque, banhados de cima a baixo pela diarreia de luz do lampião; com os mendigos de olhos de sapo e sombra de cobra, que manchavam de luas negras o piso alaranjado; com os soldadinhos, que chupavam as tiras que prendiam o capacete ao queixo; com os móveis silenciosos, como os das casas onde se cometeu algum delito.

– Apelo da sentença!

Carvajal enterrou a voz até a garganta.

– Deixe de histórias – revidou o Auditor –; aqui não tem pelo nem apelo, nem engambelação.

Um copo de água imenso, que conseguiu pegar porque tinha a imensidão nas mãos, ajudou-o a engolir o que o seu corpo queria expulsar: a ideia do padecer, do mecânico da morte, do choque das balas com os ossos, o sangue sobre a pele viva, os olhos gelados, os trapos mornos, a terra. Devolveu o copo com medo e manteve a mão estendida até recuperar a resolução do movimento. Não quis fumar um cigarro que lhe ofereceram. Beliscava o pescoço com os dedos trêmulos, fazendo rodar pelas paredes caiadas do salão um olhar sem espaço, que se desprendeu do pálido cimento de seu rosto.

Por uma passagem com fortes correntes de ar levaram-no quase morto, com gosto de pepino na boca, as pernas semidobradas e uma lágrima em cada olho.

– Advogado, tome um trago... – disse um tenente de olhos claros.

Levou a garrafa à boca, que sentia imensa, e bebeu.

– Tenente – disse uma voz no escuro –, amanhã o senhor se juntará às baterias. Temos ordem de não tolerar complacências de nenhuma espécie com os réus políticos.

Alguns passos adiante, sepultaram-no numa masmorra de três metros de comprimento por dois e meio de largura, na qual havia doze homens sentenciados à morte, imóveis por falta de espaço, uns contra os outros como sardinhas, os quais satisfaziam em pé suas necessidades pisando e repisando os próprios excrementos. Carvajal era o décimo terceiro. Quando os soldados foram embora, a respiração aflita daquela massa de homens agônicos preencheu o silêncio do subterrâneo, quebrado pelos gritos distantes de um emparedado.

Por duas ou três vezes Carvajal se viu contando maquinalmente os gritos daquele infeliz sentenciado a morrer de sede: Sessenta e dois!... Sessenta e três!... Sessenta e quatro!

A fedentina dos excrementos remexidos e a falta de ar o faziam perder a cabeça e rodar, sozinho, arrancado daquele grupo de seres humanos, contando os gritos do emparedado pelos despenhadeiros infernais do desespero.

Lucio Vásquez passeava fora das celas, ictérico, completamente amarelo, com as unhas e os olhos cor de reverso de folha de carvalho. Em meio aos seus sofrimentos, sustentava-o a ideia de vingar-se algum dia de Genaro Rodas, a quem considerava o causador de sua desgraça. Sua existência alimentava-se dessa remota esperança, negra e doce como a rapadura. Teria esperado uma eternidade contanto que se vingasse – tantas eram as noites negras que se aninhavam em seu peito de verme nas trevas –, e só a visão da faca que rasga a entranha e deixa a ferida como boca aberta clareava um pouco seus pensamentos rancorosos. As mãos enregeladas, imóvel como lombriga de lodo amarelo, hora após hora saboreava Vásquez sua vingança. Matá-lo! Matá-lo! E como se já tivesse o inimigo por perto, arrastava a mão pela sombra, sentia o cabo gelado da faca, e como fantasma que ensaia gestos, na imaginação projetava-se sobre Rodas.

O grito do emparedado o sacudia.

– *Per Dio, per favori...* ááágua! Água! Água! Água, Tinenti, água, água! *Per dio, per favori!...*, ááágua, áááguaa... água...!

O emparedado se atirava contra a porta, coberta por fora por uma parede de tijolos, contra o chão, contra as paredes.

– Água, Tinenti! Água, Tinenti! Água, *per Dio*, água, *per favori*, Tinenti!

Sem lágrimas, sem saliva, sem nada úmido, sem nada fresco, com a garganta feita um espinheiro de ardores, girando em um mundo de luzes e manchas brancas, seu grito não parava de martelar:

– Água, Tinenti! Água, Tinenti! Água, Tinenti!

Um chinês com o rosto esburacado de varíola cuidava dos prisioneiros. De século em século, passava como derradeiro alento de vida. Existia aquele ser estranho, semidivino, ou era uma ficção coletiva? Os excrementos remexidos e o grito do emparedado provocavam-lhes vertigens, e sabe-se lá se aquele anjo benfeitor não era apenas uma visão fantástica.

– Água, Tinenti! Água, Tinenti! *Per Dio, per favori*, água, água, água, água!...

Era incessante o trânsito de soldados entrando e saindo, batendo as sandálias de couro nas lajotas, e alguns deles às gargalhadas respondiam ao emparedado:

– Tirolês, tirolês!... Por que você *mangiou* a galinha verde *qui parla* como a *chente*?

Água, *per Dio, per favori*, água, *signori*, água, *per favori*.

Vásquez mastigava sua vingança e o grito do italiano, que no ar deixava sede de bagaço de cana. Uma descarga cortou-lhe o fôlego. Estavam fuzilando. Deviam ser umas três da manhã.

XXX
Casamento *in extremis*

– Doente grave na vizinhança!
De cada casa saiu uma solteirona.
– Doente grave na vizinhança!
Com cara de recruta e gesticulação de diplomata, saiu da *casa das duzentas* a que chamavam de Petronila, que à falta de outra graça teria preferido pelo menos chamar-se Berta. Com vestes de merovíngia e cara de grão de bico, veio também uma amiga das *duzentas*, cujo nome de batismo era Sílvia. Depois, com um corpete que mais parecia uma armadura enterrada nas carnes, os sapatos estreitos apertando-lhe os calos e a corrente do relógio em volta do pescoço como corda de patíbulo, uma certa conhecida de Sílvia chamada Engracia. E também uma prima de Engracia, que também poderia ter sido uma perna de Engracia, com cabeça em forma de coração como as víboras, rouca, atarracada e varonil, muito dada a comentar calamidades de almanaque, anunciadora de cometas, do Anticristo e dos tempos em que, segundo as profecias, os homens treparão em ár-

vores para fugir de mulheres ensandecidas e estas subirão para trazê-los de novo para baixo.

Doente grave na vizinhança! Que beleza! Não pensavam isso, mas por pouco não o diziam, celebrando em tom de bisbilhotice um evento que por mais que tesourassem ainda sobraria bastante pano para que cada uma delas pudesse moldá-lo à sua medida.

A *Masacuata* atendeu.

– Minhas irmãs estão prontas – anunciava a das *duzentas*, sem dizer para o quê estavam prontas.

– Quanto à roupa, se precisar, pode contar comigo desde já – observava Sílvia.

E Engracia, Engracita, que quando não exalava cheiro de loção capilar cheirava a caldo de carne, acrescentava, articulando as palavras pela metade, sufocada pelo corpete:

– Eu rezei uma Salve-Rainha para as Almas, quando terminou minha Hora de Vigília, por essa necessidade tão grande!

Falavam a meia-voz, congregadas no fundo da loja, procurando não quebrar o silêncio que envolvia como produto farmacêutico a cama da doente, nem incomodar o senhor que a velava noite e dia. Um senhor muito contido. Muito contido. Na ponta dos pés, chegavam perto da cama, mais para ver a cara do senhor do que para saber de Camila, espectro cheio de cílios, com pescoço lânguido, lânguido; os cabelos desgrenhados, e como suspeitavam que havia alguma mutreta escondida – sempre tem alguma mutreta quando a devoção é muita, não é? – não sossegaram enquanto não conseguiram arrancar da dona do bar a chave do segredo. Era o noivo dela. Seu noivo! Seu noivo! Seu noivo! Quer dizer que é o noivo, então? O noivo dela! Cada uma repetiu a palavrinha dourada, menos Sílvia; esta saiu dissimuladamente, assim que soube que Camila era filha do general Canales, e não voltou mais. Nada de se misturar com os inimigos do Governo. Ele pode muito bem ser noivo dela, dizia a si mesma, e muito próximo do Presidente, mas eu sou irmã do meu irmão, e meu irmão é deputado e posso comprometê-lo. "Deus me livre e guarde!"

Na rua repetia ainda: "Deus me livre e guarde!".

Cara de Anjo nem reparava nas solteironas que, cumprindo obra de misericórdia, além de visitar a doente se aproximavam para consolar o noivo. Agradecia sem ouvir o que diziam – palavras –, com a alma posta na queixa maquinal, angustiada e agônica de Camila, sem corresponder às mostras de efusão com que lhe apertavam as mãos. Abatido pela pena, sentia que o corpo esfriava. Impressão de chuva e dormência nos membros, de enredar-se com fantasmas próximos e invisíveis em um espaço mais amplo que a vida, no qual o ar está só, sozinha está a luz, sozinhas as sombras, sozinhas as coisas.

O médico quebrou a ciranda de seus pensamentos.

– Então, doutor...

– Só um milagre!

– O senhor continuará vindo aqui, não é?

A dona do bar não parava um instante e nem assim o tempo era suficiente. Tinha permissão de lavar a roupa na vizinhança, então a colocava de molho de manhã bem cedo, depois ia à Penitenciária levar o café da manhã para Vásquez, sem conseguir notícia dele; de volta, ensaboava a roupa, enxaguava e estendia, e, enquanto ela secava, corria para casa e fazia as tarefas de dentro e tomava outras providências: trocar a doente, acender velas para os santos, chacoalhar o Cara de Anjo para que comesse alguma coisa, atender o médico, ir à farmácia, aguentar as *presbíteras*, como chamava as solteironas, e brigar com a dona da colchoaria – Sua colchoaria é uma porcaria! – gritava da porta, fazendo como quem espanta moscas com um trapo – Sua colchoaria é uma porcaria!

– Só um milagre!

Cara de Anjo repetiu as palavras do médico. Um milagre, a continuação arbitrária do que é perecível, o triunfo da migalha humana sobre o absoluto estéril. Sentia necessidade de gritar a Deus que lhe operasse o milagre, enquanto o mundo escorria pelos seus braços, inútil, adverso, inseguro, sem razão de ser.

E todos esperavam de uma hora para outra o desenlace. Um cão que uivasse, uma batida mais forte na porta, um sino batendo na igreja das Mercês, faziam os vizinhos se benzer e exclamar, suspiro vai, suspiro vem: "Já descansou!... Bem, chegou sua hora!".

Coitado do noivo!... O que há de se fazer! Seja feita a vontade de Deus! É isso o que somos, afinal de contas!

Petronila relatava esse estado de coisas a um desses homens que envelhecem com cara de moleque, professor de inglês entre outras anomalias, a quem familiarmente chamavam de *Tícher*. Queria saber se era possível salvar Camila por meios sobrenaturais, e o *Tícher* deveria saber, porque além de professor de inglês, dedicava seu tempo de lazer ao estudo de teosofia, espiritismo, magia, astrologia, hipnotismo, ciências ocultas e até inventara um método que chamou de "Repositório de feitiçarias para encontrar tesouros escondidos em casas assombradas". O *Tícher* jamais soube explicar seu fascínio pelo desconhecido. De jovem, tivera inclinações eclesiásticas, mas uma mulher casada, mais experiente e decidida que ele, interveio quando ia recitar a Epístola, e então pendurou a sotaina, embora mantivesse os costumes sacerdotais, e seguiu em frente, um pouco atarantado e sozinho. Trocou o Seminário pela Escola de Comércio, e teria terminado bem os estudos se não precisasse fugir de um professor de contabilidade que se apaixonara perdidamente por ele. A mecânica abriu-lhe seus braços enegrecidos. A mecânica tediosa das ferrarias, e foi então soprar o fole numa oficina perto da sua casa, mas pouco habituado ao trabalho e de constituição frágil, logo abandonou o ofício. E que necessidade teria ele disso, único sobrinho de uma dama riquíssima, cuja intenção era dedicá-lo ao sacerdócio, empenho que a boa senhora, dá-lhe que dá-lhe, sempre mantivera! "Volte para a igreja", dizia ela, "em vez de ficar aí bocejando. Volte para a igreja. Você não vê que o mundo só lhe dá desgosto, não vê que é meio louquinho e fraco como um bodinho de manteiga, que já tentou de tudo e nada o satisfaz: militar, músico, toureiro!... Ou, já que não quer ser padre, dedique-se ao magistério, vá dar aulas de inglês, por exemplo. Se o Senhor não o escolheu, escolha então seus meninos; o inglês é mais fácil que o latim e mais útil, e dar aulas de inglês é fazer com que os alunos suspeitem que o professor fala inglês, embora não o entendam; aliás, se não o entenderem, melhor ainda".

Petronila baixou o tom da voz, como fazia sempre que falava com o coração nas mãos.

– Um noivo que a adora, que a idolatra, *Tícher*, e que apesar de tê-la raptado a respeitou, à espera que a igreja abençoasse sua união eterna. Isso já não se vê mais todos os dias.

– E ainda menos nesses tempos, menina! – acrescentou ao passar pela sala com um ramo de rosas a mais alta das *duzentas*, uma mulher que parecia já ter subido alguns degraus na escada do próprio corpo.

– Um noivo, *Tícher*, que cobriu a menina de cuidados e que, não tenha dúvida, irá morrer junto com ela... ai!

– E diz a senhora, Petronila – o *Tícher* falava pausadamente –, que os médicos já se declararam incompetentes para resgatá-la dos braços da Parca?

– Isso mesmo, incompetentes; já a desenganaram três vezes.

– E a senhora disse, Nila, que apenas um milagre poderá salvá-la?

– Pois é... E o noivo está de um jeito que parte o coração...

– Pois eu tenho a chave. Podemos estimular o milagre. À morte só é possível opor o amor, porque ambos são igualmente fortes, como diz *O Cântico dos Cânticos*; e, se como a senhora me informa, o noivo dessa senhorita a adora, digo visceralmente, isto é, com as vísceras e com a mente, com a intenção de se casar com ela, então poderá salvá-la da morte se consumar o sacramento do matrimônio, que pela minha teoria dos enxertos é o que deve ser empregado neste caso.

Petronila ficou a ponto de desmaiar nos braços do *Tícher*. Alvoroçou a casa, passou na casa das amigas e acionou a *Masacuata*, a quem encarregou de ir falar com o padre, e naquele mesmo dia Camila e Cara de Anjo se casaram nos umbrais do desconhecido. Uma mão comprida e fina e fria como um corta-papéis de marfim apertou a febril mão direita do favorito, enquanto o sacerdote lia os latins sacramentais. Assistiam as *duzentas*, Engracia, e o *Tícher*, vestido de preto. Ao se encerrar a cerimônia, o *Tícher* exclamou:

– *Make thee another self, for love of me!...*[23]

---

[23] Penúltimo verso do *Soneto X*, de William Shakespeare. Em inglês no original. Na tradução de Theresa Christina Rocque de Motta: "Sê outra pelo amor que tens por mim". Ou, segundo Renata Cordeiro: "Faze outro tu de ti, por teu amor a mim". (N.T.)

XXXI
SENTINELAS DE GELO

No saguão da Penitenciária brilhavam as baionetas da guarda, sentada em duas fileiras, soldado contra soldado, como se viajassem em um vagão escuro. Entre os veículos que passavam, um fiacre parou bruscamente. O cocheiro, com o corpo jogado para trás para puxar as rédeas com mais força, balançou de um lado para outro, boneco de trapos sujos, cuspimordendo uma blasfêmia. Por pouco não cai! Pelas muralhas lisas e altíssimas do edifício patibular deslizou o som dos guinchos das rodas castigadas pelos freios, e um homem barrigudo que mal alcançava o chão com as pernas apeou pouco a pouco. O cocheiro, sentindo o fiacre aliviar-se do peso do Auditor de Guerra, apertou o cigarro apagado nos lábios ressequidos – que bom ficar sozinho com os cavalos! – e deu rédea para ir esperar adiante, ao lado de um jardim hirto como a culpa traiçoeira, na hora em que uma dama se ajoelhava aos pés do Auditor implorando a gritos que a atendesse.

– Levante-se, senhora! Desse jeito não posso atendê-la; não, não, levante-se, faça o favor... Sem ter a honra de conhecê-la...

– Sou a esposa do advogado Carvajal...

– Levante-se...

Ela cortou-lhe a palavra.

– Procurei-o de dia, de noite, a toda hora, por toda parte, na sua casa, na da mãe dele, no escritório, procurei-o, senhor, sem conseguir achá-lo. Só o senhor sabe o que foi feito do meu marido, só o senhor, só o senhor pode me dizer. Onde está ele? O que foi feito dele? Diga-me senhor, se ele está vivo! Diga, senhor, que ele está vivo!

– Francamente, senhora, o Conselho de Guerra, que terá conhecimento do processo do colega, foi convocado com urgência para hoje à noite.

– Aaaaah!

Coceirinha de cicatriz nos lábios, que não conseguiu juntar apesar do alívio. Vivo! A notícia fez voltar a esperança. Vivo!... E, como era inocente, livre...

Mas o Auditor, sem mudar a expressão fria, acrescentou:

– A situação política do país não permite ao governo piedade de espécie alguma com seus inimigos, senhora. É a única coisa que posso lhe dizer. Vá procurar o Senhor Presidente e peça-lhe a vida de seu marido, que talvez seja sentenciado à morte e fuzilado, conforme a lei, antes de vinte e quatro horas...

– ...lei, lei, lei!

– A lei é superior aos homens, senhora, e a não ser que o Senhor Presidente lhe conceda indulto...

– ...lei, lei, lei!

Não conseguiu falar. Branca, como o lenço que rasgava entre os dentes, ficou quieta, inerte, ausente, gesticulando com as mãos perdidas nos dedos.

O Auditor saiu pela porta crispada de baionetas. A rua, momentaneamente animada pelo movimento dos veículos que voltavam da avenida principal rumo à cidade, ocupados por damas e cavalheiros elegantes, ficou de repente fatigada e solitária. Um minúsculo bonde surgiu por uma ruela entre faíscas e apitos, e foi coxeando pelos trilhos...

– ...lei, lei, lei!

Não conseguiu falar. Duas tenazes de gelo impossível de quebrar apertavam-lhe a garganta e o corpo foi caindo pelos ombros. Restou o vestido, vazio, com a sua cabeça, suas mãos e seus pés. Por seus ouvidos corria o som de um fiacre que passava pela rua. Deteve-o. Os cavalos pararam, e engordaram como lágrimas ao arquear a cabeça e empinar as ancas. Ordenou ao cocheiro que a levasse até a casa de campo do Presidente o mais rápido possível, mas sua pressa era tamanha, sua desesperada pressa, que apesar de os cavalos irem à toda, não parava de reclamar e reclamar para que o cocheiro desse mais rédea aos cavalos... Já deveria estar lá... mais rédea... Precisava salvar seu marido... Mais rédea..., mais rédea..., mais rédea... Apropriou-se do chicote... Precisava salvar seu marido... Os cavalos, fustigados com crueldade, apertaram a marcha... O chicote queimava-lhes as ancas... Salvar seu marido... Já devia estar ali... Mas o veículo não rodava, ela sentia que não rodava, sentia que não rodava, que as rodas giravam em volta dos eixos adormecidos, sem avançar, que sempre estavam no mesmo lugar... e precisava salvar seu marido... sim, sim, sim, sim, sim... seu cabelo se soltou – salvá-lo... – os laços da blusa de soltaram –, salvá-lo... Mas o veículo não rodava, ela sentia que não rodava, rodavam apenas as rodas da frente, ela sentia que as de trás iam ficando para trás, que o fiacre ia se estendendo como a sanfona de uma máquina fotográfica e via os cavalos cada vez menorzinhos... O cocheiro lhe arrebatara o chicote. Não podia continuar assim... Sim, sim, sim, sim... que sim..., que não... que sim... que não... que sim, que não... Mas, por que não?... Como não?... Que sim... que não... que sim..., que não... Arrancou-se os anéis, o prendedor, os brincos de argola, a pulseira e enfiou tudo no bolso do paletó do cocheiro, desde que não detivesse o veículo. Precisava salvar seu marido. Mas nunca chegavam... Chegar, chegar,

chegar, mas nunca chegavam... Chegar, pedir e salvá-lo, mas nunca chegavam... Estavam parados como os fios do telégrafo, mais bem parecia que iam para trás, como os fios do telégrafo, como as cercas de plantas e arbustos, com os campos sem semear, como os céus dourados de crepúsculo, as encruzilhadas solitárias e os bois imóveis.

Por fim, desviaram para a residência presidencial por um trecho de estrada que se perdia entre árvores e bambuzais. O coração a afogava. A estrada abria caminho entre as casinhas de uma aldeiazinha limpa e deserta. Por ali começaram a cruzar com os veículos que voltavam dos domínios presidenciais – landaus, *sulkies*, caleças –, ocupados por pessoas de rostos e trajes muito parecidos. O ruído se avolumava, o ruído das rodas nas pedras do pavimento, o ruído dos cascos dos cavalos... Mas não chegavam, nunca chegavam... Entre os que voltavam de fiacre, burocratas desempregados e militares de licença, obesos e bem vestidos, voltavam a pé os granjeiros chamados pelo Presidente com urgência havia meses, os aldeões com botinas como bolsas de couro, as professoras primárias que de tempos em tempos paravam para tomar fôlego – os olhos cegados de poeira, os sapatos destruídos pelo cascalho, as anáguas arregaçadas – e as comitivas de índios que, apesar de cidadãos, tinham a felicidade de não entender nada de tudo aquilo. Salvá-lo, sim, sim, sim, mas nunca chegavam! Chegar era a primeira coisa, chegar antes que terminassem as audiências, chegar, pedir, salvá-lo... Mas nunca chegavam! E não faltava muito; sair da aldeiazinha. Já deviam estar quase lá, mas a aldeia não terminava nunca. Por aquele caminho passaram as imagens de Jesus e da Virgem das Dores numa quinta-feira santa. As matilhas de cães, entristecidos pela música das trombetas, uivaram quando a procissão passou diante do Presidente, postado num balcão sob um toldo de tapeçarias de cor violácea e flores de buganvília. Jesus passou vencido pelo peso do madeiro diante do César, e para o César voltaram-se admirados homens e mulheres. Não bastara o sofrimento, não bastaram as seguidas horas de choro, não bastou que famílias e cidades tivessem envelhecido de pena; para aumentar o escárnio era preciso que diante dos olhos do Senhor Presidente cruzasse a imagem de Cristo em agonia, e passou com os olhos nublados sob um pálio de ouro que era infâmia, entre fileiras de fantoches, ao som de músicas pagãs.

O fiacre parou na porta da augusta residência. A esposa de Carvajal correu para dentro por uma alameda de árvores de altas copas. Um oficial surgiu para barrar-lhe a passagem.

– Senhora, senhora...
– Vim ver o Presidente...
– O Senhor Presidente não atende, senhora, pode voltar...
– Sim, sim, sim, ele atende, vai me receber, sou a esposa do advogado Carvajal... – e seguiu em frente, escapou das mãos do militar que a perseguia mandando-a voltar, e conseguiu chegar a uma casinha com fraca iluminação no desalento do entardecer. – Vão fuzilar meu marido, general!...

Com as mãos às costas, passeava pelo corredor daquela casa que parecia de brinquedo um homem alto, moreno, todo cheio de galões, e foi até ele esbaforida:

– Vão fuzilar meu marido, general!

O militar que a seguia desde a porta não se cansava de repetir que era impossível ver o Presidente. Não obstante suas boas maneiras, o general respondeu-lhe secamente:

– O Senhor Presidente não atende, senhora, e faça-nos o favor de retirar-se, tenha a bondade...

– Ai, general! Ai, general! O que é que eu vou fazer sem meu marido? Não, não general! Ele atende, sim! Eu vou entrar, vou entrar! Podem me anunciar! Não está vendo que vão fuzilar meu marido?

Dava para ouvir o coração dela batendo sob o vestido. Não deixaram que se ajoelhasse. Seus tímpanos flutuavam perfurados pelo silêncio com que eram respondidas suas súplicas.

As folhas secas trovejavam ao anoitecer como se tivessem medo do vento que as arrastava. Deixou-se cair num banco. Homens de gelo preto. Artérias estelares. Os soluços soavam em seus lábios como franjas engomadas, quase como canivetes. A saliva jorrava pelos cantos dos lábios com fervores de gemidos. Deixou-se cair em um banco que empapou de pranto como se fora pedra de amolar. Aos safanões haviam-na arrancado de onde talvez estivesse o Presidente. A passagem de uma patrulha deu-lhe calafrios. Exalava cheiro de linguiça, de armazém, de pinho descascado. O banco desapareceu na escuridão como uma tábua no mar. Ia de lá para cá para não naufragar com o banco na escuridão, para continuar viva. Duas, três, muitas vezes foi detida pelas sentinelas postadas entre as árvores. Negavam-lhe a passagem com voz áspera, e quando insistia ameaçavam-na com a culatra ou o cano da arma. Exasperada de implorar à direita, corria para a esquerda. Tropeçava com as pedras, machucava-se nos arbustos. Outras sentinelas de gelo cortavam-lhe a passagem. Suplicava, lutava, estendia a mão como uma mendiga e quando já ninguém mais lhe dava ouvidos, disparava a correr na direção oposta...

As árvores varreram uma sombra até um fiacre, uma sombra que mal apoiou o pé no estribo voltou como louca para ver se dava frutos uma última súplica. O cocheiro despertou e quase derrubou os badulaques que se aqueciam em seu bolso ao puxar a mão para pegar as rédeas. O tempo parecia-lhe eterno; já não via a hora de fazer bonito com a *Minga*. Brincos, anéis, pulseira... Já tinha o que penhorar! Esfregou um pé no outro, abaixou o chapéu e cuspiu. De onde vem tanta escuridão e tanto sapo?... A esposa de Carvajal voltou ao fiacre como uma sonâmbula. Sentada no veículo, mandou o cocheiro aguardar mais um tempinho, quem sabe fossem abrir a porta... Meia hora... uma hora...

O fiacre rodava sem fazer barulho; ou ela não estava ouvindo direito ou então continuavam parados... O caminho se precipitava para o fundo de um barranco por uma ladeira inclinadíssima, para subir depois como um rojão em busca da cidade. A primeira muralha escura. A primeira casa branca. No vão de uma parede um anúncio de *Onofroff*... Sentia tudo grudar no seu sofrimento... O ar... Tudo... Em cada lágrima um sistema planetário... Centopeias de orvalho caíam das telhas até as calçadas estreitas... O sangue ia parando... Como está?... Muito mal, muito mal!... E amanhã, como estará?... A mesma coisa, e depois de amanhã, igual!... Perguntava-se e ela mesma respondia... E pior ainda depois de amanhã...

O peso dos mortos faz girar a terra de noite, e de dia é o peso dos vivos que a faz girar... Quando os mortos forem mais do que os vivos, a noite será eterna, não terá fim, para que volte o dia será preciso o peso dos vivos...

O fiacre parou. A rua continuava, mas não para ela, que estava diante de prisão, onde, sem dúvida... Andou passo a passo, até encostar-se no muro. Não estava de luto e já tinha o tato de um morcego... Medo, frio, asco; superou tudo isso para poder ficar bem encostada na muralha que repetiria o eco da descarga... Depois de tudo, já que estava ali, parecia-lhe impossível que fuzilassem seu marido, assim, sem mais; assim, com uma descarga, com balas, com armas, homens como ele, gente como ele, com olhos, com boca, mãos, cabelo na cabeça, unhas nos dedos, dentes na boca, língua, a campainha no céu da boca... Não era possível que fosse fuzilado por homens assim, gente com a mesma cor de pele, com o mesmo sotaque da voz, a mesma maneira de ver, de ouvir, de deitar, de levantar, de amar, de lavar o rosto, de comer, de rir, de andar, com as mesmas crenças e as mesmas dúvidas...

XXXII
O Senhor Presidente

Cara de Anjo, convocado com grande urgência à casa presidencial, indagou o estado de Camila, com a elasticidade de seu olhar ansioso, uma humanização vítrea nos olhos, e como réptil covarde enroscou-se na dúvida se deveria ir ou não; o Senhor Presidente ou Camila, Camila ou o Senhor Presidente...

    Ainda podia sentir nas costas os empurrõezinhos da dona do bar e a trama da sua voz suplicante. Ele teria a oportunidade de pedir por Vásquez. "Pode ir, eu fico aqui cuidando da doente..." Na rua, respirou fundo. Ia num fiacre que rodava em direção à casa presidencial. Estrépito dos cascos dos cavalos nos paralelepípedos, fluência líquida das rodas. *El Can-dado Ro-jo... La Col-mena... El Vol-cán...* Soletrava com cuidado os nomes das lojas; era mais fácil lê-los à noite do que de dia. *El Gua-da-le-te... El Fer-rro-carril... La Ga-llina con Po-llos...* Às vezes seus olhos tropeçavam em nomes chineses: *Lon Ley Lon y Cia... Quan See Chan... Fu Quan Yen... Chon Chan Lon... Sey Yoin Sey...* Continuava pensando no general Canales. Será que o chamavam para informá-lo que... Não, não era possível!... Por que não?... Podia ter sido capturado e morto, ou... ainda não haviam dado fim nele e o traziam amarrado... Uma nuvem de poeira se ergueu de repente. O vento brincava de tourada com o fiacre. Tudo era possível! O veículo rodou mais ligeiro ao sair do campo, como um corpo que passa do estado sólido para o líquido. Cara de Anjo apertou as mãos nas rótulas dos joelhos e suspirou. O ruído do veículo se perdia entre os mil ruídos da noite que avançava lenta, pausada, numismática. Pensou ter ouvido o voo de um pássaro. Passaram por algumas casas esparsas. Latiam cães semidefuntos...

O Subsecretário da Guerra o aguardava na porta de seu escritório e, sem anunciá-lo, logo após o cumprimento de mãos e de deixar o havana que fumava na beirada de um pilar, conduziu-o aos aposentos do Senhor Presidente.

– General – Cara de Anjo segurou o braço do Subsecretário –, o senhor por acaso sabe o que o patrão quer de mim...?

– Não, dom Miguelito, eu o "ignoro-o".

Agora já sabia do que se tratava. Uma gargalhada rudimentar, repetida duas e três vezes, confirmou o que a resposta evasiva do Subsecretário o fizera supor. Ao parar junto à porta, viu um bosque de garrafas em uma mesa redonda e um prato de frios, guacamole e salada de pimenta vermelha. Completavam o quadro as cadeiras, desarrumadas ou caídas pelo chão. As janelas de vidro branco, opaco, coroadas por cristas vermelhas, brincavam de bicar-se com a luz que vinha das luminárias acesas do jardim. Oficiais e soldados vigiavam em pé de guerra, um oficial por porta e um soldado por árvore. Do fundo do aposento avançou o Senhor Presidente, com a terra que andava sob seus pés e a casa sobre o chapéu.

– Senhor Presidente – saudou o favorito, e já ia se colocar às suas ordens quando este o interrompeu:

– "Ni ni mier... va"!

– Fala o senhor da deusa grega, Senhor Presidente!

Sua Excelência aproximou-se da mesa com passinhos de quem pula brejo e, sem levar em conta o cálido elogio que o favorito fazia de Minerva, gritou:

– Miguel, você sabia que quem inventou o álcool na verdade estava procurando o elixir da longa vida...?

– Não, Senhor Presidente, não sabia disso – apressou-se em responder o favorito.

– Estranho, porque consta do Swit Marden...

– Sim, estranho, sem dúvida, para um homem com a vasta erudição do Senhor Presidente, que com toda a razão é tido no mundo com um dos primeiros estadistas dos tempos modernos; mas não para mim.

Sua Excelência pôs os olhos sob as pálpebras, para afogar a visão invertida das coisas que o álcool lhe produzia naquele momento.

– Hmmm, eu sei muita coisa!

E dito isto deixou cair a mão na selva negra das suas garrafas de uísque e serviu um copo para Cara de Anjo.

– Beba, Miguel... – uma dificuldade de respirar cortou-lhe as palavras, alguma coisa o fizera engasgar; bateu no peito com o punho para desobstruir-se, contraídos os músculos do pescoço magro, gordas as veias da testa, e com a ajuda do favorito, que o fez tomar uns goles de água gasosa, recuperou a fala com pequenos arrotos.

– Há! há! há! há! – desatou a rir apontando para Cara de Anjo! – Há! há! há! há! Casamento à beira da morte... – E gargalhadas e mais gargalhadas – Casamento à beira da morte. Há! há! há! há!

O favorito empalideceu. Tremia na mão dele o copo de uísque que acabara de lhe ser oferecido.

– O Se...

– NHORRR Presidente sabe de tudo – interrompeu Sua Excelência. – Há! há! há! há!... Casamento à beira da morte e por conselho de um débil mental, como todos os espíritas... Há! há! há! há!

Cara de Anjo levou o copo à boca como para refrear um grito e tomou seu uísque; acabava de ver tudo vermelho, estivera a ponto de se atirar sobre o amo e afogar-lhe na boca a gargalhada miserável, fogo de sangue cheio de aguardente.

Se um trem tivesse passado por cima dele não lhe teria feito tanto dano. Sentiu nojo de si. Continuava sendo o cão educado, intelectual, satisfeito com sua cota de sujeira, com seu instinto de preservação da vida. Sorriu para dissimular seu rancor, com a morte nos olhos de veludo, como o envenenado cujo rosto incha aos poucos.

Sua Excelência perseguia uma mosca.

– Miguel, você conhece a brincadeira da mosca...?

– Não, Senhor Presidente...

– Ah, é verdade, vocêêêÊÊÊ..., à beira da morte...! Há! há! há! há!... Hi! hi! hi! hi!... Ho! ho! ho! ho!... Hu! hu! hu! hu!...

E gargalhando continuou perseguindo a mosca que ia e vinha de lá para cá, com a barra da camisa esvoaçando, a braguilha aberta, os sapatos desamarrados, a boca untada de baba e os olhos com excrescências cor de gema de ovo.

– Miguel – parou para falar, ofegante, sem conseguir caçá-la –, a brincadeira da mosca é a coisa mais divertida e fácil de aprender; o que você precisa é ter paciência. Na minha aldeia eu me distraía quando criança apostando dinheiro na brincadeira da mosca.

Ao falar da sua terra natal, franziu o cenho, a testa cheia de sombras, virou-se para o mapa da República, que naquela hora estava às suas costas, e desferiu um murro em cima do nome de sua aldeia.

Rememorou as ruas por onde andara de menino, pobre, injustamente pobre, por onde andara de jovem, obrigado a ganhar o sustento enquanto os garotos de boa família passavam a vida de festança em festança. Viu-se apequenado na espelunca de seus conterrâneos, isolado de todos, tentando estudar alguma coisa de noite à luz de vela, enquanto sua mãe dormia num catre de armar e o vento com cheiro de carneiro e correntes de ar de tempestade assolava as ruas desertas. E viu-se mais tarde em seu escritório de advogado de terceira categoria, entre prostitutas, jogadores, tripeiras, ladrões de cavalos, olhado de cima por seus colegas que lidavam com processos de prestígio.

Um após o outro, esvaziou muitos copos. Na sua cara de jade brilhavam seus olhos intumescidos e nas mãos pequenas as unhas rebitadas de meias-luas pretas.

– Ingratos!

O favorito segurou-o pelo braço. Pela sala em desordem passeou o olhar cheio de cadáveres e repetiu:

– Ingratos! – acrescentando depois, a meia-voz: – Sempre quis bem, e sempre vou querer bem ao Parrales Sonriente, e ia torná-lo general porque atropelou civis, colocou-os no devido lugar, e se não fosse pela minha mão teria acabado com todos para vingar-me das muitas coisas que me fizeram e que só eu sei... Ingratos!... E não engulo – porque não engulo – que o tenham assassinado, justo agora que por todo lado atenta-se contra a minha vida, que os amigos me abandonam, os inimigos se multiplicam e... Não! Não!, daquele Portal não vai sobrar pedra sobre pedra...

As palavras zanzavam em seus lábios como veículos em piso escorregadio. Recostou-se no ombro do favorito com a mão apertada no estômago, as têmporas agitadas, os olhos sujos, o hálito frio, e não demorou para soltar um jorro de caldo alaranjado. O Subsecretário veio correndo com uma bacia que tinha no fundo o escudo da república esmaltado, e entre os dois, concluída a ducha que o favorito recebeu quase por inteiro, levaram-no arrastado até uma cama.

Chorava e repetia:

– Ingratos!... Ingratos!

– Meus parabéns, dom Miguelito, meus parabéns – murmurou o Subsecretário quando já estavam saindo – o Senhor Presidente mandou publicar no jornal a notícia do seu casamento, e ele encabeça a lista dos padrinhos.

Entraram pelo corredor. O Subsecretário ergueu a voz.

– E olha que no início ele não estava muito feliz com o senhor. Disse a mim que um amigo de Parrales Sonriente não devia ter feito o que este Miguel fez; em todo caso, deveria ter me consultado antes de se casar com a filha de um dos meus inimigos. Estão preparando sua cama, dom Miguelito, estão preparando sua cama. Obviamente, procurei fazê-lo ver que o amor é enganoso, cego, traiçoeiro e mentiroso.

– Muito obrigado, general.

– Pois então, vejam só o que deu do garanhão! – continuou o Subsecretário em tom jovial, e entre risadas, conduziu-o até seu escritório com afetuosas palmadinhas, rematando: – Venha, venha dar uma olhada no jornal! O retrato da sua senhora nós pedimos ao tio dela, o Juan. Muito bem, amigo, muito bem!

O favorito enterrou as unhas no papel do jornal. Além do Supremo Padrinho figuravam o engenheiro dom Juan Canales e seu irmão dom José Antonio.

"Casamento na alta sociedade. Ontem à noite contraíram matrimônio a bela senhorita Camila Canales e o senhor dom Miguel Cara de Anjo. Os noivos...", e daqui passou direto para a lista dos padrinhos, "...o casamento foi apadrinhado perante a lei pelo Excelentíssimo Senhor Presidente Constitucional da República, em cuja casa-aposento teve lugar a cerimônia, pelos senhores ministros de Estado, pelos generais (pulou a lista) e pelos respeitáveis tios da noiva, engenheiro dom Juan Canales e dom José Antonio, de mesmo sobrenome. O *Nacional*, concluía, ilustra as notas sociais de hoje com o retrato da senhorita Canales e deseja aos esposos, ao felicitá-los, toda a sorte do mundo em seu novo lar". Não sabia onde pôr os olhos. "Prossegue a batalha de Verdun. Espera-se para hoje à noite um desesperado esforço das tropas alemãs..." Afastou a vista da página de notícias por telegrama e releu a nota acompanhada pelo retrato de Camila. O único ser pelo qual nutria afeto já dançava na farsa em que dançavam todos.

O Subsecretário pegou o jornal das suas mãos.

– O senhor vê e não acredita não é, seu sortudo...!

Cara de Anjo sorriu.

– Mas, amigo, o senhor precisa se trocar; pode pegar meu fiacre...

– Muito obrigado, general...

– Veja, está ali; diga ao cocheiro para levá-lo e que volte depois para me buscar. Boa noite e felicidades. Ah, tome!

Pode levar o jornal para mostrá-lo à sua senhora, e dê-lhe os parabéns da parte deste humilde servidor.

– Muito agradecido por tudo, e boa noite.

O fiacre em que o favorito seguia partiu sem ruído, como uma sombra puxada por dois cavalos de fumaça. O canto dos grilos cobria a solidão do campo nu, com perfume de resedá, a solidão morna dos milharais começando a brotar, os pastos úmidos de orvalho e as cercas das hortas cheias de jasmins.

– É... se ele continuar zombando de mim o enforc... – ou seu pensamento, escondendo o rosto no encosto do veículo, com receio de que o cocheiro adivinhasse o que seus olhos viam: uma massa de carne gelada com a faixa presidencial no peito, hirto o rosto achatado, as mãos envoltas nos punhos postiços, só a ponta dos dedos visíveis, os sapatos de verniz ensanguentados.

Seu ânimo belicoso acomodava-se mal ao sacolejar do fiacre. Teria preferido estar imóvel, naquela primeira imobilidade do homicida que se senta no cárcere para reconstruir seu crime, imobilidade aparente, exterior, necessária compensação à tempestade de suas ideias. O seu sangue formigava. Expôs o rosto à noite fresca, enquanto limpava o vômito do amo com o lenço úmido de suor e pranto. Ah! – maldizia e chorava de raiva –, se eu pudesse limpar a gargalhada que me vomitou na alma!

Um fiacre ocupado por um oficial passou roçando por eles. O céu pestanejava sobre sua eterna partida de xadrez. Os cavalos, como um furacão, corriam para a cidade envoltos em nuvens de pó. "Xeque à Rainha", disse para si Cara de Anjo, vendo desaparecer a exalação em que ia aquele oficial em busca de uma das concubinas do Senhor Presidente. Parecia um mensageiro dos deuses.

Na estação central rolava o ruído das mercadorias descarregadas aos trancos, entre os espirros das locomotivas quentes. A rua era preenchida pela presença de um negro na varanda verde de um sótão, pelo andar vacilante dos bêbados e pela música de um realejo puxado por um homem de cara amarrada, como se arrastasse uma peça de artilharia depois de uma derrota.

XXXIII
Pingos nos is

A viúva de Carvajal vagou de casa em casa, mas em todas foi recebida com frieza, e em algumas delas nem ousaram manifestar-lhe a pena que sentiam pela morte do marido, temendo comprometer-se com uma inimiga do governo. Houve até lugares onde a empregada saiu gritando pela janela: "Tá procurando quem? Ah!... Os patrões saíram...".

O gelo que ia recolhendo nas suas visitas derretia-se quando ela chegava em casa. Voltava e chorava rios de lágrimas junto aos retratos do marido, com a companhia apenas do filho pequeno, de uma empregada surda que falava alto e não parava de dizer à criança: "O que vale é amor de pai, o resto vem e vai!", e um papagaio que repetia sem parar: "Lourinho real, lá de Portugal, verde e faceiro, caiu do poleiro! Dá o pé, louro! Bom dia, senhor advogado! Dá o pé, louro! Tem urubu na lavanderia. Cheiro de pano queimado. Louvado seja o Santíssimo Sacramento do Altar, a Rainha Puríssima dos Anjos, Virgem concebida sem mancha de pecado original!... Ai. Ai!...". Saíra colhendo assinaturas para uma petição ao Presidente, para que lhe entregassem o cadáver do esposo, mas não se atreveu a falar em nenhum lugar; era tão mal recebida, com tanta resistência, entre pigarros e silêncios funestos... E já estava de volta com o papel sob seu manto negro, sem nenhuma assinatura, exceto a dela.

As pessoas na rua viravam o rosto para não cumprimentá-la, era atendida na porta, sem a surrada fórmula *entre, por favor*, faziam-na sentir como se estivesse contagiada por uma doença invisível, pior que a pobreza, pior que o vômito preto, pior que a febre amarela, e, no entanto, choviam "anônimas", como dizia a empregada surda toda vez que encontrava uma carta debaixo da portinhola da cozinha, que dava para uma viela escura e pouco transitada, folhas escritas com letra tremida, deixadas ali ao abrigo da noite, e nas quais o mínimo que lhe diziam era santa, mártir, vítima inocente, além de alçar seu infeliz esposo às nuvens e de relatar com pormenores horripilantes os crimes do coronel Parrales Sonriente.

Debaixo da porta apareceram duas "anônimas". A empregada trouxe-as dentro do avental, porque tinha as mãos molhadas. A primeira dizia:

"Senhora: este não é o meio mais correto para manifestar à senhora e à sua enlutada família a profunda simpatia que me inspira a figura do seu esposo, o digno cidadão advogado Abel Carvajal, mas permita-me que assim o faça por prudência, já que não é possível confiar ao papel certas verdades. Algum dia dar-lhe-ei a conhecer meu verdadeiro nome. Meu pai foi uma das vítimas do coronel Parrales Sonriente, o homem aguardado no inferno por todas as trevas, esbirro de cujas façanhas falará a história se houver quem se decida a escrevê-la molhando a pena em veneno de víbora. Meu pai foi assassinado por este covarde em uma estrada solitária há muitos anos. Nada foi averiguado, como era de esperar, e o crime teria ficado no mistério a não ser por um desconhecido que, valendo-se do anonimato, relatou à minha família os detalhes daquele horroroso assassinato. Não sei se o seu esposo, homem exemplar, herói que já tem um monumento no coração de seus concidadãos, foi efetivamente o vingador das vítimas de Parrales Sonriente (a esse respeito circulam muitas versões). Mas julguei meu dever, em todo caso, levar-lhe a minha voz de consolo e assegurar-lhe que todos choramos junto com a senhora o desaparecimento de um homem que salvou a pátria de um dos muitos bandidos com galões que a mantêm oprimida, apoiados no ouro americano, na sordidez e no sangue. Beijo Suas Mãos. Cruz de Calatrava".

Vazia, exaurida, com uma preguiça interior que a paralisava na cama horas inteiras, estendida como um cadáver, mais imóvel às vezes que um cadáver, sua atividade reduzia-se ao criado-mudo coberto pelos objetos de uso imediato para não ter que levantar e a algumas crises nervosas quando alguém abria a porta, passava a vassoura ou fazia barulho perto dela. A sombra, o silêncio, a sujeira, davam forma ao seu abandono, ao seu desejo de se sentir sozinha com sua dor, com aquela parte de seu ser que com seu marido havia morrido nela e que pouco a pouco ganharia seu corpo e sua alma.

"Dona de todo o meu respeito e consideração", começou a ler em voz alta outra carta anônima, "soube por alguns amigos que a senhora esteve com o ouvido grudado nos muros da Penitenciária na noite do fuzilamento do seu marido, e que ouviu e contou as descargas, nove descargas cerradas, não sabe qual delas arrancou do mundo dos vivos o advogado Carvajal, que Deus o tenha. Sob nome suposto – os tempos que correm não permitem confiar no papel – e não sem hesitar muito pela dor que poderia ocasionar-lhe, decidi comunicar à senhora tudo o que sei a respeito, por ter sido testemunha da matança. Diante do seu esposo caminhava um homem magro, moreno, com a testa espaçosa banhada por cabelo quase branco. Não consegui averiguar seu nome. Seus olhos muito afundados conservavam, apesar do sofrimento que denunciavam suas lágrimas, uma grande bondade humana, e lia-se em suas pupilas que seu possuidor era homem de alma nobre e generosa. O advogado o seguia tropeçando em seus próprios passos, sem erguer a vista do chão que talvez já não sentisse mais, a fronte empapada de suor e uma mão no peito como quem teme que lhe salte do peito o coração. Ao desembocar no pátio e ver-se diante de um pelotão de soldados, passou as costas da mão pelas pálpebras para dar-se conta exatamente do que via. Vestia um terno desbotado que lhe caía pequeno, as mangas do paletó logo abaixo dos cotovelos e as calças pouco abaixo dos joelhos. Roupas amarrotadas, sujas, velhas, rotas, como todas as que vestem os prisioneiros que dão as suas de presente aos amigos que deixam ao ir para as sepulturas das masmorras, ou que trocam por favores com os carcereiros. Um botãozinho de osso fechava-lhe a camiseta puída. Não tinha colarinho nem sapatos. A presença de seus companheiros de infortúnio, também semivestidos, devolveu-lhe o ânimo. Quando acabaram de ler a sentença de morte, levantou a cabeça, passou o olhar condoído pelas baionetas e disse algo que não foi possível ouvir. O ancião que estava ao seu lado tentou falar, mas os oficiais calaram-no ameaçando-o com os sabres, que ao raiar do dia e nas suas mãos trêmulas de bebida pareciam chamas azuladas de álcool, enquanto nas muralhas debatia-se com seus próprios ecos uma voz que apregoava: 'Pela Nação!'... Uma, duas, três, quatro, cinco, seis, sete, oito, nove descargas se seguiram. Sem saber como, fui contando-as com os dedos, e desde então tenho a estranha impressão de que me sobra um dedo. As vítimas se retorciam com os olhos fechados, como querendo fugir da morte às apalpadelas. Um véu de fumaça nos separava de um punhado de homens que conforme caíam tentavam o impossível para se segurar uns nos outros, para não rodar sozinhos no vazio. Os tiros de misericórdia soaram do modo como explodem os rojões, molhados, tarde e mal. Seu marido teve a sorte de morrer na primeira descarga. No alto via-se o céu azul, inalcançável, mesclado a um eco quase imperceptível de sinos, de pássaros, de rios. Soube que o Auditor de Guerra encarregou-se de dar sepultura aos cadá...".

Ansiosa, revirou o papel. "...cadá..." Mas a carta não continuava, nem ali nem em outra página: a carta estava interrompida de repente, faltava a continuação. Em vão releu o que tinha de papel à vista, olhou dentro do envelope, vasculhou a cama, levantou os travesseiros, procurou pelo chão, na mesa, virando e revirando tudo, mordida pelo desejo de saber onde estava enterrado seu marido.

No pátio, o louro discursava:

"Lourinho real, lá de Portugal, verde e faceiro, caiu do poleiro! Ai... Lá vem o doutor! Viva o lourinho real! Tô indo, diz o mentiroso! Não choro, mas também não esqueço!"

A empregada do Auditor de Guerra deixou a viúva de Carvajal esperando na porta, enquanto atendia duas mulheres que falavam aos gritos no saguão.

– Ouça bem, então – dizia uma delas. – Vá lá dizer pro seu patrão que eu não espero mais porque, atchim, não sou nenhuma índia empregada dele pra ficar aqui esfriando minha bunda nesse banco de pedra gelado que mais parece a fuça dele! Diga que vim procurá-lo pra ver se ele me devolve por bem aqueles dez mil pesos que me arrancou por aquela mulher da Casa Nova, que não me tirou da encrenca, porque no dia que a levei comigo teve aquele ataque. Veja bem, diga a ele que é a última vez que venho incomodá-lo, porque agora vou lá reclamar com o Presidente.

– Vambora, dona Chon, não dê bola pra essa velha com cara de mer... merluza!

– Escute aqui... – tentou revidar a empregada, mas a senhorita não deixou:

– Psiu, chega disso!

– Repita a ele o que lhe disse, sobre aquele assunto, entendeu, pra ele não vir depois dizer que não avisei: diga que a dona Chon e uma moça vieram aqui e ficaram esperando e como ele não veio atender deixaram dito que quem avisa amigo é...

Mergulhada em seus pensamentos, a viúva de Carvajal nem se deu conta do que acontecia. Do seu vestido preto, como se fosse uma morta em ataúde de cristal, destacava-se apenas o rosto. A empregada encostou-lhe a mão no ombro – sentiu as pontas dos dedos da velha como uma teia de aranha – e disse para ela entrar. Entraram. A viúva falou com palavras que não compunham sons distinguíveis, e mais pareciam um sussurro de leitor cansado.

– Sim, senhora, pode deixar a carta que trouxe escrita. Assim, quando ele chegar, e acho que num demora – já devia tá aqui – eu entrego e falo com ele, vamos ver o que ele resorve.

– Faça isso, por favor...

Um indivíduo vestido de brim cor de café, seguido por um soldado que o escoltava, fuzil Remington no ombro, punhal na cintura, cartucheira de balas às costas, entrou quando a viúva de Carvajal estava saindo.

– Desculpe, senhora – disse à empregada. – O advogado está?

– Não, não está.

– E onde poderia esperar por ele?

– Sente aí, ó; soldado, sente também.

Réu e escolta ocuparam em silêncio o banco de pedra que a empregada indicou com maus modos.

O pátio tinha aroma de verbena-do-monte e begônia cortada. Um gato passeava pelo telhado. Um tordo na gaiola de pauzinhos de vime ensaiava um voo. Ao longe, ouvia-se o jorro da fonte, zonzo de tanto cair, adormecido.

O auditor sacudiu suas chaves ao fechar a porta e, guardando-as no bolso, aproximou-se do preso e do soldado. Ambos ficaram em pé.

– Genaro Rodas? – perguntou. Ficou um tempo tentando sentir o cheiro. Sempre que vinha da rua tinha impressão de sentir na sua casa o fedor de cocô de gato.

– Sim, senhor, às suas ordens.
– O escolta entende espanhol?
– Não muito bem – respondeu Rodas. E virando-se para o soldado, acrescentou: – O que você me diz? Entende o Castilla?
– Meio entende.
– Então – ordenou o Auditor –, melhor ele ficar aí; vou falar a sós com o senhor. Espere aqui, ele já volta; vai falar comigo.

Rodas parou na porta do escritório. O Auditor mandou-o entrar e sobre uma mesa cheia de livros e papéis foi colocando as armas que levava: um revólver, um punhal, um soco-inglês, um cassetete.

– Já deve ter sido notificado da sentença.
– Já, sim, senhor...
– Seis anos e oito meses, se não me engano...
– Mas, senhor, eu não fui cúmplice de Lucio Vásquez; o que ele fez, fez sem minha ajuda; quando eu vi, o *Bobalhão* já rolava cheio de sangue pelos degraus do Portal, quase morto. O que é que eu podia fazer! O que é que eu podia fazer! Foram ordens. Segundo ele disse, foram ordens...
– Agora já está sendo julgado por Deus...

Rodas voltou a olhar para o Auditor, como se duvidasse daquilo que seu rosto sinistro confirmou, e guardaram silêncio.

– E não era má pessoa ele...! – suspirou Rodas afinando a voz para cobrir com aquelas poucas palavras a memória do amigo; recebera a notícia entre duas batidas do coração e agora já a sentia no sangue – ...Bem, o que se há de fazer!... O *Veludo*, botamos esse apelido nele porque era muito jeitoso, sempre conseguia pequenos favores.

– Os autos o condenaram como responsável pelo delito, e ao senhor como cúmplice.
– Mas no meu caso cabia defesa.
– O próprio advogado, sabendo da opinião do Senhor Presidente, foi quem pediu a pena de morte para Vásquez, e para o senhor, a pena máxima.

– Coitado dele, eu pelo menos estou aqui pra contar a história...

– E pode sair livre, porque o Senhor Presidente precisa de alguém como o senhor, que tenha ficado um tempo preso por política. É para vigiar um dos amigos dele, que o Presidente tem razões para acreditar que o está traindo.

– E quem seria?...

– O senhor conhece Miguel Cara de Anjo?

– Não, só de nome, só de ouvir falar; foi o cara que levou embora a filha do general Canales, pelo que eu sei.

– Esse mesmo. Você vai reconhecê-lo logo, é um cara bonitão: alto, encorpado, olhos negros, rosto pálido, cabelo liso, movimentos muito elegantes. Uma fera. O governo precisa saber tudo o que ele faz, quem ele visita, que pessoas cumprimenta pela rua, que lugares frequenta de manhã, à tarde, à noite, e a mesma coisa a mulher dele. Pra tudo isso você irá receber instruções e dinheiro.

Os olhos estúpidos do preso acompanharam os movimentos do Auditor que, enquanto dizia essas últimas palavras, pegou da mesa um cabo de pena, molhou-o num grande tinteiro que ostentava entre duas fontes de tinta preta uma estátua da deusa Têmis e estendeu-o ao preso, acrescentando:

– Assine aqui, amanhã mando soltar você. Prepare já suas coisas para sair amanhã.

Rodas assinou. A alegria dançava pelo seu corpo como fogos de artifício.

– Não imagina o quanto lhe sou grato, senhor – disse ao sair; juntou-se ao soldado, quase lhe deu um abraço, e foi para a Penitenciária como quem sobe aos céus.

Mais contente ainda ficou o Auditor com o papel que o outro acabara de assinar e que dizia literalmente:

"Referente a 10 mil pesos – Recebi de dona Concepción Gamucino, alcunhada de 'Dente de Ouro', proprietária do prostíbulo 'El Dulce Encanto', a soma de dez mil pesos em moeda corrente do país, que ela me entregou para ressarcir-me em parte pelos danos e prejuízos que me causou por ter pervertido minha esposa, dona Fedina de Rodas, a quem, abusando de sua boa fé e da boa fé das autoridades, ofereceu contratar como empregada e adotou sem autorização nenhuma como sua pupila. – *Genaro Rodas*."

Ouviu-se atrás da porta a voz da empregada:

– Posso entrar?

– Sim, entre...

– Vim ver se o senhor precisa de alguma coisa. Estou indo à mercearia comprar velas. Ah, e preciso lhe contar que vieram duas mulheres procurá-lo, lá da casa de má fama, e deixaram o recado que se o senhor não devolver os dez mil pesos que tirou delas vão reclamar com o Presidente.

– E que mais?... – articulou o Auditor com expressão de fastio, enquanto se agachava para pegar do chão um selo de correio.

– E veio também procurá-lo uma senhora toda de preto, que parece ser a mulher daquele que foi fuzilado...

– Qual deles?

– O senhor Carvajal...

– E o que ela quer?...

– A coitada me deixou essa carta. Parece que quer saber onde o marido foi enterrado.

E enquanto o Auditor passava os olhos de má vontade pelo papel orlado de preto, a empregada continuou:

– Sabe, prometi ajudá-la de algum jeito, porque fiquei com dó, e a coitada foi embora cheia de esperança.

– Já lhe disse um milhão de vezes que não gosto que você fique dando trela pra esse povo. Não tem que dar esperança coisa nenhuma. Quando é que você vai entender que não tem que ficar dando esperança de nada? Na minha casa, a primeira coisa que todos têm que saber, até o gato, é que não é pra dar esperança de espécie alguma a ninguém. Em cargos como o meu, a pessoa só se mantém se fizer o que mandam fazer, e a norma de conduta do Senhor Presidente é não dar esperança e pisar e cagar em cima de todo mundo e pronto. Quando essa senhora voltar, você devolva a cartinha dela bem dobrada e diga a ela que não há jeito de descobrir onde o marido está enterrado...

– O senhor não precisa ficar bravo, vai acabar ficando doente desse jeito; vou dizer isso pra ela. E que Deus cuide bem das suas coisas.

E saiu com a carta, arrastando os pés, um atrás do outro, um atrás do outro, entre o farfalhar das saias.

Ao chegar à cozinha, amassou o papel que continha a súplica e atirou-o às brasas. O papel enrolou-se como coisa viva numa labareda, que clareou sobre as cinzas e se transformou em mil vermezinhos de fios de ouro. Pelas prateleiras de potes de especiarias, estendidas como pontes, foi chegando um gato preto, que saltou até o banco de pedra junto à velha, esfregou-se em seu ventre estéril tal qual um ronronar que se espalha por quatro patas e pousou seus olhos com curiosidade satânica no coração do fogo que acabava de devorar o papel.

XXXIV
Luz para cegos

Camila viu-se naquele precário aposento, entre o braço do marido e o apoio de uma pequena bengala. A porta principal dava para um pátio com cheiro de gatos e de papoulas, a janela dava para a cidade onde a haviam levado convalescente de "cadeirinha", e uma porta pequena dava para outro quarto. Apesar do sol que ardia no fogo verde de seus olhos e do ar com peso de correntes que enchia seus pulmões, Camila perguntava-se se era ela mesma que ia andando. Os pés pareciam-lhe enormes, as pernas, como pernas de pau. Andava fora do mundo, de olhos abertos, recém-nascida, sem presença. As teias de aranha alvoraçavam-se à passagem dos fantasmas. Havia morrido sem deixar de existir, como num sonho, e para reviver juntava o que ela era na realidade com o que agora sonhava. Seu pai, a casa, a *Nana* Chabela, faziam parte de sua primeira existência. Seu marido, a casa em que estavam provisoriamente, as criadas, de sua nova existência. Era e não era ela quem ia andando. Sensação de voltar à vida em outra vida. Falava dela como de uma pessoa que se apoia na bengala de um passado distante, cúmplice de coisas invisíveis, e se a deixavam sozinha perdia-se em outra, ausente, o cabelo gelado, as mãos sobre a saia comprida de recém-casada e as orelhas cheias de ruídos.

Logo esteve em condições de se locomover, mas não por isso menos doente – doente não, absorvida no cômputo de tudo o que lhe restava desde que seu marido lhe pousara os lábios no rosto. Tudo era excessivo para ela. Mas reteve-o, como única coisa sua em um mundo que lhe era estranho. Desfrutava da lua na terra e da lua diante dos vulcões, em meio às nuvens, sob as estrelas, quiquito de ouro em pombal vazio.

Cara de Anjo sentiu que a esposa tiritava no fundo de suas flanelas brancas – não de frio, não do que tremem as pessoas, mas do que tiritam os anjos – e levou-a de volta ao quarto, passo a passo. A máscara grotesca da fonte... A rede imóvel... A água imóvel, como a rede... Os vasos úmidos... As flores de cera... Os corredores com remendos de lua...

Deitaram, continuando a conversar, cada um no seu quarto. Uma pequena porta comunicava os dois aposentos. Os botões saíam sonolentos de suas casas produzindo leve ruído de flor cortada, os sapatos caíam no chão com estrépito de tamancos e as meias se soltavam da pele como fumaça que se desprende de chaminés.

Cara de Anjo falava de seus objetos de higiene pessoal arrumados sobre uma mesa, ao lado de um toalheiro, buscando criar um clima de família, de bobagens íntimas naquele casarão que parecia continuar desabitado, e para afastar o pensamento daquela portinha estreita como a porta do céu, que ligava os dois aposentos.

Depois deixou-se cair na cama, abandonado ao próprio peso, e ficou longo tempo sem se mexer, no meio das ondas contínuas e misteriosas daquilo que entre os dois ia se fazendo e desfazendo fatalmente. Ele a rapta para torná-la sua à força, e do cego instinto vem o amor. Renuncia a seu propósito, tenta levá-la para a casa dos tios e estes lhe fecham as portas. Tem-na de novo nas mãos e, como comentam as pessoas, pode agora torná-la sua, pois a moça nada mais tem a perder. Ela sabe disso, quer fugir. A doença a impede. Agrava-se em questão de horas. Ela agoniza. A morte vai cortar o nó. Ele sabe e se resigna por alguns momentos, embora a maior parte do tempo se rebele contra as forças cegas. Mas é na morte que ela é convocada pela ausência de consolo definitivo, e o destino só esperava essa última provação para atá-los.

Infantil, primeiro, quando ainda sequer conseguia andar, adolescente, quando se levanta e dá os primeiros passos, da noite para o dia seus lábios ganham cor de sangue, o rendado de seu corpete se enche de frutas e ela se agita e transpira toda vez que chega perto daquele que jamais imaginou seu marido.

Cara de Anjo saltou da cama. Sentia-se separado de Camila por uma falta que nenhum dos dois havia cometido, por um matrimônio para o qual nenhum dos dois havia dado consentimento. Camila fechou os olhos. Os passos se afastaram até uma janela.

A lua entrava e saía dos nichos flutuantes das nuvens. A rua fluía como rio de ossos brancos sob pontes de sombra. Por momentos, tudo ficava indistinto, pátina de relíquia antiga. Por momentos, reaparecia realçado como algodão dourado. Uma grande pálpebra negra interrompeu esse jogo de pálpebras soltas. Seus cílios imensos foram se desprendendo do cume dos vulcões, estenderam-se com movimentos de imensa aranha sobre a armadura da cidade, e a sombra enlutou-se. Os cães sacudiram as orelhas como aldravas, houve revoar de pássaros noturnos, queixas e queixas passaram de cipreste em cipreste e voltas e mais voltas foram dadas em cordas de relógios. A lua desapareceu de vez por trás da cratera altiva e uma neblina de véus de noiva fez sua casa entre as casas. Cara de Anjo fechou a janela. No quarto de Camila percebia-se sua respiração lenta, difícil, como se tivesse adormecido com a cabeça debaixo das roupas ou sobre o peito lhe pesasse um fantasma.

Naqueles dias foram aos banhos. As sombras das árvores manchavam as camisas brancas dos ambulantes que vendiam tigelas, vassouras, tordos em gaiolas de vime, pinhões, carvão, lenha, milho. Iam em grupos, percorrendo longas distâncias sem firmar o calcanhar no chão, na ponta dos pés. O sol transpirava com eles. Ofegantes, balançando os braços, desapareciam como pássaros.

Camila parou à sombra de um casebre para ver cortar café. As mãos das cortadoras desenhavam-se na ramagem metálica com movimentos de animais vorazes: subiam, desciam, juntavam-se enlouquecidas como se fizessem cócegas na árvore, separavam-se como se lhe desabotoassem a camisa.

Cara de Anjo cingiu-a com o braço pela cintura e a levou por uma trilha prostrada pelo sono quente das árvores. Podiam sentir a cabeça e o tórax; todo o resto, pernas e mãos, flutuava com eles, entre orquídeas e lagartixas reluzentes, na penumbra que ia escurecendo até ficar cor de mel, à medida que penetravam no bosque. Podia-se sentir o corpo de Camila através da blusa fina, como através da folha de milho verde o grão macio, leitoso, úmido. O vento desarrumava-lhes o cabelo. Desceram até os banhos entre ipomeias temporãs. O sol adormecia na água. Seres invisíveis flutuavam na sombreada proximidade das samambaias. De uma casa de teto de zinco saiu o vigia dos banhos, com a boca cheia de feijão. Cumprimentou-os com a cabeça e enquanto engolia o bocado, que lhe tomava as duas bochechas, ficou olhando-os de cima a baixo para impor respeito. Pediram-lhe duas cabines. Ele respondeu que iria buscar as chaves. Trouxe as chaves e abriu duas cabines, separadas por uma divisória. Cada um ocupou a sua, mas antes de se separarem deram-se um beijo rápido. O vigia, que estava com olhos inflamados, cobriu o rosto para não correr o risco de pegar um terçol.

Perdidos no rumor do bosque, distantes um do outro, sentiam-se estranhos. Um espelho partido ao meio viu Cara de Anjo tirar a roupa com pressa juvenil. Ser homem, quando melhor teria sido ser árvore, nuvem, libélula, borbulha ou colibri!... Camila soltou gritos ao tocar a água fria com os pés, no primeiro degrau dos banhos, novos gritinhos no segundo, mais agudos no terceiro, no quarto mais agudos ainda e... tchibum! A camisa indígena inflou como um vestido de crinolina, como um balão, mas quase ao mesmo tempo a água chupou-o, e no tecido de cores vivas, azul, amarelo, verde, desenhou-se seu corpo: seios e ventre firmes, leve curva dos quadris, a suavidade das costas, um pouco magra nos ombros. Após o mergulho, voltando à tona, Camila sentiu-se desconcertada. O silêncio fluente da água corrente dava as mãos a alguém que estava por ali, a um espírito raro que rondava os banhos, uma serpente cor de mariposa: a Siguemonta[24]. Mas ouviu a voz do seu marido que perguntava na porta se podia entrar, e se sentiu segura.

A água saltava com eles, como um animal contente. Nas teias de aranha luminosas dos reflexos que pendiam das paredes, viam-se as silhuetas de seus corpos, grandes como aranhas monstruosas. Penetrava a atmosfera o aroma do *suquinay*[25], a presença ausente dos vulcões, a umidade das pancinhas dos sapos, a respiração dos novilhos que mamavam pradarias transformadas em líquido branco, o frescor das cachoeiras que nasciam rindo, o voo inquieto das moscas verdes. Envolvia-os um véu impalpável de agás mudos, o canto do *torogoz* e o revoar de uma *shara*[26].

O vigia dos banhos veio até a porta perguntar se eram para eles os cavalos que haviam sido mandados de Las Quebraditas. Foi o tempo de sair do banho e se vestir. Camila

---

24 No imaginário popular da Guatemala, a Siguemonta ou Siguamenta é uma ave (ou às vezes uma serpente ou uma mulher de grande beleza) endemoninhada, dourada, de canto atraente, que atrai crianças curiosas e desobedientes. (N.T.)
25 Planta com flores brancas, nativa da Guatemala e região. (N. T.)
26 *Torogoz* e *shara* são pássaros nativos da Guatemala. (N.T.)

sentiu uma lagarta na toalha que pusera sobre os ombros enquanto se penteava, para não molhar o vestido com os cabelos úmidos. Sentir, gritar, Cara de Anjo chegar correndo e acabar com a lagarta, foi tudo um instante. Mas ela já não teve mais sossego; a selva inteira lhe dava medo, a própria respiração quente e úmida, seu adormecer sem sono, tudo era como se de lagartas fosse feito.

Os cavalos espantavam as moscas com a cauda ao pé de uma figueira. O peão que os trouxe aproximou-se para cumprimentar Cara de Anjo com o chapéu na mão.

– Ah, é você; bom dia! O que anda fazendo por aqui?...

– Trabalhando; desde que o senhor me fez o favor de me tirar do quartel eu ando por aqui, já vai fazer um ano.

– O tempo passa rápido, hein?

– É, parece que sim, mas, sabe patrão, acho que quem está indo rápido mesmo é o sol, e os gaviões ainda nem passaram.

Cara de Anjo consultou Camila para ver se era o caso de irem embora; havia parado para pagar o vigia dos banhos.

– À hora que você quiser...

– Mas não está com fome? Não quer comer alguma coisa? Talvez nosso amigo vigia possa nos vender alguma coisa!

– Que tal uns ovinhos? – interveio o peão, e do bolso do paletó, que tinha mais botões do que casas, tirou um pano onde trazia embrulhados três ovos.

– Muito obrigada – disse Camila –, têm cara de ser bem fresquinhos.

– Não há de quê, menina, e quanto aos ovinhos, são bons de verdade; as galinhas botaram essa manhã e eu disse à minha mulher: "Separe pra mim, quero levar para dom Anjo!".

Despediram-se do vigia, que continuava com o nariz escorrendo por causa dos olhos inflamados; e comendo feijão.

– Mas como eu dizia – acrescentou o peão – uma ideia seria a senhora beber os ovinhos, por que até chegar vai um tempo e pode ser que fique com fome.

– Não, não gosto de ovo cru e pode me fazer mal – respondeu Camila.

– É que eu estou vendo a senhora um pouco fraca!

– Sim, é que não andei bem, acabei de sair da cama...

– Pois é – disse Cara de Anjo –, ela andou bem doente.

– Mas agora vai ficar boa – observou o peão, enquanto apertava as cintas das selas. – Mulher é que nem flor, precisa ser bem regada, e agora casadinha, então, a senhora vai ficar tinindo.

Camila baixou as pálpebras, corando, surpresa como planta que em vez de folhas tem a impressão de que crescem olhos nela por todos os lados, mas antes voltou-se para o marido e desejaram-se com o olhar, selando o tácito acordo que faltava entre os dois.

XXXV
Cântico dos Cânticos

Se o acaso não nos tivesse unido... – costumavam dizer um ao outro. E sentiam tanto medo por terem corrido esse risco que quando estavam longe um do outro procuravam-se, quando estavam perto se abraçavam, quando estavam nos braços um do outro se apertavam mais e se beijavam e se olhavam, e ao se verem unidos encontravam-se tão claros, tão felizes, que caíam em uma transparente falta de memória, em um feliz concerto com as árvores recém-infladas de ar vegetal verde, e com os pedacinhos de carne envoltos em penas coloridas que voavam mais ligeiros que o eco.

Mas as serpentes estudaram o caso. Se o acaso não os tivesse unido, seriam felizes?...Foi aberta nas trevas uma licitação pública para a demolição do inútil encanto do Paraíso e as sombras ficaram à espreita, como vacina de culpa úmida, deitando raízes na voz ambígua das dúvidas, com o calendário tecendo teias de aranha nas esquinas do tempo.

Nem ela nem ele podiam faltar à festa que naquela noite o Presidente da República iria dar em sua residência campestre.

Sentiam-se como estranhos na própria casa, sem saber o que fazer, tristes por se verem juntos em meio a um sofá, um espelho e outros móveis, fora do mundo maravilhoso em que haviam transcorrido seus primeiros meses de casados, com pena um do outro, pena e vergonha de serem eles mesmos.

Um relógio soou as horas na sala de jantar, mas esta parecia-lhes estar tão longe que para chegar lá tinham a impressão de que era preciso pegar um barco ou um balão. E estavam logo ali...

Comeram sem conversar, acompanhando com os olhos o pêndulo que com suas batidinhas deixava a festa cada vez mais próxima. Cara de Anjo levantou para vestir o fraque e sentiu frio ao enfiar as mãos nas mangas, como quem se enrola em uma folha de bananeira.

Camila quis dobrar o guardanapo, mas foi o guardanapo que lhe dobrou as mãos, deixando-a presa entre a mesa e a cadeira, sem forças para dar o primeiro passo. Conseguiu retirar o pé. O primeiro passo estava dado. Cara de Anjo consultou de novo as horas e voltou ao quarto para pegar as luvas. Seus passos ao longe pareciam vir de um subterrâneo. Disse alguma coisa. Alguma coisa. Sua voz soava confusa. Um momento depois voltou de novo à sala com o leque da esposa. Não lembrava o que tinha ido buscar no quarto e procurava por todo lado. Finalmente lembrou, mas já as tinha posto.

– Não deixem as luzes acesas; apaguem todas e fechem bem as portas; durmam cedo... – recomendou Camila às empregadas, que plantadas na entrada do corredor viam os dois sair.

A carruagem desapareceu com eles, com os cavalos corpulentos trotando no rio de moedas formado pelas rédeas. Camila ia afundada no assento do fiacre sob o peso de uma sonolência irremediável, a luz mortiça das ruas nos olhos. De vez em quando, o bambolear do veículo a erguia do assento, pequenos saltos a interromper o movimento de seu corpo que seguia o compasso do veículo. Os inimigos de Cara de Anjo contavam que o favorito já não estava no candelabro, insinuando que no Círculo dos Amigos do Senhor Presidente em vez de chamá-lo pelo nome deveriam chamá-lo de Miguel Canales. Embalado pelo sacolejar das rodas, Cara de Anjo saboreava de antemão o susto que iriam ter ao vê-lo na festa.

O fiacre, liberto do empedramento das ruas, deslizou por uma ladeira de areia fina como o ar, com o ruído represado entre as rodas. Camila teve medo; não dava para ver nada na escuridão do campo aberto além das estrelas, nem se ouvia nada sob o orvalho que molhava, apenas o canto dos grilos; teve medo e crispou-se como se a arrastassem para a morte por um caminho ou arremedo de caminho, que de um lado dava para o abismo faminto e do outro para a asa de Lúcifer estendida como uma rocha nas trevas.

– O que você tem? – disse Cara de Anjo, tomando-a suavemente pelos ombros para afastá-la da portinhola.

– Medo!

– Fique calma...

– Esse homem vai fazer a gente despencar pelo barranco; fale pra ele não ir tão rápido; fale! Que sem graça que você é! Parece que nem ouve.

"Fale!", mas ele, mudo...!

– Nesses fiacres... – começou a dizer Cara de Anjo, mas foi silenciado por um apertão da esposa e pelo baque surdo das molas. Temeram já estar rolando pelo abismo.

– Já passou – refez-se ele –, já passou, foi... Deve ter sido alguma valeta...

O vento soprava no alto das rochas com queixas de velas rompidas. Cara de Anjo enfiou a cabeça pela portinhola e gritou para o cocheiro ir com mais cuidado. Este virou o rosto escuro, esburacado de varíola, e pôs os cavalos a passo de enterro.

O fiacre parou na saída de uma aldeia. Um oficial encapotado avançou até eles fazendo soar as esporas, reconheceu-os e mandou o cocheiro seguir. O vento suspirava entre as folhas dos milharais ressequidos e cortados. O vulto de uma vaca podia ser adivinhado num curral. As árvores dormiam. Duzentos metros adiante dois oficiais se aproximaram para identificá-los, mas o fiacre quase não se deteve. E já quando apeavam na residência presidencial, três coronéis vieram revistar o veículo.

Cara de Anjo cumprimentou os oficiais do Estado-Maior (era belo e mau como Satã). Uma morna nostalgia de ninho flutuava na noite inexplicavelmente grande vista dali. Um pequeno farol assinalava no horizonte o lugar onde um forte de artilharia velava pela proteção do Senhor Presidente.

Camila baixou o olhar diante de um homem de cenho mefistofélico, encurvado, com cada um dos olhos como um til de "ñ" e as pernas longas e finas. Na hora em que passavam, este homem erguia o braço com gesto lento e abria a mão, como se em vez de falar fosse soltar uma pomba.

– Partênio da Bitínia – dizia – foi aprisionado na guerra contra Mitrídates e levado a Roma, onde ensinou o verso alexandrino. E foi dele que o aprendemos, Propércio, Ovídio, Virgílio, Horácio e Eu...

Duas senhoras de avançada idade conversavam à porta da sala em que o Presidente recebia seus convidados.

– Sim, sim – dizia uma delas, passando a mão pelo cabelo penteado num coque –, eu já lhe disse que ele tem que se reeleger.

– E ele, o que acha? Isso me interessa...

– Apenas sorriu, mas eu sei que vai se reeleger. Para nós, minha pequena Cândida, é o melhor Presidente que já tivemos. Basta dizer que desde que ele assumiu o Moncho, meu marido, nunca deixou de ter um bom emprego.

Atrás dessas senhoras, o *Tícher* discursava num grupo de amigos:

– Aquela mulher a quem você dá casa, ou seja, a casada, você pode dispensar como se fosse um casaco...

— O Senhor Presidente perguntou pelo senhor — ia dizendo o Auditor de Guerra à direita e à esquerda —, o Senhor Presidente perguntou pelo senhor, o Senhor Presidente perguntou pelo senhor...

— Agradeço muito! — respondeu o *Tícher*.

— Agradeço muito! — respondeu, achando que era com ele, um jóquei negro, de pernas arqueadas e dentes de ouro.

Camila teria adorado passar sem que a vissem. Mas era impossível. Sua beleza exótica, seus olhos verdes, descampados, sem alma, seu corpo esbelto, copiado no vestido de seda branco, seus seios de meia libra, seus movimentos graciosos e, sobretudo, sua origem: filha do general Canales.

Uma senhora comentou em um grupo:

— Não vale um tostão. Uma mulher que não veste um corpete... Bem se vê que era caipira...

— E que mandou arrumar o vestido de noiva para poder usá-lo nas festas — murmurou outra.

— Quem não tem o que mostrar é quem mais quer aparecer! — achou oportuno acrescentar uma dama de cabelo ralo.

— Nossa, como a gente é perversa! Falei isso do vestido porque dá pra ver que eles estão pobres.

— Claro que estão pobres, o que a senhora acha? — observou a do cabelo ralo, e depois acrescentou em voz baixa: — Dizem que o Senhor Presidente não lhe dá mais nada desde que ele se casou com ela!...

— Mas o Cara de Anjo é o seu...

— Era, querida. Porque segundo dizem — e não fui eu que inventei isso — esse tal Cara de Anjo roubou essa que é a sua mulher para jogar pimenta nos olhos da polícia, e para que seu sogro, o general, conseguisse fugir; e foi desse jeito que ele fugiu!

Camila e Cara de Anjo continuaram avançando entre os convidados até a outra ponta da sala, onde estava o Presidente. Sua Excelência conversava com um cônego, o doutor Irrefragable, no meio de um grupo de senhoras que quando o amo se aproximava ficavam com o que estavam dizendo enfiado na boca, como quem engole uma vela acesa e não se atreve a respirar nem a abrir os lábios; falavam de banqueiros com processos pendentes e libertados sob fiança; de escrivães jacobinos que não tiravam os olhos do Senhor Presidente, sem se atrever a cumprimentá-lo quando ele os olhava, nem a se retirar quando parava de reparar neles; de luminares de cidades do interior, com a tocha de suas ideias políticas apagada e um fiapo de humanismo em sua dignidade de pequenas cabeças de leão, ofendidos ao se sentirem tratados como caudas de ratinho.

Camila e Cara de Anjo aproximaram-se do Presidente para cumprimentá-lo. Cara de Anjo apresentou sua esposa. O amo ofereceu a Camila sua destra pequenina, gelada ao toque, e pousou sobre ela os olhos ao pronunciar o próprio nome, como quem diz: "repare bem em quem sou eu!". O cônego, enquanto isso, saudava com os versos de Garcilaso a aparição de uma beldade que tinha o nome e o porte da amada de Albanio:

"¡Una obra sola quiso la Natura
Hacer como ésta, y rompió luego apriesa
La estampa do fue hecha tal figura!"[27]

Os criados serviam champanhe, salgados, amêndoas salgadas, bombons, cigarros. O champanhe acendia o fogo sem chama da diversão protocolar e tudo, como por encanto, parecia real nos espelhos sossegados e fictício nos próprios salões, assim como o som rachado de um instrumento primitivamente feito com cabaças e agora civilizado com lingotes que lembravam caixõezinhos de defunto.

– General... – ressoou a voz do Presidente –, faça sair os senhores, eu quero jantar só com as damas...

Pelas portas que davam para a noite clara foram sain-

---

[27] Em tradução livre: *Uma só obra quis a Natureza/ Fazer como esta, e depois quebrar/O molde onde criou tal figura!* (N.T.)

do os homens em grupo compacto, sem proferir palavra, alguns quase atropelando-se para cumprir com presteza a ordem do amo, outros tentando dissimular sua raiva com a pressa. As damas se entreolharam sem ousar recolher os pés debaixo das cadeiras.

– O Poeta pode ficar... – insinuou o Presidente.

Os oficiais fecharam as portas. O Poeta não sabia onde se acomodar no meio de tantas damas.

– Recite, Poeta – ordenou o Presidente –, mas alguma coisa boa; o *Cântico dos Cânticos*...

E o Poeta foi recitando o que lembrava do texto de Salomão:

"*Canción de Canciones la cual es de Salomón.*
¡Oh si él me besara con ósculo de su boca!
Morena soy, oh hijas de Jerusalén,
Mas codiciable
Como las tiendas de Salomón.

No miréis en que soy morena
Porque el sol me miró...

Mi amado es para mí un manojito de mirra
Que reposa entre mis pechos...

Bajo la sombra del deseado me senté
Y su fruto fue dulce a mi paladar.
Llevóme a la cámara del vino
Y la bandera sobre mí fue amor...

Yo os conjuro, oh doncellas de Jerusalén,
Que no despertéis ni hagáis velar al amor,
Hasta que quiera,
Hasta que quiera...

He aquí que tú eres hermosa, amiga mía;
Tus ojos entre tus guedejas como de paloma;

Tus cabellos como manada de cabras;
Tus dientes como manadas de ovejas

Que suben del lavadero,
Todas son crías mellizas
Y estéril no hay entre ellas...

Sesenta son las reinas y ochenta las concubinas...[28]

O Presidente levantou-se funesto. Seus passos ressoaram como pisadas de jaguar que foge pelas pedras de um leito de rio seco. E desapareceu por uma porta açoitando-se as costas com o cortinado que afastou ao passar.

Poeta e auditório ficaram atônitos, pequeninos, vazios, mal-estar atmosférico de quando se põe o sol. Um criado anunciou o jantar. Abriram-se as portas e enquanto os cavalheiros que haviam passado a festa no corredor ganhavam a sala tiritando, o poeta veio até Camila e convidou-a a jantar. Ela ficou em pé e ia dar-lhe o braço quando uma mão a deteve por trás. Quase solta um grito. Cara de Anjo havia permanecido oculto em uma cortina às costas de sua esposa; todos o viram sair do esconderijo.

A marimba sacudia seus membros entalados, atada à ressonância de seus caixõezinhos de defunto.

---

[28] Em tradução livre: *O cântico dos cânticos, que é de Salomão./ Beije-me ele com ósculos da sua boca!/ Eu sou morena, ó filhas de Jerusalém,/ Mas formosa,/ Como as tendas de Salomão./ Não repareis em eu ser morena,/ porque o sol me olhou;/ O meu amado é para mim como um saquitel de mirra,/ que repousa entre os meus seios.../ Sob a sombra do desejado me sentei/ E seu fruto foi doce ao meu paladar. Levou-me à câmara do vinho/ E a bandeira sobre mim foi amor.../ Eu conjuro-vos, oh donzelas de Jerusalém,/ Que não desperteis nem façais velar o amor,/ Até que queira,/ Até que queira.../ Eis que és formosa, amiga minha;/ Os teus olhos entre tuas madeixas como de pomba;/ Teus cabelos como rebanho de cabras;/ Teus dentes como rebanho de ovelhas/ Que sobem do lavadouro,/ Todas são crias gêmeas/ E estéril não há entre elas.../ Sessenta são as rainhas e oitenta as concubinas...* (N.T.)

XXXVI
A REVOLUÇÃO

Não dava pra ver nada à frente. Atrás avançavam répteis silenciosos, longos, escaramuças de caminhos que desdobravam ondulações fluidas, lisas, geladas. Podiam-se contar nos brejos secos as costelas da terra, raquítica, sem inverno. As árvores subiam para respirar até o alto das ramagens densas, leitosas. As fogueiras iluminavam os olhos dos cavalos cansados. Um soldado urinava de costas. Não dava para ver suas pernas. Queriam uma explicação, mas ninguém explicava, atarefados como estavam seus companheiros em limpar as armas com sebo e pedaços de fustão que ainda rescendiam a mulher. A morte ia levando-os embora, secava-os em suas camas um por um, sem que houvesse melhoras para os filhos nem para ninguém. Melhor arriscar a própria pele e ver o que acontecia. As balas não sentem quando atravessam o corpo de um homem; acham que a carne é ar morno, doce, ar um pouco robusto. E piam como carcarás. Era necessário achar uma explicação, mas ninguém dava, ocupados como estavam em afiar as machadinhas compradas pela revolução em uma loja de ferragens que se incendiou. O fio ia aparecendo como o riso no rosto de um negro. Cante, compadre, dizia uma voz, que agorinha mesmo o ouvi cantar!

> *Para qué me cortejeastes,*
> *Ingrato, teniendo dueña,*
> *Mejor me hubieras dejado*
> *Para arbolito de leña...*
>
> *¡Sígale, compadre, el tono!...*
>
> *La fiesta de la laguna*
> *Nos agarró de repente;*
> *Este año no hubo luna*
> *Ni tampoco vino gente...*
>
> *¡Cante, compadre!*
>
> *El día que tú naciste,*
> *Ese día nací yo,*
> *Y hubo tal fiesta en el cielo*
> *Que hasta tata Dios fondeó...*[29]

Cante, compadre, cante!... A paisagem cobria-se de uma lua cor de quinino e tiritavam as folhas das árvores. Em vão haviam esperado a ordem de avançar. Um latido ao longe indicava uma aldeia invisível. Amanhecia. A tropa, imobilizada, pronta aquela noite para tomar de assalto a primeira guarnição, sentia que uma força estranha, sub-

---

29 Em tradução livre: *Para que me cortejaste,/ Ingrato, já que tens dona, Podias ter me deixado/ Para árvore de lenha*
Cante junto, compadre, não perca o tom!...
A festa lá na lagoa/ Pegou todos de surpresa/ Esse ano não deu lua/ E tampouco veio gente...
Cante, compadre!
No dia em que você nasceu,/ Foi o mesmo em que nasci eu,/ E foi tanta festa no céu,/ Que até o próprio Deus bebeu... (N.T.)

terrânea, roubava-lhe a mobilidade, que seus homens iam se tornando de pedra. A chuva empapou a manhã sem sol. A chuva corria pelo rosto e pelas costas nuas dos soldados. Tudo ecoou depois com mais força no pranto de Deus. Primeiro foram apenas notícias entrecortadas, contraditórias. Pequenos rumores que por temor à verdade não diziam tudo o que sabiam. Algo muito fundo se endurecia no coração dos soldados: uma bola de ferro, uma marca de osso. Como uma só ferida sangrou todo o campo: o general Canales havia morrido. As notícias se concretizavam em sílabas e frases. Sílabas de silabário. Frases de Missa de Defuntos. Cigarros e aguardente tingida com pólvora e expressões de pesar. Não dava para acreditar no que contavam, embora fosse certo. Os velhos calavam-se impacientes para saber a dura verdade, alguns em pé, outros meio deitados ou agachados. Estes arrancavam o chapéu de palha, punham-no no chão e coçavam a cabeça. Por ali haviam voado os rapazes, descendo rápida a encosta, atrás de notícias. A reverberação do sol aturdia. Uma nuvem de pássaros revoava ao longe. De vez em quando soava um disparo. Depois caiu a tarde. Um céu de chaga sob o manto roto das nuvens. Os fogos das tendas foram se apagando e tudo virou uma grande massa escura, uma treva solitária; céu, terra, animais, homens. O galope de um cavalo perturbou o silêncio com seu cataplam, cataplam! que o eco repassou numa tabuada de multiplicar. De sentinela em sentinela, era ouvida cada vez mais perto, e não demorou a chegar, a se confundir com eles, que acreditavam sonhar acordados ao ouvir o que contava o ginete. O general Canales havia morrido de repente, ao terminar de comer, quando saía para se pôr à frente das tropas. E agora a ordem era esperar. "Deram-lhe alguma coisa, raiz de *chiltepe*, um oleozinho que não deixa rastro quando mata, porque não é possível que tenha morrido por acaso justamente nesse momento!", observou uma voz. "Ele devia ter tomado mais cuidado!", suspirou outra. Ahhhhh?... Todos calaram comovidos até os calcanhares nus, enterrados na terra... Sua filha?...

E ao fim de um momento longo como um mau momento, outra voz acrescentou: "Se quiserem, posso rogar-lhe uma praga, sei uma oração que me foi ensinada por um bruxo do litoral; aprendi uma vez em que o milho na montanha ficou escasso e tive que descer para comprar!... Querem?..." "Pois você é quem sabe" – respondeu outra fala na sombra -, "por mim aprovo, porque ela matou o pai!".

O galope do cavalo tomou de novo o caminho – cataplam, cataplam, cataplam –; ouviram-se de novo os gritos das sentinelas, e de novo reinou o silêncio. Um eco de coiotes subiu como escada de dois lados até a lua, que surgiu tardia e com uma grande roda em volta. Mais tarde ouviu-se um retumbar.

E a cada um dos que contavam o ocorrido, o general Canales saía da tumba para repetir sua morte: sentava-se para comer diante de uma mesa sem toalha à luz de um lampião, ouvia-se o ruído dos talheres, dos pratos, dos pés do auxiliar, ouvia-se servir um copo de água, um jornal sendo desdobrado e... nada mais, nenhuma queixa. Sobre a mesa encontraram-no morto, a bochecha esmagada em cima do *El Nacional*, os olhos entreabertos, vidrados, absortos em uma visão que não estava ali.

Os homens voltaram às tarefas cotidianas sem vontade; já não queriam continuar como animais domésticos e tinham aderido à revolução de *Chamarrita*, como chamavam carinhosamente o general Canales, para mudar a vida, e porque *Chamarrita* oferecia devolver-lhes a terra que lhes havia sido arrebatada a pretexto de abolir as comunidades; dividir equitativamente as nascentes de água; suprimir o pelourinho; implantar a *tortilla*[30] obrigatória por dois anos; criar cooperativas agrícolas para a importação de maquinário, boas sementes, animais de raça, adubo, técnicos; fa-

---

30 A obrigatoriedade do consumo de *tortillas*, feitas com o milho local, evitava a importação de grãos, muito mais caros. (N.T.)

cilitação e barateamento do transporte; exportação e venda dos produtos; restringir a imprensa às mãos de pessoas eleitas pelo povo e que prestassem contas diretamente ao povo; abolir a escola particular, criar impostos proporcionais; baratear os remédios; conciliar médicos e advogados e conceder liberdade de culto, entendida no sentido de que os índios pudessem, sem ser perseguidos, adorar suas divindades e refazer seus templos.

Camila soube do falecimento do pai muitos dias depois. Uma voz desconhecida deu-lhe a notícia por telefone.
– Seu pai morreu ao ler no jornal que o Presidente da República havia sido padrinho do seu casamento...
– Isso não é verdade! – gritou ela...
– Não é verdade? – riram na cara dela.
– Não é verdade, ele não foi padri!... Alô? Alô?! – Mas a pessoa já havia desligado, colocando o receptor no gancho lentamente, como quem vai embora escondido – Alô? Alô?!... Alô!...
Desabou numa cadeira de vime. Não sentia nada. Um tempo depois avaliou o aspecto do ambiente, tal como o via agora, pois não era mais como antes; antes tinha outra cor, outra atmosfera. Morto! Morto! Morto! Trançou os dedos como se quisesse quebrar algo e desatou a rir com as mandíbulas travadas e o pranto retido nos olhos verdes.
Uma carreta de água passou pela rua; lacrimejava a torneira e os potes de metal riam.

XXXVII
O Baile de Tohil[31]

– E os senhores, vão tomar o quê?...
– Cerveja.
– Para mim, não; quero um uísque...
– E eu um conhaque...
– Então são...
– Uma cerveja...
– Um uísque e um conhaque...
– E alguns petiscos!
– Então são uma cerveja, um uísque, um conhaque e mais os petiscos...
– E eu...? Eu que me dane, é isso? – ouviu-se a voz de Cara de Anjo, que voltava abotoando a braguilha com certa pressa.
– O que vai tomar?
– Qualquer coisa; traga uma água mineral...
– Certo: Então, uma cerveja, um uísque, um conhaque e uma água.

---

31 Tohil é o deus da chuva na mitologia maia-quiché. (N.T.)

Cara de Anjo pegou uma cadeira e veio sentar ao lado de um homem de dois metros de altura, com jeito e gestos de negro, apesar de ser branco, as costas retas como uma linha férrea, duas mãos que pareciam duas bigornas, e uma cicatriz entre as sobrancelhas loiras.

– Abra espaço pra mim, *Míster* Gêngis – disse aquele –, vou pôr minha cadeira ao lado da sua.

– É um prazer, senhor...

– Vou só beber alguma coisa e cair fora, porque o patrão está me esperando.

– Ah! – disse *Míster* Gêngis –, já que o senhor vai ver o Senhor Presidente, precisa deixar de ser tão tonto e diga que essas coisas que andam contando do senhor por aí não estão nada certas, mas nada, nada certas.

– Ah, mas isso cai por terra por si só – observou outro dos quatro, o que havia pedido o conhaque.

– E o senhor vem dizer isso pra mim?! – interveio Cara de Anjo, dirigindo-se a *Míster* Gêngis.

– E digo pra qualquer um! – exclamou o gringo batendo forte as mãos abertas na mesa de mármore. – É claro! Eu *estar* aqui a noite aquela e *ouvir* de meus ouvidos o Auditor dizer que o senhor *ser* inimigo da reeleição e *estar* com o defunto general Canales, amigo da revolução.

Cara de Anjo mal disfarçava a inquietação que sentia. Ir ver o Presidente naquelas circunstâncias era temerário.

O garçom aproximou-se para servir. Vestia um avental branco e no avental estava bordado com correntinha vermelha a palavra "Gambrinus".

– É um uísque..., uma cerveja...

Míster Gêngis tomou o uísque de um gole só sem pestanejar, como quem toma um purgante; em seguida, pegou o cachimbo e encheu de tabaco.

– Sim, amigo, de repente chega aos ouvidos do patrão tudo isso e então o senhor está encrencado. Tem que aproveitar agora e falar claro o que é e o que não é; e essa ocasião o senhor não *poder* perder.

– Bom conselho, *Míster* Gêngis, e até mais ver; vou pegar um fiacre para chegar lá mais rápido; muito obrigado, hein? E até a vista, a todos.

Míster Gêngis acendeu o cachimbo.

– Quantos uísques foram, *Míster* Gêngis? – perguntou um dos que estavam na mesa.

– De-zoi-to! – respondeu o gringo, o cachimbo na boca, um olho semicerrado e o outro azul, azul, aberto sobre a chaminha amarela do fósforo.

– O senhor sabe das coisas! O uísque é uma grande bebida!

– Deus é que sabe, eu não *saber* dizer: isso o senhor *perguntar* a quem não bebe como eu *bebe*, por puro desespero...

– Não diga uma coisa dessas, *Míster* Gêngis!

– Como não dizer isso, se é isso o que eu *sente*! No meu país todo mundo diz o que sente. Sempre.

– Uma grande qualidade...

– Nada disso, eu *gostar* mais aqui com os senhores, dizer o que não sente mas desde que seja bem bonito!

– Mas então quer dizer que lá entre vocês ninguém inventa histórias...?

– Ah, não, de jeito nenhum; inventar histórias a Bíblia já faz divinamente...

– Outro uísque, *Míster* Gêngis?

– Mas é claro! Outro uísque, sim, outro uísque!

– Bravo, assim é que eu gosto, o senhor morre mas não muda de ideia!

– *Comment?*

– Meu amigo está dizendo que o senhor é dos que morrem mas...

– Sim, entendi, dos que morrem mas não mudam de ideia; mas, não: eu *ser* dos que vivem e não mudam de ideia; eu *ser* mais esperto; se morrer, não me importo, morrer é da lei de Deus!

– Ah, esse *Míster* Gêngis... Aposto que o senhor gostaria que chovesse uísque!

– De jeito nenhum! Por quê?... Então não vendiam mais guarda-chuva para usar como guarda-chuva e sim para usar como funil – e acrescentou, depois de uma pausa preenchida pela fumaça de seu cachimbo e por sua respiração lenta, enquanto os outros riam. – Bom rapaz esse Cara de Anjo; mas se ele não faz o que eu disse, não vai ter perdão nunca e vai ser mandado para o diabo!

Um grupo de homens silenciosos entrou na cantina de repente; um grupo grande, e a porta não comportava que passassem todos juntos ao mesmo tempo. A maior parte ficou de um dos lados da porta, entre as mesas, junto do balcão. Estavam de passagem, não valia a pena sentar. "Silêncio!", disse um meio baixinho, meio velho, meio careca, meio normal, meio doido, meio rouco, meio sujo, estendendo um cartaz impresso que outros dois o ajudaram a grudar com cera preta num dos espelhos da cantina.

"CIDADÃOS:
Pronunciar o nome do Senhor Presidente da República é iluminar com as tochas da paz os sagrados interesses da Nação, que sob seu sábio comando conquistou e continua conquistando os inestimáveis benefícios do Progresso em todas as ordens e da Ordem em todos os progressos!!!! Como cidadãos livres, conscientes da obrigação em que estamos de velar por nossos destinos, que são os destinos da Pátria, e como homens de bem, inimigos da Anarquia, proclamamos!!! Que a saúde da República está na REELEIÇÃO DO NOSSO EGRÉGIO MANDATÁRIO E APENAS EM SUA REELEIÇÃO! Por que aventurar a barca do Estado naquilo que não conhecemos, quando à cabeça dela se encontra o Estadista mais completo de nossos tempos, aquele a quem a História irá saudar como Grande entre os Grandes, Sábio entre os Sábios, Liberal, Pensador e Democrata??? O simples fato de imaginar outro que não seja Ele em tão alta magistratura é atentatório aos Destinos da Nação, que são nossos destinos, e quem tal ouse, que não haverá ninguém,

deve ser colocado em reclusão como louco perigoso e, se não estiver louco, julgado como traidor da Pátria conforme nossas leis!!!! CONCIDADÃOS, AS URNAS OS ESPERAM! VOTAI! EM! NOSSO! CANDIDATO! QUE! SERÁ! REELEI-TO! PELO! POVO!"

A leitura do cartaz despertou o entusiasmo de todos aqueles que estavam na cantina; houve vivas, aplausos, gritos, e a pedido de todos falou um homem de roupas desengonçadas, cabelo preto comprido e olhos embaçados.

– Patriotas, meu pensamento é de Poeta, de cidadão é a minha língua pátria! Poeta quer dizer o que inventa o céu; falo a vocês, portanto, como inventor dessa coisa tão inútil e bela que se chama céu. Ouçam minha desengonçada geringonça!... Quando aquele alemão que não foi compreendido na Alemanha, não o Goethe, não o Kant, não o Schopenhauer, falou do Superlativo do Homem, foi pressentindo, sem dúvida, que do Pai Cosmos e da Mãe Natureza iria nascer no coração da América o primeiro homem superior que jamais existiu. Falo, senhores, deste produtor de auroras que a Pátria chama de Benemérito, Chefe do Partido e Protetor da Juventude Estudiosa; falo, senhores, do Senhor Presidente Constitucional da República, como, sem dúvida, vós todos deveis já ter compreendido, por ser ele o Pró-Homem de "Nítche", o Superúnico... Digo e repito do alto desta tribu!... – e ao dizer isso bateu sem querer com as costas da mão no balcão da cantina – ...E daí, compatriotas, não sou desses que fazem da política o ganha-pão, nem daqueles que dizem ter inventado o *perejil chino* por terem decorado as façanhas de Chilperico[32], acredito desinteressada-íntegra--honradamente que enquanto não houver entre nós outro cidadão hiper-super-homem, supercidadão, só estando loucos ou cegos, cegos ou loucos de amarrar, poderíamos per-

---

32 A frase pretende expressar um absurdo ao juntar termos disparatados mas de sonoridade similar, como *perejil chino* ("coentro") e Chilperico (rei dos francos no século VI). (N.T)

mitir que fossem passadas as rédeas do governo das mãos do Auriga-Superúnico que agora e sempre guiará o carro da nossa adorada Pátria, às mãos de outro cidadão, um cidadão qualquer, um cidadão, concidadãos, que mesmo supondo que tenha todos os merecimentos da terra, seria apenas um homem. A Democracia acabou com os Imperadores e os Reis na velha e fatigada Europa, mas, é preciso reconhecer, e reconhecemos, que transplantada à América sofre o enxerto quase divino do Super-homem e dá contextura a uma nova forma de governo: a Superdemocracia. E a propósito, senhores, terei o prazer de recitar...

– Recite, poeta – ergueu-se uma voz –, mas não a ode....

– ...meu Noturno em Dó Maior ao Superúnico!

Depois do poeta, fizeram bom uso da palavra outros mais exaltados contra o nefando bando, a cartilha de São João, o silabário da abracadabra e outros supositórios teologais. Um dos assistentes começou a sangrar pelo nariz e entre um discurso e outro pedia em altos brados que lhe trouxessem um tijolo novo empapado em água, para cheirá-lo e com isso estancar a hemorragia.

– A essas horas – disse *Míster* Gêngis – o Cara de Anjo deve estar entre a parede e o Senhor Presidente. Eu *gosta* como fala esse poeta, mas eu *acha* que deve ser muito triste ser poeta; pior ser advogado, deve ser a coisa mais triste do mundo. Quer saber? Vou tomar mais um uísque! Um uísque – gritou – para este super-hiper-ferro-quase-viário!

Ao sair do Gambrinus, Cara de Anjo encontrou o Ministro da Guerra.

– Para onde está indo, general?

– Ver o Patrão...

– Vamos juntos, então...

– O senhor está indo para lá também? Vamos esperar meu fiacre, não deve demorar. Nem lhe conto; venho de ver uma viúva...

– Já sei que o senhor gosta de viúvas alegres, general...

– Nada a ver com musiquinhas de opereta!

– Não? Então se não é música deve ser a Viúva Clicquot!³³

– Que Clicquot coisa nenhuma, escatologia em carne e osso!

– Caramba!

O fiacre rodava sem fazer ruído, como sobre rodas de mata-borrão. Nos postes das esquinas ouviam-se os golpes dos guardas que se transmitiam os sinais de "avança o Ministro da Guerra, avança o Ministro da Guerra, avança...".

O Presidente passeava para lá e para cá em seu escritório, passos curtos, o chapéu abaixado do cocuruto até a testa, a gola do paletó levantada sobre um lenço que lhe cobria a nuca, os botões do colete sem abotoar. Terno preto, chapéu preto, botinas pretas...

– Como está o tempo lá fora, general?

– Meio frio, Senhor Presidente...

– E Miguel sem casaco...

– Senhor Presidente...

– Nada, você está tremendo e vem me dizer que não está com frio! Você é muito desavisado. General, mande alguém à casa de Miguel buscar o casaco dele imediatamente.

O Ministro da Guerra saiu todo cheio de mesuras – por pouco não deixa cair a espada –, enquanto o Presidente tomava assento num sofá de vime e oferecia a Cara de Anjo a cadeira mais próxima.

– Aqui, Miguel, eu tenho que fazer tudo, estar presente em tudo, porque me coube governar um povo formado pelo pessoal do "vou" – disse ao sentar –, preciso contar com os amigos para aquelas coisas que eu mesmo não posso fazer. Isso que eu disse, do pessoal do "vou" – fez uma pausa –, é gente que tem a melhor intenção do mundo de fazer e desfazer, mas que por falta de expediente não faz nem desfaz nada, não fede nem cheira, é que nem merda de ouro. E é por isso que entre nós o industrial passa a vida repetindo: vou montar uma fábrica, vou instalar um maquinário novo,

---

33 Referência ao champanhe francês *Veuve Clicquot*. (N.T.)

vou isso, vou aquilo, vou mais aquilo outro; o senhor agricultor, a mesma coisa: vou implantar um novo cultivo, vou exportar meus produtos; o literato, vou escrever um livro; o professor, vou fundar uma escola; o comerciante, vou tentar tal ou qual negócio, e os jornalistas – esses porcos que vendem a alma por um pedaço de manteiga! – vamos melhorar o país; mas como eu lhe dizia no início, ninguém faz nada e, naturalmente, sou eu, o Presidente da República, quem tem que fazer tudo, e quem sempre leva a culpa. E se não fosse por mim não existiria nem a fortuna, pois tenho até que bancar a deusa cega na loteria...

Coifou o bigode grisalho com a ponta dos dedos transparentes, frágeis, cor de madeira de taquara. E continuou, mas mudando de tom:

– Tudo isso vem a propósito do seguinte: eu me vejo obrigado pelas circunstâncias a aproveitar os serviços daqueles, como você, que se perto de mim me são preciosos, mais ainda o serão fora da República, ali onde as maquinações de meus inimigos e suas intrigas e escritos de má índole estão a ponto de arruinar minha reeleição...

Deixou cair os olhos como dois mosquitos zonzos, ebriedade do sangue, sem parar de falar:

– Não me refiro a Canales nem aos seus sequazes: a morte, Miguel, tem sido e será a minha melhor aliada! Refiro-me aos que tentam influenciar a opinião norte-americana a fim de que Washington me retire seu apoio. Quer dizer que a fera enjaulada começa a perder o pelo e por isso não quer que ninguém assopre? Muito bem! Quer dizer que sou um velho com o cérebro na salmoura e o coração mais duro que peroba? Gente ruim, e é só isso que poderia esperar deles! Mas que meus conterrâneos se aproveitem, por questões políticas, de tudo o que eu fiz para salvar o país da pirataria desses filhos do Tio e filhos da puta, isso já não tem nem mais nome! Minha reeleição corre perigo e por isso mandei chamar você. Preciso que vá para Washington e me informe detalhadamente o que está acontecendo naquelas cegueiras de ódio, naqueles enterros nos quais para ser o bom, como em todos os enterros, você precisa ser o morto.

– O Senhor Presidente... – gaguejou Cara de Anjo, dividido entre o conselho de *Míster* Gêngis de esclarecer as coisas e o temor de perder, por ser indiscreto, uma viagem que desde o primeiro momento compreendeu que seria sua salvação. – O Senhor Presidente sabe que me tem, para tudo o que ordenar, incondicionalmente às suas ordens. No entanto, se o Senhor Presidente me permite duas palavrinhas, já que minha aspiração tem sido sempre ser o último de seus servidores, mas o mais leal e consequente, queria pedir-lhe, se o Senhor Presidente não vê obstáculo algum, que antes de me confiar tão delicada missão se desse ao trabalho de ordenar que se investigue se são ou não procedentes as gratuitas acusações de inimigo do Senhor Presidente que me são feitas, para citar nomes, pelo Auditor de Guerra...

– Mas quem está dando ouvidos a essas fantasias?

– O Senhor Presidente não pode duvidar da minha incondicional adesão à sua pessoa e ao seu governo; mas não quero que me outorgue sua confiança sem verificar antes se são ou não procedentes as afirmações do Auditor.

– Miguel, não estou lhe perguntando o que é que eu devo fazer! Vamos parar por aqui! Sei de tudo e digo mais: neste escritório guardo o processo que a Auditoria de Guerra iniciou contra você quando da fuga do Canales, e tem mais ainda: posso afirmar que o ódio do Auditor de Guerra nutre contra você deve-se a uma circunstância que talvez você ignore: o Auditor de Guerra, de acordo com a polícia, tinha intenção de raptar a que agora é a sua mulher e vendê-la à dona de um prostíbulo, de quem, você sabe, tinha dez mil pesos recebidos por conta disso; quem pagou o pato foi uma mulher que agora, coitada, anda por aí meio doida.

Cara de Anjo ficou quieto, controlando seus menores gestos diante do amo. Refundido no negror de seus olhos aveludados, enterrou no seu coração o que sentia, pálido e gélido como a cadeira de vime.

– Se o Senhor Presidente me permite, preferiria ficar ao seu lado e defendê-lo com meu próprio sangue.
– Está dizendo que não aceita?
– De forma alguma, Senhor Presidente...
– Então, palavras à parte, todas essas reflexões são supérfluas; os jornais vão publicar amanhã a notícia de sua partida e nem pense em me deixar na mão; o Ministro da Guerra tem ordens de me entregar hoje mesmo o dinheiro necessário para os preparativos da viagem; vou mandar à estação o dinheiro das despesas e as instruções.

Uma palpitação subterrânea de relógio subterrâneo que marca horas fatais começava para Cara de Anjo. Por uma janela escancarada, entreviu por suas sobrancelhas negras uma fogueira acesa, junto a ciprestes cor de carvão esverdeado, rodeada por cortinas de fumaça branca, no meio de um pátio ofuscado pela noite, amante de sentinelas e viveiro de estrelas. Viu quatro sombras sacerdotais marcando os cantos do pátio, as quatro vestidas de musgo, como adivinhos de água, as quatro com as mãos cobertas por pele de rã, mais verde que amarela, as quatro com um olho fechado, na parte do rosto exposta à luz, e um olho aberto, que terminava como pedúnculo de limão, na parte do rosto comida pela escuridão. De repente, ouviu soar um *tun*[34], um *tun*, um *tun*, um *tun*, e muitos homens disfarçados de animais entraram saltando, como fileiras de milharal. Pelas baquetas ensanguentadas e vibráteis do *tun*, desciam caranguejos no ribombar dos ventos e corriam vermes das tumbas do fogo. Os homens dançavam para não grudar ao chão pelo som do *tun*, para não voar ao vento pelo som do *tun*, alimentando a fogueira com a terebintina de suas frontes. De uma penumbra cor de esterco surgiu um homúnculo com cara de chuchu velho, passando a língua de uma bochecha à outra, espinhos na testa, sem orelhas, que levava à altura do umbigo um cordão peludo adornado com

---

34 O *tun* é um tambor nativo feito de tronco de árvore. (N.T.)

cabeças de guerreiros e folhas de abóbora. Aproximou-se para soprar os maços de chamas e, em meio à alegria cega dos gambás, roubou o fogo com a boca, mastigando-o como copal para não se queimar. Um grito ficou untado à escuridão que subia pelas árvores e ouviram-se perto e longe as vozes chorosas das tribos abandonadas na selva, que cegas de nascença pelejavam com suas tripas – animais da fome –, com suas gargantas – pássaros da sede – e com seu medo e suas ânsias e suas necessidades corporais, reclamando a Tohil, o *Doador do Fogo,* que lhes devolvesse o tição aceso da luz. Tohil chegou cavalgando um rio feito de peitos de pomba que deslizava como leite. Os veados corriam para que a água não estagnasse, veados de chifres mais finos que a chuva e patinhas que terminavam em correntes de ar afagando areias de passarinhos. As aves corriam para evitar que se detivesse o reflexo nadador da água. Aves de ossos mais finos que suas penas. Rom-tom-tom! Rom-tom-tom!... retumbava o som sob a terra. Tohil exigia sacrifícios humanos. As tribos trouxeram à sua presença os melhores caçadores, os das zarabatanas retas, os das fundas de fibra de agave sempre carregadas. "Esses homens? O que farão? Caçarão homens?", perguntou Tohil. Rom-tom-tom! Rom-tom-tom!..., retumbava o som sob a terra. "Como pedires," responderam as tribos, "desde que nos devolvas o fogo, tu, o *Doador de Fogo*, e que não se esfrie nossa carne, fritura de nossos ossos, nem o ar, nem as unhas, nem a língua, nem o cabelo! Desde que nossa vida continue morrendo, mesmo que tenhamos que degolar-nos todos para que continue vivendo a morte!". "Estou muito feliz!", disse Tohil. *Rom-tom-tom! Rom-tom-tom*, retumbava o som sob a terra. "Estou feliz! Sobre homens caçadores de homens poderei assentar meu governo. Não haverá nem verdadeira morte nem verdadeira vida. E agora, a dança da cuia!"

E cada caçador-guerreiro pegou sua cuia, sem afastá-la da respiração que lhe aplastrava o rosto, no compasso do *tun*, do retumbar e do ribombar dos ventos e do *rom-tom-tom* das tumbas, que faziam dançar os olhos de Tohil.

Cara de Anjo despediu-se do Presidente depois daquela visão inexplicável. Ao sair, o Ministro da Guerra chamou-o para entregar-lhe um maço de notas e seu casaco.

– O senhor não vem junto, general? – quase não achava palavras.

– Se pudesse iria... Mas de repente nos vemos por aí, ou talvez outro dia; preciso ficar por aqui, sabe... – e inclinou a cabeça sobre o ombro direito –, ouvindo a voz do amo.

XXXVIII
A VIAGEM

Aquele rio que corria sobre o telhado enquanto arrumava os baús não desembocava ali na casa, desembocava bem mais longe, na imensidão que dava no campo, talvez no mar. O vento, desferindo um murro, abriu a janela; a chuva entrou como se os vidros tivessem se partido em cacos, as cortinas se agitaram, tudo solto, os papéis, as portas, mas Camila continuou na sua arrumação; isolava-se no vazio dos baús que ia preenchendo, e, embora a tempestade lhe prendesse alfinetes de relâmpagos no cabelo, nada lhe parecia ficar cheio nem diferente, tudo igual, vazio, desconexo, sem peso, sem corpo, sem alma, como ela mesma.

— Entre viver aqui e viver longe da fera...! — repetia Cara de Anjo enquanto fechava a janela. — Era só o que me faltava! Como se estivesse fugindo dele!

— Mas depois do que você me contou ontem à noite sobre os tais bruxos com cuia na boca que dançam na casa dele...

— Bem, não é pra tanto!... — um trovão abafou sua voz.
— ...E, além disso, me diga: o que é que eles poderiam adi-

vinhar? Faça-me o favor, não é? Quem está me mandando para Washington é ele; é ele quem está me pagando a viagem... Caramba! Agora, digamos que quando estiver longe eu mude de ideia, tudo pode acontecer: você então virá com o pretexto de que está doente ou de que eu estou doente, e aí ele que morra de nos procurar na lista telefônica...

– E se ele não me deixar sair...

– Pois então eu volto de boca calada e não perdemos nada, você não acha? Mais vale arriscar...

– Pra você tudo é fácil!...

– E com o que temos dá pra viver em qualquer lugar; e eu digo viver, o que eu chamo viver, não isso de ficar repetindo a toda hora: "Penso com a cabeça do Senhor Presidente, logo existo, penso com a cabeça do Senhor Presidente, logo existo...".

Camila ficou olhando-o com os olhos cheios d'água, a boca como se estivesse cheia de cabelo, os ouvidos cheios de chuva.

– Mas por que você chora?... Não chore...

– O que você quer que eu faça?

– Com as mulheres é sempre a mesma coisa!

– Me deixa!...

– Você vai ficar doente se continuar chorando desse jeito; pelo amor de Deus!...

– Não, me deixa!...

– Até parece que eu vou morrer ou que estão indo me enterrar vivo!

– Me deixa!

Cara de Anjo abraçou-a. Por suas faces de homem duro de chorar escorreram tortas duas lágrimas quentes como pregos que não acabam de ser arrancados.

– Mas você vai me escrever, não vai?... – murmurou Camila.

– Mas é claro...

– Prometa isso! Olha que a gente nunca ficou longe um do outro. Não vá me deixar sem carta; para mim seria uma agonia ver os dias passando e passando sem saber de você...

E cuide-se! Não confie em ninguém, está ouvindo? Não dê atenção ao que as pessoas digam, menos ainda se forem compatriotas, que são gente ruim... Mas o que eu mais peço é... – os beijos do marido cortavam-lhe as palavras – ...que... eu peço... é que... é que... você me escreva!

Cara de Anjo fechou os baús sem afastar os olhos dos de sua esposa, carinhosos e zonzos. Chovia a cântaros. A água escorria pelas calhas com peso de correntes. Afogavam-se na aflitiva noção do dia próximo, já tão próximo, e sem dizer palavra – estava tudo pronto – foram se despindo para deitar, entre o tique-taque do relógio que tesourava em tiquinhos suas últimas horas – tique-taque, tique-taque, tique-taque!... – e o zumbido dos mosquitos que não deixavam dormir.

– Ah, meu Deus, só agora vi que esqueci de fechar os quartos para que não entrassem mosquitos. Que tonta, meu Deus!

Como única resposta, Cara de Anjo apertou-a contra o peito; sentia-a como ovelhinha sem balido, desvalida.

Não se atreviam a apagar a luz, nem a fechar os olhos, nem a dizer nada. Sentiam-se tão perto um do outro na claridade, a voz cava tamanha distância entre os que se falam, as pálpebras separam tanto... E depois ficar no escuro era como estar longe, e embora tivessem muito para dizer um ao outro naquela última noite, por mais que falassem, tudo pareceria estar sendo dito como por telegrama.

O alarido das empregadas, que perseguiam um frango na horta, encheu o pátio. A chuva havia parado e a água destilava-se pelas calhas como numa clepsidra. O frango corria, arrastava-se, esvoaçava, debatia-se para escapar da morte.

– Minha pedrinha de amolar... – sussurrou-lhe Cara de Anjo ao ouvido, pressionando com a palma da mão o ventre côncavo.

– Amor... – disse ela apertando seu corpo contra o dele. Suas pernas desenharam no lençol o movimento dos remos que se apoiam na água revolta de um rio sem fundo.

As criadas não paravam. Corridas. Gritos. O frango escapava das suas mãos, palpitante, assustado, com os olhos esbugalhados, o bico aberto, as asas meio em cruz e a respiração ofegante.

Feitos um só nó, regando-se de carícias com os jorros trêmulos dos dedos, entre mortos e adormecidos, atmosféricos, sem superfície... – Amor – disse ela. – ...Tesouro! – disse-lhe ele. – ...Meu tesouro! – disse ela...

O frango deu contra o muro ou o muro veio-lhe em cima... Sentiu ambas as coisas no coração... Torceram-lhe o pescoço... Como se voasse morto, sacudia as asas... "Até se sujou, o desgraçado!", gritou a cozinheira, e sacudindo as penas que lhe salpicavam o avental foi lavar as mãos na pia cheia de água de chuva.

Camila fechou os olhos... O peso do marido... O bater de asas... A mancha morna

E o relógio, mais lento, tique-taque, tique-taque, tique-taque, tique-taque!...

Cara de Anjo apressou-se em folhear os documentos que o Presidente lhe enviara por um oficial à estação. A cidade arranhava o céu com as unhas sujas dos telhados e ia ficando para trás, para trás. Os documentos o tranquilizaram. Que sorte afastar-se daquele homem em vagão de primeira classe, cercado de atenções, sem nenhum espião nos calcanhares e com cheques no bolso! Fechou os olhos para guardar melhor o que pensava. À passagem do trem, os campos ganhavam movimento e punham-se a correr como meninos, um atrás do outro, um atrás do outro, um atrás do outro: árvores, casas, pontes...

– ...Que sorte afastar-se daquele homem em vagão de primeira classe!...

...Um atrás do outro, um atrás do outro, um atrás do outro... A casa perseguia a árvore, a árvore a cerca, a cerca a ponte, a ponte o caminho, o caminho o rio, o rio a montanha, a montanha a nuvem, a nuvem o milharal, o milharal o lavrador, o lavrador o animal...

...Rodeado de atenções, sem espião nos calcanhares...

...O animal a casa, a casa a árvore, a árvore a cerca, a cerca a ponte, a ponte o caminho, o caminho o rio, o rio a montanha, a montanha a nuvem...

...Uma aldeia feita de reflexos corria num arroio de superfície transparente e fundo escuro, cor de coruja...

...A nuvem o milharal, o milharal o lavrador, o lavrados o animal, o animal...

...Sem espião nos calcanhares, com cheques no bolso...

...O animal a casa, a casa a árvore, a árvore a cerca, a cerca...

...Com muitos cheques no bolso!...

...Uma ponte passava como uma harmônica pelas bocas das janelinhas... Luz e sombra, escalas, franja de ferro, asas de andorinhas...

...A cerca a ponte, a ponte o caminho, o caminho o rio, o rio a montanha, a montanha...

Cara de Anjo deitou a cabeça no encosto do assento de junco. Acompanhava a terra baixa, plana, quente, inalterável da costa com os olhos perdidos de sono e a sensação confusa de ir no trem, de não ir no trem, de ir ficando para trás do trem, cada vez mais para trás do trem, mais para trás do trem, mais para trás do trem, mais para trás do trem, cada vez mais para trás, cada vez mais para trás, cada vez mais para trás, mais e mais cada vez, cada ver cada vez, cada ver cada vez, cada ver cada vez, cada ver cada vez, cada ver cada ver cada ver cada ver...

De repente abria os olhos – o sono sem postura de quem foge, a aflição de quem sabe que até pelo ar que respira podem se infiltrar perigos – e que se encontrava em seu assento, como se tivesse saltado no trem por um vão invisível, com a nuca dolorida, o rosto suado e uma nuvem de moscas na testa.

Sobre a vegetação amontoavam-se céus imóveis, empanturrados de beber água do mar, com as unhas de seus raios escondidas em grandes nuvens de felpa cinza.

Uma aldeia veio, andou por ali e seguiu por lá, uma aldeia que parecia desabitada, uma aldeia de casas de alfenim em cascas de milho secas entre a igreja e o cemitério. Que a fé que construiu a igreja seja minha fé, a igreja e o cemitério; só ficaram vivos a fé e os mortos!

Mas a alegria de quem vai se afastando ficou empanada em seus olhos. Aquela terra de assídua primavera era sua terra, sua ternura, sua mãe, e por muito que ressuscitasse ao ir deixando para trás aquelas aldeias, sempre estaria morto entre os vivos, eclipsado entre homens de outros países pela presença invisível de suas árvores em cruz e de suas pedras tumulares.

As estações se seguiam às estações. O trem corria sem se deter, sacolejando sobre os trilhos mal assentados. Aqui um apito, ali um estertor de freios, mais adiante um anel de fumaça preta no cume de um morro. Os passageiros se abanavam com os chapéus, com os jornais, com os lenços, suspensos no ar quente das mil gotas de suor que seus corpos choravam, exasperados pelas poltronas incômodas, pelo barulho, pela roupa que coçava como se, tecida com patinhas de insetos, saltasse pela pele, pela cabeça que coçava como se o cabelo andasse, sedentos como purgantes, tristes como a morte.

A tarde caiu, depois da luz rígida, depois do sofrimento de chuvas espremidas, e foi então descortinando o horizonte e começando a ostentar ao longe, muito longe, uma caixa de sardinhas luminosas em azeite azul.

Um empregado da ferrovia passou acendendo as lanternas dos vagões. Cara de Anjo ajeitou o pescoço, a gravata, consultou o relógio... Faltavam vinte minutos para chegar ao porto; um século para ele, que já não via a hora de estar no navio, são e salvo, e lançou-se sobre a janelinha para ver se divisava alguma coisa no escuro. Cheiro de enxertos. Ouviu passar um rio. Mais adiante talvez o mesmo rio...

O trem freou a marcha nas ruas de um povoado, estendidas como redes na sombra, foi parando pouco a pouco, desceram os passageiros de segunda classe, gente de fardo, mecha e rastilho, e seguiu rodando cada vez mais devagar até o cais. Já dava para ouvir o eco da arrebentação, já se adivinhava a indecisa claridade dos edifícios da alfândega fedendo alcatrão, já dava para sentir o respirar sonolento de milhões de seres doces e salgados...

Cara de Anjo cumprimentou de longe o Comandante do Porto que esperava na estação – major Farfán! – feliz por encontrar em momento tão crucial o amigo que lhe devia a vida – major Farfán!...

Farfán cumprimentou-o de longe, disse-lhe por uma das janelas do trem que não se preocupasse com sua bagagem porque alguns soldados viriam levá-la até o navio e, quando o trem parou, subiu para apertar-lhe a mão com grandes mostras de apreço. Os outros passageiros desciam mais correndo do que andando.

– E então, como vai sua boa vida?... Tudo em ordem?...

– Sim, e o senhor, major? Se bem que nem preciso perguntar, porque dá para ver pelo seu rosto...

– O Senhor Presidente telegrafou para que me colocasse às suas ordens, senhor, para que não lhe faltasse nada.

– Muito amável, major!

O vagão em poucos instantes ficara vazio. Farfán pôs a cabeça para fora de uma das janelas e disse em voz alta:

– Tenente, providencie para que venham pegar os baús. Por que tanta demora?...

A essas palavras apareceram nas portas vários grupos de soldados armados. Cara de Anjo compreendeu a manobra tarde demais.

– Da parte do Senhor Presidente – disse Farfán com revólver em punho –, o senhor está detido!

– Mas, major!... Se o Senhor Presidente... Como é possível?... Venha, faça-me o favor, venha comigo; permita-me telegrafar...

– As ordens são terminantes, dom Miguel, e é melhor que o senhor fique quieto!

– Como o senhor quiser, mas não posso perder o navio, estou em missão, não posso...
– Silêncio, faça-me o favor, e entregue depressa tudo o que traz consigo!
– Farfán!
– Estou dizendo, entregue!
– Não, major, ouça, por favor!
– Não se oponha, não se oponha!
– É melhor que o senhor me ouça, major!
– Vamos parar com a discussão!
– Trago instruções confidenciais do Senhor Presidente... e o senhor será responsável!...
– Sargento, reviste o senhor!... Vamos ver quem pode mais!

Um indivíduo com o rosto escondido em um lenço surgiu da sombra, alto como Cara de Anjo, pálido como Cara de Anjo, meio loiro como Cara de Anjo; apropriou-se do que o sargento ia arrancando do verdadeiro Cara de Anjo (passaporte, cheques, aliança de casamento – com uma cusparada fez deslizar dedo afora a aliança em que estava gravado o nome da esposa –, abotoaduras, lenços...) e desapareceu em seguida.

Muito depois ouviu-se a sirene do navio. O prisioneiro cobriu os ouvidos com as mãos. As lágrimas o cegavam. Seu desejo teria sido arrebentar a porta, fugir, correr, voar, cruzar o mar, deixar de ser aquele que ficava – Que rio revolto sob a pele! Que comichão de cicatriz no corpo! –, e ser o outro, aquele que com sua bagagem e seu nome se afastava no camarote número 17 rumo a Nova York.

XXXIX
O PORTO

Tudo estava tranquilo na calmaria prévia à mudança da maré, com exceção dos grilos, úmidos de sal e lançando reflexos de estrelas nos élitros, da luz dos faróis, alfinetes perdidos na escuridão, e do prisioneiro, que ia de um lado para outro, cabelo caído na testa, roupas desalinhadas, como quem sai de uma briga. Não conseguia tomar assento, esboçava gestos como fazem aqueles que se defendem durante o sono, entre ais e meias palavras, da mão de Deus, que os leva embora, que os arrasta, porque se fazem necessários para as chagas, as mortes repentinas, os crimes a sangue-frio, para acordarem esviscerados.

"A única esperança é Farfán!", repetia a si mesmo. "Ainda bem que é ele o comandante! Pelo menos, que a minha mulher saiba que me deram dois tiros, me enterraram e nada mais a declarar!"

Podia-se ouvi-lo golpear o piso, como se fosse um martelo de dois pés, ao longo do vagão pregado com estacas de sentinelas de plantão na via férrea; mas ele andava longe dali, na lembrança dos pequenos povoados que acabara de percorrer, no lodo de suas trevas, no pó cegante de seus dias de sol, presa do terror que lhe infundiam a igreja e o cemitério, a igreja e o cemitério, a igreja e o cemitério. Ficaram vivos apenas a fé e os mortos!

O relógio do Comando da Guarnição soou uma batida. As aranhas tremeram. Onze e meia, e o ponteiro maior estava agora rumando para o quarto de hora final, antes da meia-noite. Parcimoniosamente, o major Farfán enfiou o braço direito, depois o esquerdo, no casaco; e com a mesma lentidão começou a fechá-lo pelo botão do umbigo, sem atentar para nada do que tinha à vista: um mapa com a república em forma de bocejo, uma toalha suja de muco seco e moscas dormindo, uma tartaruga, uma espingarda, uns alforjes... Botão por botão, até chegar ao pescoço. Ao chegar ao pescoço ergueu a cabeça e então seus olhos toparam com algo que ele não podia deixar de ver sem perfilar-se, o retrato do Senhor Presidente.

Terminou de se abotoar, soltou uns peidos, acendeu um cigarro na chama do lampião, pegou o chicote e... para a rua. Os soldados nem o ouviram passar; dormiam no chão, enrolados nos seus ponchos, como múmias; as sentinelas apresentaram armas e o oficial de plantão levantou querendo cuspir fora uma minhoca de cinzas, tudo o que restou do cigarro que queimara em sua boca enquanto dormia, e mal teve tempo de jogá-lo fora com as costas da mão ao saudar militarmente: "Nada a declarar, senhor!".

No mar adentravam os rios, como bigodes de gato em pires de leite. A sombra liquefeita das árvores, o deslizar pesado dos jacarés no cio, a quentura dos pântanos maláricos, o pranto cansado, tudo ia dar no mar.

Um homem com um farolete adiantou-se a Farfán ao entrar no vagão. Os dois eram seguidos por dois soldados risonhos, ocupados em desenredar a quatro mãos os nós da corda que iria atar o preso. Amarraram-no por ordem de Farfán e o levaram em direção à cidade, seguido pelas sentinelas que guardavam o vagão. Cara de Anjo não opôs resistência. No gesto e na voz do major, no rigor com que ele exigia que os soldados o tratassem mal – como se estes precisassem desse incentivo! –, acreditou adivinhar uma manobra do amigo, que com isso poderia ser-lhe útil mais tarde, quando o levassem para o Comando, sem se comprometer de antemão. Mas não era para o Comando que o levavam. Ao saírem da estação, desviaram para o trecho mais afastado da linha férrea, até um furgão com o piso coberto de esterco, e fizeram-no subir a golpes. Golpeavam-no sem que ele desse motivo, como se obedecessem a ordens previamente recebidas.

– Mas por que estão me batendo, Farfán? – voltou a gritar para o major, que seguia o cortejo conversando com o homem do farolete.

A resposta foi uma culatrada; mas em vez de acertar-lhe as costas, deram na cabeça, o que fez sangrar uma orelha e o derrubou de bruços no esterco.

Bufou para cuspir o excremento; o sangue gotejava na sua roupa e quis protestar.

– Cale a boca! Cale a boca! – gritou Farfán erguendo o chicote.

– Major Farfán! – gritou Cara de Anjo sem se intimidar, fora de si, com o ar já rescendendo a sangue.

Farfán teve medo do que ele poderia dizer naquela hora e descarregou o golpe. A chicotada acertou o rosto do infeliz que se debatia, ajoelhado no chão, tentando soltar as mãos amarradas às costas.

– ...Já entendi... – disse com a voz trêmula, incontrolável, latejante – ...já entendi... Esta batalha... vai lhe valer outro galão...

– Cale a boca, senão...! – cortou Farfán, levantando de novo o chicote.

O do farolete segurou-lhe o braço.

– Pode bater, não pare, não, não tenha medo; porque pra isso sou homem, e o chicote é arma de castrados!...

Duas, três, quatro, cinco chicotadas cobriram em menos de um segundo o rosto do prisioneiro.

– Major, calma, calma!... – interveio o do farolete.

– Não, não!... Eu vou fazer esse filho da puta comer poeira... O que ele disse contra o Exército não pode ficar assim... Bandido... de merda!... – E não mais com o chicote, que havia se quebrado, com o cano do revólver arrancava a pancadas tufos de cabelo e nacos de carne do rosto e da cabeça do prisioneiro, repetindo a cada golpe com a voz sufocada – ... Exército... instituição... bandido de merda... tome...

O corpo exânime da vítima foi levado do jeito que caiu no esterco, de um ponto a outro da via férrea, até que o trem de carga, que o levaria de volta à capital, ficou formado.

O do farolete ocupou lugar no furgão. Farfán o levou. Tinham estado no Comando até a hora da partida conversando e bebendo.

– A primeira vez que eu quis entrar na Polícia Secreta – contava o do farolete – foi por meio de um polícia chapa meu, chamado Lucio Vásquez, o *Veludo*...

– Acho que já ouvi falar dele – disse o major.

– Mas dessa vez não deu certo, e olha que o meu amigo era muito jeitoso pra conseguir as coisas – daí o apelido de *Veludo*. Em vez disso, acabei puxando uma cana por um tempo e perdi uma grana que eu tinha colocado junto com a minha mulher num pequeno negócio – eu era casado na época. E minha mulher, coitada, andou até lá pelo Dulce Encanto...

Farfán teve um sobressalto ao ouvir falar do Dulce Encanto, mas a lembrança da *Sacana*, aquela peste de sexo fedendo a latrina, que antes o entusiasmara tanto, agora o deixou frio, lutando, como se nadasse debaixo d'água, com a imagem de Cara de Anjo que lhe repetia: "...outro galão!", "...outro galão!".

– E qual era o nome da sua mulher? Porque eu conheci quase todas as do Dulce Encanto...

– Nem compensa lhe dizer o nome, porque ela mal entrou lá e já foi embora. Foi onde perdeu o bebezinho que a gente tinha e isso a deixou meio doida. O senhor sabe, quando a pessoa não leva jeito, não adianta!... Agora ela está na lavanderia do hospital com as freiras. Não levou jeito pra mulher da vida!

– Mas eu a conheci, sim, com certeza. Pois se fui eu que consegui a autorização da polícia para o velório do bebê, que foi velado ali com a Chon! Veja só, quem diria, hein? Era o seu filhinho!

– E eu, lá, puxando cana, bem fodido, sem um puto... Não, quando a gente olha pra trás e vê tudo o que aconteceu, dá vontade de sair correndo!

– E eu, então, sem saber de nada, e uma vagabunda vai lá falar com o Senhor Presidente e faz minha caveira...

– E desde aquela época esse tal de Cara de Anjo já andava com histórias com o general Canales; ficou se engraçando com a filha dele, aquela que depois virou sua mulher, e dizem que não deu a mínima pras ordens do patrão. Tudo isso eu sei porque o Vásquez, o *Veludo*, encontrou o tal Cara de Anjo num boteco chamado El Tus-Tep, horas antes que o general fugisse.

– O Tus-Tep... – repetiu o major tentando lembrar.

– Era um barzinho que ficava lá, na esquina mesmo. Não lembra? Tinha dois bonecos pintados na parede, um de cada lado da porta, uma mulher e um homem, a mulher fazendo um gesto com o braço como quem diz pro homem – eu ainda me lembro dos letreiros – "Vem aqui dançar o dois pra cá, dois pra lá!", e o homem com uma garrafa na mão respondia: "Não vou dançar, porque estou pra lá de Bagdá!..."

O trem arrancou pouco a pouco. Um pedaço de alvorecer molhava-se no azul do mar. Em meio às sombras foram surgindo as casas de palha do povoado, as montanhas distantes, as míseras embarcações do comércio costeiro e o edifício do Comando Militar, caixinha de fósforos com grilos vestidos de soldado.

XL
Cabra-cega

"...Faz não sei quantas horas que ele foi embora!" No dia da viagem, contam-se as horas até juntar muitas, suficientes para que se possa dizer: "Faz tantos dias que ele foi!". Mas duas semanas depois perde-se a conta dos dias e então: "Faz tantas semanas que ele foi embora!". Até um mês. Depois, perde-se a conta dos meses. Até completar um ano. Depois perde-se a conta dos anos...

Camila atalaiava o carteiro em uma das janelas da sala, escondida atrás das cortinas para não ser vista da rua; estava grávida e costurava roupas de bebê.

O carteiro anunciava sua chegada antes de aparecer, brincando como um louco de tocar a campainha de todas as casas. Toque por toque, ia se aproximando, até chegar à janela. Camila largava a costura ao ouvi-lo chegar e ao vê-lo seu coração saltava do corpete e agitava tudo em sinal de satisfação. Chegou a carta que eu espero. "Minha adorada Camila. Dois pontos..."

Mas o carteiro não tocava a campainha... Será que era porque... Talvez mais tarde... E retomava a costura, cantarolando alguma coisa para espantar a tristeza.

O carteiro passava de novo à tarde. Impossível dar um só ponto no curto espaço de tempo que ela levava para chegar da janela até a porta. Fria, sem fôlego, toda ouvidos, ficava esperando o toque e ao se convencer de que nada havia perturbado o silêncio da casa fechava os olhos de medo, sacudida por espasmos de choro, vômitos repentinos e suspiros. Por que o carteiro não apareceu na minha porta? Vai ver que esqueceu – vai lá saber como anda a cabeça dele – e amanhã de repente ele volta com a carta, como se nada tivesse acontecido...

Quase arrancou a porta no dia seguinte ao abri-la esbaforida. Foi correndo esperar o carteiro, não só para que não se esquecesse dela, mas também porque achou que isso daria sorte. Mas este, que já estava indo embora como sempre, fugiu das perguntas, vestido de verde ervilha – dizem que é a cor da esperança –, com seus olhinhos de sapo e dentes bem à mostra, como os daqueles manequins de estudar anatomia.

Um mês, dois meses, três, quatro...

Ela sumiu dos aposentos que davam para a rua, abatida por uma tristeza que foi levando-a para os fundos da casa. Sentia-se um pouco panela, um pouco lenha, um pouco carvão, um pouco tigela, um pouco lixo.

"Não são caprichos, são apenas desejos de grávida!", explicou uma vizinha meio comadre às empregadas, que pediram sua opinião, mais para ter o que falar do que para arrumar solução, pois quanto a soluções elas já sabiam o suficiente para não ficar para trás: velas para os santos e alívio das próprias necessidades ao diminuírem a carga da casa, que iam despojando das coisinhas de valor.

Um belo dia, porém, a doente saiu à rua. Os cadáveres flutuam. Afundada dentro de um fiacre, evitando encarar conhecidos – quase todos escondiam o rosto para não ter que cumprimentá-la – queria porque queria ver o Presidente. Seu café da manhã, almoço e janta era um lenço empapado de pranto. Quase o comeu na antessala. Quanta necessidade, a julgar pela quantidade de gente que esperava! Os camponeses, sentados na beirada das cadeiras douradas. Os da cidade, mais acomodados, desfrutando do encosto. Cedia-se assento às damas em voz baixa. Alguém falava junto a uma porta. O Presidente! Só de pensar, sentiu-se retesada, com cãibras. Seu filho dava pontapés dentro da barriga, como se dissesse: "Vamos embora daqui!". O ruído dos que mudavam de posição. Bocejos, Palavrinhas. Os passos dos oficiais do Estado-Maior. Os movimentos de um soldado que limpava os vidros de uma janela. As moscas. Os pequenos pontapés do ser que levava no ventre. "Nossa, que braveza! Que raiva toda é essa! Estamos aqui para conversar com o Presidente, para que ele nos conte o que foi feito daquele senhor que não sabe que você existe e quando voltar vai amar você muito! Sei, sei... você não vê a hora de sair pra tomar parte nisso que chamam de vida!... Não, não é que eu não queira isso, mas aí dentro guardadinho você está bem melhor!"

O Presidente não a recebeu. Alguém lhe informou que era melhor pedir audiência. Telegramas, cartas, petições com um monte de selos... Tudo inútil. Ele não respondeu.

Anoitecia e amanhecia com o vazio de não dormir nas pálpebras, que às vezes estendia sobre lagoas de lágrimas. Um grande pátio. Ela, deitada numa rede, brincando com um caramelo das mil e uma noites e uma bolinha de borracha preta. O caramelo na boca, a bolinha na mão. Distraída, passando o caramelo de uma bochecha a outra, a bolinha lhe escapou da mão, pulou no piso do corredor, debaixo da rede, e foi parar no pátio, bem longe, enquanto o caramelo crescia dentro da sua boca, e a bolinha ia ficando cada vez mais longe, até desaparecer de tão pequenina. Não estava totalmente adormecida. O corpo tremia ao encostar no lençol. Era um sonho, com luz de sonho e luz elétrica. O sabão escorregou da sua mão duas e três vezes, como a bolinha, e o pãozinho do café da manhã – comia por pura necessidade – cresceu na sua boca, como o caramelo.

As ruas desertas ainda, as pessoas na missa, e ela já andava pelos ministérios à espreita dos ministros, sem saber como convencer os porteiros, velhinhos antipáticos que não respondiam quando se falava com eles, e a punham para fora, cachos de pintas e verrugas carnudas, quando insistia.

Mas seu marido correra para pegar a bolinha. Agora se lembrava da outra parte do seu sonho. O pátio grande. A bolinha preta. Seu marido cada vez menorzinho, cada vez mais longe, como reduzido de tamanho por uma lente, até desaparecer do pátio perseguindo a bolinha, enquanto ela, e não pensou no filho, com o caramelo na boca crescendo cada vez mais.

Escreveu ao cônsul de Nova York, ao ministro de Washington, ao amigo de uma amiga, ao cunhado de um amigo, pedindo notícias do marido, e foi como ter colocado as cartas no lixo. Soube por um merceeiro judeu que o honorável secretário da embaixada americana, detetive e diplomata, tinha notícias certas da chegada de Cara de Anjo a Nova York. Sabe-se oficialmente que desembarcou – assim consta dos registros do porto, assim consta dos registros dos hotéis em que se hospedou, assim consta dos registros da polícia – e há também notas nos jornais e informações dadas por pessoas que vieram de lá recentemente. "E agora estão procurando-o – dizia o judeu – e uma hora vão ter que achá-lo, vivo ou morto, se bem que parece que de Nova York ele pegou outro navio e foi para Singapura". "E onde fica isso?", perguntava ela. "E onde é que poderia ficar: na Indochina", respondia o judeu batendo as placas de sua dentadura postiça. "E quanto tempo demora uma carta para vir de lá", perguntava ela. "Exatamente eu não sei, mas não mais de três meses." Ela contava com os dedos. Já fazia quatro que Cara de Anjo tinha ido embora.

Em Nova York ou em Singapura... Bem, isso lhe tirava um grande peso de cima! Era um consolo imenso senti-lo longe – saber que não o tinham matado no porto, como as pessoas acharam de dizer – longe dela, em Nova York ou Singapura, mas com ela no pensamento!

Apoiou-se no balcão da mercearia do judeu para não cair de costas. Que satisfação. Saiu andando, nas nuvens, sem encostar nos presuntos envoltos em papel prateado, nas garrafas italianas envolvidas com palha, nas latas de conservas, chocolates, maçãs, arenques, azeitonas, bacalhau, vinhos moscatel, conhecendo países pelo braço do marido. Que tonta eu, me atormentando por nada! Agora entendo por que não me escreveu e vejo que preciso continuar sustentando a historinha. Fazer o papel da mulher abandonada, procurando o marido que a abandonou, cega de ciúmes... ou o da esposa que quer estar ao lado do marido na hora difícil do parto.

Quando ela já tinha camarote reservado, malas prontas, tudo certo para partir, uma ordem superior negou-lhe o passaporte. Uma espécie de rebordo de carne gorda em volta de um orifício com dentes manchados de nicotina moveu-se de cima para baixo, de baixo para cima, para lhe dizer que por motivo de ordens superiores não era possível fornecer-lhe o passaporte. Ela moveu os lábios de cima para baixo, de baixo para cima, tentando repetir as palavras, como se tivesse entendido mal.

E gastou uma fortuna em telegramas para o Presidente. Ele nem respondeu. Os ministros nada podiam fazer. O subsecretário da Guerra, homem por natureza muito gentil com as damas, pediu que ela não insistisse mais, que não iriam dar-lhe o passaporte por mais que tentasse, que seu marido havia brincado com o Senhor Presidente e que era tudo inútil.

Aconselharam-na a procurar um padreco, muito respeitado, conhecido por suas salmodias, não por suas almorroidas, ou então uma das amantes do homem que cuidava dos cavalos presidenciais, e como naquele tempo correu a notícia de que Cara de Anjo havia morrido de febre amarela no Panamá, não faltou quem a acompanhasse para uma consulta com os espíritas, a fim de tirar a dúvida.

Estes se mostraram solícitos. Quem ficou um pouco hesitante foi a médium. "Essa coisa de deixar encarnar em mim o espírito de alguém que foi inimigo do Senhor Presidente, acho que não me convém muito", dizia ela, com as canelas tremendo de frio debaixo da roupa gelada. Mas as súplicas, acompanhadas de algumas moedas, conseguem quebrar pedras, e "molhando" um pouco a mão dela fizeram com que aceitasse. Apagaram a luz. Camila ficou com medo quando ouviu que estavam chamando o espírito de Cara de Anjo, e foi tirada de lá com os pés arrastando no chão, quase sem sentidos: a médium ouvira a voz do marido, morto, segundo disse ela, em alto mar e agora em uma zona onde nada consegue ser mas tudo é, e na melhor das camas, um colchão de água com molas de peixes, e com o mais delicioso travesseiro: a não existência.

Magra, com rugas de gata velha no rosto apesar de ter apenas vinte anos, quase toda olhos, olhos verdes e olheiras grandes como suas orelhas transparentes, deu à luz um menino. Por recomendação médica, ao levantar da cama, foi passar uma temporada no campo. A anemia progressiva, a tuberculose, a loucura, a demência, e ela arrastando-se com a vida por um fio, com um menino nos braços, sem saber do marido, procurando-o nos espelhos, por onde só conseguem voltar os náufragos, nos olhos do filho ou em seus próprios olhos, quando ao dormir sonhava com ele em Nova York ou Singapura.

Entre os pinheiros de sombra ambulante, entre as árvores frutíferas dos pomares e as de campos mais altos que as nuvens, uma manhã despontou da noite das suas tristezas um domingo de Pentecostes, no qual seu filho recebeu sal, óleo, água, saliva de padre e o nome de Miguel. Os melros acariciavam-se com o bico. Cinquenta gramas de penas e uma infinidade de trinados. As ovelhas ocupavam-se de lamber suas crias. Que sensação mais completa de bem-estar dominical dava aquele ir e vir da língua materna pelo corpo do filhote, que revirava os olhos de cílios enormes ao sentir a carícia! Os potros corriam atrás das éguas de olhar úmido. Os bezerros mugiam com os focinhos salivantes de felicidade colados a úberes cheios. Sem saber por quê, como se a vida renascesse nela, ao final do dobre de sinos do batismo apertou o filho contra o coração.

O pequeno Miguel cresceu no campo, foi homem do campo, e Camila nunca mais pôs os pés na cidade.

XLI
NADA A DECLARAR

A luz chegava de vinte duas em vinte e duas horas até as abóbadas, filtrada pelas teias de aranha e pelas vigas da construção, e de vinte e duas em vinte e duas horas, com a luz, vinha uma lata de gasolina, mais ferrugem do que lata, na qual se fazia descer a comida para os presos dos calabouços subterrâneos, por meio de uma corda podre e cheia de nós. Ao ver o pote de caldo amanteigado com restos de carne gordurosa e pedaços de omelete, o prisioneiro do dezessete virou a cara. Nem morto provaria aquilo, e por dias e dias a lata desceu e subiu intacta. Mas a necessidade foi encurralando-o, os olhos foram ficando vidrados no curral ermo da fome, os olhos saltados; divagou em voz alta enquanto passeava pelo calabouço que não dava para quatro passos, esfregou os dentes nos dedos, deu um puxão nas orelhas frias e um belo dia, quando a lata desceu, como se alguém fosse tirá-la das suas mãos, correu para enfiar nela a boca, o nariz, a cara, o cabelo, engasgando ao tentar engolir e mastigar ao mesmo tempo. Não deixou nada e quando puxaram a corda viu subir a lata vazia com a satisfação de um animal saciado. Só que, depois de chupar os dedos e lamber os beiços, foi do céu ao inferno num segundo e botou a comida pra fora, misturada com palavras e queixas... A carne e a omelete grudaram nas entranhas e não queriam se deixar arrancar, mas a cada espasmo do estômago não lhe restava senão abrir a boca e apoiar-se na parede como quem se assoma a um abismo. Por fim, conseguiu respirar, tudo girava; penteou o cabelo úmido com a mão, que fez deslizar por trás da orelha e trouxe até a barba suja de baba. Os ouvidos zumbiam. O rosto ficou banhado de suor gélido, pegajoso, ácido, como água de bateria elétrica. A luz ia embora, aquela luz que já estava indo embora desde que viera. Agarrado aos restos de seu corpo, como se lutasse consigo, conseguiu meio sentar, esticar as pernas, encostar a cabeça na parede e cair sob o peso das pálpebras como sob a ação violenta de um narcótico. Mas não dormiu bem; a respiração era difícil pela falta de ar, as mãos iam e vinham pelo corpo, encolhia e esticava as pernas, uma, depois a outra, e fazia correr depressa os dedos sobre os cascos das unhas para arrancar da garganta o tição que o queimava por dentro. Já meio acordado, começou a fechar e abrir a boca como peixe fora d'água, a tentar sentir o gosto do ar gelado com a língua seca e a querer gritar e a gritar já acordado, embora tonto de febre, não só de pé, mas esticando-se todo, esticando-se o máximo possível para que o ouvissem. As abóbadas esmiuçavam seus gritos, eco por eco. Bateu nas paredes com a palma das mãos, chutou o piso, disse e repetiu com vozes que logo viraram urros... "Água, caldo, sal, gordura, qualquer coisa; água, caldo..."

Um fio de sangue de escorpião esmagado escorreu pela sua mão..., de muitos escorpiões, pois não parava de escorrer... de todos os escorpiões esmagados no céu para formar as chuvas... Saciou a sede a lambidas, sem saber a quem devia aquele presente, que depois foi seu maior tormento. Passava horas e horas em pé em cima da pedra que lhe servia de travesseiro, para poupar os pés do charco que a água do inverno formava no calabouço. Horas e horas, empapado até o cocuruto, destilando água, úmidos os subúrbios dos ossos, entre bocejos e calafrios, inquieto porque tinha fome e a lata do caldo manteigoso demorava a chegar. Comia como os magros, para engordar o sono, e com o último bocado dormia em pé. Mais tarde, via descer o pote em que os presos incomunicáveis satisfaziam suas necessidades corporais. A primeira vez que o do dezessete ouviu descer tal pote, acreditou que se tratasse de uma segunda comida e, como naquele tempo não comia, deixou que o subissem de volta, e nem imaginou que fossem excrementos; fedia igual ao caldo. Aquela mesma lata era passada de calabouço em calabouço e chegava ao dezessete cheia quase até a metade. Era terrível ouvi-la descer e não ter vontade ou então ter vontade quando terminava de se esvair de seus ouvidos o ruído de badalo de sino morto batendo nas paredes! Às vezes, para maior tormento, a vontade ia embora só de pensar na lata, se vinha, se não vinha, se estava demorando demais, será que esqueceram? – o que não era raro acontecer – ou será que a corda arrebentou? – o que acontecia quase todo dia –, dando um banho em algum dos condenados; só de pensar no bafo que desprendia, no calor de exalação humana, nas bordas afiadas do recipiente quadrado, no esforço necessário, a vontade ia embora, e então só restava esperar o outro turno, esperar vinte e duas horas, entre cólicas e saliva com sabor de cobre, micção dolorosa, prantos, dores de barriga e palavrões, ou em caso extremo satisfazer-se no piso, espalhar por ali o fedor das tripas como cão ou criança, sozinho, com suas pestanas e a morte.

Duas horas de luz, vinte e duas horas de escuridão total, uma lata de caldo e uma de excrementos, sede no verão, no inverno o dilúvio; esta era a vida naqueles cárceres subterrâneos.

– ...Cada vez você pesa menos – o prisioneiro do dezessete já não reconhecia direito sua voz – e quando o vento puder contigo vai te levar onde Camila espera que você regresse! Estará abobalhada de tanto esperar, terá se tornado uma coisa insignificante, pequenina! Que importa se suas mãos estão magras! Ela irá engordá-las com o calor dos seus peitos!... Sujas?... Ela irá lavá-las com seu pranto... Seus olhos verdes?... Sim, como aquela campina do Tirol austríaco que aparecia em *La Ilustración*... ou a taquara de bambu com dourados vivos e toques de azul-marinho... E o sabor das suas palavras, e o sabor dos seus lábios, e o sabor de seus dentes, e o sabor do seu sabor... E seu corpo, onde o deixaram? Oito alongado de cinturinha fina, como os violões de fumaça que formam as girândolas quando se apagam e vão perdendo impulso... Roubei-a da morte em uma noite de fogos de artifício... Andavam os anjos, andavam as nuvens, andavam os telhados com passinhos de orvalho, as casas, as árvores, tudo andava no ar, com ela e comigo...

E sentia Camila junto ao seu corpo, na pólvora sedosa do tato, em sua respiração, em seus ouvidos, entre seus dedos, contra as costelas que sacudiam como pestanas os olhos das vísceras cegas...

E a poesia...

O espasmo sobrevinha sem contorção alguma, suavemente, com um ligeiro calafrio ao longo da espinha dorsal, espinhos retorcidos, uma rápida contração da glote e a queda dos braços como se cortados do corpo...

A repugnância que lhe provocava a satisfação de suas necessidades na lata, multiplicada pela consciência pesada de satisfazer suas necessidades fisiológicas com a lembrança de sua esposa em forma tão amarga, deixava-o sem ânimo para se mover.

Com um pedacinho de latão que arrancara de um dos cadarços de seus sapatos, único utensílio de metal de que dispunha, e aproveitando a luz, de vinte e duas em vinte e duas horas acrescentava um coração, um punhal, uma coroa de espinhos, uma âncora, uma cruz, um barco a vela, uma estrela, três andorinhas como til de "ñ" e uma ferrovia, a fumaça em espiral...

A fraqueza, por sorte, poupou-lhe os tormentos da carne. Fisicamente destruído, relembrava Camila como se aspira uma flor ou se ouve um poema. Via diante de si a rosa que em abril e maio florescia ano após ano na janela da sala onde de criança tomava café da manhã com a mãe – curioso raminho de roseira. Uma procissão de manhãs infantis deixava-o aturdido. A luz ia embora. Ia embora... Aquela que estava indo embora desde que viera. As trevas engoliam as muralhas como biscoitos e o pote dos excrementos não iria demorar. Ah!, aquela rosa! A corda com ruído de pigarro e o pote louco de alegria entre as paredes intestinais das abóbadas. Estremecia de pensar na pestilência que acompanhava tão nobre visita. Levavam embora o recipiente, mas não o mau cheiro. Ah!, aquela rosa, branca como o leite do café da manhã!...

Ao longo dos anos, o prisioneiro do dezessete envelhecera, embora mais pelas tristezas do que pelos anos. Profundas e incontáveis rugas sulcavam seu rosto e brotavam nele cabelos grisalhos, como brotam asas nas formigas no inverno. Não era mais ele, nem sua figura... Nem ele, nem seu cadáver... Sem ar, sem sol, sem movimento, diarreico, reumático, padecendo de nevralgias errantes, quase cego, a única e última coisa que nutria alento nele era a esperança de voltar a ver a esposa, o amor que sustenta o coração com pó de esmeril.

O diretor da Polícia Secreta recuou a cadeira em que estava sentado, enfiou os pés embaixo, apoiou-se nas pontas, colocou os cotovelos sobre a mesa de canela preta, trouxe a pena para a luz da lâmpada e com a pinça dos dedos, com um beliscãozinho, tirou dela o fiozinho que o fazia escrever as letras como camarõezinhos bigodudos, não sem acompanhar o gesto com uma exposição dos dentes. Em seguida, continuou escrevendo:

"...e conforme instruções recebidas", a pena arranhava o papel de gavião em gavião, "o supracitado Vich travou amizade com o prisioneiro do calabouço número dezessete, depois de dois meses preso ali, com ele fazendo o teatrinho de chorar a toda hora, gritar todos os dias e querer se suicidar a cada cinco minutos. Passando da amizade às palavras, o prisioneiro do dezessete perguntou-lhe que delito havia cometido contra o Senhor Presidente para estar ali onde toda esperança humana termina. O supracitado Vich não respondeu, restringindo-se a bater a cabeça no chão e a proferir maldições. Mas ele insistiu tanto que Vich acabou soltando a língua: 'Poliglota nascido em país de poliglotas, soube da existência de um país onde não havia poliglotas. Viagem. Chegada. País ideal para estrangeiros. Recomendações daqui, dali, amizades, dinheiro, tudo... De repente, uma senhora na rua, os primeiros passos atrás dela, hesitantes, quase forçados... Casada... Solteira... Viúva... A única coisa que sabe é que precisa ir atrás dela! Que olhos verdes mais lindos! Que boca de rosólio! Que andar! Que Arábia Feliz!...Faz-lhe a corte, fica rodeando a casa dela, insinua-se, mas a partir do momento em que tenta falar com ela, não volta mais a vê-la, e um homem que ele não conhece nem nunca viu começa a segui-lo por toda parte como sua sombra... Amigos, o que significa isso? Os amigos dão-lhe as costas. Pedras da rua, o que significa isso?... As pedras da rua tremem ao ouvi-lo passar. Paredes das casas, o que significa isso?... As paredes da casa tremem ao ouvi-lo falar. Tudo o que consegue esclarecer é sua imprudência: tentara flertar com a prefe... do Senhor Presidente, uma senhora que, segundo soube antes de ser preso como anarquista, era filha de um general e fazia aquilo para se vingar de seu marido, que a abandonara...'.

"O supracitado informa que após essas palavras ouviu-se um ruído estranho de réptil no escuro, que o prisioneiro chegou perto e lhe suplicou com voz de barulhinho de escamas de peixe morto que repetisse o nome daquela senhora, nome que pela segunda vez o supracitado pronunciou...

"A partir daquele momento, o prisioneiro começou a coçar o corpo inteiro, que já não sentia, enxugou o pranto arranhando o rosto, cuja pele era apenas uma lembrança do que havia sido, e levou a mão ao peito sem encontrá-lo: uma teia de aranha de pó úmido caíra ao chão...

"Conforme instruções recebidas, entreguei pessoalmente ao supracitado Vich, de quem procurei transcrever a declaração ao pé da letra, oitenta e sete dólares pelo tempo que esteve preso, um terno de cashmere usado e uma passagem para Vladivostok. O atestado de óbito do calabouço número dezessete foi assentado assim: N.N.[35]: disenteria infecciosa.

"E isto é tudo o que tenho a honra de informar ao Senhor Presidente..."

---

35 N.N. é abreviatura da expressão latina *nomem nescio*, indicando pessoa desconhecida, não identificada, ou que não se deseja citar nominalmente. (N.T.)

Epílogo

O estudante ficou plantado à beira da calçada, como se nunca tivesse visto um homem de batina. Mas não foi a batina o que o deixou estupefato, e sim o que o sacristão lhe disse ao ouvido enquanto se abraçavam pela alegria de se verem livres:

– Ando vestido desse jeito por ordens superiores...

E lá plantado teria ficado o outro se não fosse por um cordão de presos que entre fileira e fileira de soldados passava então pelo meio da rua.

– Coitados!... – murmurou o sacristão, quando o estudante subiu à calçada –, o que lhes custou derrubar o Portal! Tem coisas que a gente vê e não acredita!...

– Que a gente vê – exclamou o estudante –, e que a gente até pega com a mão e não acredita. Estou me referindo à Municipalidade...

– Achei que fosse à minha batina.

– Não se contentaram em pintar o Portal à custa dos turcos: para que o protesto pelo assassinato do *mulinha* não desse espaço a dúvidas, precisaram derrubar o edifício...

– Cuidado, seu linguarudo, eles podem ouvir. Cale a boca, pelo amor de Deus! Não é verdade...

O sacristão ia dizer mais alguma coisa, mas um homenzinho que corria pela praça sem chapéu chegou, plantou-se entre eles, e cantou aos gritos:

–¡*Figurín, figurero,*
quién te figuró,
que te fizo figura
de figurón![36]

– Benjamim!... Benjamim!... – chamava-o uma mulher, que corria atrás dele com cara de quem ia desatar a chorar.

–¡*Benjamín tiritero,*
no te figuró!...;
?quién te fizo jura
de figurón?[37]

– Benjamim!... Benjamim!... – gritava a mulher já quase aos prantos: – Não liguem pra ele, senhores, não deem bola, está doido; não entra na cabeça dele a ideia de que não existe mais o Portal do Senhor!

E enquanto a esposa do titereiro o desculpava com o sacristão e o estudante, dom Benjamim correu para cantar suas trovinhas para um guarda mal encarado:

–¡*Figurín, figurero,*
quién te figuró,
que te fizo figura
de figurón!

---

36 – *Bonequinho, foi o bonequeiro então/ Que te fez c'o essa cara de bobão?* (N.T.)
37 – *Benjamim titereiro, foi ele não.../Que te fez c'o essa cara de bobão.* (N.T.)

> –¡Benjamín tiritero,
> no te figuró!...;
> ?quién te fizo jura
> de figurón?[38]

* * *

– Não, senhor, não o leve embora, ele não faz por querer, está meio louco – interveio a mulher de dom Benjamim entre o policial e o titereiro. – Ele está doido, não está vendo... não o leve embora..., não, não bata nele!... Está tão doido que disse ter visto a cidade toda derrubada, que nem o Portal!

Os presos continuavam passando... Como seria estar no meio deles, em vez de ser os que ao vê-los passar à sua frente no fundo ficavam felizes por não estarem ali... Depois daqueles homens todos empurrando carrinhos de mão vinha o grupo dos que carregavam no ombro a pesada cruz das ferramentas, e atrás, em formação, os que arrastavam suas correntes com ruído de serpente cascavel.

Dom Benjamim escapou das mãos do guarda, que discutia com a mulher dele cada vez mais irritado, e correu para cumprimentar os presos com as primeiras palavras que lhe vinham à cabeça:

– Quem te viu e quem te vê, Pancho Tanancho, o da faca come-couro e do estilete fominha em dormitório de cortiça!... Quem te viu e quem te vê Lolo Cusholo, o do facão com cauda de pavão, feito um Juan Diego!... Quem te viu a pé e quem te vê a cavalo, Mixto Melindres, água doce para a adaga, sodomita e traiçoeiro?... Quem te viu com a garrucha quando te chamavas Domingo e quem te vê sem ela, triste como em dia de semana!... Aquela que te passou as lêndeas, que te tire os piolhos!... A tripa debaixo dos trapos que não é comida de tropa!... Quem não tiver cadeado pra calar a boca que tape a boca c'os dedos...

---

38 – *Bonequinho, foi o bonequeiro então/ Que te fez c'o essa cara de bobão?/ – Benjamim titereiro, foi ele não.../ Que te fez c'o essa cara de bobão.* (N.T.)

Começavam a sair os empregados das lojas. Os bondes iam lotados, não cabia mais gente. De vez em quando um fiacre, um automóvel, uma bicicleta... Um vislumbre de vida que durou o que tardaram o sacristão e o estudante para atravessar o átrio da Catedral, refúgio de mendigos e imundície de gente sem religião, e se despedir junto à porta do Palácio Episcopal.

O estudante driblou os escombros do Portal do Senhor passando por uma ponte de tábuas sobrepostas. Uma rajada de vento gelado levantou uma densa nuvem de poeira. Fumaça sem chama da terra. Restos de alguma erupção distante. Outra rajada fez chover pedaços de papel ofício, agora ocioso, sobre o que havia sido a sala da Prefeitura. Pedaços de papel de parede tremulavam ao vento como bandeiras. De repente surgiu a sombra do titereiro montado numa vassoura, às suas costas as estrelas em campo azul e a seus pés cinco vulcõezinhos de cascalho e pedra.

Cablom!... O dobre dos sinos das oito da noite mergulhou no silêncio... *Cablom!*... *Cablom!*...

O estudante chegou à sua casa, que ficava no final de uma rua sem saída e, ao abrir a porta, ouviu, entrecortada pelo pigarrear da criadagem que se preparava para responder à ladainha, a voz da mãe conduzindo o rosário:

– Pelos agonizantes e caminhantes... Para que reine a paz entre os Príncipes Cristãos... Pelos que sofrem a perseguição da justiça... Pelos inimigos da fé católica... Pelas necessidades sem remédio da Santa Igreja e pelas nossas necessidades... Pelas benditas almas do Santo Purgatório...

Kyrie eleison.

GUATEMALA, DEZEMBRO DE 1922.
PARIS, NOVEMBRO DE 1925, 8 DE DEZEMBRO DE 1932.

tipologia Abril
papel Pólen Natural 70g
impresso por gráfica Loyola para Mundaréu
São Paulo, outubro de 2023